HET PERFECTE PLAATJE

Voor Merel

Ik zie ons nog zitten.
Tussen de kaaimannen,
onder de muggenbulten,
piranha's vissen,
in dat stomme bootje,
in de jungle van Bolivia.

(Kijk, als je het zo brengt
lijkt het nog haast poëtisch ook.)

Proloog

'Misschien moet je er even tussenuit, je weet wel: jezelf terugvinden.' Donna kijkt me vreemd genoeg meelevend aan.

Nee, wacht... Ik bestudeer haar gezicht. Nee, bij nader inzien kijkt ze meer alsof ze me net heeft verteld dat ik nog maar een half jaar te leven heb.

Raar.

Ik knijp mijn ogen tot spleetjes. 'Hoezo mezelf vinden? Ik ben mezelf helemaal niet kwijt.' Dit is typisch weer zo'n Donna-uitspraak, met haar spirituele gedoe. Ik ga verzitten. 'Donna. Ik weet niet aan wiens zoutlamp je nu weer hebt gelikt, maar...'

'Dit is niet goed,' onderbreekt ze me zonder enige omhaal. Ze gooit mijn nieuwste manuscript tussen ons in op haar bureau. Een jaar bloed, zweet en tranen, gebundeld tot een stapel papier. 'Ik voel het gewoon niet,' voegt ze eraan toe, alsof haar eerste woorden niet al als een mes in mijn borst ronddraaien.

Wát?

Verbijsterd staar ik naar de stapel. Ik heb een aantal seconden nodig om haar woorden te verwerken. 'Nou ja, als je feedback hebt...' zeg ik aarzelend. 'Ik kan het wel een beetje herschrijven?'

'Dat stadium zijn we eerlijk gezegd voorbij,' onderbreekt Donna me opnieuw zonder enige schroom. 'Echt, Babs, je kunt beter en je zult ook beter moeten, want...' Nu hoor ik iets anders in haar stem. Ik kijk op. 'Anders vrees ik dat onze samenwerking ophoudt.'

Mijn mond valt open. 'Wát? Maar we hebben al getekend.'

Donna ziet er schuldbewust uit, maar houdt haar lippen op elkaar.

Dit kan ze niet menen. Ik zit al jaren bij Love Publishing. De deal is simpel: ik schrijf een boek en zij brengen het uit. Zo doen we dat al een eeuwigheid. Ik staar opnieuw wezenloos naar de stapel A4'tjes voor me. Goed, misschien liep ik niet over van inspiratie dit keer, maar het is uiteindelijk een prima verhaal geworden. Ík heb me gewoon aan mijn deel van de afspraak gehouden. Ik snap niet wat het probleem is.

'Het probleem...' gaat Donna verder alsof ze zojuist m'n gedachten heeft gelezen, '... is dat het niet...' Ze wappert met haar hand en slaat haar ogen ten hemel alsof ze hard moet nadenken. '... verníéuwend is. Het is voorspelbaar, het is cliché en ik heb het gevoel dat ik dit verhaal al twintig keer heb gelezen.' Ik open mijn mond om mijn nieuwste kindje te verdedigen, maar klap hem weer dicht. Blijkbaar is ze nog niet klaar. 'En die love-interest...' Ze zucht. 'Dat wordt ook een beetje een herhaling van zetten, vind je zelf ook niet? Altijd maar donker weelderig haar, blauwe ogen en dat eeuwige stoppelbaardje. En steevast o zo charmant. Lezers van nu willen geen perfecte man meer: hij moet ook menselijk zijn. Niet een en al spierbundel, maar gewoon zoals in het echte leven. Gewoon...' Ze haalt haar schouders op. 'Bierbuikje en sokken in sandalen of zo.'

'Bierbuikje en... sokken in sandalen?' herhaal ik ongelovig.

Donna schrikt van haar eigen woorden wanneer ik ze herhaal. Ze fronst. 'Oké, dat misschien niet. Slecht voorbeeld, maar je snapt wat ik bedoel.'

Ik schud lichtjes mijn hoofd. Ik snap helemaal niet wat ze bedoelt. Dit is toch wat ik altijd doe? Dit concept werkt toch? 'Lezers willen juist wegdromen bij de perfecte man,' werp ik tegen, al snap ik nog altijd niet zo goed waar we nu over discussiëren. 'Ze verlangen naar romantiek en kriebels in hun buik. Daarom lezen ze feelgood.'

'Tijden veranderen, Babs. We hebben de teruglopende cijfers bekeken en intern overlegd. We durven het niet aan. Jouw verhalen zullen... origineler moeten. Met een rauwer randje. Je moet eens in het diepe springen. Je valt in herhaling. Vertrouw me nou maar.'

'Ik...'

'Het goede nieuws is dat ik weet dat je het kunt, ik heb alle vertrouwen in je.' Donna leunt achterover en kijkt me met een glimlach aan. 'We gaan al zo lang mee. We zijn een team, weet je. Dit komt goed. Als je maar even diep naar jezelf kunt kijken.'

Ik frons.

Wat betekent dat in vredesnaam, diep naar jezelf kijken? Heb ik een coloscopie nodig?

'Wij dachten hieraan.' Mijn redacteur schuift een folder mijn kant op. Met enige aarzeling pak ik hem op. Het is een simpele flyer. Op de voorkant prijkt een afbeelding van een poppetje in lotushouding, met eroverheen gekleurde bolletjes in een verticale rij. Uit het hoofd van het poppetje schiet iets wat lijkt op van die grote bananenbladeren.

Ga op spirituele safari in Bolivia, een Zen-satie voor je chakra's.

Serieus?

Ik kijk op. 'Een spirituele... safari? Wat moet ik me daar in hemelsnaam bij voorstellen? Giraffen in zweethutten? Olifanten in yogaleggings?'

'Doe nou niet zo flauw, kijk dan.' Donna tikt op de flyer. 'Zen-satie. Ha! Dat is toch grappig? Ze hebben humor, helemaal jouw ding dus.'

Humor? Mijn lachspier geeft anders geen kik. Ik schud opnieuw mijn hoofd en schuif de flyer terug over het bureau. 'Nee, dank je.' Ik knik naar mijn manuscript. 'Geef me maar gewoon je feedback. Ik verander wel wat. Maak die kerel blond als dat helpt. Doe hem verdorie die sandalen aan als je dat zo graag wilt.'

Donna blijft me met opeengeperste lippen aankijken.

Mijn maag maakt een dubbele radslag. Een onrustig gevoel bekruipt me. 'Donna? Serieus. Heb je de feedback? Mail me het anders maar.' Ik sta met bevende knieën op en gris mijn tas van de stoel naast me. 'Je krijgt een nieuwe versie van me. Over twee weken?' Er klinkt een vleugje paniek door in mijn stem. Want...

Volgens mij meent ze het.

Meent ze dit écht?

Donna antwoordt nog steeds niet. Het begint een beetje eng te worden. Mijn trillende handen reiken naar mijn manuscript, waarna ik het stapeltje tegen mijn borst klem. 'Donna?' Het nu smekende ondertoontje in mijn stem ontgaat me niet. Een fractie van een seconde zie ik Donna's gezicht verzachten en wanneer ze opstaat, denk ik zelfs even dat ze gaat lachen en haar woorden terugneemt. Dat moet het zijn: het is gewoon een grap. Onwillekeurig kijk ik om me heen. Zit hier ergens een camera verstopt? Natuurlijk, ze halen gewoon een grap met me uit.

Ik glimlach onzeker naar Donna.

Goed. Het was leuk, echt lachen, maar laten we nu weer normaal doen.

Tot mijn grote afschuw schuift ze echter de flyer weer mijn kant op. Ze schraapt haar keel en automatisch zet ik me schrap. Met een ernstige blik kijkt mijn redacteur me aan. 'Tenzij je wilt dat onze samenwerking hier ophoudt, vrees ik dat dit niet optioneel is.'

1

'Paspoort?'

Een kort moment kijk ik de stewardess voor me aan, gevolgd door een aarzelende blik om me heen.

Ik hou één... twee seconden mijn adem in.

Er gebeurt niets.

Het is inmiddels drie weken geleden dat Donna me deze 'spirituele safari', wat dat ook mag betekenen, in de maag splitste. Toegegeven: ze houden het lang vol. Ze proberen me gewoon bang te maken, me te 'inspireren' om af te stappen van mijn schrijfformule – hoewel het me nog steeds niet helemaal duidelijk is waarom. Misschien is er een nieuw tv-programma waarbij ze mensen wekenlang volgen, net zolang tot ze de grap zelf doorzien.

Nou, ik doorzie nog altijd niets.

En geloof me, ik heb het geprobeerd.

Maar ondertussen heb ik mezelf laten inenten tegen allerlei doodenge ziektes, heb ik met lede ogen toegekeken hoe mijn bagage – een gloednieuwe kingsize koffer – op de band verdween, ben ik op mijn sokken langs de douane geschuifeld en nu sta ik op het punt om het vliegtuig in te stappen. Als er één moment is om mij uit mijn lijden te verlossen, dan is het...

Nu.

Ik kijk nog eens om me heen.

Niks.

Met tegenzin geef ik mijn paspoort aan de stewardess. Ze kijkt er even naar, typt iets op het scherm en geeft hem dan met een glimlach terug.

Nu dan?

'Fijne vlucht gewenst, mevrouw Bastiaans.'

Ik blijf staan.

Of... nu?

Wanneer er nog altijd niks gebeurt en ik afwachtend blijf staan, vervaagt de vriendelijke glimlach van de grondstewardess tot een ietwat zorgelijke variant. 'Mevrouw?'

Ik slik. Ze willen het blijkbaar echt tot het uiterste moment pushen. Prima, ik speel het spelletje wel mee. Ik buig iets naar voren. 'Heeft u misschien... een boodschap voor me?' fluister ik.

Ze kijkt me vragend aan. 'Pardon?'

'Een boodschap,' herhaal ik op fluistertoon en ik wiebel veelbetekenend met mijn wenkbrauwen op en neer.

'Een boodschap? Wat bedoelt u?' Haar fijn geëpileerde wenkbrauw gaat iets omhoog. En het kán zijn dat ik iets van angst in haar ogen zie. 'Als u vragen hebt, kunt u die zo aan het cabinepersoneel stellen,' zegt ze aarzelend.

Ik onderdruk een snuif. Ik heb heel veel vragen, maar ik betwijfel of het cabinepersoneel antwoorden voor me heeft. Wanneer ik langzaam mijn hand uitsteek om mijn paspoort weer van haar over te pakken, schieten haar ogen opzij. Er staat een marechaussee met samengeknepen ogen naar me te kijken.

Oké, dit begint ongemakkelijk te worden.

Ik vloek binnensmonds en haal een keer diep adem. Het ziet ernaar uit dat ik dus écht dat vliegtuig in ga stappen. Dit gaat echt gebeuren. Met tegenzin pak ik mijn paspoort aan en ik loop schoorvoetend de gate in. Terwijl ik voetje voor voetje door de slurf beweeg, daalt het besef met elke stap verder in. Ik snap nog steeds niet hóé dit heeft kunnen gebeuren, maar dát het gaat gebeuren lijkt meer en meer waarheid te worden. Ongelofelijk. Het ene moment lever ik mijn nieuwe roman in, het volgende moment – goed, drie weken later, maar toch – stap ik in een vliegtuig om op spirituele Zen-satie te gaan in de jungle van Bolivia. Omdat zij dat willen. Omdat ze denken dat ik mezelf terug moet vinden.

Waarom kan dat niet gewoon op Terschelling?

Na een argwanende blik – *jij dan?* – en een iets te lange stilte laat ik de steward bij de ingang mijn ticket zien. Hij wijst me met een onwankelbare Colgate-glimlach op de juiste rij. 'Links, even doorlopen en dan halverwege – met extra beenruimte.'

Dat is in ieder geval iets.

Ik loop door het gangpad totdat ik de juiste combinatie van cijfers en letters zie. De stoel bij het raam is voor mij, de andere twee zijn nog leeg. Ik haal mijn telefoon, oordoppen en notitieboek uit mijn rugzak en prop de tas in het compartiment boven mijn hoofd. Op het moment dat ik mezelf in de stoel laat zakken, verschijnt er een jonge vrouw naast me. Ze glimlacht naar me en begint haar spullen op te bergen. Ik richt mijn aandacht weer op mijn telefoon. Pas wanneer ze naast me neerzakt, kijk ik weer op. 'Hoi.'

'Hi.' Ze knikt en pakt ook haar telefoon. Het universele teken dat er niet geconverseerd hoeft te worden.

Opgelucht staar ik weer naar mijn eigen telefoon. Ik heb zojuist ontdekt dat het twaalf uur vliegen is naar Lima, waar ik vervolgens ook nog een keer moet overstappen om in La Paz te komen. Daar is het eerste verzamelpunt voor de retraite.

Twaalf uur.

Dat is gewoon een hele dag. Nu baal ik dat ik mijn laptop niet mee heb genomen, dan had ik tenminste kunnen schrijven aan...

Ja, waaraan?

Mijn schouders zakken. Wat als ze het menen? Wat als ze echt de samenwerking stoppen? Zou ik makkelijk ergens anders aan de bak komen? Er zijn tegenwoordig zoveel schrijvers en ik hoor vooral geluiden van uitgeverijen dat ze verzadigd zijn. De volgende gedachte maakt me bijna misselijk: wat als dit het einde van mijn carrière is?

Ik onderdruk de paniek die al drie weken aan de oppervlakte van mijn bewustzijn sluimert, wachtend tot ze haar klauwen in me kan zetten. Nee, besluit ik voor de honderdste keer, het kan niet zomaar afgelopen zijn. Ik heb duizenden lezers, die kan ik niet zomaar in de steek laten. Ik zit mijn tijd op die retraite braaf uit, doe wat ze van me vragen en daarna is alles weer normaal.

Heus.

Ik schud mijn hoofd terwijl ik mijn notitieboekje open. Ik heb gewoon een nieuw idee nodig: verse energie, frisse inspiratie. Iets nieuws, iets 'originelers', zoals Donna zegt.

Achter in mijn notitieboek heb ik een aantal bladzijden met allemaal flarden van gedachten, halve zinnen of situaties die ik ooit nog eens voor een verhaal kan gebruiken. Elke keer wanneer ik een nieuwe roman ga schrijven, bekijk ik deze pagina's. Er is altijd wel iets dat me roept, een verhaalidee dat eruit springt alsof het al die tijd op dat moment heeft gewacht om te rijpen en nu zegt: kies mij, ik ben je nieuwe verhaal.

Ik staar naar de woorden, maar dit keer roept niks en niemand me. Plots komt alles me zelfs allemaal wat banaal en oppervlakkig over. Ben ik echt zo cliché? Ik klap het boekje weer dicht en staar naar buiten. Het vliegtuig wordt inmiddels naar de startbaan getaxied. Mijn gedachten gaan naar mijn laatste romans. De afgelopen weken heb ik redelijk dwangmatig recensies over mijn boeken zitten lezen. Allemaal, een voor een, van voor naar achteren en van boven naar beneden. Boek voor boek ben ik alle bekende sites afgegaan om te weten wat lezers vinden, iets wat ik de afgelopen jaren juist áfgeleerd had. Al snel wist ik weer waarom ik dat niet meer deed: het is alsof je in een soort slechte trip terechtkomt. Van de goede recensies krijg je een vette high, maar de negatieve storten je direct in een diepe zware depressie waar je jezelf sputterend en klauwend naar vaste grond weer uit probeert te trekken.

Inmiddels is het vliegtuig gereed om op te stijgen. Op de stoel aan het gangpad zit een oudere man die met een vrouw aan de andere kant van het gangpad praat, en de jonge vrouw naast me is verdiept in de veiligheidsinstructies. Ik leun achterover en zie uit het raampje hoe we langzaam in beweging komen. Steeds sneller en sneller schieten we over de startbaan tot het vliegtuig loskomt van de grond en mijn maag een zakker maakt. Ik sluit mijn ogen en haal diep adem.

Zoek afleiding, denk aan iets anders.

Ik probeer me een voorstelling te maken van waar ik naartoe ga, maar mijn eigen reiservaring reikt niet veel verder dan Europa en dan ook nog eens de meest toeristische plekken. Het liefst ga ik elk jaar naar Ibiza of Mallorca. Kroatië was een uitspatting. Wat moet ik in vredesnaam in de jungle van Bolivia?

Mijn koffer inpakken was al een hele opgave. Wat trek je daar aan? Je bikini? Een afritsbroek? Wandelschoenen of slippers? Uiteindelijk heb ik een extra grote koffer gekocht en ongeveer mijn hele garderobe ingepakt. Al die tijd lag mijn nieuwe manuscript me vanaf het nachtkastje spottend aan te kijken. Uit pure frustratie heb ik dat uiteindelijk ook in de koffer gegooid. Misschien kan ik het nog eens doorlezen en wat aanpassingen doen die Donna tevredenstellen. Ik zak iets onderuit. Alle gedachten, het gepieker en de zorgen van de afgelopen weken eisen hun tol en het duurt niet lang voordat mijn oogleden zwaar worden.

Het vliegtuig is in schemer gehuld wanneer mijn bewustzijn weer aanklopt. Ik wrijf de slaap uit mijn ogen en rek me – zo goed en zo kwaad als dat gaat in een vliegtuig – uit. Met de hoop dat ik een groot deel van de twaalf uur zojuist slapend heb doorgebracht, kijk ik op de display van mijn telefoon. Helaas, er zijn pas een paar uur voorbij.

Mijn buurvrouw is nog wakker. Ze leest aandachtig een boek en heeft een leeslampje om de bladzijden geklemd, dat heen en weer wiebelt als ze de pagina omslaat. Nog half in sluimerstand staar ik naar de bladzijden. Het doet me altijd goed als iemand een boek leest, het heeft iets vertrouwds. Alsof er een goede vriend of vriendin naast je zit. Het bewijst bovendien maar weer dat er nog fysiekeboekenlezers bestaan en dat het tijdperk van de e-books nog niet alles heeft overgenomen. Ik zak uit pure nieuwsgierigheid iets onderuit om te kunnen zien wat ze aan het lezen is. Als ik mijn hoofd iets schuin houd, kan ik net de achterflap zien en…

O shit.

Ze leest míjn boek.

Met een ruk kom ik weer overeind, waarbij ik met mijn elleboog tegen de hare stoot. 'O, sorry,' mompelt ze zonder op te kijken, terwijl ze haar arm iets naar zich toe trekt.

'Nee, sorry, mijn schuld,' weet ik uit te brengen.

Er volgt een stilte.

Ik gluur weer opzij en doe een poging enige emotie te bespeuren terwijl haar ogen over de letters gaan.

Jeetje, wat is dit ongemakkelijk. Ik bedoel, recensies lezen is al zenuwslopend, maar naast iemand zitten terwijl die je boek leest blijkt een heel nieuw niveau van zelfkastijding te zijn.

'Is het wat?' flap ik eruit voordat ik goed en wel nagedacht heb. Of eigenlijk helemaal niet nagedacht heb. Na alles wat er gezegd en geschreven is weet ik namelijk niet zeker of ik haar antwoord wil horen. Alhoewel, misschien is dit wel het prototype van mijn lezer die me gaat verzekeren dat ook dit boek – mijn meest recente – weer geweldig is. Ja, misschien is dit juist het lot. Ik moest op deze trip gaan om in dit vliegtuig naast deze vrouw te zitten zodat zij het hele universum weer op zijn plek kan schuiven.

'Sorry?' De vrouw kijkt weer op.

Ik ga iets rechtop zitten en wijs op het boek. 'Dat boek, is het wat? Ik...' Shit, ga ik nu zeggen dat ik het geschreven heb? Nee. Nee, dat zou niet slim zijn. Ik heb een onafhankelijke mening nodig. 'Ik overweeg het ook te gaan lezen,' verzin ik snel. 'Dus ik was benieuwd.'

'O, het is...' Ze sluit het boek een stukje en bekijkt het alsof ze het ter plekke beoordeelt. Een schokje schiet door me heen en snel kijk ik naar de kaft. Ik haal opgelucht adem. Godzijdank staat mijn auteursfoto niet achterop, dan was ik meteen door de mand gevallen. 'Tja, het is vermakelijk. Niet al te ingewikkeld. Behoorlijk cliché wel. En redelijk voorspelbaar.'

Het is alsof met elk woord een bankschroef een stukje verder wordt aangedraaid.

'Heb je meer van haar gelezen?' Mijn stem klinkt vreemd vervormd alsof ik aan het einde van een tunnel sta, maar ze lijkt het niet te horen.

'Een aantal. Maar ik denk dat dit voorlopig de laatste is, het begint allemaal een beetje op elkaar te lijken.'

'Hmm.' Ik knik begrijpend, maar sterf een beetje vanbinnen.

Een kort moment kijkt ze me onderzoekend aan. Mijn hart begint wild te bonzen. Shit, ze herkent me. Herkent ze me? Ze knijpt haar ogen samen, aarzelt even maar haalt dan haar schouders op. 'Weet je wat het is?' zegt ze, terwijl ze het boek op haar schoot dichtvouwt en haar hand erop legt. 'Die voorspelbaarheid is niet zo erg, eigenlijk. Dat is de charme van het genre, het is de zekerheid die je als lezer krijgt: het loopt goed af.' Ik dwing mezelf om begripvol te knikken. Ik ontspan een tikje nu het erop lijkt dat ze me in ieder geval niet herkent, maar iets zegt me dat ze niet met de intro van een lofrede bezig is. 'Maar het valt me bij deze auteur op dat ik steeds hetzelfde verhaal lees als de vorige keer, alleen in een andere setting en met andere personages. Of ja, niet eens... die man... begrijp me niet verkeerd, hij klinkt geweldig, maar het is een beetje alsof hij uit het vorige boek is gestapt en nu hier weer opduikt.' Ze kijkt me grijnzend aan. 'Alsof hij in het vorige boek op de laatste bladzijde dacht: prima, op naar de volgende.' Ze lacht.

Ik weet me te beheersen en knik met samengeperste lippen nogmaals bedachtzaam. 'Hmm.'

'Zulke mannen...' Ze staart nu voor zich uit en schudt haar hoofd. 'Nou ja, zo'n man bestaat niet in het echt, ze vinken nooit álle hokjes aan. Ze blijven *in the end* toch... tja, gewoon *mannen*.' Ze houdt het boek omhoog. 'Zo'n man als dit is fictie.' Dan richt ze zich vragend tot mij. 'Heb jij iets van haar gelezen?'

Alles. Meerdere keren. Uitentreuren.

Maar dat zeg ik natuurlijk niet.

'Eh, een paar, geloof ik,' zeg ik. 'Lang geleden. Ik lees nu...' Ik kijk naar het notitieboek op mijn schoot. 'Eh, ik lees eh...' *Zeg. Iets. Slims.* 'Connie Palmen, erg boeiend. Maar het zit nog in mijn tas. Zul je altijd zien hè, vergeten eruit te halen en nu...' Ik gebaar nonchalant naar de man naast haar die met open mond lichtjes snurkt.

Ze knikt begrijpend. 'Nou, ik lees deze wel uit hoor, maar je mist er niks aan. Goed om bij in slaap te vallen.' Ze wijst op mijn boek en opent het op de bladzijde waar ze was gebleven.

Ik lach. Hoog en schel. De vrouw voor me schrikt zelfs op. Direct zak ik ietsje onderuit in mijn stoel. 'Nou ja, dat ga ik ook maar doen, nog wat slapen.'

De vrouw naast me knikt weer. 'Trusten,' zegt ze lachend en ze richt zich weer op haar boek.

Mijn boek.

Mijn slaapverwekkende, clichématige, voorspelbare boek.

Ik sluit mijn ogen, klem mijn vingers om mijn notitieboek en besteed de volgende uren aan mezelf onderdompelen in mijn ellende.

De fontein in het Parijse parkje spuit zachtjes water omhoog. Het is bijna middernacht, en de lichtjes van de Eiffeltoren twinkelen in de verte. Mijn hoge hakken tikken op de kinderkopjes terwijl ik met James meeloop.

'Weet je,' zegt hij, terwijl hij blijft staan bij de fontein. 'Ik heb nog nooit iemand ontmoet die zo enthousiast kan zijn over een croissant.'

Ik voel een blos op mijn wangen. 'Het was dan ook een héél goede croissant.'

Hij lacht zacht en komt dichterbij. Zijn hand streelt mijn wang, en ik voel hoe mijn hart sneller begint te kloppen. Dit is het moment, denk ik. Dit wordt mijn perfecte eerste kus in Parijs.

Het zachte geluid van de fontein vervaagt als zijn lippen de mijne raken. De wereld om ons heen verdwijnt. Er zijn alleen nog zijn zachte lippen, zijn hand die nu in mijn haar glijdt, en ergens in de verte het geluid van een accordeon die een Frans liefdesliedje speelt.

Als we elkaar aankijken, zie ik in zijn ogen precies wat ik voel: dit is het begin van iets magisch.

Uit: Het kleine café van geluk – *Babs Bastiaans*

2

Heb je enig idee hoelang een vlucht duurt wanneer je al je levenskeuzes heroverweegt? Wanneer je zeker weet dat je gedoemd bent om binnen de kortste keren dakloos en zonder inkomen bij je beste vriendin en haar man op de stoep te staan? Wanneer je passie, je roeping, je enige zekerheid in het leven niet meer dan een vals gefluister van een duiveltje op je schouder blijkt te zijn?

Ik kan nu vertellen: Heel. Erg. Lang.

Om haar punt te maken viel de vrouw naast me kort na ons gesprek inderdaad in slaap met mijn boek open op haar schoot, waardoor ik uren naar een scène heb kunnen staren waar ik zelf eigenlijk best trots op was. Een scène vol chemie: charmant, romantisch en vol vlinders-in-je-buikmomenten. Ze is precies in slaap gevallen op het moment waarop de hoofdpersoon voor het eerst zoent met haar droomman. In Parijs. Romantischer wordt het niet. Natuurlijk gaat het hierna nog gruwelijk mis tussen die twee, maar ik wilde mijn lezer alvast een zwijmelmomentje geven, een belofte voor later. Dat hoort er gewoon bij.

Ik kijk opzij naar de vrouw, wier hoofd iets opzij is gevallen. Dit was hoe dan ook niet de reactie die ik voor ogen had toen ik die scène schreef.

Inmiddels heb ik het fragment zo'n drieëndertig keer herlezen en minstens zo vaak herschreven in mijn hoofd. Hoewel ik de eerste twee rondes nog dacht dat het prima in elkaar zat, ben ik nu in staat om het boek van haar schoot te meppen en vanaf hier de cockpit in te mieteren. Bovenhands.

Na een eeuwigheid wordt godzijdank de landing ingezet. Het is vier uur 's nachts in Nederland, maar zodra mijn telefoon van de vliegtuigstand af gaat, springt hij terug naar negen uur in de avond, lokale tijd. Ik slaak een diepe zucht en ga rechtop zitten, terwijl de verlossende *ping* klinkt die me vertelt dat de riemen af mogen.

'Nou, daar gaan we dan,' mompelt de vrouw naast me als ze haar riem losmaakt. Ze glimlacht kort naar me.

Vraag me niet hoe, maar ik krijg het voor elkaar om terug te glimlachen. 'Ga je op vakantie?'

'Ja, voor het eerst alleen, dus spannend.' Ze stopt dat vervloekte boek in haar tas. 'Jij?'

'Werk,' antwoord ik vaag. Vakantie wil ik dit niet noemen.

Opgelucht kijk ik toe hoe ze opstaat en haar compacte trolley uit het vak boven ons tilt. Wanneer de rij langzaam in beweging komt, stapt ze het gangpad in. 'Nou, werk ze dan.' Ze zwaait naar me en schuifelt met de rij mee naar buiten. Ik worstel mezelf tussen de stoelen door en gris mijn rugzak uit het vak. Het vliegtuig is al bijna leeg als ik me eindelijk naar de uitgang begeef.

Met brandende ogen van vermoeidheid trek ik mijn reisdocumenten uit mijn tas om te zien waar ik heen moet. Over twee uur vertrekt mijn volgende vlucht naar La Paz, de hoofdstad van Bolivia. Godzijdank is het nog maar een kleine twee uur vliegen. Als het goed is, word ik in La Paz opgevangen door iemand van de reisorganisatie die de retraite heeft georganiseerd. O, pardon. De spirituele safari.

Opnieuw danst er een olifant in een legging aan mijn netvlies voorbij.

Ugh, ik kijk hier zó niet naar uit.

Ik schud het beeld van me af en ga op zoek naar de juiste gate. Waar ik wél naar uitkijk is het moment dat ik straks mijn hotelkamer in stap en op een groot bed kan ploffen. Ik heb foto's gezien van een enorme regendouche in een soort outdoorbadkamer, omgeven door enorme palmbladeren. Dat lijkt me fantastisch. Na een goede nachtrust wil ik heus wel onder zo'n douche stappen. Kijk, zo avontuurlijk ben ik dan toch weer wel.

Eenmaal bij de juiste gate is het rustig. Ik nestel me in een van de rode kuipstoeltjes met mijn hoofd op mijn rugzak in een poging een powernap af te dwingen.

Er wordt aan me geschud. Wanneer ik verward mijn ogen open en tegen het tl-licht knipper, kijk ik op in het gezicht van een wildvreemde man. Het eerste wat me opvalt is dat hij ontzettend lang is. '*Is this your flight?*' Zijn Engels is doorspekt met een bekende klank. Lang om erover na te denken heb ik echter niet, want hij knikt naar de gate. Als ik zijn blik volg, zie ik nog net het staartje van de rij.

Direct vlieg ik overeind. '*Shit! Yes, thanks!*'

Hoofdschuddend draait hij zich om en hij loopt door naar de gate. Ik gris mijn spullen bij elkaar en zet een sprintje in. Aangezien de man van zonet geen haast lijkt te hebben, passeer ik hem met een verontschuldigende glimlach en ik kom ruim voor hem bij de steward aan die naar me glimlacht. '*Welcome.*' Hij pakt mijn ticket aan, scant het snel, bekijkt mijn paspoort en gebaart dat ik door mag lopen.

Opgelucht dat deze reis er bijna op zit stap ik het vliegtuig in. Het voelt behoorlijk oneerlijk om compleet gemangeld door een vliegreis van twaalf uur en een brakke pitstop op het vliegveld tussen allemaal frisse mensen te moeten zitten. Maar de kans dat de donkerharige Zuid-Amerikaans ogende man naast me zo dadelijk een van mijn boeken uit zijn rugzak haalt is klein, dus dat stemt positief: ik heb behoefte om even een paar uur niet met mezelf geconfronteerd te worden.

Dit keer kies ik ervoor mijn oortjes in te doen en ik zet mijn favoriete schrijfplaylist op. Het is een lijst met allemaal instrumentale nummers, om te voorkomen dat ik volledig afgeleid raak door mijn onbedwingbare karaokedriften. Ik sluit mijn ogen en sta mijn brein toe om compleet overgenomen te worden door de muzikale klanken en niet te denken aan...

Niet doen.

Denk er nou niet aan.

Je mist er niks aan. Goed om bij in slaap te vallen.

O nee. Doe dit jezelf nou niet aan.

Niet al te ingewikkeld. Behoorlijk cliché wel. En redelijk voorspelbaar.

Met mijn ogen nog altijd gesloten zoek ik met mijn vingers naar het volumeknopje. Ik zet de muziek harder in een poging de confronterende gedachten uit te drijven.

Zo'n man bestaat niet in het echt, ze vinken nooit álle hokjes aan.

Geïrriteerd schiet ik overeind en staar boos naar mijn telefoon. Waarom overstemt die muziek verdorie mijn gedachten niet?

Er beweegt iets naast me en als ik opkijk, staart mijn buurman me bezorgd aan. '*Are you okay?*' vraagt hij met een dik accent.

Ik knik snel en hef verontschuldigend mijn hand op. Dan zak ik weer terug in mijn stoel.

Zo'n man als dit is fictie.

Hou. Op.

Opnieuw sluit ik mijn ogen.

Ik snap het niet. Dit is toch precies wat lezers willen? Zwijmelen bij een man die zo geweldig is dat je niet hoeft te mopperen over rondslingerende onderbroeken of afgeknipte teennagels, die altijd het juiste weet te zeggen en die je op handen draagt, ook als je gewoon zin hebt om de hele dag te mokken? En bovendien is het heus niet altijd dezelfde man in mijn boeken. Er zit genoeg variatie in.

In gedachten zet ik de mannen uit mijn laatste romans naast elkaar op een rij. Kijk maar, ze zijn allemaal erg verschillend, zo heeft hij... Hmm. Nou vooruit, ze hebben inderdaad allemaal donker haar. En... oké, blauwe ogen. Maar James, de love-interest uit mijn laatste boek, heeft toch donkere ogen? Ik zoom in gedachten in totdat ik dichtbij genoeg ben om te zien dat hij... ook helderblauwe ogen heeft.

Hmm.

Oké, toegegeven: een vage overeenkomst met Gerard Butler blijkt onmiskenbaar nu ik ze zo op een rijtje zie staan, maar wie kan me dat kwalijk nemen, de man is simpelweg een muze.

Moet ik echt voor iets totaal anders gaan? Zou dat ze tevredenstellen?

En wat dan? Gewoon een willekeurige man van de straat

plukken? Ik open één oog en spiek vanuit mijn ooghoek naar het exemplaar naast me. Hij is klein en gedrongen, ik gok ergens eind veertig. Zijn donkere haren zijn net iets te lang, hij heeft borstelige wenkbrauwen boven donkere ogen, die iets te dicht bij elkaar staan, en een enorme neus. Zou hij een vrouw hebben? Zou er ergens een vrouw met smart op deze man zitten te wachten tot hij thuiskomt? En zou die vrouw in katzwijm zijn gevallen voor deze man toen ze hem voor het eerst zag?

Wanneer hij opzij draait en me opnieuw vragend aankijkt, kijk ik snel voor me. Ik wacht een paar seconden totdat ik voel dat hij zich weer op zijn schermpje richt en speur dan opnieuw de ruimte af.

Er zitten mannen in allerlei soorten en maten om me heen. Oudere mannen, jonge kerels, blond, donker, rood, met baard, zonder baard… Niet dat ik op een van hen zou kunnen vallen. O nee. Nee, ze komen allemaal niet in de buurt van mijn lijstje.

Ik geloof namelijk wel degelijk dat de perfecte man bestaat. Er is niks mis mee om een duidelijk beeld te hebben van wat je zoekt, wat bij je past. Dat scheelt een hoop gedoe en hartzeer.

Mijn oma wist het perfect te brengen: 'Op ieder potje past een dekseltje. Als het de juiste is, dan weet je het. Net als bij opa en mij,' zei ze altijd. 'En sommige mensen zijn als Tupperware, daar passen heel veel deksels op,' voegde ze daar altijd met een snelle blik op mijn moeder aan toe.

Ik denk aan de vele mannen die de revue hebben gepasseerd als het om mijn moeder gaat. Mijn echte vader heb ik nooit gekend. Mam vertelde me ooit dat hij een charmante

Fransman was die de benen nam zodra bleek dat ik in productie was gegaan. Ze was er kapot van. Maar al snel daarna leerde ze Karl kennen. De eerste jaren van mijn leven leerde ik om hem, mijn moeders eerste echtgenoot, papa te noemen. Karl was oké, maar bleef niet hangen. Net zomin als nummer twee, drie én vier. Momenteel is mijn moeder verloofd met haar huidige vriend. Dat zou haar vijfde huwelijk worden. Ik heb hem nog niet ontmoet.

Tja, wat kan ik ervan zeggen. Mijn moeder is een soort *serial* bruid. Laten we het erop houden dat ze een onvermoeibaar geloof in de ware liefde heeft én in liefde op het eerste gezicht. Keer op keer, op keer, op keer...

Ik zucht, ik wil nu niet aan mijn moeder denken. Ik heb al genoeg trauma voor één dag om te verwerken, dank je wel. Het is niet voor niets dat ik haar al een tijdje niet meer gesproken heb.

Goed, op zoek naar inspiratie voor de niet-zo-ideale man. Dat is blijkbaar wat de uitgever wil. Dat moet toch niet al te moeilijk zijn.

Ik richt mijn aandacht op een exemplaar met een bijzonder lange rode baard, schuin voor me aan de andere kant van het gangpad. De man heeft zijn laptop op zijn schoot en zit een beetje voorovergebogen te typen. Werk? Een manuscript? De reisplanning?

Ik stel me voor dat hij de love-interest is van mijn nieuwe roman.

Ze leunde langzaam naar voren, liet haar vingers door zijn baard glijden en –

Nee.

Nee, sorry.

Ik las eens dat baardhaar precies dezelfde structuur heeft als schaamhaar.

Ik trek mijn neus op.

Een stoppelbaardje is meer dan prima. Maar zo'n lange lap gezichtsvacht…

Nope. Deze man valt af.

Ik richt mijn aandacht op de man achter hem. Hij draagt zo'n veel te strakke trainingsbroek, een shirtje dat om zijn biceps spant en een petje dat zijn zo te zien kale hoofd bedekt. Hij tikt nerveus met zijn voet op de grond terwijl zijn kaak op en neer gaat om zijn kauwgom alle hoeken van zijn mond te laten zien. Dit lijkt me zo'n man die helemaal door het lint gaat als zijn voetbalploeg verliest. Eentje die het dan van zijn reptielenbrein verliest en de boel kort en klein slaat. Zo iemand die zowel bij vreugde als bij verdriet zijn bier door de lucht slingert.

Ik strek mijn nek om te kijken wie er naast hem zit. Het is een platinablonde dame in een zuurstokroze trainingspak. Oké, er zijn dus vrouwen die daarop vallen. Maar… is zij mijn doelgroep? Is dit wat een vrouw wil?

Ik stel me opnieuw het rijtje mannen voor dat ik uit mijn boeken heb geplukt en als een verdachtenopstelling heb neergezet. Tot slot voeg ik petmans naast me eraan toe.

Ik observeer het rijtje.

Petmans blikt verbaasd om zich heen en kijkt me vervolgens verontwaardigd aan.

Nee. Zie je, hij voelt het ook. Dit werkt gewoon niet.

Ik schud het beeld weer weg en pak mijn notitieboekje erbij. Opnieuw blader ik naar de laatste pagina's en ik staar naar de suggesties en flarden van ideeën die ik de afgelopen jaren heb opgeschreven.

Ik staar en staar en staar…

Maar geen enkel verhaal of idee roept me. Niks spreekt me aan.

Ik leun achterover en sluit mijn ogen.

Het is officieel.

Donna heeft m'n mojo gesloopt.

3

Compleet gebroken schuifel ik twee uur later het vliegtuig weer uit. We zijn geland in La Paz. Als het goed is word ik hier ergens opgewacht door ene Marina, die volgens de info die Donna me heeft doorgestuurd de deelnemers naar de retraite begeleidt. Hier ga ik de rest van de groep ontmoeten. Plotseling maakt dat idee me nerveus. Dit zijn de mensen met wie ik de komende tien dagen opgescheept zit. Wat als het allemaal van die vage zweverige figuren zijn? Terwijl ik bij de bagageband op mijn koffer wacht, gluur ik om me heen of ik iemand zie die eruitziet alsof hij of zij ook naar een retraite in de jungle gaat.

Waar zoek ik naar? Dreadlocks, blote voeten, harembroeken?

Ik scan de menigte en blijf hangen bij een oudere man met een grijze baard en een dunne grijze vlecht die over zijn schouder hangt. Hij heeft een vissershoedje op en draagt een gebatikte blouse. Dat moet er eentje zijn. Zo gauw we oogcontact maken knikt hij vriendelijk naar me. Ik produceer iets wat voor een glimlach door moet gaan en kijk snel weer weg. Dan ontdek ik een bekend gezicht. Een gezicht dat ik liever niet meer zou zien. Het is de vrouw die op de eerste vlucht naast me zat. Die zo lekker in slaap valt bij mijn boeken. Ze tuurt op haar telefoon. Zou zij ook...?

Ik schrik op van het ratelende geluid van de bagageband en schud die verontrustende gedachte snel van me af. Dat zou wel érg toevallig zijn. Zoiets zou in een van mijn romans misschien gebeuren.

Ongeduldig tuur ik naar de koffers die voorbijkomen, sjor de mijne eraf en loop dan zonder nog om te kijken naar de ontvangsthal. Hoewel het drie uur in de ochtend is, is het vliegveld toch aardig bedrijvig. Ik ontwijk een schoonmaker en loop met een bochtje om een groepje slapende backpackers heen. Wanneer de schuifdeuren naar de ontvangsthal opengaan, zie ik meerdere mensen met een bordje staan die me allemaal afwisselend hoopvol of verveeld aankijken. Ik zoek de rij af tot ik een vriendelijk ogende vrouw spot met een bordje SPIRITUAL SAFARI. Ik herken daarnaast het figuurtje met de gekleurde bolletjes. Wanneer ze ziet dat mijn ogen blijven hangen op haar bordje, wordt haar glimlach breder en ze zwaait uitnodigend naar me.

Ik geef een ruk aan mijn koffer en loop op haar af.

'*Bienvenidos, namasté.*' Voor ik goed en wel doorheb wat er gebeurt, trekt ze me in een omhelzing. Het is maar een klein vrouwtje, maar haar armen vouwen zich verdacht stevig om me heen. Wanneer ze me weer loslaat, blijf ik beduusd staan terwijl ze op haar planbord kijkt. '*You Bebs?*'

Even kijk ik haar niet-begrijpend aan, maar dan besef ik dat ze mijn naam probeert uit te spreken. 'Bábs, ja.'

'*Qué bien, you sooo welcome. I'm Marina. I bring you to bus soon. Now we wait for others.*' Direct strekt ze haar nek om om me heen te kijken. Eigenlijk wil ik liever direct naar die bus waar ze het over heeft. Laat. Me. Slapen. Ik ben inmiddels al bijna vierentwintig uur onderweg en snak ernaar om zo snel mogelijk naar het hotel te gaan.

'*Aah, you must be Ed*.' Opnieuw neemt ze iemand in de houdgreep en ik herken direct het vissershoedje van de oudere man met de vlecht. Hij slaat zijn armen om de kleine vrouw heen en drukt haar tegen zich aan. In mijn optiek schuurt de duur van de omhelzing al tegen randje aanranding aan wanneer ze elkaar eindelijk loslaten. De man pakt met zijn handen haar bovenarmen vast en kijkt de vrouw onderzoekend aan.

'*Yes, this feels good, such a beautiful aura*,' verzucht hij. Dan richt hij zich op. Ik probeer snel mijn telefoon te pakken om te veinzen dat ik bijzonder druk ben, maar ben net te laat. 'Wat ontzettend goed dat je er bent,' zegt hij tegen me in het Nederlands en hij trekt ook mij in een stevige omhelzing voordat ik kan protesteren.

Is dat wat dit soort mensen doet? Elkaar te pas en te onpas knuffelen?

Daar heeft Donna niets over gezegd.

Sowieso heeft Donna niet heel veel gezegd. Ze heeft me een mailtje gestuurd met wat bulletpoints over deze trip en *that's it*.

Ik wurm me los uit zijn omhelzing en zet een stap naar achteren. 'Eh, ja. U ook.' Ik haal een hand door mijn haar en besluit het op een koetjes-kalfjesgesprek te gooien om te voorkomen dat hij over mijn aura begint. Ik heb geen idee wat daar de stand van is, maar ik vermoed dat het inmiddels wel wat zwarte randjes heeft en ik wil de beste man niet laten schrikken. 'Nederlands dus?'

'Zeker.' Hij kijkt me verbaasd aan. 'De hele groep is Nederlands. Wist je dat niet?'

Ik pijnig mijn hersenen af of ik dat wist. Het klinkt logisch: de folder was ook in het Nederlands.

'Hoi!' klinkt het naast me. 'Nou, dát is toevallig!'

Mijn hoofd zwiept opzij, maar mijn hele wezen weet al wie er staat. Natuurlijk is het dat mens uit het vliegtuig. De boekslaper.

Waarom heeft het universum opeens zo'n hekel aan mij?

'O, hoi,' zeg ik snel. 'Dat is inderdaad toevallig.'

Schiet me neer.

'Je gaat met ons mee? Ik dacht dat je zei dat je voor werk op reis was.'

Ja. Dat heb ik gezegd. 'Eh ja, dat klopt.'

'Wat voor werk doe je?' Nieuwsgierig neemt ze me op. 'O, ben je een van de retraiteleiders?'

Ik stoot een lach uit. 'O alsjeblieft, nee. Nee hoor. Ik eh… Ik ben…' Shit, wat moet ik nu zeggen? No way dat ik ga zeggen dat ik auteur ben van feelgoodromans, *je weet wel, onder andere die ene voorspelbare en clichématige, waar jij zo lekker bij in slaap valt.* 'Ik eh… werk voor een uitgever.'

Netjes. Want: niet helemaal gelogen.

'O, interessant. Vandaar je interesse in wat ik las.' Ze glimlacht.

'Ja, precies.' Ik knik terwijl ik me instant-schuldig voel dat ik tegen haar lieg. Ze komt erg aardig over. Gelukkig sluit er op dat moment een oudere vrouw bij de groep aan, die zich voorstelt als Fia en net als iedereen in een innige omhelzing wordt genomen door de kleine donkerharige vrouw, en vervolgens ook door Ed, die op zijn beurt iedereen nog eens vaderlijk doch enigszins ongepast welkom heet.

Onze gastvrouw werpt een blik op haar lijstje, tuurt om zich heen en knikt alsof ze zichzelf iets wil bevestigen. '*Yes, I bring you to bus.*'

'Zijn we compleet?' Ed kijkt om zich heen. 'Ik dacht dat we met meer zouden zijn?'

Oké, nu weet ik zeker dat ik ergens een briefing heb gemist, want ik weet werkelijk niets meer dan dat ik op spirituele safari ga in Bolivia en hoe laat mijn vliegtuig naar Lima en vervolgens de vlucht naar La Paz zou vertrekken. Donna heeft uiteindelijk alles voor me in orde gemaakt – omdat de uitgeverij betaalt. Maar volgens mij is ze 'vergeten' om de mailtjes met inhoudelijke informatie naar me door te sturen.

Waarschijnlijk omdat ze dacht dat ik anders niet zou gaan.

Wat heel plausibel klinkt.

Terwijl Ed zich naar Marina haast om zijn zorgen uit te spreken, komt de blonde vrouw weer naast me staan. 'Ik ben Emma trouwens.'

'Ba...' *Shit.* '...rbara,' maak ik er snel van, voordat ik mezelf al binnen vijf minuten verraad. Ook niet helemaal gelogen, want dat is mijn doopnaam. Ik heb hem alleen al eenendertig jaar niet meer gebruikt.

'Echt toevallig dat jij ook meegaat. Ik ben zo benieuwd naar deze reis.' Ze kijkt me opgetogen aan. 'Ik weet nog steeds niet helemaal wat ik kan verwachten, maar ik ben gek op natuur en het spirituele spreekt me steeds meer aan, snap je.'

Ik knik braaf. 'Ja, het wordt vast... interessant.'

'Moet jij er iets over schrijven?'

Even voel ik het bloed uit mijn wangen trekken. Hoe weet

zij dat…? O ja. Die uitgeverij. 'Eh ja, we maken een soort… reisgids.'

'O, een spirituele reisgids? Wat interessant. Nou, ik ben benieuwd wat eruit zal komen.'

'Ik ook,' mompel ik. Dan gebaart Marina tot mijn grote opluchting dat we haar moeten volgen, de hal uit. Ik loop een beetje weg van Emma om te voorkomen dat ik mijn graf nog dieper graaf. Het is nog donker buiten en Marina jaagt ons een wit busje in terwijl de chauffeur de koffers achterin gooit.

Ik klem mijn rugzak tegen me aan en kies een plekje aan het raam. Ik kan niet wachten tot we bij het hotel zijn. Ik wil eerst achtenveertig uur slapen, daarna ben ik misschien bereid te horen wat precies de bedoeling van deze week is.

Hoewel er nog plek genoeg is komt Emma naast me zitten. Ze zet haar rugzak tussen haar voeten en neemt een flinke teug uit haar waterfles. 'Nou, de eerste stop is meteen eentje om van de bucketlist te strepen, hè?'

Bijster langzaam registreert mijn brein de woorden 'eerste stop'. Geschrokken kijk ik haar aan. 'Gaan we niet naar het hotel?'

'Hotel? Nee, we gaan naar Valle de la Luna, dat staat toch in het programma?'

Ik vervloek Donna en neem me voor op de terugweg op zoek te gaan naar voodoopoppetjes. La Paz schijnt een heksenmarkt te hebben. 'Wat is dat?' vraag ik argwanend. Ik kan me namelijk niet voorstellen wat er op dit moment belangrijker kan zijn dan een douche en een zacht matras.

Emma knippert met haar ogen. 'Je weet niet wat Valle de la Luna is?'

Ik schud mijn hoofd. Waarom zou ik dat moeten weten?

'Maar je schrijft toch een reisgids?'

O ja.

'Eh ja...' Ik knik bedachtzaam om wat tijd te rekken. 'Maar de kracht daarvan is dat ik me laat verrassen. Helemaal avontuurlijk en zo. En spiritueel natuurlijk,' voeg ik er snel aan toe. 'Ik laat me leiden door het universum.'

Ja, dat klinkt goed. Dat klinkt precies als iets wat dit gezelschap wil horen.

'O, zo.' Emma kijkt voor zich uit. 'Ja, dan snap ik het wel,' zegt ze weinig overtuigend. 'Maar je hebt er dus nog nooit van gehoord?'

Ik schud mijn hoofd. Nog geen seconde later piept Eds hoofd tussen de twee hoofdleuningen voor ons uit. 'Nooit gehoord van Valle de la Luna?' Hij fronst.

Ik schud plichtmatig opnieuw mijn hoofd. 'Nope.' Blijkbaar is het een ding.

Ed kijkt me onderzoekend aan. 'Valle de la Luna, ofwel Moon Valley, ligt in de Atacama-woestijn, dat is de droogste woestijn ter wereld. Er zijn rotsformaties, verborgen zoutgrotten en langgerekte zandvlaktes en als je er loopt lijkt het net alsof je op de maan bent.'

Ik aarzel en verwerk zijn woorden. 'Maar... we gingen toch naar de jungle?'

Ed buldert van het lachen. 'Natuurlijk, maar daar zijn we nog niet. Geloof me, deze plek wil je niet missen. Er hangt een heel bijzondere energie.' Ed sluit zijn ogen en ademt diep en dramatisch in door zijn neus. 'Even opladen voordat we beginnen.'

Als ik niet reageer – ik ben nog te druk met verwerken dat

dit blijkbaar niet het eindpunt van onze reis is – gaat Ed vol overgave verder: 'De legendes vertellen dat er overleden zielen rondwaren zodra het donker wordt. En geloof me, het is daar nu pikkedonker. Geen lichtje te vinden. Maar goed, daar zijn we natuurlijk niet bang voor. Wij verwelkomen alle entiteiten.' Ed glimlacht naar me en houdt zijn handpalmen geheven naar de hemel. 'Ze zeggen dat Atlantis is gezonken op die plek en dat het daarom zo dor is.'

'Maar... Atlantis lag toch in het water?' brengt Emma bedachtzaam in. Ik ben blij dat er in ieder geval nog íémand is die vraagtekens bij dit alles zet. Ik raak meer en meer benieuwd naar Emma's verhaal. Ze komt niet op me over als de standaard spirituele vrouw. Je weet wel, vol met kettingen, armbanden en van die met olifanten bedrukte broeken.

Net als Ed opnieuw iets wil zeggen, stapt Marina de bus in. Ze kijkt glimlachend op ons neer. '*Welcome, welcome. We drive to Valle de la Luna. About fifteen-minute drive.*'

'*Then we go to hotel?*'

Vier hoofden schieten mijn kant op. Er volgt een korte, ongemakkelijke stilte, maar dan begint Marina te lachen. '*Haha, no no, silly Bebs. Then we come back to airport.*'

4

Vijf uur later stopt het busje op exact dezelfde plek van het parkeerterrein bij het vliegveld als waar we zijn vertrokken. Ik schrik op uit mijn halve sluimer – ik heb de hoop op slapen maar opgegeven – en kijk op.

Voor me rekt Ed zich uit. Hij blaast met veel bombarie zijn adem uit, waarbij hij zijn handen en vingers uitschudt, en maakt dan een luid zoemend geluid. 'Heerlijk,' besluit hij dan.

Ik frons, maar bedenk direct dat het beter is om geen vragen te stellen waar je het antwoord niet op wilt weten. Ik tuur uit het raam. Het is druk op het vliegveld, een stuk drukker dan vannacht in ieder geval. Overal rijden auto's en taxi's af en aan en er staan ongeveer twintig busjes van hetzelfde soort als het onze. Met mijn ogen volg ik het enorme vliegtuig dat recht over ons heen vliegt.

Onvoorstelbaar dat ik dadelijk weer zo'n ding in moet. Voor mijn gevoel ben ik al een eeuwigheid onderweg. Maar Marina verzekerde me dat het de snelste manier was om op onze bestemming te komen. Tenzij ik liever twintig uur in de auto wilde zitten op een soort onverharde weg naar de hel vol haarspeldbochten en geen ruimte voor tegenliggend verkeer. '*Only three dead this month.*' Marina had me opgewekt aangekeken.

Juist.

Terug het vliegtuig in dus.

Het uitstapje naar Valle de la Luna was… bijzonder. Toegegeven, het was een van de mooiste zonsopgangen die ik ooit heb gezien. Maar dat is niet moeilijk, want zo vaak heb ik nog niet de moeite genomen om tegelijk met de zon op te staan, laat staan in combinatie met een woestijnlandschap.

Ondanks mijn vermoeidheid heb ik mijn ogen uitgekeken. Alles was droog en dor en de rotsen hadden de meest bijzondere vormen aangenomen door erosie. Wat mij betreft had er op hetzelfde moment een dinosaurus om de hoek kunnen stappen en ik had het geloofd.

Die gecombineerde yoga-meditatiesessie had van mij echter niet per se gehoeven. Nadat ik drie smoesjes had geopperd om eronderuit te komen (1. Ik mag van de dokter niet te lang in kleermakerszit zitten (maar we doen ook andere houdingen – verdorie); 2. Ik heb misofonie, ja, die aandoening dat je niet tegen eetgeluiden kan, maar dan heb ik dat met yogageluiden, je weet wel… ademende mensen; 3. Ik wil hier een verslag van schrijven, dus ik kan beter toekijken… alsjeblieft?) besefte ik dat Marina genadeloos is. Onder dat schattige kleine-vrouwtjesuiterlijk schuilt een ware kenau.

Dus naast dodelijk vermoeid ben ik nu ook nog eens trotse eigenaar van een beginnende spierpijn waardoor ik vermoed dat ik morgen op z'n minst een van mijn ledematen zal verliezen.

We stappen uit en ik sjok achter de rest aan via de hoofdingang, langs de douane en security en vervolgens via een roltrap naar een lange gang met meerdere gates. Pas als we stilhouden bij een van de laatste gates, helemaal achterin, besef ik dat we onze koffers helemaal niet hebben ingecheckt. Een golf van paniek gaat door me heen. '*Marina, the suitcases!*'

'*Está bien*,' glimlacht de vrouw naar me en ze schudt gemoedelijk haar hoofd. Ze wijst op iets buiten. '*We take with us*.'

Ik volg haar vinger. Buiten staat een klein vliegtuigje. Echt klein. Ik bedoel, niet zo'n goh-wat-klein-want-ik-vlieg-budget-en-zit-met-mijn-benen-in-mijn-nek-maar-dat-is-dus-eigenlijk-mijn-eigen-gierige-schuld-vliegtuig. Maar echt klein, als in: hier passen niet meer dan tien mensen in.

Mijn hemel.

Een stewardess verschijnt in de deuropening en een voor een worden mijn reisgenoten ingecheckt. Met hun bagage lopen ze de landingsbaan op waar ze een rij vormen voor een kleine deur aan de zijkant van het vliegtuig.

'*Miss?*'

Ik kijk op. De stewardess glimlacht vriendelijk naar me. Ik denk terug aan dat moment op Schiphol, toen ik nog hoop had dat dit allemaal een grote grap was. Maar goed, toen had ik nog niet gezien dat iemand létterlijk in slaap viel bij het lezen van mijn boek.

Misschien had Donna gelijk en moet er inderdaad iets anders.

Misschien heeft deze reis me daarom toch wel iets te brengen.

Op zijn minst inspiratie.

Achter de stewardess draait Marina zich bezorgd naar me om als ik opnieuw iets te lang aarzel. Snel overhandig ik mijn paspoort en stap even later de knisperfrisse buitenlucht in.

Onze koffers worden door een jongeman met donker haar in het ruim getild. Al snel blijkt hij ook de steward én de piloot te zijn: hij stapt direct na mij in, zegt iedereen gedag, gebaart kort waar de nooduitgang en de zuurstofmaskers zijn en laat zich dan soepel in de voorste stoel zakken. Zou hij daar ook een koffiezetapparaat hebben?

Er zijn geen aangewezen stoelen, dus ik neem weer een plekje aan het raam, dit keer op een enkele stoel. Emma is lief, maar ik heb serieus behoefte aan wat me-time nadat ik de afgelopen uren naar het geadem van mijn reisgenoten heb geluisterd. Misschien is het wel écht een aandoening.

Iedereen blijkt moe te zijn, want het blijft rustig om me heen. Ed zit met zijn ogen gesloten. Hij slaapt niet, want zijn vingers tikken beurtelings op zijn knieën, alsof hij een bepaald melodietje volgt. Emma heeft haar oordoppen ingedaan; godzijdank heeft ze mijn boek er niet meer bij gepakt. Ik weet niet hoelang ik kan doen alsof ik daar niets mee te maken heb. Fia is naast Emma gaan zitten. Ook zij lijkt plots in een of andere meditatieve toestand te zijn gezakt. Of ze doet gewoon een dutje, dat kan ook. Lastig te zeggen bij dit soort mensen. Wat de oorzaak dan ook moge zijn, ik omarm de rust en tuur uit het raam.

Marina staat nog buiten en het duurt een paar seconden voordat ik besef waarom. Er komen meer mensen aangelopen die ze op dezelfde warme manier begroet als ze bij onze aankomst deed.

De consternatie buiten maakt dat Ed zijn ogen weer opendoet. 'Ah, we zijn compleet.'

Ik herinner me dat hij bij aankomst zei dat de groep groter zou zijn. Nieuwsgierig draai ik me om. Er stappen twee mensen het toestel in: een jongen en een meisje van ergens begin twintig. Hij draagt een hoedje en zo'n schelpenketting om zijn nek die helder afsteekt bij zijn donkere huid. Hij houdt de hand vast van het meisje dat op blote voeten door het smalle gangpad beweegt, kettinkjes rinkelen om haar enkels. Ze draagt een paarse flodderjurk en heeft een enorme berg dreads boven op haar hoofd gedraaid.

'Welkom.' Ed draait zich met een uitnodigende glimlach om en wijst op de twee stoelen achter hem – naast mij aan de andere kant van het minigangpad.

Ze zakken neer en kijken om zich heen. 'Hallo allemaal. Wij zijn Tony,' hij wijst op zichzelf en dan op zijn vriendin, 'en Lila.'

Ik knipper, maar blijkbaar vraagt verder niemand zich af of Lila daadwerkelijk haar naam is, want iedereen stelt zich netjes voor.

'Hallo! Hadden jullie vertraging?' vraagt Emma. 'Jullie hebben de Valle de la Luna gemist.'

Het meisje glimlacht alwetend. 'Prachtig daar, hè? We zijn er al geweest. Tony en ik reizen al een paar maanden door Zuid-Amerika. We komen net uit Peru, daarom zijn we iets later.'

'O wauw. Dat lijkt me fantastisch.' Emma zakt terug op haar stoel en kijkt verlangend naar het stel. Hoewel ze glimlacht, schuilt er iets treurigs in haar ogen, maar zodra ik het opmerk knippert ze en is het weer weg. 'Peru lijkt me zo mooi.'

'Dat is het zeker!' beaamt Tony enthousiast. 'Je moet er zeker naartoe. Je hebt natuurlijk Machu Picchu, maar ook veel minder toeristische dingen zoals Chauchilla Cemeterio, een oude begraafplaats vol skeletten, mummies en echt zo bizar energetisch!'

'O, dat is iets voor jouw reisgids, Barbara!'

Geïnteresseerd draait het hele gezelschap zich nu naar mij om.

O, shit.

'Schrijf je een reisgids?' vraagt Tony belangstellend, terwijl hij me met zijn donkere ogen nieuwsgierig opneemt.

'Een spirituele reisgids, toch?' voegt Emma er tot overmaat van ramp aan toe en ze kijkt me vragend aan.

'Eh, ja, zoiets... het moet nog vorm krijgen.' Ik maak een vaag gebaar met mijn hand. Godzijdank klinkt er weer geluid bij de deur en stapt onze volgende reisgenoot in. Lachend – blij met de onderbreking – draai ik me om. Het is een man. Hij is lang – ik bedoel, ik moest al bukken om in te stappen, maar deze man moet zichzelf zowat horizontaal naar binnen schuiven – en hij heeft een pet op tot ver over zijn ogen. Toch komt hij me verdacht bekend voor. Ik knijp mijn ogen tot spleetjes en dan herinner ik me het: het is de man die me in Lima wakker maakte bij de gate. Zonder hem had ik het vliegtuig misschien wel gemist. Ik wil hem net enthousiast begroeten – en hem nog eens bedanken – als ik zijn stuurse blik ontmoet. Hij fronst naar me en er schiet een flits van herkenning door zijn ogen, maar dan kijkt hij weer weg. Met een korte knik groet hij iedereen en hij ploft op de lege stoel achterin neer. Hij trekt zijn pet verder over zijn ogen, kruist zijn armen over elkaar en tuurt uit het raam.

Oké.

Enigszins van mijn stuk draai ik me weer om. Ik ontmoet Eds blik. Hij kijkt me alwetend aan. 'Toevalligheden zijn spirituele woordspelingen.'

'Hè?' reageer ik en ik kijk hem nietszeggend aan. Hij bekijkt me nog eens goed, maar draait zich om zonder zijn woorden te herhalen of uit te leggen.

Iedereen lijkt al snel daarna weer verzand in zijn eigen wereld – en die bevindt zich bij sommigen volgens mij echt in een ander heelal – dus ik pak mijn oordopjes en sluit mijn ogen. Ik hoop dat we er snel zijn.

Ik krijg mijn zin. Gevoelsmatig hebben we maar amper een paar meter gevlogen of het vliegtuigje zet de landing weer in. De blauwe lucht verdwijnt en al snel zie ik enkel verschillende tinten groen. Terwijl het vliegtuig steeds dichter bij de grond komt, worden we omringd door alleen maar bomen, bladeren, struiken en hoog gewas. Sterker nog – ik druk mijn neus tegen de ruit – er is hier helemaal geen landingsbaan! Er is letterlijk alleen maar oerwoud. Bittere paniek schiet via mijn keel omhoog. Dit gaat mis. Waar gaan we in hemelsna–

Met een enorme smak raken we de grond. Mijn neus bonkt tegen het raam en mijn ingewanden worden door elkaar geschud terwijl we met een noodgang door het hoge gras schuiven. Mijn hart maakt een dubbele flikflak en klampt zich ergens ter hoogte van mijn keel angstig vast. Was dit… de bedóéling? Heeft hij de landingsbaan gemist? Holy shit, was dit een nóódlanding?

Ik kijk paniekerig om me heen, maar wanneer ik Marina's

blik ontmoet, klapt ze verheugd in haar handen. '*Llegamos! Welcome to Rurrenabaque*.'

Direct komt iedereen in beweging. Met nog altijd wankele benen pak ik mijn tas en klim uit het toestel. Direct slaat de hitte me als een koekenpan in mijn gezicht. Mijn hemel, wat is dit voor belachelijke temperatuur? Zweet parelt op mijn voorhoofd en mijn oksels klotsen al voordat ik mijn rugzak op mijn rug heb gehangen.

Een douche. Koud. IJskoud. En hopelijk snel.

Mijn onderkaak zakt ietsje naar beneden als ik om me heen kijk.

Ik blijf staan.

Is dít het vliegveld van Rurrenawattes?

Enkel gras, palmbomen en enorme varens. Pas als ik me omdraai, ontwaar ik een klein mintgroen huisje, dat er ook nog eens uitziet alsof het jaren geleden al verlaten is. 'Is dit het?' weet ik uit te brengen.

'Geweldig. Het voelt meteen goed.' Emma komt glunderend naast me staan. 'Wat een avontuur, hè?'

Marina drijft de hele groep door de open ruimte van de 'aankomsthal', die zo te zien ook dient als vertrekhal, souvenirshop, vvv en lokale supermarkt. Ze roept iets naar de eenzame bewaker die achter zijn bureautje tv kijkt, en lacht wanneer hij iets terugroept. Aan de andere kant van het gebouw is een dorre onverharde parkeerplaats. Op het moment dat ik me afvraag hoe we vanaf hier überhaupt ergens gaan komen, verschijnt er in de verte een grote stofwolk, waar uiteindelijk een soort jeep verantwoordelijk voor blijkt te zijn. Het ding komt met een lawine van zand en stofdeeltjes voor ons tot stilstand. Ik begin te hoesten.

Ed gooit lachend zijn koffer in de enorme laadbak, waarna hij er verdacht fit voor iemand van zijn leeftijd achteraan springt. De rest volgt al snel zijn voorbeeld. De lange man gaat als laatste, en dan sta ik nog alleen op de parkeerplaats. Aarzelend kijk ik naar de plek naast de bestuurder, maar ik besef dat die voor Marina bedoeld is. Zeker wanneer ze op hem afstapt en de man een zoen op zijn mond geeft, weet ik dat ik geen schijn van kans heb. Ze kijkt met een lach naar me op. '*Go, Bebs, we must go.*'

Met tegenzin rol ik mijn koffer naar de laadklep. De lange man kijkt misprijzend naar het grote gevaarte, maar pakt hem beet en sjort hem omhoog. Ik trek mijn rugzak van mijn schouders en klim erachteraan, de laadbak in, waar iedereen op de kleine bankjes aan weerszijden heeft plaatsgenomen.

Ik ga zitten en kijk zoekend me om heen. 'Geen riemen?'

Ed glimlacht enkel. De lange man lacht. 'Wat een avontuur, hè?' herhaalt hij Emma's woorden. Het vleugje sarcasme in zijn toon ontgaat me niet.

Maar nog voordat ik daarop kan reageren komt de wagen in beweging. Het volgende kwartier kan ik überhaupt niets zeggen of zien zonder dat alle holtes in mijn gezicht gevuld worden met kilo's zand. Fia en Lila hebben hun sjaals voor hun mond gebonden. Ook Ed, Tony en de lange man hebben hun shirt opgetrokken om te voorkomen dat ze compleet gezandstraald worden.

Ik probeer mezelf zo goed en zo kwaad als ik kan te beschermen, maar kan niet voorkomen dat het zand tussen mijn kiezen knarst tegen de tijd dat we het dorp in rijden. Ik vergeet dat allemaal echter meteen wanneer ik om me heen kijk. Het dorp bestaat uit een aantal brede lanen vol kleurrijke gebouwen, bankjes, bloemperken en brede palmbomen. Al snel passeren we tot mijn verrassing sfeervolle restaurantjes, gezellige cafeetjes en prachtige hotels. Dit is totaal niet wat ik had verwacht. Ik had geen idee wat ik überhaupt kon verwachten, maar... een glimlach breekt door op mijn gezicht.

Dit is veelbelovend.

Niet veel later houden we stil voor een groot geel gebouw dat omringd wordt door hoge palmbomen. Eigenlijk bestaat het gebouw vooral uit een dak en wat palen, want je kijkt er dwars doorheen, rechtstreeks naar het glinsterende azuurblauwe zwembad dat daar ligt. '*We here!*' Marina stapt uit de auto en de chauffeur – die ze nu pas voorstelt als haar man Juan – opent de laadklep zodat iedereen uit kan stappen. Ed helpt me met mijn koffer en Marina gebaart ons om te wachten. Ze beent op de receptie af – een tafeltje in een hoek met een grote koelkast ernaast – en begint rap te praten in een taal die ik niet kan plaatsen.

'Ik kan niet wachten om daar een duik te nemen,' verzucht Emma en ze staart in de richting van het zwembad.

'En een koude cola,' beaam ik, met een verlekkerde blik op de koelkast.

Tony en Lila staan samen te smoezen en Fia zoekt iets in haar rugzak, terwijl ze uitgebreid gaapt. Alleen de lange man, van wie ik nog steeds de naam niet weet, heeft zich afgezonderd van de groep. Hij staat nog altijd op de veranda en is aan het bellen. Hij voert een geanimeerd gesprek, legt een hand op zijn pet en lijkt een beetje boos. Nou, die kan in ieder geval wel wat zen gebruiken. Ik vraag me af waarom hij überhaupt mee is, hij valt aardig uit de toon. Mezelf niet meegerekend.

Voordat ik er verder over na kan denken komt Marina terug met de sleutels. Ze wijst op het gebouw met een rijtje deuren dat in een U-vorm om het zwembad heen ligt. '*The rooms are there. Today you relax, swim, eat. Tomorrow program starts.*'

Ik staar een moment naar de sleutel in mijn hand en richt me weer op.

Ik durf haar woorden haast niet te geloven.

We… blijven hier?

In dit kleine paradijs?

De glimlach die zich al aan me had opgedrongen wordt breder. Ik laat mijn blik over het zwembad gaan, de ligbedjes, de palmbomen en de kleurrijke bloemen die het geheel omgeven.

Nou, zo'n spirituele safari is misschien zo slecht nog niet.

5

Zo gauw de deur van de kamer achter me dichtvalt, laat ik me met een plof en een kreun – ik laat in het midden welk geluid van mij afkomstig is – op het bed vallen. Even blijf ik roerloos liggen, maar dan neem ik de kamer in me op. Het is een simpel verblijf: er staan twee houten bedden, een grote donkere kast en een tafeltje met twee plastic kuipstoeltjes erbij. De muren zijn van een soort baksteen en het raam, of nou ja, het gat in de muur – met uitzicht op het zwembad – heeft een soort tralies en een hor. Geen glas. Maar met deze temperaturen is dat misschien ook overbodig. Er hangt zelfs een televisie aan de muur tegenover het bed. Ik sluit voor een paar tellen mijn ogen en haal diep adem.

Goed, als dit het is moet het allemaal te behappen zijn. Hoewel het een groep vreemde snuiters is, heb ik niet het idee dat het onaardige mensen zijn. Ik neem aan dat er elke dag ook ruimte zal zijn om te relaxen: een duik in het zwembad, een boek lezen in een van die luie stoelen. Ik zag zelfs hangmatten tussen de palmbomen. Ik moet dit gewoon als een vakantie zien. In gedachten zie ik mezelf al liggen met een cocktail in de hand. Misschien had Donna wel gelijk met deze trip: misschien is dit precies wat ik nodig heb om nieuwe inspiratie op te doen.

En dat mediteren... daar wen ik vast wel aan.

Hoop ik.

Het geluid van klepperende slippers komt dichterbij en verdwijnt dan weer. Iemand loopt naar het zwembad. Ik probeer te besluiten wat ik zal doen. Morgenochtend moeten we ons om acht uur melden bij het ontbijt en begint de retraite officieel. Tot die tijd is iedereen vrij om te doen wat hij of zij wil. Ik wil vooral slapen, maar ik moet bekennen dat het zwembad ook lonkt. De vochtige lucht is drukkend warm en ik geloof niet dat er nog een millimeter van mijn lijf droog of schoon is gebleven tijdens de rit van het vliegveld naar hier. Zelfs mijn zweet zweet. Ik grijp naar mijn telefoon. Het is net na de middag en ik sterf inmiddels ook van de honger. Ik besluit daarom eerst wat te eten, misschien nog een rondje te zwemmen en daarna een middagdutje te doen. Ik duw mezelf weer omhoog en open mijn koffer. Een voor een hang ik mijn spullen in de kast: jurkjes aan de plastic hangers, shirtjes en broeken op de plank. Mijn gympen en slippers zet ik langs de muur. Zo, daar kan ik wel een weekje mee vooruit.

Ik aarzel even als ik mijn manuscript van de bodem van mijn koffer pak. Dan stop ik het terug en schuif het ding in de hoek.

Gewapend met een handdoek stap ik een paar minuten later de badkamer in. Een tikje teleurgesteld dat er geen geheime doorgang is naar buiten, naar die beloofde regendouche, kleed ik mezelf snel uit en ik stap in de plastic douchebak.

Terwijl het water naar beneden klettert ontspan ik meer en meer. Ik draai een beetje aan de knoppen: ik ben niet zo iemand die graag koud doucht – geef mij maar standje hel – maar in deze hitte doe ik alles om wat verkoeling te vinden. Terwijl ik de ellenlange reis van me afspoel, begin ik steeds beter te begrijpen wat mensen bedoelen wanneer ze zeggen dat ze zich 'verkwikt' voelen.

Een klein half uurtje later is mijn leven tegen alle verwachtingen in behoorlijk perfect. Ik lig op een bedje in de schaduw van een enorme palmboom. Ik heb net twee rondjes gezwommen en naast me staat een bord vol verse bananenpannenkoekjes en schijven meloen en ananas. De piña colada maakt het af. Het feit dat ik deze hele reis heb doorstaan, vond ik wel het vieren waard. Fia en Emma liggen op een stoel aan de andere kant van het zwembad. Toen ik zojuist een praatje met ze maakte, begreep ik dat Ed het dorp was gaan verkennen. De lange man, die Brent blijkt te heten, is nergens te bekennen, en Tony en Lila evenmin. 'Die twee zullen wel andere dingen te doen hebben samen.' Fia had suggestief met haar wenkbrauwen gewiebeld.

Nou, ik moet er niet aan denken in deze hitte. Ik sluit mijn ogen en geniet van het zachte geklots van het zwembad op de achtergrond en de muziek van Bob Marley door de kleine speakers. Als ik bijna in slaap dreig te vallen, open ik mijn ogen weer. Ik kom iets overeind en eet gulzig mijn bord leeg. Terwijl ik daarna via een rietje mijn cocktail naar binnen lurk, kijk ik nog eens om me heen. Fia ligt met haar ogen dicht. Emma leest... ach, verdorie. Zo gauw ik mijn boek zie, komt het kolkende gevoel in mijn maag weer terug. Blijft ze dat boek de hele week lezen? Is dit het lot dat mij uit de tent probeert te lokken, of is het echt puur toeval? Als ik nog eens goed kijk zie ik dat ze niet daadwerkelijk leest. Ze… slaapt.

Natuurlijk.

Toevalligheden zijn spirituele woordspelingen. Ik hoor Eds vreemde woorden weerklinken in mijn hoofd.

Spirituele woordspelingen, mijn reet. Ik sta op en ga naar bed.

Het is pikdonker en doodstil als ik wakker word. Verdwaasd tast ik naar mijn telefoon en druk hem aan. Ik knipper een keer en staar verdwaasd naar het scherm. Het is zes uur *in de ochtend.* Mijn hemel, ik heb een soort van gat in de dag geslapen en daar de nacht voor het gemak aan vastgeplakt. Nadat ik het lampje naast het bed aangeknipt heb, schuif ik iets omhoog en wrijf in mijn ogen. Een kleine minuut blijf ik zo zitten en laat de realiteit van waar ik ben tot me doordringen. Volgens Donna is mijn enige missie deze week om mezelf terug te vinden. Wat me relatief makkelijk lijkt als je jezelf in eerste instantie al niet kwijt bent.

Of het is juist een onmogelijke opgave.

Ik slinger mijn benen uit bed en staar om me heen. Ondanks het vroege tijdstip is het al bloedheet, dus het kost me weinig overredingskracht om mezelf te overtuigen een duik in het zwembad te nemen.

In alle rust en stilte trek ik een paar baantjes in het frisse zwembad, terwijl de lucht langzaam lila en oranje kleurt door de opkomende zon. Dit is al de tweede zonsopkomst op rij die ik meemaak.

Zie, ik ben nu al een ander mens.

Niet vergeten dat Donna straks te appen.

Na het zwemmen douch ik op mijn kamer en trek een short en een hemdje aan. Het is inmiddels half acht, dus ik verwacht dat iedereen zich zo wel in de grote ruimte zal verzamelen voor het ontbijt en de start van de retraite. Ik ben inmiddels best nieuwsgierig naar wat we precies gaan doen. Elke ochtend mediteren? Onmogelijke yogaposes? O shit, we moeten toch niet de hele tijd stil blijven, hè? En je mag ook wel gewoon eten, toch?

Weer enigszins getemperd in mijn enthousiasme loop ik naar de verzamelplaats, maar zodra ik het ontbijt zie ben ik mijn zorgen van zojuist weer vergeten. Ik mag duidelijk gewoon eten. De lange tafel staat vol met vers fruit, pannenkoekjes, croissantjes, toast en vers sap. Fia en Ed zitten al aan tafel en begroeten me opgewekt. 'Lekker geslapen?'

'Heerlijk,' beaam ik. 'Ik heb bijna zestien uur geslapen, dat is me nog nooit overkomen.'

'We misten je al met het avondeten. Maar,' Ed kijkt me wijs aan, 'lichamelijke heling is de eerste stap naar de ingang van de ziel.'

'Zo is het,' beaamt Fia plechtig. 'Bovendien was niet iedereen erbij, hoor. Brent was er ook niet.'

'Dat verbaast me dan weer niets,' mompel ik terwijl ik plaatsneem. Hij heeft nog amper boe of bah tegen iemand gezegd. Met het oog op een mogelijke detox stapel ik mijn bord vol en ga direct van start. Niet lang daarna volgen Tony en Lila, Emma en ook Brent beent uiteindelijk naar de tafel.

'Goed geslapen, knul?' vraagt Ed.

'Matig,' mompelt Brent en hij grijpt naar de koffiekan. Ik neem hem heimelijk op terwijl ik mijn derde bananenpannenkoek naar binnen werk.

Hij is erg lang, maar niet megadun. In proportie, zou ik zeggen. Weer heeft hij die verschoten pet op, waardoor zijn krullen verborgen zijn, maar er hier en daar onderuit piepen. Ik heb niets met petten. In mijn opinie zijn hoofden daar gewoon niet voor gemaakt. Hij heeft zich zo te zien ook net geschoren, zijn kaken zijn glad. Zijn witte poloshirt is tot aan de bovenste knoop dichtgeknoopt. Mijn ogen gaan verder omhoog. Hij ziet er inderdaad uit alsof hij slecht geslapen heeft, met donkere kringen onder zijn ogen die nu dof de tafel rondkijken. Hij stopt als ze de mijne ontmoeten. Snel kijk ik weg. Het zijn mijn zaken niet. Met een beetje geluk kan ieder de komende dagen gewoon zijn eigen ding doen.

'Ik heb fantastisch geslapen,' vertelt Emma, terwijl ze haar bord volschept met fruit en kleine broodjes. 'Dat ruisen van de palmbomen op de achtergrond en de rust hier zijn zalig. Heb je gehoord hoe stil het was? Waar vind je dat nou nog? Heerlijk toch?' Ze kijkt opzij, naar mij. 'Heb jij gisteren ergens buiten de deur gegeten? We hadden nog op je gewacht, maar...'

Ik schud mijn hoofd. 'Ik was in slaap gevallen en heb de hele nacht doorgeslapen.'

'Dan had je het nodig.' Emma prikt wat fruit aan haar vork. 'Ik ben zo benieuwd naar het programma. Ik ben normaal gesproken niet zo van het spirituele, maar ik sta helemaal open voor nieuwe ervaringen. Helemaal sinds...' Ze aarzelt even, maar veert dan op. 'O, daar is ze. We gaan beginnen.'

Tot mijn verbazing stapt niet Marina de veranda op, maar een onbekende vrouw. Ze heeft witgrijze lange haren die over haar rug golven en bij haar witte tuniek en wijde broek draagt ze een bijpassende serene glimlach. 'Goedemorgen samen. *Buen día* en namasté.' Ze drukt haar handpalmen voor haar borst tegen elkaar en geeft een knikje.

'Namasté,' beantwoordt Ed haar met eenzelfde gebaar.

'Waar is Marina?' fluister ik.

'Die heeft gisteravond afscheid van ons genomen.' Een steekje teleurstelling schiet door me heen. Ik was blijkbaar al een beetje gehecht geraakt aan die kleine kenau. 'Dit is Ananda,' vervolgt Emma. 'Zij leidt de retraite, ze woont al jaren in Bolivia. Ze is een soort goeroe voor sommige mensen, daarom is deze retraite zo gewild. Zo benieuwd hoe ze in het echt is.'

'Ananda,' herhaal ik enkel. Ik vraag me af of spirituele mensen een nieuwe naam krijgen wanneer ze alle puntjes van hun aura met elkaar hebben verbonden. Ik werp een blik op Lila.

Nadat iedereen haar heeft begroet, neemt Ananda het woord. 'Wat is het geweldig dat jullie er zijn. En wat een moment. Jupiter en Venus staan op één lijn, dus dat belooft wat. Vandaag starten we onze bijzondere spirituele safari. Zeven dagen gaan we ons volledig onderdompelen in de wensen van onze ziel, we laten los en laten ons leiden door het universum. We gaan voelen, ervaren en beleven. En jullie weten het: zeven dagen, zeven chakra's. Elke dag zullen we aandacht besteden aan een van onze chakra's en de activiteiten van die dag afstemmen op onze behoefte rondom die chakra.'

Nou, mijn chakra's hebben voor zover ik weet geen behoeften, dus dat scheelt alvast. Ik kijk om me heen. Iedereen hangt aan Ananda's lippen. Iedereen behalve Brent, die met één wenkbrauw omhoog en een diepe frons naar haar kijkt. Hoe komt die man hier eigenlijk verzeild? Zou hij het kopieerapparaat van zijn saaie kantoorbaan in elkaar hebben gemept met een honkbalknuppel en verplicht op deze retraite zijn gestuurd om tot rust te komen?

'En dat gaan we natuurlijk doen op een bijzondere plek,' vervolgt ze. 'Een plek waar de oerkracht van de aarde het beste te voelen is. Terug naar de natuur, de kern, terug naar de basis van het bestaan, waar Adam en Eva elkaar vonden. Het paradijs.' Terwijl ik me weer naar Ananda omdraai, voelt het alsof mijn wereld een beetje kantelt. Een bang voorgevoel neemt het tevreden gevoel van zojuist langzaam over en alsof Ananda de paniek in mijn ogen ziet, wendt ze zich tot mij. 'Want dat wat je zoekt, zoekt jou ook.' Ed maakt een instemmend geluid. Het komt nog net boven het gezoem uit dat in mijn hoofd steeds luider wordt, wanneer Ananda doorpraat: 'Er staan rugzakken voor jullie klaar bij de receptie. Kies er eentje en pak de essentiële dingen in. De rest kun je in je koffer laten, die zullen hier opgeborgen worden. We vertrekken over een half uur.' Ze slaat haar handen ineen.

Wat? Over een half uur? Waarom? Waarheen?

Ik heb haar vast verkeerd begrepen. Mijn hand schiet omhoog. 'Eh, pardon. Waar moet ik aan denken bij essentiële dingen? Dingen als zonnebrand? En eh, een bikini en zo?'

Ananda kijkt me een moment zwijgend aan. Dan glimlacht ze. 'Ik bedoel wat je nodig hebt om de komende dagen jezelf te kunnen kleden en wassen.'

De komende…

Langzaam rollen de woorden met hun betekenis mijn hoofd in.

'Maar ik... eh, komen we hier niet terug?' Paniek klinkt door in mijn stem.

Er volgt een korte stilte. Een stilte waarin ik voel dat er iets vreselijks staat te gebeuren. In drie, twee, één...

'Over zeven dagen komen we hier weer terug.'

Mijn hart slaat over als ik hem zie staan tussen de menigte. Het kan niet. Het kán gewoon niet. Ik voel hoe mijn handen beginnen te trillen en ik stop ze snel in mijn jaszakken.

Ademhalen, zeg ik tegen mezelf. Gewoon rustig ademhalen. Ik dwing mezelf om weg te kijken, maar het is al te laat. Zijn ogen vinden de mijne, en de wereld komt tot stilstand. Een glimlach speelt om zijn lippen, die glimlach die ik zou herkennen uit duizenden.

'Ik heb op je gewacht,' zegt hij zachtjes, en ik weet dat dit geen toeval meer kan zijn.

Uit: Liefde op het tweede gezicht – *Babs Bastiaans*

Dag 1: De wortelchakra

Thema: Stabiliteit, energie, leven in het hier en nu
Kleur: Rood
Element: Aarde

'We zijn waar we moeten zijn.'

6

Omdat ik uiteraard geen flauw benul heb wat essentieel is wanneer je zeven dagen in de jungle op zoek moet naar jezelf, sta ik een half uur later ongemakkelijk bij de ingang met de gekregen rugzak tegen me aangedrukt. Ik heb mijn toilettas inclusief malariapillen, ondergoed, een aantal shirtjes, twee broeken en een jurkje ingepakt. En voor de zekerheid toch ook maar zonnebrand, mijn notitieboekje, mijn oplader (geen idee of ik daar iets aan heb, ik heb al vijf schietgebedjes gedaan voor het positieve scenario) en slippers. Slippers zijn altijd een goed idee, toch?

Er heerst een uitgelaten sfeer – alleen Brent staat uiteraard een beetje afzijdig van de groep. Ergens ben ik een beetje jaloers op het imago dat hij zo snel al heeft gecreëerd: praat niet tegen mij, tenzij ik tegen jou praat.

Lijkt me fantastisch.

Niet lang nadat de groep compleet is, komt de blauwe jeep van Juan aangereden. Zo gauw hij stopt worden de rugzakken achterin gegooid en springt iedereen een voor een in de laadbak. Ik blijf opnieuw als laatste over. Zou er iets op tegen zijn als ik gewoon hier blijf? Ik bedoel, ik kán toch gewoon… niet meegaan? Het is vast niet zo dat Donna ergens een tracker heeft geplaatst om te controleren of ik wel écht de jungle in ga. Trouwens, wíst zij dit wel? Heeft ze überhaupt enig idee waar ze me in gestort heeft? Ik kijk over mijn schouder naar het glinsterende zwembad. Het vooruitzicht om hier de komende week in alle rust te vertoeven wordt met de seconde aanlokkelijker. En heus, ik kan hier ook wel een nieuw boekidee bedenken dat 'origineler' is.

Voordat ik me echter daadwerkelijk kan omdraaien, komt Ananda naast me staan. 'Paulo Coelho zegt: de eerste spirituele kwaliteit die je dient te hebben is moed.' Daarna kijkt ze me zo indringend aan dat ik geen andere keuze heb dan mijn rugzak achter in de jeep te gooien en mezelf omhoog te hijsen.

Tegen Fia aangedrukt en met een knoop in mijn maag zie ik het hotel steeds kleiner worden, totdat het uit mijn zicht is verdwenen. Er volgt opnieuw een hobbelige route vol stofhappen en zandstralen terwijl we het dorp uit rijden en de omgeving groener en groener wordt. Ik durf niemand te vragen wat nu precies de bedoeling is, voornamelijk uit angst voor het antwoord.

Ik ben in staat om alsnog uit de jeep te springen. Ik ben nét aan het overwegen of dat een serieuze optie is (Rollen was het toch? Dan heb je de minste kans dat je iets breekt?) als de wagen vertraagt en we stil blijven staan aan de oever van een smalle rivier. Er liggen een paar lange houten boten op het gras. Een paar meter verderop staat een wat oudere gedrongen man.

'O, wat geweldig,' verzucht Emma gelukzalig. 'Nu gaan we écht de natuur in.'

'Maar… waar slapen we dan?' vraag ik argwanend.

Emma haalt haar schouders op. 'Geen idee. Misschien in tenten?'

Tenten? In de jungle? Mijn ogen schieten van links naar rechts. 'Zitten hier geen slangen dan?' fluister ik en ik kijk om me heen.

Emma kijkt me verschrikt aan. 'O, geen idee. Ja, misschien wel. Maar misschien zijn ze ongevaarlijk?'

We krijgen geen tijd om lang te discussiëren over de fauna van de omgeving, want we worden in de richting van de voorste boot gedreven waar we twee aan twee plaatsnemen op de bankjes. De oudere man – blijkbaar onze kapitein voor nu – gaat achterin zitten bij de kleine motor en Ananda neemt voorin plaats. Niet veel later wordt de motor na een paar keer morrelen gestart en varen we de rivier op.

Al snel vergeet ik mijn aanvankelijke zorgen. Dit is niet bepaald de Biesbosch. Sterker nog, ik heb nog nooit iets als dit gezien. Geen idee wat ik me precies voorstelde bij 'de jungle' (nou ja, de Biesbosch dus blijkbaar, maar dan misschien zonder het vrachtverkeer), maar de natuur is overweldigend. Al snel hangen reusachtige planten over het water en waar ik maar kijk zie ik alle mogelijke tinten groen. Het is drukkend warm, maar wanneer ik mijn hand naast het bootje door het water laat gaan, koelen de frisse stroompjes die langs mijn vingers kriebelen me tijdelijk af. Ananda zit met gesloten ogen voor op de boot, als een soort antieke Pocahontas in de wind. Maar dan zonder die wind. Nog geen zuchtje.

Er klinkt wat consternatie achter me.

'Kijk!' Emma pakt mijn arm vast en wijst naar links.

Ik geloof mijn eigen ogen in eerste instantie niet als ik een krokodil op de oever zie zitten.

Is dat…

Jemig.

Nope, zeker geen Biesbosch.

Het beest heeft zijn bek een stuk openstaan en zijn ogen gesloten. Hij lijkt ons niet eens op te merken. Iedereen kijkt geboeid en – toegegeven – een tikje angstig toe. Hoe stevig is dit bootje eigenlijk? Onwillekeurig voel ik aan de houten rand naast me. Wanneer ik een blik achterom werp, zie ik dat onze kapitein geen krimp geeft, hij kijkt niet eens naar het beest. We varen door en wanneer de krokodil uit zicht verdwijnt, word ik al snel afgeleid door een grote vogel die rakelings langs onze boot zweeft. Er klinken oeh's en aah's en… oké, ik moet toegeven: dit is fantastisch. Ik glimlach naar Emma, die met hetzelfde enthousiasme terugkijkt. 'Geweldig toch?' Ze pakt haar telefoon en maakt een foto van de vogel die nu over het water scheert.

'O, kijk!' roept Lila op hetzelfde moment uit. Ik volg haar vinger die naar de andere oever wijst, waar zes uit de kluiten gegroeide cavia's rondscharrelen. 'Capibara's!'

Ik grijp mijn telefoon. Net op het moment dat ik een foto wil maken, komt de boot echter met een flinke schok tot stilstand. Ik schiet naar voren en kan ternauwernood voorkomen dat mijn telefoon uit mijn handen vliegt. Snel stop ik hem terug in de zak van mijn short. No way dat ik mijn laatste lijntje met de bewoonde wereld op dag één ga verliezen.

De man achterin moppert wat en geeft een paar keer flink gas, maar de boot blijft op zijn plek terwijl het water aan de achterkant wild klotst door het geweld van de motor.

'*All men out!*' roept hij en hij springt behendig overboord. Ed en Tony volgen zonder aarzelen zijn voorbeeld. Brent blijft in eerste instantie zitten en staart met een ongelukkige uitdrukking naar het water, maar komt dan overeind en stapt met zijn lange benen over de reling. Tot mijn verbazing komt het water maar tot aan hun knieën. Ik had gedacht dat het hier veel dieper zou zijn. Ze gaan twee aan twee aan weerszijden van de boot staan en op het teken van de man beginnen ze te duwen. De boot schuurt en schokt wat, maar komt weer in beweging. '*Get in, get in!*' roept de kapitein. Snel stappen ze weer in de boot. '*Water low*,' is de enige verklaring die we krijgen, terwijl hij zelf ook weer in de boot springt. Dan varen we verder.

Na een klein half uur – en drie onderbrekingen waarbij de mannen de boot uit moeten om hem weer van de ruwe bodem te duwen – minderen we opnieuw vaart, dit keer omdat we op een kleine houten aanlegsteiger afkoersen. Ik tuur onrustig naar de oever en ontwaar in de verte tussen de bomen houten bouwwerken.

Ananda draait zich voor het eerst om. Het is alsof ze al die tijd in een of andere meditatieve stand heeft gestaan en iemand haar nu weer aan heeft gezet. Het zal wel iets spiritueels zijn. 'We zijn waar we moeten zijn, lieve mensen.'

Terwijl de boot aanlegt en iedereen zijn rugzak pakt, komt er vanuit het struikgewas een man aanlopen. Ananda heeft gezegd dat we eenmaal op locatie een expert bij ons hebben om ons te begeleiden. Dit zal hem wel zijn. Hij duwt wat bladeren opzij en stapt de oever op.

Op dat moment is het alsof de toch al beperkte zuurstof uit de atmosfeer wordt gezogen. Mijn longen zijn in één klap leeg, maar mijn hart begint op centrifugestand te tollen terwijl de man in slow motion op mij afloopt.

'Barbara?' Ergens in de verte hoor ik Emma mijn naam zeggen, maar het komt amper boven het suizen in mijn oren uit. Vanuit mijn ooghoek registreer ik half dat iedereen inmiddels uit de boot is gestapt. Ik zit echter nog altijd op mijn plek met mijn rugzak tegen me aangedrukt en mijn blik vastgeklonken aan de man die nu de steiger op stapt.

Ik dwing mezelf om adem te halen, maar mijn longen weigeren dienst.

Dit… Dit kan niet.

'Goedemorgen samen, welkom bij de Pacha Ecolodge.' De warme klank van zijn stem sijpelt mijn oren in. Hij spreidt met een glimlach zijn armen uit. Gespierde, gebruinde armen met fijne donkere haartjes, precies zoals…

Nee. Nee, dit is onmogelijk.

Ik schud mijn hoofd lichtjes en probeer me te focussen op de man voor me, die nu een praatje houdt over zijn Ecolodge waar we blijkbaar zullen verblijven. Ik kan hem alleen maar aanstaren…

Die donkere haren…

Dat stoppelbaardje…

Die helderblauwe ogen met kraaienpootjes ernaast wanneer hij lacht…

Het warme geluid van zijn stem…

Dit is hem.

Met een schok dringt het zinnetje tot me door. Dit. Is. Hem. Dit is de man die ik in mijn boeken beschrijf, die man die in elk boek terugkomt, de inspiratie voor elke love-interest van mijn hoofdpersonages.

Daar staat hij. Een soort G.I. Joe-achtige Gerard Butler.

Ik maan mezelf tot kalmte. Doe niet zo gek. Dit is gewoon een man die toevallig lijkt op iemand die ik in mijn hoofd heb gecreëerd. Dit is puur toeval, dit is...

Zijn blik glijdt over de groep en eindigt bij mij. Zijn mondhoek trekt iets omhoog als hij naar me glimlacht. 'Ik heb op je gewacht,' zegt hij, terwijl zijn ogen bij mij blijven hangen.

Het voelt alsof het universum zijn adem inhoudt.

Ik heb op je... Wat? Mijn ogen worden groot. Dan voel ik iets langs mijn benen ruisen. Ananda stapt in haar wapperende tuniek naar voren. 'Ja, sorry. We hadden wat vertraging. Maar je weet, de kosmos bepaalt zijn eigen tempo, we zijn hier precies op het juiste moment.'

De man lacht instemmend. 'Ongetwijfeld. Nou, fijn dat jullie er zijn, alles staat al klaar. Mijn naam is Marco en dit is mijn zelfgebouwde lodge. Ik zal jullie de komende dagen beschermen tegen de gevaren van de jungle, terwijl Ananda met jullie aan de slag gaat op het spirituele vlak.'

Ananda glimlacht. 'Er is geen betere spirituele leider dan je eigen ziel.'

Ik hoor het maar amper. Mijn brein maakt kortsluiting.

Hij draait zich om. 'Ik zal jullie rondleiden.'

7

'O, echt geweldig dit. Helemaal back to basic, vind je niet?' Terwijl Emma vol enthousiasme blijft kletsen, leg ik als verdoofd mijn rugzak op het toegewezen bed. Of ja, matrasje. Of ja… opgevuld stuk stof op de grond. Deze lodge heeft bij Gods gratie een soort hokjes met daarin twee dunne matrasjes met een klamboe eromheen. Meer is er niet, geen tafeltje, geen stoeltje, geen badkamer. Ik herhaal: geen badkamer.

En alles is van hout.

Alles. Is. Van. Hout.

En al dat hout ook nog eens op hoge palen. Dat zit me ook dwars. 'Veiligheidsmaatregelen, in verband met de kaaimannen en de slangen en zo,' had Marco nonchalant gezegd.

Serieus, ik wil niet eens weten wat hij met 'en zo' bedoelt.

Marco. Ik kan er ten eerste nog steeds niet over uit dat hij zo heet. Ik zou mijn love-interest nooit Marco noemen. Ten tweede moet ik bekennen dat ik weinig van zijn verdere uitleg heb meegekregen. Ik was zo afgeleid door… hem. Elke keer als hij begon te praten, kon ik alleen maar naar zijn lippen staren. Lippen die ik… eh, die mijn personages talloze keren hebben gekust.

De manier waarop hij beweegt, de manier waarop hij lacht, die twinkeling in zijn ogen. Mijn hartslag schiet weer omhoog. Mijn brein probeert al sinds de eerste ontmoeting een logische verklaring te vinden voor het feit dat ik deze man kén. Hij speelt de hoofdrol in al mijn romans. Hoe kan dit? Heb ik hem onbewust ooit eens ontmoet en die herinnering in een verborgen kamertje van mijn brein verstopt?

Ik móét Willemijn spreken. Zij kan me hier vast een rationele verklaring voor geven. Ze is niet voor niks mijn beste vriendin, het is haar plicht. Ik bedoel, ze kent mij. Ze kent mijn boeken. Willemijn weet altijd hoe alles zit. Mijn handen omklemmen mijn telefoon.

Dat is mijn volgende agendapunt van deze paniekaanval: er is geen stroom. Dat betekent dat wanneer de batterij van mijn mobiel straks leeg is, alle verbinding met de buitenwereld weg is. 'Onderdeel van de ervaring,' had Ananda op zalvende toon gezegd, toen ik haar praktisch had gesmeekt om een stopcontact of een powerbank of… *iets*.

Ik tuur op het scherm. Nog vijfentwintig procent.

'Barbara?' Ik kijk op in het bezorgde gezicht van Emma. 'Gaat het wel? Je ziet een beetje bleek. Het is hier ook vreselijk warm, hè?' zegt ze met een lachje.

Ik trek mezelf los uit mijn malende gedachten. 'Ja, belachelijk warm,' zeg ik snel terwijl ik mezelf koelte toe wapper, waarmee ik in feite alleen bloedhete lucht verplaats. Ik kijk om me heen. 'Het is wel erg eh… primitief, hè?'

Marco – *insert* afkeurende smiley – heeft ons zojuist een rondleiding gegeven door de Ecolodge. Had ik al gezegd dat werkelijk álles van hout is? Hij vertelde met trots dat hij alles zelf ontworpen en gebouwd heeft. Dat pleit natuurlijk voor hem: hij is duidelijk gepassioneerd over wat hij doet. Een van de criteria op mijn lijstje voor de Perfecte Man. Ik had alleen niet gedacht dat die passie ook in iets als dit tot uiting zou kunnen komen. De gebouwtjes zijn aan elkaar verbonden met een houten loopbrug die in een soort vierkant tussen de bomen hangt. Via die loopbrug kun je bij de verschillende onderdelen van de lodge komen. Aan een van de vier zijdes zijn de slaapcompartimenten, zoals hij dit hok noemde, net toen ik nog enige hoop had wat betreft onze accommodatie voor de nacht. Aan de linkerkant van de slaaphokken wees hij ons op drie kleine benauwde cabines waar je emmers water over jezelf heen kan gooien bij wijze van douche.

Emmers. Water.

Donna is me hierna echt wat verschuldigd.

Naast die cabines zijn nog eens drie hokjes met de 'toiletten': houten bakken met een gat aan de bovenkant waar je je behoefte in kan doen om er vervolgens een handje zaagsel overheen te gooien.

Ik kan wel janken.

'Ik heb begrepen dat je op deze manier helemaal terug naar je basis gaat, echt bij jezelf binnen kan kijken. Ik ben zo benieuwd wat deze week gaat brengen. Waar hoop jij op?' Nieuwsgierig kijkt mijn hokgenoot me aan.

Tja, waar hoop ik op? Overleven? Of zou dat al te veel gevraagd zijn?

Dat is vast niet het antwoord dat ze wil horen. Ik probeer me in te leven in de rol die ik mezelf heb toebedeeld. Wat zou de schrijfster van een spirituele reisgids nu zeggen? 'Bijzondere ervaringen,' kies ik en als Emma goedkeurend knikt, blaas ik mijn adem weer uit. Ik hou er niet van om te liegen, maar ik zou niet weten hoe ik Emma moet vertellen dat ik de schrijfster ben van de roman die ze momenteel leest. Of nou ja, waartoe ze een poging doet, voordat ze telkens in slaap valt.

Tot mijn opluchting vraagt Emma niet door. Ze werpt een blik op haar smartwatch. 'O, we moeten gaan. Het programma begint.'

Tot zover de opluchting.

Via de loopbrug dalen we met een wankele trap af naar beneden tot we weer vaste grond raken. Onwillekeurig kijk ik om me heen terwijl we terug naar de oever lopen. Als alles in de lucht moet blijven, is dit dan überhaupt wel veilig?

Bij de oever is de verzamelplek. Ananda staat ons al op te wachten. Tony, Lila en Fia zijn er ook al. Vlak na ons arriveert Brent met zijn standaarduitdrukking alsof iemand hem net een linkse hoek heeft verkocht en kort daarna komt Ed aanlopen, geanimeerd in gesprek met Marco.

Ik kan er niets aan doen, direct wordt mijn blik als een magneet naar Marco toe getrokken. Hij draagt een simpel grijs shirt en een survivalverantwoorde broek, zonder dat het meteen scouting-duf is. Iets wat Ed duidelijk niet voor elkaar krijgt met zijn klassieke afritsbroek. Ed heeft zijn lange dunne haren opnieuw in een strakke vlecht gevlochten die over zijn schouder hangt. Hij heeft zijn gebatikte blouse ingeruild voor een linnen wit, bijna doorschijnend exemplaar. Maar wat vooral maakt dat ik maar naar Marco blijf kijken is de rust die hij uitstraalt. Hij is zo ontspannen, zo op zijn gemak, zo… zichzelf.

'Welkom, namasté.' Ananda drukt haar handpalmen tegen

elkaar. 'Ik hoop dat jullie allemaal geland zijn en de energie van deze fantastische plek tot jullie genomen hebben.' Ze gebaart naar een kringetje van afgezaagde boomstammen met – godzijdank – kleine kussentjes erop. 'Laten we gaan zitten, dan vertel ik jullie meer over het programma.'

Met moeite ruk ik mijn aandacht los van Marco die nu ontspannen tegen een boom leunt. Zijn shirt spant om zijn bovenlijf en ik voel een tinteling zich via mijn onderbuik verspreiden. Met zijn blauwe ogen tuurt hij de omgeving af op zoek naar… wacht, waarom kijkt hij zo? Onwillekeurig kijk ik ook om me heen en de tinteling in mijn buik wordt vervangen door een ander gevoel. Meer pure paniek. Zitten hier wilde dieren? Kan er elk moment een krokodil uit het struikgewas schieten en staat hij daarom op wacht?

'Laten we eerst een moment nemen om te ontspannen, om in het hier en nu aan te komen.' Ananda sluit haar ogen en de rest volgt.

Ik vind het nogal veel gevraagd om mijn ogen te sluiten en te ontspannen als me een half uur geleden nog is verteld dat er kaaimannen, slangen en weet ik veel wat nog meer op deze plek rondsluipen. Ik doe een poging, maar zo gauw ik iets voel kriebelen bij mijn enkel vliegen mijn ogen weer open. Ik schiet een beestje weg en huiver. Dan haal ik diep adem in een poging opnieuw te ontspannen.

Oké, als de rest dit kan…

Ontspan.

Ik haal diep adem.

Wacht.

Hoor ik daar geritsel?

Nee, kom op. Laat je niet afleiden. *Ontspan.*

Het kriebelt opnieuw.

Met gesloten ogen veeg ik langs mijn been en –

Met een gil spring ik op en ik mep verwoed tegen mijn been. Er schiet iets zwarts door de lucht, het landt met een hoorbaar plofje op de grond en schiet weg voordat ik het goed heb kunnen bekijken. 'Jezus christus, wat was dát?!' roep ik uit.

Een warme hand landt op mijn schouder. 'Rustig maar, die beestjes zijn banger voor jou dan jij voor hen.'

'Dat betwijfel ik,' mompel ik, maar als ik opkijk, vergeet ik prompt mijn schrik. Marco's ogen zijn precies het soort blauw zoals ik altijd beschrijf. Azuurblauw, als de heldere zee rond een tropisch eiland. Met een vleugje groen naar de randjes.

Onwillekeurig snuif ik zijn geur op nu hij zo dichtbij staat. Hij ruikt naar dennen, met een zweempje citroen en... zoethout?

Hij glimlacht naar me. Ik glimlach als betoverd terug. Heel kort voel ik de ruwe huid van zijn duim over mijn blote schouder strelen, maar dan verdwijnt zijn hand en zet hij een stap terug. 'Gaat het weer?'

Ik knik en veeg mijn bezwete handpalmen af aan mijn short. 'Ja, het gaat wel. Sorry... en eh, bedankt.'

Pas dan besef ik dat alle ogen op ons gericht zijn. Ik schraap mijn keel, spied argwanend om me heen en ga voorzichtig weer zitten. 'Ik hou mijn ogen voorlopig gewoon even open,' mompel ik.

Marco zet een paar stappen opzij en hurkt neer, terwijl hij iets op de grond bekijkt. Zijn vinger glijdt langs iets donkers en...

En ik moet ophouden met naar hem staren.

Dit begint raar te worden. Ik haal diep adem en concentreer me weer op Ananda. Met gesloten ogen haalt ze een aantal keer diep adem en iedereen volgt haar voorbeeld. Fia zit met een gelukzalige glimlach in kleermakerszit op haar stammetje. Ed heeft zijn handpalmen geheven en ademt zo zwaar in en uit dat ik bang ben dat hij elk moment een boom omver kan blazen. Tony en Lila zitten hand in hand, beiden compleet ontspannen. Emma wiebelt wat ongemakkelijk heen en weer, maar ze houdt haar ogen dapper gesloten.

'Zeven chakra's, zeven energiepunten die alles laten stromen, allemaal met elkaar in verbinding staan,' begint Ananda te vertellen. 'Tijdens deze spirituele safari zullen we elke dag een andere chakra aandacht en liefde geven. We zullen ons overgeven aan de natuur, aan de behoeften van onze ziel en hem voeden vanuit liefde en acceptatie. Alles wat is, mag er zijn. Dit is een *safe space*. Hier ben je veilig.' Ze kijkt rond en er wordt instemmend geknikt. 'Elke ochtend zal ik met jullie het programma voor de dag doornemen. Sommige onderdelen zijn individueel, andere in groepsverband. Wat elke dag hetzelfde zal zijn is dat jullie aan het einde van de dag een brief aan jezelf schrijven. In die brief deel je met jezelf je inzichten van die dag, of net wat je ziel je ingeeft om te schrijven. Schrijf aan jezelf van nu, of je toekomstige zelf, net wat goed voelt. Zie het als een boodschap aan jezelf, een liefdesbrief, opdat je niet vergeet wat de natuur je allemaal geeft.'

Een liefdesbrief aan mezelf? Ik probeer niet te fronsen. Ik bedoel, natuurlijk ben ik romantisch aangelegd, ik schrijf niet voor niets romantische boeken. Ik hou ervan om te dwepen, om precies de juiste zinnetjes te schrijven zonder dat ze al te cheesy worden, maar een liefdesbrief aan mezelf klinkt vooral... awkward. Bovendien duizelt al die spirituele taal me nu al, maar ik hou mijn gezicht in de plooi en mijn mond dicht.

'Vandaag staat in het teken van de eerste chakra, de wortelchakra: muladhara.' Ze raakt een plek onder aan haar onderrug aan. 'Het staat voor de basis van ons bestaan, ons fysieke bestaan, onze fysieke gezondheid. Maar ik zie het ook als de basis van ons wezen én de basis voor deze week. Jullie zijn niet voor niets in deze groep voor mij verschenen. Jullie levenspaden kruisen deze week en dat is met een reden. Ga ontdekken wat het universum voor je in petto heeft deze week: wat kan de ander voor je betekenen? Ga elkaar ontmoeten en luister.'

Het beeld van Emma met mijn roman op haar schoot verschijnt weer op mijn netvlies.

Volgens mij speelt het universum een flauw spelletje met me.

'Omdat we ook als groep van elkaar gaan leren, elkaars energie mogen voelen en samen gaan groeien, wil ik een korte voorstelronde doen. Vertel wat je over jezelf wilt vertellen, laat zien wat je van jezelf wilt laten zien.'

Ik loop nog vast bij haar woorden 'elkaars energie voelen' wanneer Ed het spits afbijt. 'Ik ben Ed, ik zie mezelf als een moderne sjamaan die nooit uitgeleerd is. Ik hou van in verbinding staan met de natuur en van het verbinden van mensen. Ik kijk ontzettend uit naar deze week. Ik sta volledig open voor wat het me kan brengen, kom maar op.' Hij spreidt zijn armen uit en kijkt ons een voor een kort maar intens aan. Tikje ongemakkelijk.

Tony neem het stokje over. 'Wij zijn Lila en Tony,' begint hij alsof ze één zijn. 'We hebben elkaar leren kennen op onze studie social work en daarna zijn we samen op reis gegaan.'

'We zijn nu zeven maanden onderweg,' vult Lila moeiteloos met een serene glimlach aan. 'We werken waar nodig, accepteren wat de kosmos op ons pad brengt en hopen onze verbinding deze week nog sterker te maken.' Ze knijpt in Tony's hand om haar woorden te benadrukken. 'We zijn ook allebei gediplomeerd tantrameester, dus daar kunnen we iedereen mee helpen die dat wil ontdekken. Samen of alleen. O, en ik ben gek op capibara's,' voegt ze er snel aan toe en lacht.

Man, wat moet het heerlijk zijn om zo in het leven te staan. Het lijkt alsof Tony en Lila zich nergens druk over maken. Een beetje reizen, een beetje seksen. Niks geen uitgever die dreigt de samenwerking te verbreken als er geen verandering komt en je jezelf niet als de wiedeweerga vindt.

Fia volgt in het rondje. Ze glimlacht. 'Ik ben Fia. Ik ben dit jaar met vervroegd pensioen gegaan om mijn interesse in het spirituele uit te bouwen. Ik ben al ruim veertig jaar getrouwd, heb drie kinderen en vier kleinkinderen.' Er verschijnt warmte in haar ogen. 'Mijn man en ik gaan graag op reis, maar dit keer bleef hij liever thuis.'

Ananda knikt en glimlacht. 'Het is goed dat je er bent, Fia.'

Na een korte stilte schraapt Emma haar keel. 'Ik ben Emma. Ik… Ik heb nog niet zoveel ervaring met het spirituele, maar mijn relatie is net…' Ze slikt even. 'Mijn relatie is net uit, we waren lang bij elkaar en ik…' Ze kucht, probeert nu duidelijk haar emoties te verbergen. Dan recht ze haar schouders en glimlacht dapper. 'En ik wil graag nieuwe dingen proberen, mijn horizon verbreden, zoals ze dat zeggen.'

Zo gauw ik haar woorden hoor, voel ik me schuldig. Ik ben zo bezig geweest met mijn eigen sores – het feit dat ik hier überhaupt ben, dat ik hier niet wil zijn, mijn boeken, Marco – dat ik geen moment heb stilgestaan bij de reden waarom Emma hier is. Of wie van deze mensen dan ook.

Zonder na te denken reik ik naar Emma's hand en knijp erin. Ze kijkt verbaasd opzij, maar beantwoordt mijn bemoedigende glimlach.

'Dank je wel Emma, wees welkom. Babs, wil jij nu iets vertellen?'

Ik zie meteen de verwarring op Emma's gezicht.

O shit. Mijn beurt.

'Ja, ik ben Babs, of Barbara. Het kan allebei,' zeg ik met een snelle blik opzij. 'Ik eh, ben niet zo spiritueel. En ik hou eerlijk gezegd ook niet zo van natuur,' geef ik zonder na te denken toe. Ik laat een zenuwachtig lachje horen. De rest glimlacht een stuk meelevender dan ik had verwacht. 'Maar goed, ik laat me verrassen en zie wel wat deze week brengt. Misschien een… verandering, inspiratie. Of zoiets.'

Iets wat maakt dat ik opeens een origineel, meeslepend, edgy en oppeppend boek zal schrijven zodat mijn uitgeverij me niet dumpt. Als dat niet te veel gevraagd is. Luister je mee, kosmos?

Ananda glimlacht warm naar me. 'Dank je wel, Babs. We

gaan je meenemen op deze prachtige reis. Ik weet zeker dat het je veel inspiratie gaat brengen. En nog meer dan dat,' voegt ze alwetend toe. Een onrustig gevoel bekruipt me. Heeft Ananda soms een briefing van Donna gehad?

Ik kan niet voorkomen dat mijn ogen naar Marco schieten, die nu druk bezig is touwen en kabels aan elkaar te knopen voor... ja, waarvoor eigenlijk? Om zijn spieren nog beter uit te laten komen?

'Brent, jij mag de hekkensluiter zijn als je wilt,' vervolgt Ananda.

Direct is mijn aandacht weer terug bij de groep. Nieuwsgierig kijk ik naar Brent, die kijkt alsof hij op de pijnbank gelegd is. 'Eh, ik ben dus Brent. Ik heb een eigen restaurant in Rotterdam. En ik eh... ben hier door een vriendin.' Zijn gezicht betrekt en hij knikt ten teken dat hij klaar is.

Een restaurant?

'Prima, Brent. Welkom.' Ananda haalt diep adem. 'Iedereen heeft gedeeld wat hij of zij voor nu wil delen en dat is goed. Er komt bovendien nog genoeg kans om elkaar beter te leren kennen. Zoals ik al zei, staat vandaag in het teken van de wortelchakra. Muladhara vraagt om een fysieke basis, een vertrouwen in je eigen lichaam. Marco heeft een mooie activiteit voorbereid die daarop inhaakt, die jullie letterlijk in het diepe gooit.' Ze lacht en draait zich naar Marco om, die klaarstaat met een hele zwik kabels om zijn armen gewikkeld.

Wantrouwend knijp ik mijn ogen tot spleetjes. Zijn dat –

'De zipline hangt klaar.'

O shit.

De wind rukt aan mijn jurk terwijl ik over de reling van de zeilboot kijk. De golven zijn hoger dan ik had verwacht en donkere wolken pakken zich samen boven het water. Dit is niet het rustige middagje zeilen dat ik me had voorgesteld.

John staat aan het roer, zijn haar wild door de wind. Hij lijkt volledig in zijn element, alsof de dreigende storm hem juist energie geeft. Als hij merkt dat ik naar hem kijk, verschijnt er een ondeugende glimlach op zijn gezicht.

'We kunnen nu nog teruggaan,' zegt hij, terwijl hij op het kompas tikt. 'Of...' Hij wijst naar de horizon, waar een smalle strook zonlicht door de wolken breekt. 'We kunnen doorvaren naar die baai waar ik je over vertelde. Het wordt even spannend, maar ik ken deze wateren.'

Hij laat het roer los en komt naar me toe. Een windvlaag doet de boot schommelen.

'Vertrouw je me?'

Uit: Vallen en opstaan – *Babs Bastiaans*

8

Met trillende benen loop ik naar de rand van de afgrond. Oké, dat klinkt misschien wat dramatisch. Het is meer een plateau – van hout, uiteraard – dat uitkijkt over een vallei. Onder me golft een keur aan verschillende planten en bomen die een tapijt van groene tinten vormen. Op elk ander moment had ik misschien kunnen genieten van dit uitzicht, want ik zie heus wel dat het werkelijk prachtig is. Maar ik bevind me in een specifieke situatie waarin dat helaas niet tot de mogelijkheden behoort. Want het vóélt daadwerkelijk alsof ik op het punt sta mezelf in een afgrond te storten. Het was ongeveer een half uur lopen in de zinderende hitte naar deze plek en in die tijd heb ik minstens vijftien scenario's bedacht waarin ik een zekere dood tegemoet treed als ik mezelf laat vasthaken aan die zipline.

Er landt een hand op mijn schouder en de vingers knijpen bemoedigend. 'Met het loslaten van de controle ontdekken we wat overgave is.' Ed kijkt me intens aan. Ik knipper met mijn ogen in een poging zijn woorden te begrijpen. Maar… nope, geen idee. Echt, deze man praat in raadsels. Ik knik vaag.

'Ed?' Marco komt naast ons staan en kijkt de oudere man vragend aan. 'Jij nu?'

'Graag.' Ed trekt nog wat aan zijn tuigje, maar stapt zelfverzekerd het plateau op. Er lijkt geen greintje angst in hem te zitten. Misschien is het allemaal niet zo boeiend meer als je een bepaalde leeftijd hebt bereikt. Hij heeft vast al een mooi leven gehad.

Marco haakt Ed vast aan de lange zipline die boven de vallei hangt. Helemaal beneden staan Tony en Lila en Fia al te wachten. Zij gingen als eerste, toen ik nog bezig was met dat tuigje en amper besefte wat er stond te gebeuren. Vooral Fia verraste me door zonder aarzelen weg te suizen.

Marco geeft Ed nog een kameraadschappelijke klap op zijn schouder en voor ik het weet, verdwijnt Ed met een sprongetje in de diepte. Een paar seconden later galmt er een tarzankreet door de vallei.

Tot mijn grote afschuw wendt Marco zich nu tot mij en kijkt me vragend aan. 'Babs?'

Direct schud ik mijn hoofd. 'Ik… eh, nee. Nog even…'

'Ik ga wel.' Brent stapt me voorbij. Zonder iets aan Marco te vragen haakt hij zichzelf vast aan de lijn en trekt eraan. 'Zo goed?' Zo gauw Marco knikt, haalt Brent diep adem, mompelt wat met een blik naar boven en stapt het plateau af. 'Fúúúúck!' klinkt het terwijl hij naar beneden suist.

Nu zijn alleen Emma en ik nog over.

Ik slik.

'Nou, dames. Wie is de volgende?' Marco kijkt ons beurtelings aan. Ik vang Emma's blik en zie mijn eigen angst weerspiegeld in haar ogen.

Hoe ben ik in hemelsnaam hier beland? Het ene moment zit ik veilig en vertrouwd achter mijn laptop een nieuwe roman te schrijven en nu sta ik hier, aan de rand van een afgrond, en wordt er verwacht dat ik mijn leven waag door hiervanaf te stappen in een tuigje dat in mijn ogen weinig garanties biedt.

'Ik ga wel.' Emma's stem trilt maar ze kijkt dapper op. Opgelucht dat ik nog even uitstel van executie krijg, knik ik haar bemoedigend toe. Althans, dat denk ik. Het kan ook zijn dat ik haar enkel in doodsangst aanstaar.

Marco nodigt haar uit naar voren te stappen, haakt haar vast en geeft haar een momentje om al haar moed te verzamelen.

'Het komt goed,' hoor ik mezelf zeggen. Ik weet niet zeker of ik het tegen Emma of mezelf heb.

Emma kijkt me over haar schouder aan. 'Ik moest zo nodig nieuwe dingen proberen, toch?' Haar stem trilt.

'Juist.' Ik glimlach naar haar.

'Klaar?' Marco schenkt Emma een oogverblindende glimlach. Eentje die me zo vertrouwd voorkomt. En toegegeven, een glimlach die me inderdaad met vertrouwen de dood tegemoet zou laten springen.

Ik ben zo gefascineerd door hem dat ik amper merk dat die glimlach bij Emma ook werkt. Totdat haar angstaanjagende gegil tot me doordringt, dat ergens halverwege overgaat in een enthousiast 'whoehoeee'. Maar lang om erbij stil te staan krijg ik niet, want Marco kijkt nu mij aan. Hij houdt zijn hoofd ietsje schuin, waardoor het licht op zijn donkerbruine haar valt. Het doet me denken aan die ene scène uit mijn roman *Vallen en opstaan*.

Hij steekt zijn hand uit. 'Vertrouw je me?'

Wat?

Ik knipper.

'Babs?'

Langzaam verplaats ik mijn ogen van Marco naar het plateau.

Je moet eens in het diepe springen. Donna's woorden schieten door mijn hoofd. Goed, misschien moet ik eens iets anders proberen. In mijn boeken dan. Dat lijkt me al avontuurlijk genoeg. Dit is wel erg letterlijk. Ik tuur over het randje. Mijn hemel, wat is het hoog.

Ik ruik een frisse dennengeur, voel wat gesjor aan mijn middel en voor ik goed en wel doorheb wat er gebeurt, zit ik vast aan de lijn. Het trillen van mijn benen begint nu serieuze proporties aan te nemen. Het mag een wonder heten dat ik nog overeind sta.

'Je hoeft er nu alleen maar af te stappen en dan ga je vanzelf. Het is een geweldige ervaring, vertrouw me maar.'

Weer die woorden. Woorden die ik zelf heb geschreven. Ik dwing mezelf achterom te kijken. Marco kijkt me vastberaden aan. Nu ik zo dichtbij sta, sta ik mezelf toe om hem nog eens te bekijken – alles om het moment dat ik moet springen uit te stellen.

Hij is echt zo'n typische *outdoorsy* man. Wat bijzonder is, want dat zijn de mannen in mijn boek niet per se. Maar verder… als ik de ideale man zou moeten omschrijven (wat ik dus toevallig wel eens doe), past die mal qua uiterlijk een-op-een op Marco. En tot nu toe lijkt hij ook nog eens heel aardig, ambitieus, charmant…

Zo'n man bestaat niet in het echt, ze vinken nooit álle hokjes aan.

Ondanks alles wat ik bij mijn moeder heb gezien, geloof ik nog steeds in echte liefde. Dat de perfecte man bestaat. Dat míjn droomman bestaat.

Wat als dit hem is?

Het besef raakt me als een mokerslag.

'Babs?'

Ik kijk naar zijn lippen die mijn naam vormen. Wat als dít mijn droomman is, hier in de jungle van Bolivia?

'Barbara? De rest wacht op je.'

Nog altijd verdoofd verplaats ik mijn blik naar de vallei onder me.

Plots dringt er zich een herinnering aan me op. Ik ben een jaar of zes. Mijn moeder ligt op de bank, omringd door tissues. Haar ogen zijn rood, haar wangen ingevallen. Ze ligt daar al bijna een week. Vanaf het moment dat Karl vertrokken is. Ik heb mijn eigen boterhammen gesmeerd. Mezelf naar bed gebracht. Het enige wat mijn moeder doet, is slapen en huilen. 'Wat is er dan toch, mama?' hoor ik mezelf zeggen. 'Mama. Mam?'

Het beeld vervaagt net zo snel als het opkwam, maar het ontlokt me ongewild een zucht. Liefde. Voor je het weet eindig je als een hoopje ellende op de bank. Ik werp nog een laatste blik op Marco en stap dan zonder verder na te denken van het plateau af.

9

'Familie is basis.' Ananda kijkt de groep rond. We zitten op de overdekte veranda, een paar meter boven de grond. Op de tafel voor ons ligt een enorme verzameling kleine poppetjes, voornamelijk van die kindersurprisedingen van vroeger. Ik heb echter nog niet veel aandacht kunnen besteden aan het hoe en waarom daarvan, want ik sijpel nog net niet door de planken van de hitte. Ik had gehoopt na dat hele ziplinegebeuren – waar mijn ingewanden nu nog van bijkomen – wat rust en vrije tijd te krijgen, maar nee, na een korte lunch en een half uurtje pauze waarin ik alleen maar als een zombie op mijn matras heb gezeten, werden we weer gesommeerd bij elkaar te komen.

Mentaal hang ik nog altijd ergens aan die zipline te bungelen met het beeld van mijn moeder op de bank op mijn netvlies.

Ik snap nog steeds niet waar die herinnering vandaan kwam. Het is meer dan twintig jaar geleden dat Karl bij mijn moeder wegging, en er zijn daarna genoeg andere mannen geweest. Sterker nog, ik had tot een dag geleden al jaren niet meer aan Karl gedacht.

Dit hele gebeuren hier in de jungle maakt blijkbaar nogal wat in me los. En ik ben van plan om het allemaal weer terug te stoppen waar het vandaan komt. Ik moet dit idiote idee zo snel mogelijk loslaten. Marco is gewoon een man, een individu, die toevállig lijkt op de man die ik in mijn boeken heb gecreëerd en, vooruit, een hele berg vinkjes van mijn eigen lijst afstreept. Godzijdank is hij momenteel nergens te bekennen. Het zou me namelijk ernstig afleiden van hetgeen Ananda vertelt.

'De wortelchakra is zowel fysiek onze basis, als waar we vandaan komen. Letterlijk, onze wortels. Dat gaan we voor onszelf deze middag in beeld brengen.' Ze rommelt in de zak van haar tuniek en haalt er een frommeltje rode draden uit. 'Ieder mag er eentje pakken.' De handvol draadjes gaat de tafel rond totdat iedereen een draad in zijn hand heeft. 'Kijk er eens naar,' vervolgt ze.

Mijn ogen gaan naar het draadje in mijn hand.

Ja?

'Jullie hebben de rode draad van je leven in je hand. Ik wil jullie nu vragen om op te staan en alle poppetjes en figuurtjes op tafel te bekijken. Zoek voor elke belangrijke gebeurtenis of persoon in je leven een poppetje dat er symbool voor staat. Leg het poppetje op de juiste plek van jouw rode draad. Jullie krijgen hiervoor een kwartier, daarna kijken we of iemand er iets over wil vertellen.'

Wat een opdracht. Waar moet ik in hemelsnaam beginnen? Ik ben niet graag met het verleden bezig, ik kijk liever vooruit.

'Laat je intuïtie het werk doen, het maakt niet uit of je begint bij het begin of ergens in het midden. Kijk welke figuren tot je spreken.'

Ed, Fia, Tony en Lila staan direct op en beginnen fanatiek

tussen de figuurtjes op tafel te rommelen. Aarzelend sta ik ook op en staar naar de enorme berg poppetjes. Er zit van alles tussen, sommige figuurtjes herken ik zelfs uit mijn eigen jeugd. Ik pak er een paar op en leg ze weer neer. Het is lastig te bepalen wat belangrijke gebeurtenissen in mijn leven zijn of wie nu de belangrijke personen zijn. Mijn moeder en oma uiteraard. Mijn vader? Nou ja, als ik zou weten wie hij was, was hij misschien belangrijk. Karl dan? Of een van die andere mannen die bij ons gewoond heeft?

Mijn oog valt op een figuurtje van een dwerg. Ik onderdruk een kort lachje, verplaats mijn aandacht, maar ga toch weer terug. Ik pak de dwerg op en speur zoekend de tafel af naar meer. Al snel heb ik er vijf te pakken. Ik loop naar mijn draad die een plekje heeft gekregen op de grond. Ik leg de vijf dwergen op een rijtje neer naast de draad. Even twijfel ik of ik de resterende twee er ook gewoon alvast bij zal leggen – mijn moeder zal de verzameling vast nog wel compleet maken.

Ik tuur over tafel op zoek naar een figuurtje dat me aan mijn moeder doet denken. Mijn ogen blijven echter hangen bij een kleurrijke bloem in een potje. Vreemd genoeg weet ik direct dat dat mijn oma is. Kleurrijk, betrouwbaar en stevig geaard. Mijn oma was mijn steunpilaar. Daar waar mijn moeder grillig kon zijn en altijd in de ban van haar nieuwste liefde, was oma er altijd voor me. Ik pak de bloem vast en staar ernaar. Het schuurt een beetje in mijn hart. Ik mis haar.

Ik leg de bloem aan het begin van mijn rode draad, zij is mijn basis.

Als ik terugloop naar de tafel, zie ik Emma nietsziend

naar de verzameling staren. Haar vingers glijden over de figuurtjes, maar ze pakt niets op. Achter haar zie ik dat haar rode draad nog helemaal leeg is.

Omdat het er niet op lijkt dat ze op dit moment wil uitweiden over wat precies lastig is, richt ik mijn aandacht op de anderen. Ed pakt zwijgend verschillende figuurtjes op, sluit dan zijn ogen en legt ze weer neer. Fia zit bij haar draad en neuriet terwijl ze een hele rits aan poppetjes neerlegt. Dan valt mijn oog op Brent. Hij staat bij zijn draad. Ook die van hem is nog leeg. In zijn hand heeft hij een poppetje dat hij zo stevig vastklemt dat zijn knokkels wit zien. Moeilijk te onderscheiden of hij moordneigingen heeft of dat hij deze hele oefening belachelijk vindt en tijd rekt om er maar vanaf te zijn. Op dat moment loopt Ananda op hem af. Ze praat zacht met hem. Dan schudt hij zijn hoofd, smijt het poppetje op de grond en loopt met grote stappen weg.

Verbaasd kijk ik hem na. Wat heeft dat te betekenen?

Ananda draait zich onverstoorbaar om. 'Nog vijf minuten.'

Met een plotseling gevoel van paniek schieten mijn ogen over de tafel. Zonder na te denken pak ik een figuurtje van een vlinder en leg dat naast de bloem van oma. Ik laat mijn hand over de figuren glijden totdat ik een poes zie. Ik grinnik. Dat is Willemijn, mijn beste vriendin. Oogt schattig, maar kan verdomd venijnig uit de hoek komen. Tot slot zie ik een smurf met een boek in zijn hand. Dat is Donna. Ik zet haar aan het eind.

Ik kijk tevreden naar mijn draad. Hij is in ieder geval niet leeg gebleven, zoals ik bij aanvang vreesde.

'Als iedereen zover is...' Ananda draait zich naar de groep

en kijkt vragend rond. 'Voordat we verdergaan wil ik benadrukken dat het je vrijstaat om zoveel of zo weinig te vertellen als je wilt. Brent heeft ervoor gekozen zich even terug te trekken.' Ze brengt het als een feit en gaat rustig verder. 'Ik wil jullie nu uitnodigen om bij elkaar te kijken en elkaar vragen te stellen over de gekozen figuren. Nogmaals, wil je iets liever niet delen, dan hoeft dat ook niet.'

Ik maak als eerste oogcontact met Emma. Haar draad is verdacht leeg gebleven en ik voel een steek medelijden. Ik loop naar haar toe en samen staren we naar de rode draad voor ons. Er liggen twee figuurtjes naast, schijnbaar willekeurig neergesmeten. 'Wil je er iets over vertellen?' vraag ik voorzichtig.

Emma houdt haar aandacht op de draad gericht en haalt haar schouders op. 'Dat is mijn ex.' Ze wijst op een poppetje en voor ik goed en wel besef wat ik doe, lach ik. Hardop. Snel sla ik mijn hand voor mijn mond, maar als ik opzij kijk, zie ik dat ook Emma nu grijnst. 'Ja, sorry, maar die vond ik het meest passend.'

Ik knik goedkeurend naar het poppetje van Gargamel. 'Dat zal dan wel terecht zijn.'

'We waren zes jaar samen, verloofd en zouden een gezin stichten. En van de ene op de andere dag vertrok hij. En ik… ik besefte dat ik mijn hele leven rond hem had gemodelleerd. Dat ik niets meer voor mezelf had, snap je.'

'Daarom ben je nu hier?' raad ik.

Emma knikt. 'Ik wil dingen doen die ik kies, die echt van mij zijn. Dingen die hij stom vond, zoals alles wat met het spirituele te maken heeft. Avontuurlijk zijn, iets wat hij helemaal niet was. Weet ik veel of ik dit wél iets vind, maar als ik niets probeer, altijd maar thuiszit, dan kom ik daar nooit achter.'

'Goed van je. En die andere?' Ik wijs op een figuurtje van een hond. Mijn beste gok is dat ze een hond heeft, het enige positieve wat ze heeft overgehouden aan haar voormalige relatie.

'Dat is mijn vader,' antwoordt Emma prompt.

'Sorry?'

'Hij is zo trouw als een puppy. En loyaal, en lief, en knuffelig.' Emma glimlacht. 'Mijn vader is mijn grote steun, hij sleept me overal doorheen.'

Een steekje in mijn borststreek. Ik negeer het.

'En jij, wil jij iets vertellen?' Emma gebaart naar mijn draad, die vol ligt met poppetjes. 'Dat zijn er nogal veel, wie zijn dat allemaal?'

Ik wijs op de smurf en de poes. 'Dit is Donna, mijn... eh, redacteur. We werken al even samen. En dit is Willemijn, mijn beste vriendin. Ze lijkt heel schattig maar kan gemeen uithalen. Altijd terecht, dat wel.'

'En zijn dat je vrienden, of...?' Ze wijst op de dwergen.

Ik schud mijn hoofd. 'Dat zijn de mannen van mijn moeder.'

Emma's ogen worden groot.

'Een voor een hoor! Geen harem of zo. Maar mijn moeder heeft... ze is... Ze is momenteel voor de vijfde keer verloofd.' Zoals altijd schaam ik me een beetje om het toe te geven.

'Wauw.' Emma's verbazing is van haar gezicht af te lezen. Zo gaat het altijd als ik iemand over mijn moeder vertel.

'Ja, ze houdt van de liefde, zei mijn oma altijd. Ze is altijd verliefd.'

'Maar nooit op de juiste?' raadt Emma.

Ik schud mijn hoofd. 'Nee, het loopt altijd mis en dan is ze ontroostbaar en...' Ik denk aan het beeld van mijn moeder op de bank en mijn hart wordt nog iets strakker dichtgeschroefd. Waarom leidt mijn brein me continu die kant op? Snel richt ik me weer op de dwergen langs de draad. 'Nou ja, er zijn dus nogal wat mannen voorbijgekomen.'

'Dat lijkt me heel lastig als kind.'

Opnieuw dat steekje in mijn borst. Ik glimlach om mijn ongemak te verbergen. 'Ach, het was ook altijd wel een soort van gezellig. Zullen we bij de rest gaan kijken?'

De maaltijd die avond is simpel maar smakelijk: een couscousschotel met veel groente en brood. Het is nog steeds belachelijk warm. Tot mijn verbazing duikt de kapitein van het bootje weer op, hij heeft blijkbaar de maaltijd bereid. Wanneer hij lacht – wat hij opeens verrassend vaak doet – blijkt hij maar twee tanden te hebben. De man praat honderduit in een Spaans dialect waar ik niets van kan maken. Duidelijk geen LOI-variant. Marco lacht af en toe om wat hij zegt. We zitten aan twee lange tafels. Ik zit met Emma, Fia en Ananda aan de ene tafel. Lila, Tony, Ed, Brent en Marco aan de andere. Om de zoveel seconden gluur ik opzij. Wanneer Marco niet met de kapitein kletst, praat hij geanimeerd met zijn tafelgenoten en lacht regelmatig, waarbij er kuiltjes in zijn wangen verschijnen.

Ik richt me op het gesprek aan mijn eigen tafel. Ik luister naar verhalen over de vakanties van Fia met haar kinderen op de camping – 'lang niet zo avontuurlijk als dit', maar haar woorden en herinneringen zijn doorspekt met warmte en liefde. Vooral als ze over haar man praat, beginnen haar ogen te stralen. Dat is precies hoe het zou moeten zijn: ware liefde. Ik denk aan oma: zij was ook erg gelukkig met opa. Hij stierf al voor mijn geboorte, daarna is ze altijd alleen gebleven.

We kletsen nog wat over onze vakanties, tot het donker begint te worden. Ananda staat op en klapt in haar handen. 'Lieve mensen, de eerste dag zit er bijna op, maar Marco heeft nog een kleine verrassing voor jullie. Ik wil iedereen vragen om over een half uurtje met zaklamp – die vind je op je kamer – naar de oever te komen.'

Ik kijk nog een laatste keer naar Marco. Onze blikken kruisen elkaar vluchtig, hij glimlacht, maar richt zich weer op zijn gesprek met Ed.

Een half uur. Dat moet genoeg zijn.

Ik móét Willemijn spreken.

Ik haast me naar mijn rugzak, gris mijn telefoon eruit en kies in mijn recente-oproepenlijst Willemijns nummer. Met mijn mobiel in de lucht en mijn oog gefixeerd op de batterij, die nu negentien procent aangeeft, zoek ik verwoed naar een plek waar ik contact kan maken met de buitenwereld. Op het uiterste puntje van de veranda heb ik uiteindelijk beet. Er verschijnt een klein streepje op het scherm. Ik druk de beltoets in.

Opluchting spoelt over me heen als de telefoon na een kort moment van doodse stilte overgaat.

'Babs?' klinkt het in de verte.

Ik onderdruk de plots opkomende tranen. 'O, Mijn, ik ben zo blij dat je opneemt. Ik zit in de jungle, de jungle!' Ik loop direct leeg. 'Er is geen stroom, geen glas. Alles is van hout.'

'O, Babs, je klinkt heel ver weg.' Willemijns stem kraakt.

'Omdat ik ver weg bén!' antwoord ik gefrustreerd.

'Hoe is het daar? Ben je al een compleet ander mens?'

Snel zet ik uiteen hoe de reis is gelopen, hoe ik dacht dat we in het hotel zouden verblijven en waar ik nu ben. 'En het is hier vreselijk, echt. Ik bedoel, álles is van hout, en het is hier vréselijk warm, en er zijn overal muggen.'

'Er zal ook heus wel iets wél leuk zijn, toch?' Dat is Willemijn, de eeuwige optimist. Precies waarom ik haar nodig heb in mijn leven.

Ik haal diep adem en dwing mezelf om mijn tirade te stoppen. 'De mensen zijn wel aardig, denk ik,' zeg ik. 'Op één kerel na, maar dat is gewoon een stuk chagrijn. Maar er is nog iets...'

'Oeh, je hebt besloten zelf ook een ecolodge te beginnen?'

'Wat? Nee, het gaat om die man hier. Die jungle-expert.' Ik zwijg een kort moment en probeer in mijn hoofd de juiste woorden te vinden. Ach, wat kan het ook schelen. 'Het is... "mijn" man, zeg maar. Je weet wel, die ik altijd in mijn boeken beschrijf. Hij is gewoon hier. Hij ziet er zo uit, hij gedraagt zich zo, hij zegt zelfs dingen die mijn personage zegt.' Dan vertel ik haar over het ziplinegebeuren en de woorden die hij uitsprak net voordat ik mijn ondergang tegemoet sprong.

'Babs...' Het blijft even stil. 'Hoe warm is het daar eigenlijk?' Willemijn aarzelt. 'Heb je je wel goed ingesmeerd, want je –'

'Ik méén het,' onderbreek ik haar. 'Wat moet ik nu? Hoe kán dit?'

Weer een stilte. 'Je bedoelt, die droomman in je boeken,

jouw man die voldoet aan al die onmogelijke eisen van je, is dáár?'

Nou, zo onmogelijk zijn die eisen niet, maar ik besluit die woorden te negeren.

'Alsof ik hem zelf geboetseerd heb. Of ooit al eens ontmoet en weer verdrongen of zo? Ik snap er niets van.' Paniekerig kijk ik op het scherm. Negen procent. Ze moet nu wel snel met een oplossing komen. 'Wat moet ik doen?'

'Dat lijkt me duidelijk.' Willemijn klinkt opeens heel helder.

Ik frons. 'Wat dan?'

'*Go for it.* Als dit je droomman is, die ideale man, dan moet je ervoor gaan, toch?'

'Mijn, ik sta in de jungle van Bolivia met het zweet in mijn bilnaad.'

'Ja, en? Ware liefde kent geen grenzen, schreef je dat zelf niet in *Vallen en opstaan*?'

'Ja, maar dat is fictie,' mompel ik.

'Of niet,' zegt Willemijn onverstoorbaar. 'Babs, wat als je gelijk hebt? Ik begon al te twijfelen of hij wel zou bestaan, met die oneindige eisenlijst van je. Maar nou, wie weet is hij het wel. En daar kom je maar op één manier achter, toch?'

Ik denk over haar woorden na. Ik heb met eigen ogen kunnen zien wat er gebeurt als je je te veel door gevoel laat leiden en niet kieskeurig bent, dus ik twijfel geen moment aan mijn eigen eisen. Kan het zijn dat...

'Babs,' onderbreekt Willemijn mijn gedachten. 'Je moet er gewoon voor –'

Dan is het stil. Met grote ogen kijk ik naar mijn telefoon. Zwart. Leeg.

Shít.

Ik sluit gefrustreerd mijn ogen. Willemijns woorden dreunen nog na in mijn hoofd. *Wie weet is hij het wel. En daar kom je maar op één manier achter.*

Met een diepe zucht draai ik me om en…

… schrik me helemaal de tering als er een donkere gedaante in de schaduw van de veranda staat.

'Aaah!' Ik slaak een kreet, terwijl mijn hart naar mijn hersenpan pogoot.

De gedaante komt in beweging en een paar seconden later stapt Brent het zwakke licht in. Zijn mond vormt een verbeten streep terwijl hij me kort en opvallend afkeurend aankijkt.

'O, ik schrik me dood. Sorry, ik…' begin ik en dan dringt tot me door wat ik heb gezegd. Over Marco. En… shit. Over hém. *Maar dat is gewoon een stuk chagrijn.* Zou er enige kans bestaan dat hij me –

'Let maar niet op dit stuk chagrijn, ik ga al.'

Niet dus.

Hoewel het idee hier in het donker rond te moeten lopen me niet heel erg aanstaat, klik ik vijfentwintig minuten later toch dapper mijn zaklamp aan, lichtelijk aangestoken door Emma's ik-moet-nieuwe-dingen-proberen-mentaliteit. Marco staat bij een bootje te wachten en nodigt iedereen uit om in te stappen. Met een grotere lamp schijnt hij ons bij. Emma gaat naast Fia zitten, waardoor ik genoodzaakt ben om naast Brent op het bankje te schuiven. Zijn pet is verdwenen, waardoor er een flinke bos lichte krullen zichtbaar is. Hij draagt nog altijd dat witte poloshirt en een korte broek met zakken aan de zijkant. Korte sokken in zijn sneakers. Zijn knieën steken omhoog omdat hij zich op het kleine bankje van de boot heeft gevouwen. Zijn zaklamp is uit. Hij zegt niets.

'Hoi.' Ik glimlach naar hem. Oké, trek die pleister er maar meteen af. 'Eh, sorry van daarstraks, ik eh...' Ik heb eigenlijk geen idee hoe ik mijn woorden goed kan praten. 'Ik wist niet dat je daar zat. Ik bedoelde het niet zo. Sorry,' zeg ik nogmaals.

Hij knikt enkel ten teken dat hij me gehoord heeft, maar staart dan weer over het watervlak.

Ik ga zitten en schuif meteen een beetje opzij, het bankje is erg smal. Ik probeer te voorkomen dat mijn kont tegen zijn dijbeen drukt. Ik schat Brent in als iemand die niet staat te springen om lichamelijk contact. En al helemaal niet met degene die hem een stuk chagrijn noemt.

Fair point ook.

Wanneer iedereen zit, stapt ook Marco soepel aan boord en pakt een lange stok, waarmee hij ons van de oever afduwt. 'Zaklampen uit,' zegt hij zacht, waarna iedereen braaf doet wat hij zegt.

Een paar minuten varen we in stilte door de duisternis. Enkel het geklots van het water en het getjirp van honderden krekels weerklinkt. Omdat ik vooraan zit, kan ik Marco uitgebreid observeren. Hij heeft een olielamp op de voorsteven staan zodat hij precies genoeg licht heeft om te navigeren. De gloed ervan glijdt over zijn blote armen en gespierde benen. Het bruin van zijn huid lijkt wel goud in het zwakke schijnsel.

'Ja, nu...' zegt hij opeens en hij gebaart verwoed met zijn

zaklamp naar ons. We klikken allemaal onze eigen lamp weer aan en schijnen enigszins twijfelend om ons heen.

Plots lichten overal felgele ogen op. Van schrik laat ik bijna mijn zaklamp in het water vallen. Nog net op tijd weet ik hem op te vangen en druk hem tegen me aan. 'W-Wat is dat?'

Marco lacht: een warm, rommelend geluid. 'Kaaimannen. Een hele familie.'

'Zijn die niet gevaarlijk?' fluister ik hem toe, omdat ik de anderen niet onnodig ongerust wil maken.

Hij buigt iets naar me toe, zijn heldere ogen glinsteren als zijn blik zich in de mijne boort. 'Ik bescherm je wel.'

De volgende seconde lijkt een eeuwigheid te duren. Terwijl ik Marco aanstaar tuimelen tientallen gedachten in mijn hoofd over elkaar heen, vechtend om voorrang.

Er klinkt een snuif naast me. En het moment is voorbij.

Mijn hoofd schiet opzij, waar Brent met een frons naar ons kijkt. Maar nog voordat ik iets kan zeggen, dwaalt zijn blik opzij en worden zijn ogen groot. Ik volg hem en mijn adem stokt. Boven het water zweven plotseling honderden andere lichtjes. Dit zijn geen ogen. Ze flakkeren aan en uit en dansen over het watervlak, terwijl achter ons een gemeenschappelijk geluid van bewondering klinkt. Vuurvliegjes. Ik kan mijn ogen niet losmaken van het prachtige tafereel, maar naast me beweegt Brent onrustig, gevolgd door een vreemd, verstikt geluid.

'Holy fuck,' fluistert hij. 'Ze had gelijk.'

~~Beste Lieve Babs.~~ Hallo... ik.

Nou, daar zitten we dan. In het oerwoud. Ik weet niet wat ik had verwacht, maar dit in ieder geval niet...
*moet bedenken hoe ik dit Donna betaald kan zetten
~~Het is Ik kan~~
Nou, voor een schrijver vind ik het blijkbaar toch behoorlijk lastig om een brief aan mezelf te schrijven. Ik bedoel, ik hoef je niet te vertellen wat we vandaag hebben gedaan. Je was erbij. Of lees je dit als bejaarde nog eens en ben je alles vergeten? Nou ja, eerlijk gezegd denk ik eigenlijk dat wij (o, schiet mij maar lek, ga ik nu over mezelf in de derde persoon praten?) dit niet snel zullen vergeten.

Oké, Ananda zei dat je moet schrijven over je inzichten van vandaag.

Eh...

- Ziplines zijn de hel.
- Ik kan écht niet tegen deze bloedhitte.
- Kutmuggen.

Maar de vuurvliegjes waren magisch. Die moet je zeker onthouden. Hou dat beeld vast.

Nou, tot morgen dan maar.

Groetjes,
~~Babs.~~ Mezelf. Ik?

Oké, dit is raar. Ik ga slapen.

10

Een donderend gebrul wekt me midden in de nacht. Gedesoriënteerd schiet ik overeind, waarbij ik direct verstrikt raak in mijn klamboe. Ik worstel mezelf los en probeer iets te zien in de duisternis om me heen. '*What the…*'

Met bonzend hart blijf ik zitten, mijn huid is klam en mijn haren plakken aan mijn voorhoofd terwijl buiten nog altijd een abnormaal lawaai klinkt, een vreemd soort… geboer?

'Barbara?' klinkt het angstig naast me. 'Wat is dat?'

'Ik heb geen idee,' antwoord ik ademloos. Het geluid lijkt niet af te nemen of erger te worden. Het is een soort… constant kabaal. Ik schrik me rot als de planken op de brug voor onze deur kraken. Voetstappen. Twee paar. Stemmen.

'Wat moeten we doen?' fluistert Emma.

Ik heb nooit geweten dat ik een oerinstinct heb, maar het blijkt wel degelijk aanwezig en laat me op dit moment weten dat ik niet in levensgevaar ben. En blijkbaar durf ik ook nog eens op dat nieuwe gevoel te vertrouwen, want ik maai met mijn handen rond tot ik de opening van de klamboe heb gevonden en schuif vastberaden mijn voeten in mijn slippers terwijl mijn hand de zaklamp zoekt. 'Ik ga kijken.'

Enigszins versteld door mijn eigen bravoure open ik de krakende houten planken die fungeren als deur van ons hok en tuur om het hoekje. Er staan mensen op de loopbrug, donkere silhouetten in het schijnsel van de maan. Ik herken Eds licht gebogen postuur en twee mensen die hand in hand staan. Tony en Lila, of er moeten in korte tijd onvoorziene ontwikkelingen hebben plaatsgevonden. Terwijl ik het pad verlicht, loop ik naar ze toe. Hier buiten is het kabaal helemaal oorverdovend, alsof er een soort boerwedstrijd wordt gehouden, versterkt. Met zo'n honderd luidsprekers en evenveel deelnemers.

'Wat ís dit?' fluisterschreeuw ik als ik naast Ed sta, die omhoog tuurt in de duisternis van de bomen.

'Apen.'

'Wat?'

Ed kijkt vluchtig opzij. 'Het zijn apen.'

'Zijn ze ziek?'

Er klinkt een rommelende lach en Marco duikt naast me op. 'Nee, ze zijn niet ziek. Maar lief dat je bezorgd bent.'

Direct ben ik het gebrul om me heen vergeten. Ik ben me ernstig bewust van mijn verschijning: mijn haren staan waarschijnlijk alle kanten op. Althans, de plukken die niet aan mijn bezwete huid vastgeplakt zitten. Ik draag enkel een korte short met flamingo's erop en een minuscuul hemdje, zonder bh. En nog heb ik het bloedheet. Hoewel de maan zwak schijnt, zie ik hoe Marco's ogen een fractie van een seconde over me heen schieten. Shit. Snel hark ik met mijn vingers door mijn kapsel. Niet dat het veel uit zal maken, maar toch.

'De brulapen geven een concert, ze maken hun territorium bekend.'

'Moet dat op dit tijdstip?' mompel ik, terwijl ik nog een

pluk achter mijn oren schuif en een stapje bij Marco vandaan zet voor het geval hij mijn lichaamsgeur oppikt. Hijzelf ziet er verdacht fris uit. Is die man überhaupt wel gaan slapen?

'Het brullen dient voornamelijk om andere groepen apen erop te wijzen waar de groep zich bevindt, zodat ze elkaar kunnen mijden en territoriale gevechten voorkomen worden.'

'Ingenieus hoe de natuur werkt, een soort zelfbescherming dus.' Ed tuurt waarderend naar boven en laat zijn zaklamp door de bomen gaan. 'Jammer dat we ze niet kunnen zien.'

'We zullen ze overdag ook nog wel treffen,' antwoordt Marco. 'Het beste kunnen jullie nu proberen nog wat te slapen. Morgen wordt een intensieve dag.'

De rest mompelt wat en voor ik goed en wel doorheb wat er gebeurt, zijn ze vertrokken en sta ik alleen met Marco op de loopbrug.

Even kom ik in de verleiding te vragen wat we morgen gaan doen, maar ik besef al snel dat ik het niet wil weten. Ik dompel mezelf nog liever even in onwetendheid. 'Oké, nou... welterusten dan maar,' mompel ik daarom en ik begin te lopen, met mijn zaklamp voor me uit gestoken. Tot mijn verbazing loopt hij met me mee.

'Was je bang?' Een tel lang voel ik zijn hand op mijn onderrug. Ondanks de drukkende hitte die dus zelfs 's nachts niet van wijken weet, voel ik een rilling over mijn rug glijden. Ik blijf een paar meter voor onze deur staan.

'Gek genoeg niet.' Ik glimlach naar hem. Als hij teruglacht stuift er een leger vlinders in mijn maag op. O, shit.

'Gelukkig maar. Anders weet je me te vinden. Ik slaap heel licht.' Hij wijst op een kleine overkapping waar een hangmat onder hangt en zijn ogen vangen een paar seconden de mijne.

Ik bijt op mijn lip bij de gedachte hoe knus dat met zijn tweeën moet liggen, maar schud dat idee meteen weer van me af. Ik ken deze man amper.

'Welterusten,' zeg ik daarom nog eens en ik vlucht mijn hok in.

'Wat is het?' klinkt het, nog altijd angstig, vanaf het andere matras.

Ik schijn met mijn zaklamp in Emma's richting. 'Het zijn brulapen. Iets met territorium, typisch mannen,' voeg ik eraan toe. 'Niets om bang voor te zijn. Volgens Marco moeten we er gewoon doorheen slapen.'

'Hmm,' is Emma's slaperige antwoord. 'Marco is trouwens wel knap, hè? Hij doet me aan iemand denken...'

Ik hou mijn adem in, maar er volgt enkel stilte.

'O ja? Goh...' antwoord ik daarom alleen maar en ik kruip snel mijn bed weer in. Tot mijn verbazing sterft het gedonder buiten opeens weg. Snel daarna hoor ik Emma's regelmatige ademhaling.

Ik doe zelf geen oog meer dicht.

Dag 2: De sacraalchakra

Thema: Emotie, seksualiteit
Kleur: Oranje
Element: Water

'Laat je yoni vertellen wat er verteld moet worden.'

11

Het is lastig om aandacht op te brengen voor de intentie van je chakra wanneer je maar een paar uurtjes hebt geslapen en bovendien levend gekookt wordt. Ik veeg snel het zweet van mijn voorhoofd voordat er een nieuwe druppel prikkend in mijn ogen belandt. Kom op, focus. Ik concentreer me op Ananda, die vol overgave en met haar serene glimlach over de tweede chakra vertelt: de sacraalchakra.

Ze ziet er trouwens bijzonder uitgeslapen uit.

Alsof zij niet midden in de nacht is gewekt door een koor van brulapen die het lieten klinken alsof de apocalyps nabij was.

Alsof zij niet nog uren heeft liggen woelen om te ontcijferen of Marco nu wel of niet met haar flirtte. En of ze dat dan in het geval van 'wel' ook wilde.

We zitten allemaal in een kring op een kussen onder de overkapping van de grote veranda. Mijn maag knort als een malle, want we hebben nog niet ontbeten. Ik ben moe en hongerig, ik plak aan alle kanten en snak naar een fatsoenlijke douche in plaats van de emmer regenwater. Al moet ik bekennen dat zelfs dát me op dit moment aanspreekt. We werden echter in alle vroegte gesommeerd voor de ochtendmeditatie, dus ik heb nog nergens tijd voor gehad. Blijkbaar is het abnormaal voor dit soort mensen dat je eerst even… ik weet niet, wakker wilt worden.

'… en seksualiteit.' Met dat woord heeft Ananda mijn aandacht weer te pakken. 'We starten met een geleide meditatie die ons dat gebied verder laat onderzoeken. Zorg dat je gemakkelijk zit en sluit je ogen.'

Iedereen zit direct klaar: ogen gesloten, kleermakerszit. Ik kijk het groepje rond. Ed ziet er fit uit. Hij draagt opnieuw dat witte linnen overhemd en dit keer het soort harembroek waarvan ik dacht dat die vooral door jonge backpackende meiden was geclaimd. Zijn vissershoedje heeft vandaag plaatsgemaakt voor een bandana, waardoor de kale plek boven op zijn hoofd zichtbaar is.

Fia ziet er daarentegen nog moe uit, valt me nu op. Ze heeft donkere kringen onder haar ogen en terwijl ze daar zo met gesloten ogen en afhangende schouders zit, zou het me niets verbazen als ze weer in slaap is gevallen.

Marco is nergens te bekennen. Zijn hangmat is leeg.

Misschien maar beter ook, ik kan me niet veroorloven dat die man me afleidt van mijn sekreetchakra.

Nee… wat was het nou?

Sacraalchakra.

'Babs?'

'Hmm?' Ik kijk op.

'Sluit je ook je ogen?' Ananda's glimlach wankelt geen moment, maar toch heeft haar blik iets dwingends. Snel doe ik wat ze vraagt. 'Swadhisthana is de chakra die je ziel verbindt met jouw emoties, je seksualiteit en met anderen. Ze ontwikkelt zich voornamelijk tijdens je kinderjaren. Leg allemaal je hand op je onderbuik, op die manier komen we dichter bij de emotie die de sacraalchakra voor ons bewaart, op die manier kunnen we horen wat ze ons wil zeggen.'

Met een onrustig gevoel leg ik mijn hand op mijn onderbuik. Ik kan de verleiding niet weerstaan en doe toch mijn ogen een klein stukje open. Iedereen doet braaf wat Ananda zegt. Zelfs Brent zit met gesloten ogen en zijn hand op zijn buik. Alleen de frons tussen zijn wenkbrauwen wijst erop dat hij, zelfs in meditatieve stand, een Mening heeft.

'Stel jezelf voor op de leeftijd van zeven, acht jaar en ga gewoon eens even bij hem of haar zitten, gewoon samen zijn.'

Ik frons, maar toch verschijnt prompt het beeld van mezelf op die leeftijd voor mijn geestesoog. Ik heb mijn favoriete prinsessenjurk aan – ik glimlach, die jurk moest mijn moeder soms echt met geweld bij me uittrekken. Ik droeg hem zelfs naar school. Mijn kleine zelf staart mij verlegen aan. Ik staar terug. Oké, dit voelt wat ongemakkelijk. Eh… moet ik iets zeggen? Iets doen? *Hoi,* zeg ik in gedachten. Ze wendt snel haar blik af.

Ik wacht in stilte af wat nu de bedoeling is. Er zullen nog wel wat instructies volgen, toch?

De stilte duurt zo lang dat het nu een beetje ongemakkelijk wordt. Mijn kleine ik blijft me bij momenten ongemakkelijk aankijken, maar wendt zich telkens weer af als ik toenadering zoek.

Oké, Ananda. *Any moment now.* Zeg me wat ik moet doen.

Na wat een eeuwigheid lijkt, doorbreekt Ananda's stem de stilte. 'Rond het gesprek nu af en open je ogen weer wanneer je daaraan toe bent.'

Wacht, wat?

Mijn ogen vliegen open. Dit… was het?

'Het gesprek met je innerlijke kind heeft hopelijk mooie inzichten gegeven, het heeft je laten zien en laten voelen waar je aan mag werken.' Ananda kijkt de groep rond. 'Wil iemand er iets over delen?'

'Sorry,' begin ik en ik steek mijn hand op. 'Maar ik wist niet dat we al begonnen waren, ik bedoel… we – ik eh… ik had nog geen gesprek.'

Naast me zuigt Ed hoorbaar zijn adem naar binnen en Fia maakt een meelevend geluidje dat klinkt als: 'Och.'

Ondertussen zie ik Lila triest naar me kijken, terwijl ze Tony's hand vastpakt alsof ze fysieke ondersteuning nodig heeft om mijn woorden te verwerken.

Ananda glimlacht naar me. 'Ik denk dat je precies hebt ervaren wat je moet ervaren.'

Ik schud mijn hoofd. 'Nou, maar ik heb dus niets ervaren, ik –'

'Het is goed.' Ananda heft haar hand, ten teken dat ik moet stoppen met praten.

Een tikje beledigd sluit ik mijn mond weer. Verbaasd kijk ik opzij naar Ed. Hij glimlacht. 'Hoe stiller het wordt, hoe meer je kunt horen.'

'Hè?'

'Na de bijeenkomst praten we even verder, goed?' zegt Ananda op een sussende toon alsof ze een kleuter tevredenstelt.

Ik knik wat onwillig. Ik hoop wel dat er ontbijt is inbegrepen bij die evaluatie, want mijn maag imiteert inmiddels de brulapen van vannacht.

'Iemand anders die iets wil delen?'

Fia steekt haar hand op. 'Het was prachtig.' Ze glimlacht en haar ogen vullen zich met tranen. 'Ik kon mijn kleine ik vertellen dat het allemaal goed zou komen, dat ze de liefde van haar leven zou vinden en dat we al ruim veertig jaar getrouwd zijn.' Ze slikt geëmotioneerd. 'Ik kon haar vertellen dat ze een mooi leven heeft gehad.'

Ananda glimlacht. 'Heel mooi,' beaamt ze dan.

Iedereen blijkt een goed gesprek te hebben gehad met zijn fantoom-ik uit het verleden. Ik voel me bijna beledigd door mezelf. Zelfs Brent geeft aan dat zijn vroegere ik 'een leuk joch' was. Volgens mij liegt hij. Ik kan me niet voorstellen dat hij met die frons daadwerkelijk een goed gesprek met zijn innerlijke kind heeft gehad. Ik betwijfel zelfs of hij überhaupt ooit een kind is geweest, zulke norse kinderen bestaan niet. Ik vernauw mijn ogen terwijl ik hem bekijk. Mijn beste gok is dat hij het uit zijn duim zuigt.

De sessie wordt opgeheven en op dat moment stapt Marco de veranda op met een aantal tassen in zijn hand. 'Ontbijt!' Hij legt de tassen op een van de lange tafels en pakt uit. Er zijn broodjes, een hele lading fruit en chemisch uitziende pakjes kaas. Ik kan niet wachten.

'Zullen we even praten over wat er is gebeurd?' Ananda duikt naast me op. Ik knik enigszins behoedzaam en gris snel twee broodjes van tafel om te voorkomen dat ik straks misgrijp. Ik neem een flinke hap en volg Ananda, die via de houten trap naar beneden loopt. Bij de oever wijst ze op een boomstam en komt naast me zitten.

'Onze sacraalchakra laat zien in hoeverre we in verbinding staan met onze emoties en seksualiteit,' begint ze zonder verdere introductie. 'Het feit dat je niet tot een gesprek bent gekomen, wil misschien zeggen dat je niet in verbinding staat met jezelf.'

Als reactie op Ananda's woorden weet ik niets anders te doen dan mijn schouders op te halen. In mijn gedachten klinken Donna's woorden. *Dit komt goed. Als je maar even diep naar jezelf kunt kijken.* Wat is dat toch dat iedereen opeens wil dat ik met iets in mijn binnenste connect?

'Wil je me iets over je jeugd vertellen?'

Haar vraag overvalt me. Ik dacht bovendien dat we dat onderdeel gisteren al gehad hadden. 'Wat wil je weten?' vraag ik ontwijkend.

'Je ouders, de buurt, broers of zussen? Hoe ben je opgegroeid?' Ze klinkt oprecht geïnteresseerd en kijkt me met zo'n zenachtige uitstraling aan. Het maakt haast dat ik... wíl vertellen. Heel irritant.

Ik slik en besluit het alsnog bij een beknopte versie te houden. 'Mijn vader ken ik niet – maar dat geeft niet,' voeg ik er snel aan toe, voordat de bekende meelevende reactie komt. 'Het is niet zo dat ik hem mis, want... nou ja, ik weet niet wie ik zou moeten missen. Hij ging ervandoor toen mijn moeder zwanger bleek.' In mijn hoofd heb ik niet eens echt een beeld van hem. Karl was de eerste jaren een vaderfiguur en toen hij vertrok hebben de anderen die rol niet meer kunnen vervullen. Ik geloof niet dat ik dat toeliet. Ik leerde al snel me niet te hechten aan de mannen in het leven van mijn moeder. En ik had altijd mijn oma op wie ik terug kon vallen, wanneer ik ruzie had met mijn moeder of wanneer mijn moeder een van haar ludduvuddu-episodes had.

Ik kijk even opzij. Ananda knikt enkel en moedigt me zonder woorden aan om door te vertellen. En dus gaat mijn mond met een geheel eigen wil verder: 'Ik heb geen broers of zussen. Ik woonde bij mijn moeder en mijn oma was er ook veel, ze paste vaak op.' Ergens schaam ik me altijd een beetje om over mijn moeders liefdesleven te praten. Het is lastig vertellen dat ze op weg is naar echtgenoot vijf zonder zelf iets van een oordeel in mijn woorden te laten klinken. Maar tegelijkertijd vind ik het vreselijk als anderen een mening over mijn moeder hebben. Dat is míjn taak. 'Ze eh, heeft wel wat vriendjes gehad.'

'Kwamen ze bij jullie over de vloer?'

'Yep. Ze trouwde ermee.'

'Met...'

'Allemaal. Momenteel is ze voor de vijfde keer verloofd, Hans heet hij, geloof ik.' Ik pluk wat aan het broodje in mijn hand en prop een stuk in mijn mond.

Ananda zwijgt en hoewel ze niets zegt, weet ik dat ik het oordeel in haar blik zal zien zo gauw ik opzij kijk. Zo gaat het altijd. Maar als ik eindelijk de moed heb verzameld om haar aan te kijken, zie ik enkel interesse in haar ogen. 'Hoe was dat voor jou?'

'O...' Ik frons. Gek genoeg heeft niemand die vraag ooit aan me gesteld. 'Het was wel oké, denk ik. Ik bedoel, ze waren allemaal wel aardig, geen freaks of engerds.'

'Maar niemand bleef,' concludeert Ananda.

Ik schud mijn hoofd. 'Nee, mijn moeder wordt snel verliefd, ze is een echte romanticus, valt nog net niet in katzwijm voor elke man die haar aandacht geeft. En dan volgt er een hartstochtelijke liefde en negen van de tien keer – of nou ja, vier van de vijf keer in dit geval – een veel te snel huwelijk en dan… nou ja, dan is de verliefdheid na een tijdje gewoon weer over en vertrekken ze weer.'

'Het klinkt alsof je moeder vooral verliefd is op het idee om verliefd te zijn.'

Ik tuur over het troebele water van de rivier en sla een mug weg, terwijl ik over haar woorden nadenk. 'Ja, dat is het misschien wel.'

'En jij?'

Met volle mond kijk ik weer opzij. 'Wat?'

'Ben jij een romanticus? Geloof jij in de liefde?'

Over die vraag hoef ik niet na te denken. 'Natuurlijk geloof ik in de liefde.' Ik glimlach. Ananda blijft me nauwlettend aankijken.

'Hmm,' zegt ze enkel. En dan: 'Heb jij momenteel een liefde in je leven?'

Ik schud mijn hoofd. 'Dat niet.'

'Wel gehad?'

Ik zwijg even. 'Niet echt. Ik bedoel, ik heb wel… Nou ja, ik ben geen maagd of zo.' Mijn ogen worden groot. Oké, geen idee waarom ik dat zojuist zei. Maar Ananda begon zelf al voor zeven uur 's ochtends over seksualiteit. Mijn toch al gloeiende wangen worden nog warmer. Snel veeg ik het zweet van mijn gezicht. 'Ik heb wel een aantal vriendjes gehad, bedoel ik. Maar er is er geen blijven plakken.'

'Hmm.' Ananda knikt en tuurt nu ook over het water. 'Waarom niet, denk je?'

'Ze waren gewoon niet… goed genoeg.' Jakkes, dat klinkt naar. 'Althans, voor mij dan. Ik bedoel, als ik voor een man ga, dan moet hij… ik weet niet, perfect zijn.'

Ananda's wenkbrauwen gaan omhoog. 'Perfect?'

'Perfect voor mij. Ik heb gewoon een aantal eisen, niks geks. Als ik voor een man ga, moet ik zeker weten dat... dat hij het is, dat hij bij me past, snap je?' Ik kijk haar vragend aan.

'Denk je dat iemand perfect kan zijn?'

Dit is een strikvraag. Ik bedoel, niemand is echt perfect-perfect natuurlijk, dat snap ik ook wel. Maar zoals oma zei: op elk potje past een dekseltje. Ik weet nu eenmaal heel goed hoe mijn deksel eruit moet komen te zien. Het blijkt alleen niet zo gemakkelijk om die persoon te vinden. In mijn boeken laat ik mijn personages keer op keer verliefd worden. Van opzwepende romances tot onverwachte *enemies-to-lovers*, mijn persoonlijke favoriet. Maar in het echte leven is het allemaal toch anders. Ik heb gezien hoeveel verdriet en sores het mijn moeder oplevert om een hopeloze romanticus te zijn, om de verkeerde te kiezen. En... het is niet erg aanlokkelijk. Dus blijf ik kritisch, ik heb mezelf beloofd niet in dezelfde valkuil te stappen.

Mijn gedachten gaan naar Marco. Een evenbeeld van mijn zelfgeschapen man. Eentje die voor zover ik kan zien aan bijna alle eisen voldoet: qua uiterlijk, maar hij is ook charmant, vriendelijk... Ineens besef ik dat Ananda nog altijd op een antwoord wacht. Ik besluit voor de gemakkelijke weg te gaan en haal voor de zoveelste keer mijn schouders op. 'Ik weet het niet.'

'Je schrijft romantische boeken, toch?'

Ik weet niet waarom het me nog verbaast dat Ananda dat weet. Ze heeft gewoon de lijst met aanmeldingen doorgelezen. Donna zal ongetwijfeld ergens in een opmerkingenvakje vermeld hebben dat ze verwacht dat ik compleet verlicht terugkeer van deze retraite. Ik moet toegeven: voor een auteur van romantische boeken is mijn liefdesleven behoorlijk treurig. Het is niet zo dat ik als een non door het leven ga. Ik ga heus wel eens uit, ik kom wel eens op plekken. En natuurlijk zijn er wel eens mannen. Maar *in the end* is het nog nooit een serieuze relatie geworden. Er was altijd wel iets mis. Er was gewoon geen enkele man die echt bij mij paste.

Tot nu?

'Ik schrijf inderdaad romantische boeken. Althans, ik hoop...' Ik bijt op mijn lip. Zelfs nu Ananda niets zegt, voel ik de irritante behoefte om alsnog alles te vertellen. 'Ze hebben me hierheen gestuurd, mijn uitgever bedoel ik, om mezelf te vinden. Al weet ik niet zo goed wat dat betekent. Maar als ik mezelf niet rap vind, heb ik misschien bij terugkomst geen uitgever meer.'

'Dat klinkt als nogal wat druk.'

Ik stoot een lachje uit. 'Dat kun je wel zeggen.'

'En ben je het daar zelf ook mee eens? Dat je jezelf moet vinden?'

Ik zucht. 'Ik... Ik weet het niet? Ik ben behoorlijk succesvol als auteur, maar dit...' Ik strijk een beestje van mijn bovenbeen. 'Weet je wat er op weg hierheen gebeurde?' Plots heb ik de behoefte om alles eruit te gooien. 'Emma zat naast me in het vliegtuig, we hadden nog niet met elkaar gepraat en ze las mijn boek. Ze wist niet dat ik... nou ja, je weet wel. Ze noemde het cliché en voorspelbaar en viel vervolgens in slaap midden in een scène waar ik zelf zo trots op ben.' Ik denk na. 'Was,' herstel ik dan. 'Trots op wás.'

Ik verwacht half en half dat Ananda in lachen zal uitbarsten. Maar in plaats daarvan kijkt ze me geïntrigeerd aan. 'En wat deed dat met jou?'

Een deel van me wil lachen om die typische therapeutenvraag. Maar een ander deel, een stuk prominenter deel blijkbaar, knippert opeens opkomende tranen weg. Ik maak een wuivend gebaar met mijn handen. 'Ach,' weet ik uit te brengen.

De waarheid is dat het me in mijn diepste kern raakt dat iemand mijn werk niet goed genoeg vindt. Schrijven is alsof je je ziel en zaligheid op straat gooit om vervolgens maar af te wachten wat mensen ermee doen. Rapen ze het op? Of stampen ze er dwars doorheen? Het is elke keer weer doodeng.

'Het raakt je,' concludeert Ananda rustig.

Ik slik in een poging de tranen te onderdrukken. 'Nou, leuk is anders.'

'Denk je dat het betekent dat je redacteur gelijk heeft?'

'Misschien,' antwoord ik na een korte stilte onwelwillend, nog altijd niet helemaal bereid om toe te geven aan wat er nu al twee dagen in mijn hoofd sluimert.

'Hmm.' Ananda knikt en staart zwijgend over het water.

We blijven zo zitten. Zij ogenschijnlijk in een of andere trance zonder acht te slaan op al het ongedierte dat om haar heen zoemt, en ik me afvragend of ze nog meer zal vragen. Inwendig vervloek ik mezelf dat ik zoveel heb verteld. Dat is – naast mijn karaokedrift misschien – een van mijn grootste gebreken: ik weet nooit wanneer ik mijn mond moet houden. Wat moet ze wel niet van me denken? Maar dan legt ze tot mijn verbazing haar hand op de mijne en knijpt kort. 'Dat is wel genoeg voor nu. Zullen we teruggaan?'

12

Zo gauw we boven zijn, stort ik me alsnog op het ontbijt. Niemand weet immers wat deze dag gaat brengen en wanneer en of ik weer de kans krijg iets te eten. Of ja, waarschijnlijk weet iedereen het – iedereen die de briefing gewoon heeft gekregen.

Ik stapel een bordje vol met fruit, een soort sponsachtige cake en nog een broodje en neem plaats aan een van de tafels. Fia is de enige die er nog zit, ze schrijft in een notitieboekje. 'Waar is iedereen?' vraag ik met volle mond.

Fia kijkt op. 'We hebben even wat tijd voor onszelf. De meesten zijn zich opfrissen of mediteren.' Ze neemt me bezorgd op. 'Gaat het een beetje met je?'

'Ja, natuurlijk,' antwoord ik snel. Haar moederlijke blik raakt me meer dan ik wil. Snel kijk ik weg en ik richt me op mijn bord. 'Ik ga zo ook nog even... douchen.'

'Het is een hele ervaring,' grinnikt Fia, waarmee ze de stemming direct weer luchtiger maakt. 'Ik heb mezelf vanochtend al gewassen. Ik was meteen wakker, kan ik je zeggen. Dat ik dat nog mee mag maken.'

'Ik durf niet met zekerheid te zeggen dat ik ernaar uitkijk,' geef ik toe. 'Wist jij dat het zo... primitief zou zijn?' Ik kan me voorstellen dat een vrouw van Fia's leeftijd toch ook iets meer comfort zou willen.

'Ik had me erop ingesteld. Bij een retraite in de jungle verwacht je natuurlijk geen sterrenhotel.'

Ik denk aan mijn hoopvolle opluchting bij onze aankomst bij het hotel in Rurrenabaque. 'Nee, is ook zo,' mompel ik achter mijn broodje.

'Het is ook vooral zo'n totaal andere ervaring dan ik gewend ben, de omgeving, de mensen...' Fia zwijgt even en kijkt om zich heen. 'En ik geniet van elke minuut. Ook als dat betekent dat ik een emmer water over mezelf moet gooien.'

Ik sta op. 'Nou, dat ga ik ook maar eens doen.'

Bij ons slaapvertrek kom ik Emma tegen. Mijn blik glijdt van haar natte haren via haar bikinibandjes naar de handdoek om haar bovenlijf. En ik besef plotseling dat ik duidelijk niet alle essentiële dingen heb ingepakt. Zoals een handdoek. En mijn bikini.

'Ga je ook douchen? Of nou ja...' Emma lacht en gebaart naar achteren. 'Hoe je dat ook mag noemen?'

'Eh... dat was de bedoeling.' Ik kijk aarzelend naar de houten cabines, waar Ed net met een grote grijns uit een van de hokjes stapt. Hij schudt zijn hoofd waarbij waterdruppels door de lucht vliegen en zijn dunne haren aan zijn huid plakken. Hij slaakt een luide, tevreden kreet. 'Maar ik besef nu dat ik geen handdoek bij me heb. Of een bikini.' Ik wijs op Emma.

Haar gezicht betrekt. 'O.' Dan kijkt ze naar beneden. 'Je mag mijn handdoek wel lenen als hij droog is? Dat zal niet lang duren. En het kan ook zonder bikini hoor, ik... nou ja,' ze kleurt rood. 'Ik vond dit gewoon wat prettiger. Wacht,' ze wikkelt de handdoek af. 'Ik hang hem meteen te drogen. En dan kom ik hem zo wel brengen.'

Enigszins gerustgesteld door deze noodoplossing pak ik in ons benauwde hok douchegel uit mijn toilettas en slof vervolgens op mijn slippers naar de cabines. Ze zijn allemaal vrij. Ik open het eerste deurtje en inspecteer het hokje. De ruimte is ongeveer een bij een meter. De houten afscheidingen reiken niet tot de grond waardoor je gemakkelijk naar de benen van de buren kan kijken. De overkapping schermt alle drie de hokjes van gevaar van bovenaf af. Ik zet mijn inspectie voort, waarbij ik voor het gemak de spinnenwebben vol met ongedierte in de hoeken negeer. Er hangt een soort takelconstructie met een emmer. Naast de cabine staat een afgedekte regenton.

Ugh.

Kom op, Babs. Wees avontuurlijk.

Ik takel de emmer naar beneden, vul hem met water en hang hem weer aan de haak, waarmee ik hem naar boven trek. Oké, zo te zien is het nu een kwestie van aan het koord trekken en bidden voor je leven.

Ik sluit het hokje, trek mijn short en hemdje uit en probeer me zo goed en zo kwaad als het gaat in te smeren met de douchegel en een beetje water. Dan ga ik onder de emmer staan, trek aan het koord en...

Met een enorme golf spoelt de hele emmer water over me heen.

Ik gil. Hard. En die gil gaat vanzelf over in een hard lachsalvo. Ik kan het niet tegenhouden. Mijn hemel, wat een absurde manier om jezelf te wassen. Welk mens doet dit in vredesnaam vrijwillig?

Zelfs nadat al het water via de planken onder mijn voeten is verdwenen, kan ik niet voorkomen dat ik nog steeds geluid maak. Ik heb kippenvel over mijn hele lijf. Maar het is best lekker om het eindelijk eens koud te hebben nadat ik al twee dagen chronisch zweet. Ik blaas mijn adem uit en sta nét te overwegen of ik dit proces nog eens zal herhalen, als het deurtje naast me opengaat. Er verschijnen twee voeten onder de houten wand. Mannenvoeten. Er klinkt gerommel met de emmer naast me. Het geluid van het takelen. En dan…

Een enorme splash, gevolgd door een hardvochtige vloek die duidelijk vanuit die nu gekromde tenen komt.

Er ontsnapt een giechel uit mijn mond.

'Jézus, wat koud! Hoe dan?'

Het is Brent.

Plots voel ik me poedelnaakt. Wat ik natuurlijk ook ben. Maar nu ben ik me er opeens uiterst van bewust. Het voelt bovendien vreemd om hier te blijven staan in de wetenschap dat naast me…

Maar ik kan ook niet weg. Ik moet wachten tot Emma haar handdoek komt brengen.

Er klinkt nog wat gevloek naast me, maar dan is het weer stil.

Moet ik iets zeggen?

Nee, dat is ook vreemd.

Maar niets zeggen voelt ook ongemakkelijk.

'Koud hè?' zeg ik ten slotte maar, wat direct een nieuwe kreet en een vloek oplevert. 'Sorry!' zeg ik snel. 'Ik wilde je niet laten schrikken.'

'Geeft niet,' klinkt het met weerzin.

Het blijft even stil.

'Ik wacht op een handdoek,' verklaar ik onhandig. Wanneer er geen reactie volgt, voeg ik er snel aan toe: 'Emma komt er eentje brengen. Ik ben de mijne vergeten. Zoals ik wel meer vergeten ben, maar goed...' Ik zwijg een kort moment. 'Wie weet nou precies wat je mee moet nemen als je een aantal dagen de jungle in gaat, toch?' Ik lach ongemakkelijk.

'Een handdoek lijkt me aardig voor de hand liggend,' klinkt het naast me.

Geluidloos bauw ik hem na. Echt, ik geef het op. Er is geen land met die kerel te bezeilen.

'Barbara?' Ik ben nog nooit zo blij geweest om mijn doopnaam te horen.

'Ja, hier.' Ik wuif boven het deurtje uit en neem dankbaar de handdoek aan die Emma aangeeft.

'Hij is nog wel een beetje klam, maar...'

'Zoals alles hier,' klinkt het naast ons.

'Geeft niet, bedankt!' zeg ik snel. In razend tempo droog ik mezelf zo goed en zo kwaad als het gaat af en ik trek snel mijn ondergoed, short en hemdje weer aan. Wanneer ik naar buiten stap, staat Emma nog op de loopbrug te wachten.

En... ik baad alweer in het zweet.

'En?' Ze kijkt me verwachtingsvol aan.

'Het was... interessant.' Ik zucht teleurgesteld. 'En ik heb het nu alweer bloedheet.'

Emma knikt. 'Ik zou zo nog wel een keer willen.'

Er klinkt een snuif vanachter het tweede houten deurtje.

'Brent,' mime ik naar Emma en ze trekt een gezicht.

Blijkbaar ben ik niet de enige wie het is opgevallen dat hij nogal… moeizaam in de groep mengt. 'Kom.' Ik gebaar naar ons slaaphok. 'Hoe laat moeten we verzamelen?'

'Over een kwartier.'

'Hebben ze ook gezegd wat we gaan doen?' vraag ik nieuwsgierig. 'Was Marco er ook?' Ik sla nog net niet mijn hand voor mijn mond. Wat een idiote vraag. Natuurlijk was hij er ook. Hij is degene die ons hier in leven moet houden. Ik denk aan het korte momentje vannacht, toen hij zijn hand op mijn rug legde. Hitte stijgt naar mijn wangen.

Bizar.

Gedrag.

Ophouden.

Emma knikt. 'Hij verwacht ons over een kwartiertje bij de oever. De enige instructies zijn om lichte kleren aan te doen, bij voorkeur met lange mouwen en broekspijpen, je goed in te smeren met zowel DEET als zonnebrand en een flesje water mee te nemen.'

'Eh…' Ik denk aan de weinige kleding in mijn rugzak. Lange mouwen? Ook dat heb ik uiteraard niet ingepakt. Het is hier bloedheet, waarom zou ik in hemelsnaam lange mouwen inpakken?

Hierom. Hierom had ik lange mouwen moeten inpakken. Ik sla verwoed om me heen in een poging een heel bataljon muggen op afstand te houden. Het is een onbegonnen strijd. Alsof ik persoonlijk de sprinkhanenplaag uit het Oude Testament bevecht. Maar dan erger. Ze vallen met tientallen tegelijk aan, zoemen rond mijn oren, kruipen in mijn neus.

Ik. Ga. Kapot.

Het ging al mis toen Emma en ik ons bij de oever meldden. Er stond een hele rij zware donkere rubberen laarzen klaar, waar Marco met een vrolijke grijns naar gebaarde. 'Kies je maat uit.'

Ik heb natuurlijk geen lange broek en niets met lange mouwen bij me, maar godzijdank kon ik van Fia een sjaal lenen die ik nu als een soort cape omgeslagen heb in een schamele poging iets van mijn blote huid te bedekken.

Wat natuurlijk ook weer bloed- en bloedheet is.

En familie Mug is niet onder de indruk. Ik sla nog een exemplaar weg en duik onderuit als zijn hele gezin bij wijze van vergelding nog net niet met machetes de aanval inzet.

Het liefst zou ik die malariapillen als Tic Tacs innemen.

We sjouwen momenteel door een veld met hoog gras, in de volle brandende zon, op zoek naar de anaconda. Ik zou je niet kunnen vertellen waarom we willens en wetens op zóék gaan naar een levensgevaarlijke slang die maar liefst zes meter kan worden, zoals Marco ons zojuist vol enthousiasme vertelde. Het enige positieve dat ik uit zijn verhaal heb kunnen halen is dat de vrouwtjes zes meter worden en de mannetjes 'slechts' drie meter. In het kader van het feminisme kan ik dat enkel toejuichen.

Terwijl ik een strijd op leven en dood voer met de kudde muggen, lopen we verder en blijft Marco onverstoord en vol enthousiasme feitjes oplepelen. 'Een vrouwtjesanaconda kan ruim tweehonderd kilo wegen. Ze leggen geen eieren maar baren hun jongen levend, variërend van dertig tot wel tachtig per keer. De jongen kunnen een halve tot een hele meter lang zijn en kunnen direct voor zichzelf zorgen.'

'Mijn hemel, stel je voor dat je zo'n nest tegenkomt.' Emma is naast me komen lopen en wappert met haar hand bij haar gezicht in een poging zich te ontdoen van de muggen die ik zojuist haar kant op gewuifd heb.

'Stel je voor dat je zo'n nest moet báren,' mompel ik huiverend.

'Dan spring ik ervoor, hoor.' Marco houdt zijn pas in tot hij naast ons loopt en werpt een scheve grijns onze kant op. Ik ga ervan uit dat hij mijn laatste opmerking niet gehoord heeft. Mijn hart maakt al een hink-stap-sprong door zijn nabijheid voordat ik mezelf onder controle heb.

Ik weet nog steeds niet precies wat ik van Marcogate moet denken. Ik moet eerst nadenken, ik heb afstand nodig. Ik versnel mijn pas, terwijl Emma geïnteresseerd vragen aan Marco stelt. Terwijl ik door het hoge gras zwoeg, probeer ik mijn eigen gedrag te analyseren. Misschien is het gewoon een puur lichamelijke reactie. Aantrekkingskracht, gebaseerd op het feit dat ik in mijn hoofd al talloze romantische scènes met deze man heb beleefd.

Nee, corrigeer ik mezelf, niet met déze man. Met een verzonnen iemand die erop lijkt.

Mijn hoofd tolt. Die verrekte – ik mep opnieuw naar mijn oor – muggen helpen ook niet. Zweet parelt op mijn voorhoofd. 'God, wat een ellende.'

'Ik geloof niet dat God hier een aandeel in heeft. Althans, zij niet alleen.' Ed komt naast me lopen en kijkt me onderzoekend aan. Hij neemt zijn vissershoedje af. 'Hier, neem deze maar, helpt tegen de zon.'

Ik wuif hem beleefd weg. 'Nee joh, het gaat wel.' *No way* dat ik een hoofddeksel aanneem van een bejaarde man.

Zeker niet een bezweet hoofddeksel. Na een korte aarzeling zet Ed het ding terug op zijn hoofd en haalt zijn schouders op. Voor hem lopen Tony en Lila, als een soort dartelende hertjes. Niet om aan te zien. Weer voor hén ploetert Fia dapper door met een wandelstok ter ondersteuning, terwijl het zweet van haar voorhoofd gutst. Ze klaagt niet. Ik neem me voor een voorbeeld aan die vrouw te nemen.

'Heb je je goed ingesmeerd met DEET? Je bent al een aantal keer gestoken.' Ed kijkt bezorgd naar mijn blote armen.

'Alles ingesmeerd. Potje bijna leeg.'

'Toch niet van dat Kruidvatspul, hè?'

Ik vertraag mijn pas, waardoor er iemand bijna boven op me botst. Er klinkt gemompel maar ik negeer het. 'Wat is daar mis mee?'

Ed begint in zijn heuptasje – gebatikt – te rommelen en trekt er een kleine tube uit. 'Hier, smeer je hier maar snel mee in.'

Ik pak de tube aan en bestudeer hem. 'Wat is dit?'

'DEET werkt in principe per land. Dus het spul dat je in Nederland koopt, is bestand tegen de muggen in Nederland. Een heel ander soort mug dan hier. Dit zijn echte klojo's.' Hij lacht en wuift er nonchalant eentje weg.

'Dus… dat spul van de Kruidvat doet niets?' Ik voel me belazerd.

Ed kijkt veelbetekenend naar mijn met rode bultjes bespikkelde armen.

Ik zucht en terwijl we doorlopen smeer ik me ruim in met het goedje van Ed. 'Bedankt.' Wanneer ik de tube teruggeef, zie ik dat Brent aan de andere kant naast Ed is komen lopen.

'Jij ook wat, knul? Want zo te zien hebben ze jou ook al flink te pakken.' Ed geeft de tube direct door aan Brent. Zijn armen zitten inderdaad onder de muggenbulten. Blijkbaar heeft hij ook geen shirt met lange mouwen ingepakt. Ik onderdruk een sadistische glimlach. Dat doet me toch een beetje goed. Ik weet niet wat het met die kerel is. Ik bedoel, ik ben ook niet al te enthousiast over deze trip, maar ik ben tenminste niet zo'n droeftoeter als hij.

Zwijgend neemt Brent de tube aan, tuurt naar het etiket en begint zich dan in te smeren.

In stilte lopen we door.

En hoe langer we onderweg zijn, hoe meer ik me afvraag of we überhaupt een doel hebben. Marco loopt weer vooruit. Met een stok port hij hier en daar in het struikgewas. Af en toe kijkt hij op, naar links, naar rechts, en lijkt telkens lukraak een kant te kiezen waar hij ons naartoe drijft.

Mijn ogen gaan opnieuw over zijn gestalte.

Altijd maar donker haar, blauwe ogen en dat eeuwige stoppelbaardje. En steevast o zo charmant. Donna doemt op mijn netvlies op en kijkt me smalend aan. Dan kleuren haar haren grijs en verandert haar gezicht in dat van Ananda. *Heb jij een liefde in je leven?*

Marco lacht om iets wat Ed tegen hem zegt, die zich inmiddels bij hem heeft gevoegd. Het warme gevoel dat die lach teweegbrengt rolt zich tot in mijn onderbuik uit. Hij heeft inderdaad alle kenmerken van de man die ik in mijn boeken omschrijf. Fysiek dan. En dat er een bepaalde aantrekkingskracht is, valt ook niet te negeren. Maar hoe aantrekkelijk Marco ook is, ik moet realistisch blijven. Er is namelijk een belangrijke eis waar hij niet aan voldoet: dit is een man die een groot deel van het jaar in de jungle van Bolivia rondloopt.

Vrijwillig.

Met plezier.

Geen relatiemateriaal dus.

Op dat moment draait hij zijn hoofd en kijkt me recht aan. Zijn mondhoek gaat ietsje omhoog als hij me ziet kijken. Dit keer kijk ik niet weg. Een glimlach duwt mijn mondhoeken omhoog.

Hoewel ik me niet kan voorstellen dat ik er heel charmant uitzie – onder de muggenbulten, wallen tot op mijn knieën, een rare sjaal om mijn schouders en glimmend van het zweet en de DEET – lijk ik toch zijn aandacht telkens weer te vangen.

Zou hij hetzelfde voelen?

13

Het kostte maar liefst vier uur, twintig muggenbulten, ongeveer vijf liter zweet en een aanzienlijk stuk van mijn geestelijke gezondheid om die kloteslang te vinden. Haast onzichtbaar verstopt in een gat in een boom waar ze weigerde uit te komen en bovendien was ze 'maar' twee meter lang. Pas daarna navigeerde Marco ons terug naar de lodge, waar een late lunch voor ons klaarstaat. Godzijdank.

Zonder acht te slaan op mijn toestand (vies, moe, jeuk) val ik aan op de broodjes, dezelfde sponsachtige cake als vanochtend, en water. Liters water.

Terwijl ik mezelf volprop met zoveel mogelijk calorieën, zweeft Ananda de veranda op. 'Hallo allemaal.' Ze glimlacht ons sereen toe. 'Hopelijk hebben jullie een inspirerende ochtend gehad, volgens Marco is alles volgens plan gegaan.'

Ik onderdruk een snuif. Was er een plan? Misschien moet ik toch maar eens dat draaiboek opvragen, want als er nog ergens staat: 'Door zinderende hitte en zwermen muggen door een veld sjouwen op zoek naar een beest dat niet gevonden wil worden', dan weet ik wanneer ik de volgende keer op tijd kan passen. Waarom was zij eigenlijk niet mee? Drukt Jomanda haar zweetsnor nu al?

Haar glimlach blijft op mij rusten. 'Soms zit de kracht van een proces in de absentie.'

Ik pers mijn lippen op elkaar. Dat is het meest vage antwoord ooit en hé, ik knijp mijn ogen samen: ik stelde die vraag niet eens hardop? Wantrouwend eet ik door, maar wend voor de zekerheid mijn blik van Ananda af.

Eng mens.

'Er volgt nu een moment van rust,' gaat ze op kalme toon verder. 'Je kunt je zo direct even opfrissen, rusten en iets voor jezelf doen. Uiteraard staat het jullie vrij om elkaar op te zoeken en ervaringen uit te wisselen. Blijf echter wel bij de lodge, het is om veiligheidsredenen niet toegestaan om zelf de omgeving te verkennen. Voor vanmiddag zijn er twee programmaonderdelen om uit te kiezen. Ikzelf zal een inspirerende sessie yoniyoga geven, en om even echt met je handen bezig te zijn heeft Marco een vuurworkshop voorbereid.' Ze gebaart naar een klein krijtbord dat me eerder nog niet is opgevallen waar beide workshops op staan. 'Zet een streepje bij het programmaonderdeel dat je wilt bijwonen vanmiddag.'

Aarzelend blijf ik zitten en staar wantrouwend naar het bord. Yoniyoga? Yoni, als in... je weet wel? Ik weet dat er verschillende vormen van yoga zijn maar ik kan me... wacht, ik kan me wél voorstellen dat dit precies is wat ik denk dat het is. En nee, dank je wel.

Vastberaden sta ik op, loop naar het krijtbord en zet een streepje bij de vuurmaakworkshop van Marco. Dan heb ik in ieder geval iets om naar te kijken terwijl ik met mijn leven speel. Het vooruitzicht om de middag met Marco op te trekken stemt me positief. Het zou een mooie gelegenheid zijn om hem wat beter te leren kennen. Met een gevulde maag en een vleugje nieuwe energie besluit ik om maar weer eens een bak water over mezelf heen te gooien.

Anderhalf uur later sta ik met frisse tegenzin klaar bij de oever van de rivier waar de vuurworkshop zal plaatsvinden. Naast me staan Ed, Tony en Brent. Yep, alleen maar mannen. Zal wel iets met dat oerinstinct te maken hebben. Ik laat me er niet door afschrikken. In plaats daarvan richt ik me op Marco, die de laatste voorbereidingen treft. Zijn spieren rollen onder zijn huid terwijl hij houtblokken verplaatst en zijn groene shirt spant strak om zijn bovenarmen. Over oerman gesproken. Net als Marco wil beginnen, komt Ananda de oever op schrijden. Werkelijk, ik ken niemand die zo elegant door mul zand kan bewegen. Ze loopt naar Marco toe, fluistert iets in zijn oor en kijkt veelbetekenend naar mij.

O jee. Wat nou weer?

Marco luistert en knikt met een onleesbare uitdrukking op zijn gezicht.

Ananda zet een stap mijn kant op. 'Babs, ik wil je vragen toch van workshop te wisselen, als je het niet erg vindt.'

Vind ik wel erg.

'Maar… ik wil graag… héél graag…' Oké, ik krijg het niet over mijn lippen om te zeggen dat ik dolgraag wil leren hoe ik vuur moet maken. Er zijn grenzen. Maar die grens ligt ook bij de drempel van de veranda, waar de rest van de groep zich heeft verzameld voor poeniyoga. 'Ik wil liever niet…' begin ik daarom en ik wijs naar boven. Ik schud vastberaden mijn hoofd. 'Nee, dank je, sorry.'

Ananda knikt begripvol, alsof ze me compleet begrijpt. Maar ze begrijpt er duidelijk niets van, want ze gaat gewoon verder: 'We hebben een even aantal nodig, anders kan de workshop niet doorgaan.'

Ik werp een blik omhoog. 'Maar je kunt toch zelf meedoen?'

'Zo werkt het helaas niet. Ik heb volledige focus nodig om de sessie te begeleiden.' Ananda zet nog een stap naar me toe. 'De rest zal ontzettend teleurgesteld zijn als de workshop niet door kan gaan.'

Onwillekeurig zet ik een stap achteruit.

Naast me klinkt een ingehouden lachje. Mijn hoofd schiet opzij.

Brent.

Natuurlijk.

Ik werp hem een vernietigende blik toe. 'Ga jij anders?' snauw ik al voordat ik mezelf tegen kan houden.

Direct worden zijn ogen groot en hij begint verwoed zijn hoofd te schudden. 'Nee, ik...'

'Het is alleen toegankelijk voor vrouwen,' helpt Ananda hem.

Wat?

Verdorie.

Nou ja, eigenlijk ook wel logisch.

Ik neem aan dat het daadwerkelijk bezitten van een yoni een vereiste is voor yoniyoga. Niet heel woke trouwens, als je het mij vraagt. Bovendien zouden een hoop mannen juist gebaat zijn bij een dergelijke workshop.

'Toe.' Ananda zet nog een stap naar me toe en strekt haar hand uit. 'Het zal goed voor je zijn.'

Ik ben een beetje klaar met het feit dat anderen alsmaar denken te weten wat goed voor me is. Weet ik dat zelf niet het beste? Zou de bijzondere vaardigheid van vuur maken op dit moment niet heel belangrijk voor me kunnen zijn?

Ik schraap mijn keel. 'Toevallig vind ik het goed voor me, zo niet essentieel, om te leren hoe ik vuur moet maken. Het is een vaardigheid die niet onderschat dient te worden. En niet alleen voor mannen,' voeg ik er met een blik op dit deel van de groep aan toe. 'Ik heb het nodig voor…' Ik zwijg even. 'Voor…' Verdorie, waarom zou ik in godsnaam moeten weten hoe ik in de jungle vuur maak in een wereld vol aanstekers en lucifers? 'Voor als ik zelf ga survivallen,' eindig ik vastbesloten. 'Want dat ga ik doen, hierna. Je weet wel, back to basics. Zie je, ik heb mijn nieuwe zelf al gevonden. Daar heb ik geen yoniyoga voor nodig,' zeg ik met een veelbetekenende blik op Ananda. Om mijn woorden kracht bij te zetten – en vooral buiten haar bereik te blijven – zet ik nog een stap achteruit.

Dat blijkt een fout. Mijn voet blijft achter een uitstekende steen haken en voordat ik goed en wel doorheb wat er gebeurt, verlies ik mijn evenwicht. Wankelend schiet ik opzij. Recht in de armen van…

Brent.

Ik sluit met een zucht mijn ogen terwijl hij me met een wilde ruk weer overeind zet. Als dit een goede romcom was geweest, was ik tenminste opgevangen door Marco. Dan was ik in zijn gespierde armen gevallen, had ik met een kreetje mijn hand over zijn borstkas laten glijden en hadden we een paar opzwepende tellen de tijd genomen om elkaar in de ogen te kijken voordat hij me met een glimlach weer overeind had gezet en op zachte toon had gevraagd of ik in orde was.

Maar nee, in plaats daarvan weet Brent blijkbaar niet hoe snel hij me weer los moet laten als duidelijk wordt dat ik mijn evenwicht weer terug heb, want hij duwt me praktisch de andere kant op, waarna hij schichtig een stap achteruitzet en vervolgens opzichtig zijn handen afveegt aan zijn poloshirt.

Alsof ik besmettelijk ben.

Er volgt een stilte waarin iedereen me verwachtingsvol aankijkt.

Ik sluit mijn ogen en haal diep adem. Als ik ze weer open, kijkt Ananda me nog altijd met die zalvende glimlach van haar aan.

Ik zucht verslagen. 'Prima, ik ga wel.'

Ik weet niet precies wat ik me had voorgesteld bij yoniyoga, maar dit in ieder geval niet. Op dit moment zit ik met mijn benen gespreid op de houten vloer en kijk ik toe hoe de voet van Lila tegen mijn schaambot duwt. Ik moet mijn best doen om mijn neus niet op te trekken want... nou ja, blijkbaar is het geen vereiste om voor de yoniyoga je voeten te wassen.

Ik heb Lila de afgelopen dagen alleen nog maar op blote voeten zien rondlopen en blijkbaar eist dat zijn tol van haar persoonlijke hygiëne. Haar voetzolen bestaan uit een dikke laag eelt die inmiddels zo'n beetje zwart is. Hoewel ze een dappere poging heeft gedaan haar teennagels te lakken in een – hoe kan het ook anders – lila kleur, is de lak grotendeels afgebladderd en onthult hij oneffen teennagels met diepzwarte randen.

En dit moet mij helpen ontspannen?

Of zelfs mijn sensuele ik wekken?

Ik schuifel onwillekeurig iets achteruit, maar Lila volgt met gemak mijn beweging, ondanks dat ze met gesloten ogen tegenover me zit.

'Voel de vrouwelijke energie stromen. We zijn zusters. We voeden elkaars ziel.' Ananda zit met gesloten ogen in kleermakerszit voor ons. Ze houdt haar handen in een driehoekje voor haar schaamstreek. Zo zit ze al de hele tijd.

Kijk, ik was natuurlijk al sceptisch voor ik aan deze workshop begon. Grotendeels omdat Ik. Hier. Geen. Zin. In. Had. En ik moet toegeven: in eerste instantie viel het allemaal nog best mee. Al is het me nog altijd een raadsel hoe ik via mijn vulva zou moeten uitademen. Het zal wel een skill zijn die je bij het volgende level van de kosmos kan oppikken. Eigenlijk leek het allemaal behoorlijk op gewone yoga, op het uitademen via de verkeerde kant na. Tot nu toe.

Ik knijp mijn ogen dicht en probeer niet na te denken over mijn eigen voet, die op zijn beurt tegen Lila's schaambot duwt.

'Het is niets seksueels,' had Ananda ergens tussen neus en lippen door benoemd. Kan wel wezen, maar ik vind het toch hoogst ongemakkelijk. Het is heus niet zo dat ik preuts ben. Ik pak ook wel eens een sauna mee op zijn tijd, maar dit voelt toch als... bijzonder intiem contact. Nog intiemer dan poedelnaakt naast een wildvreemde douchen met enkel een houten schotje ertussen.

'Voel het stromen, laat het gaan. Adem in en adem uit...' klinkt de zangerige stem van Ananda.

Mijn gedachten stromen ongeveer drie meter naar beneden en zeven naar voren, naar de oever van de rivier waar ik nu had kunnen leren hoe ik zonder aansteker vuur kan maken. Je weet nooit wanneer het van pas was gekomen. Wanneer ik ooit in de situatie kom en ik weet niet wat ik moet doen, kan ik Ananda misschien wel aansprakelijk stellen. Ik durf daarbij te wedden dat die mannen daar beneden niet wordt gevraagd om hun voet tegen elkaars edele delen te drukken.

Ik blaas geïrriteerd mijn adem uit. Mannen hebben het altijd makkelijk.

'Heel goed, Babs, mooie expiratie.'

Mijn ogen gaan open en ik kijk recht in die van Ananda. Ze knikt me goedkeurend toe, waarna ze haar ogen weer sluit en er direct weer uitziet alsof ze in een soort trance verkeert. Ik gluur om me heen. Lila heeft nog altijd haar ogen gesloten en een paar meter verderop zitten Emma en Fia in exact dezelfde houding als wij. Beiden zo ontspannen alsof ze op een zomerse dag met een cocktail en een goed boek (niet een van mij dus) aan de rand van een azuurblauw zwembad liggen.

'Oké, wanneer je eraan toe bent, mag je je losmaken van de ander.' Ik trek met een ruk mijn voet terug en vouw beide voeten beschermend onder mijn billen. Zo, daar komt niemand meer aan. 'Zoek je matje weer op en ga lekker op je rug liggen. Wanneer iedereen zijn rust heeft gevonden, begin ik met een laatste geleide meditatie.'

Ik ga met een zucht op het matje liggen. Nog even doorbijten.

Echt, Donna staat bij me in het krijt. Dat weet ik nu wel zeker. Ik mag dan iets moeten veranderen aan mijn boeken, maar er is geen enkel universum of kosmos waarin elkaars geslachtsdelen met je voet betasten helpt om dat voor elkaar te krijgen.

'Sluit je ogen en concentreer je op de ademhaling.'

Mijn ogen gaan dicht en ik richt me op mijn veel te oppervlakkige adem. Oké, het zou geen kwaad kunnen om een beetje te ontspannen nu. Ik hoef niets meer, ik hoef hier alleen maar te liggen, te luisteren.

Hmm.

Zou het héél erg zijn als ik in slaap viel?

Gewoon, een kleine powernap.

'Adem door je gedachten heen. Door je buik. Door je navel. Ga naar je sacraalchakra en adem naar buiten.'

Ik heb geen idee wat ze bedoelt, maar ik adem gewoon rustig verder. Of het via mijn sacraalchakra is kan ik niet beloven.

'Laat je adem opnieuw naar je yoni zakken. Voel welke energie er is overgebleven na deze sessie.'

Ik blijf in- en uitademen, helaas gewoon via mijn longen en neus, zoals het plebs het doet, maar voel me ondanks dat toch langzaam ontspannen. Mijn ledematen worden zwaarder en de warmte drukt als een stoomwals op me. Ik zou daadwerkelijk wel een dutje kunnen doen. Mijn oogleden worden zwaar. Flarden van de afgelopen dagen schieten aan me voorbij. De reis hiernaartoe, het gebrul van de apen, de blik die Marco me zond. Marco. *De perfecte man bestaat niet.* Is dat zo? Ik geef toe, ik heb mijn eisenlijstje lang en vrij complex gemaakt. Maar wat als hij het is? Wat als Marco de ideale man is? Wat als oma gelijk had en er op elk potje een dekseltje past? Maar waarom bevindt mijn dekseltje zich in de fokking jungle van Bolivia? Is dit wat ik hier moest vinden om iets anders in mijn boeken te gaan doen? Maar... als hij daadwerkelijk bestaat, waarom zou ik hem dan in mijn boeken anders gaan omschrijven?

Als dit een van mijn boeken was, zouden we nu toevallige ontmoetingen en stiekeme rendez-vous hebben. Dan had ik nu bij zijn workshop gezeten in plaats van hier. Dan had hij zijn armen van achteren om me heen geslagen en à la Patrick Swayze dicht tegen me aan geleund om me te leren hoe ik snel genoeg aan de houtjes kon draaien om vuur te maken. Maar in plaats daarvan lig ik hier te zweten en voor de derde keer deze dag te verlangen naar een koude douche.

'Jij bent liefde. Jij verdient liefde. Er stroomt liefde door je lichaam. Liefde vanuit jezelf, vanuit alle vrouwen die je voor zijn gegaan. Vanuit de vrouwen in je familie, vanuit de vrouwen nu naast je. Die liefde stroomt via je hart naar je yoni. En ze is klaar om te ontvangen. Ze staat open voor wat jij haar aanbiedt.'

Ik frons.

'Je bent die liefde waard. Laat jezelf niks anders wijsmaken. Liefde van anderen.' Een korte stilte. 'En liefde van jezelf.'

Het moet de warmte zijn, want plots voel ik tranen opwellen. Moeizaam slik ik ze weg en probeer om mezelf te lachen. Wat is dit nou weer?

'Alles wat is, mag zijn. Wat mag zijn in liefde, kan gedragen worden.'

Onwillekeurig denk ik aan mijn moeder. Mijn moeder die altijd zo naar liefde snakt. Zou ze nu eindelijk geluk hebben met Hans, de potentiële nummer vijf? Ik hoop het voor haar, maar tegelijkertijd ben ik sceptisch. Ik heb het al zo vaak mis zien gaan.

Heb jij momenteel een liefde in je leven?

Opnieuw galmen Ananda's woorden van vanochtend door mijn hoofd. Jeetje, wat is dat mens aanwezig. Ik wapper een zoemend vliegje bij mijn hoofd weg in de hoop dat ik daarmee ook direct haar stem verjaag. Daarmee haal ik mezelf terug naar het hier en nu. Hopelijk is de workshop bijna afgelopen, ik ben er hier en nu namelijk behoorlijk klaar mee.

Het is stil. Naast me klinkt iemands ademhaling. Het geluid wordt steeds wat luider tot het in zachtjes snurken verandert. Ik open voorzichtig één oog en tuur opzij. Fia. Met haar lippen uiteen en haar handen gevouwen op haar buik ligt ze vredig naast me te tukken.

Ik ben jaloers.

Het duurt nog ongeveer een eeuwigheid voordat Ananda weer begint te praten. 'En kom maar langzaam op je eigen tempo terug. Beweeg even met je benen, je vingers, je armen. Open je ogen wanneer je er klaar voor bent en kom dan overeind.'

Het kost me alles wat ik in me heb om niet overeind te schieten en weg te rennen. Ik ga in kleermakerszit zitten en kijk om me heen. Emma en Lila hebben allebei een gelukzalige glimlach op hun gezicht. Fia wrijft met een enigszins beschaamde uitdrukking in haar ogen.

'Goed, hiermee rond ik de sessie af. Ik raad echter aan om niet direct met elkaar in gesprek te gaan, maar eerst in alle rust je brief voor vandaag te schrijven.' Een korte stilte. 'Laat je yoni vertellen wat er verteld moet worden.'

Hallo… ik

Ben ik weer… Dag 2. Je weet wel, die met de sacraalchakra.

Oké, mijn inzichten van vandaag. Laat ik bij het begin beginnen. De ochtend was hels. Geloof me, als je straks oud en rimpelig bent, dan wil je niet eens herinnerd worden aan die keer dat je in de graftakkenhitte over de Boliviaanse pampa's sjokte op zoek naar een levensgevaarlijke slang, die bovendien niet gevonden wilde worden.
De levensles is bij dezen: Je. Had. Dit. Kunnen. Missen.

En dan je yoni. Ja, je leest het goed. We gaan het over je vagina hebben. Je had op dit moment de vaardigheid kunnen bezitten om vuur te maken in de wildernis. Wie weet wanneer dat van pas was gekomen. In plaats daarvan heb je een voet tegen je schaambot gehad en heb je energie voelen stromen.
Nou, het enige wat ik heb voelen stromen was het zweet van mijn voorhoofd.
Mijn hemel, wat was dat vreemd. Ik zal nooit het niveau bereiken waar mensen als Ananda en Lila van nature op zweven. Maar of ik er rouwig om ben?
Het is bovendien ~~xxxxxxxxxxxx~~ ~~Het was~~ Het moet deze plek zijn, of zo. Maar ik had dus wel op een gegeven moment de neiging om te huilen. Het ging over liefde verdienen. Maar ik moest aan mama denken die zo

snakt naar die liefde. Elke. Keer. Weer. En hoe ze elke keer weer zo diep en hard valt als het misgaat. Dat hoop ik nooit mee te maken.

En dan Marco. Bestaat mijn droomman, het perfecte plaatje? Ik hoop het. Ik heb me altijd een beeld van hem gevormd, gekleid in de krochten van mijn brein. En nu loopt hij hier rond. Niet echt natuurlijk, al duurde het even voordat ik mezelf daarvan had overtuigd. Ik hoop dat ik voor mijn toekomstige zelf een foto van Marco bij deze brieven kan voegen. Want hij komt echt in de buurt. Sterker nog, hij lijkt exact op de man die ik me in mijn hoofd altijd voorstel. Hij is aantrekkelijk, hij is avontuurlijk, hij zegt de juiste dingen, lacht op de juiste manier...

O, daar zul je hem he

Het noorderlicht danst boven ons hoofd in groene en paarse strepen. De Finse winter is bikkelhard, maar vanuit onze glazen iglo is het een magisch schouwspel. Ik kan nog steeds niet geloven dat Alex dit allemaal heeft geregeld.

'Je bent zo stil,' fluistert hij.

'Ik ben bang dat als ik iets zeg, ik wakker word en dit allemaal een droom blijkt te zijn.' Ik trek de dikke deken wat strakker om me heen. 'Mijn leven was zo'n puinhoop toen we elkaar ontmoetten. De scheiding, mijn ontslag...'

Hij draait zich naar me toe, zijn gezicht zacht verlicht door het noorderlicht. 'Als je bij mij blijft, komt alles goed.'

Buiten huilt de wind, maar hier binnen, met zijn armen om me heen, voel ik me voor het eerst in maanden volkomen veilig.

Uit: Hart op de juiste plek – *Babs Bastiaans*

14

Marco's voetstappen houden stil op de planken voor de deur. 'Babs?'

Snel frommel ik mijn brief onder mijn matras en vlieg overeind op het moment dat hij zijn hoofd om de hoek van de open deur steekt. 'Ja?'

'Stoor ik?' Hij blijft netjes in de deuropening staan.

Ik sta op van het matras. Wat lang niet zo charmant gaat als ik zou willen, omdat ik feitelijk van de grond moet komen en bovendien mijn best moet doen om niet verstrikt te raken in de klamboe. 'Nee, je stoort niet,' breng ik benepen uit, terwijl ik mijn voet loswrik uit de kluwen gaas om te voorkomen dat ik weer terug katapulteer.

'Hoe was de… eh, yoga?' Er schiet een ongemakkelijke flikkering door zijn ogen, maar hij houdt zich kranig. Plots vraag ik me af wat Marco eigenlijk vindt van het hele spirituele gedoe. Het staat waarschijnlijk nogal ver af van zijn aardse, oermanachtige inborst.

Goed, ik kan duizend antwoorden bedenken over hoe ik de yoniyoga heb ervaren, maar ik besluit het voor ieders gemoedsrust algemeen te houden. 'Het was… interessant,' zeg ik, en ik weet een glimlach te produceren.

'Het is fijn dat je Ananda kon helpen. Het is blijkbaar iets wat per se… nou ja, je was onmisbaar, geloof ik.' Hij grijnst naar me en laat een rij hagelwitte tanden zien. 'Ik dacht te zien dat je baalde dat je niet aan mijn workshop mee kon doen,' gaat Marco verder, terwijl hij nonchalant tegen de deurpost leunt. Met zijn grote gestalte vult hij de gehele ruimte en zijn frisse geur wikkelt zich om me heen. 'Dus ik wilde je aanbieden om vanavond na het eten nog een mini-workshop te geven.'

'Je bedoelt… vuur maken?'

Ik kan mezelf wel voor mijn kop slaan. *Ja, Babs. Wat anders.*

'Als je binnenkort op survival gaat, wil ik het niet op mijn geweten hebben dat je niet weet hoe je een vuurtje moet maken.' Hij kijkt me veelbetekenend aan. Ik weet niet zeker of hij de draak met me steekt of dat hij het meent. Ik besluit hem het voordeel van de twijfel te geven – vooral omdat ik benieuwd ben hoe het is om een momentje samen te hebben. Tot nu toe waren er altijd andere mensen uit de groep bij, wat als we met z'n tweeën zijn?

'Oké,' antwoord ik daarom, direct een beetje nerveus. 'Na het eten dus?'

Marco knikt. 'Ik wacht rond zeven uur beneden op je, dan hebben we nog net genoeg daglicht.'

Licht gespannen loop ik de houten treden af naar de oever. Het is lang geleden dat ik me zo heb gevoeld. De avond voelt vol… potentie, alsof er iets in de lucht hangt, een knetterende energie. Direct wijs ik mezelf terecht. Begin ik nu zelf ook al over energieën te praten?

De zon is al flink gezakt en een lichte schemer heeft ingezet. Ik heb mijn eten naar binnen gepropt: overweldigd door een opgejaagd gevoel. Mijn nadrukkelijke blik op Ananda toen ik wegliep bleef niet onopgemerkt. Ze fronste, maar vervolgens knikte ze.

Marco zit op een boomstronk en kijkt uit over de rivier terwijl hij op een tandenstoker bijt. Ik gun mezelf een momentje om naar hem te kijken. Zijn shirt spant om zijn rug en zijn donkere haren zitten wat warrig, alsof hij er met zijn handen doorheen is gegaan. Althans, zo zou ik dat in mijn boeken beschrijven. Als een zekere Schotse acteur die zojuist de president van een aanslag heeft gered en daarbij alle boeven met een zwaaiende helikopter heeft uitgeroeid. Ik bereik het einde van de trap, zet mijn voet in het mulle zand en kuch zodat hij zich niet het leplazarus schrikt als ik ineens naast hem sta. Zo gauw hij me hoort, draait hij zich om. Hij glimlacht en het voelt alsof er een orkaan door mijn binnenste raast. 'Ah, daar ben je.'

Hij neemt me even op en ik voel hitte vanuit mijn onderbuik opstijgen. O, ja. Zeker weten aantrekkingskracht. Vluchtig kijk ik omhoog. Vanaf de veranda kun je ons niet zien. De open plek bij de oever gaat verborgen achter een deel van de geïmproviseerde keuken en een bladerdek van enorme palmen en varens. Niet dat ik denk dat we elkaar nu direct zullen bespringen maar... nou ja, je weet maar nooit.

Laten we alle opties openhouden.

Zonder mijn blik af te wenden loop ik langzaam op hem af. Zijn helderblauwe ogen boren zich in de mijne. 'Goed dat je er bent.' Het lage stemgeluid zweeft door de lucht, zijn woorden wikkelen zich om me heen als een dekentje en zorgen dat ik het nog warmer krijg dan ik het al had. Zijn glimlach maakt dat ik de laatste afstand tussen ons nog net wat sneller overbrug.

Een kort moment staan we in stilte tegenover elkaar. Mijn ademhaling versnelt, terwijl ik zijn blik geen moment loslaat. Ik zie zijn mondhoek iets omhooggaan. Precies zoals in de boeken. Mijn hemel, dit moet voorbestemd zijn. Dit is –

'Babs…'

Mijn ogen verplaatsen zich naar zijn lippen terwijl mijn hele lichaam op scherp staat om zijn volgende woorden tot me te nemen. Zijn lippen gaan iets uiteen, volle, perfect gevormde lippen, en hij zegt: 'Wat zijn de essentiële benodigdheden voor het maken van vuur?'

O, alleen al… Wat?

Ik knipper met mijn ogen. 'Eh…'

Verwachtingsvol kijkt hij me met twinkelende ogen aan. Als ik niet reageer, wordt zijn glimlach breder. 'Een goed voorbereide dame weet wat ze nodig heeft.' Hij zet een stap achteruit en gebaart naast zich. Er ligt een stapeltje met materialen. Marco bukt en pakt het op. 'Essentieel om vuur te maken is tondel.' Hij houdt wat stukken boomstam omhoog. 'Tondel is licht ontvlambaar materiaal zoals berkenschors, pluis, droog gras, bladeren, stukken vezels van touw of een shirt bijvoorbeeld. De jungle heeft altijd wat te bieden.' Afwachtend kijkt hij me aan alsof hij wil dat ik… enthousiast reageer? Ik knik werktuiglijk en weet zijn woorden met moeite te verwerken. Tondel, gras, vezels. Prima. 'Oké,' gaat hij fanatiek verder. 'Het tondel leg je in het midden. Zorg dat er genoeg lucht tussen zit. Voor vuur maken zijn drie essentiële onderdelen nodig: zuurstof, brandstof en…' Afwachtend kijkt hij me aan.

'Eh...'

'Ontbrandingstemperatuur. Hitte.' Hij boort zijn blik in de mijne. Ik zie nog altijd die passie van zo-even, maar opeens besef ik mijn cruciale inschattingsfout. Ik interpreteerde het als opwinding. En dat is het ook. Maar ik ben niet het object van zijn verlangen. Dat is... vuur maken.

Wauw.

'Kom eens.' Hij gebaart dat ik dichterbij moet komen, wat ik braaf doe. Onwillekeurig snuif ik zijn geur op. 'Het tondel leg je zo neer, waarna je zorgt voor brandhout.' Hij wijst op een stapeltje takken. 'Pak die eens en leg ze er maar als een piramide omheen.'

Een paar seconden later zit ik op mijn knieën een vuurtje te bouwen, althans, ik bereid er eentje voor, terwijl Marco vol enthousiasme praat over de vele mogelijkheden die de natuur te bieden heeft. Ik stapel de stukken hout op zijn aanwijzingen om het tondel heen en kijk op. 'Zo?'

'Perfect.' Marco's ogen glinsteren en hij legt zijn hand op mijn schouder. 'Je bent een natuurtalent.' Zijn hand voelt warm en als hij heel vluchtig knijpt, schieten mijn ogen naar de zijne en hebben we opnieuw een momentje. Althans... dat denk ik. Hij grijnst kort, maar laat me dan weer los. Ik snap niets van deze man. Flirt hij nou wel of niet? Maar voordat ik het antwoord in zijn ogen kan lezen, gaat hij alweer onverstoorbaar verder: 'En wat hebben we nodig om het aan te steken?'

'Eh... een aansteker?' Zijn afkeurende blik laat me weten dat ik primitiever moet denken dan dat. 'Een lucifer?' gok ik.

Marco spreidt zijn armen uit. 'Babs, je zit midden in de

jungle. Heb jij een aansteker of een lucifer bij je?'

Ik schud aarzelend mijn hoofd. 'Nee, maar ik...'

'We halen ons materiaal uit de natuur.' Vastberaden staat Marco op. 'Er zijn twee opties. Vuursteen of een handboor.' Hij haalt iets uit zijn broekzak en houdt zijn hand naar me op. In zijn handpalm liggen drie stenen. Ze zien er wat groezelig uit, bruinzwart met scherpe randen. 'Dit zijn vuurstenen. Je vindt ze overal ter wereld in de natuur.' Hij gaat weer op zijn knieën naast de piramide zitten. 'Door ze op elkaar te slaan creëer je vonken en daarmee kun je het tondel aansteken. Je kunt er ook mee op iets van ijzer slaan als je er maar eentje hebt.' Hij reikt ze me aan. 'Hier, probeer maar.'

Ik pak twee van de stenen uit zijn handpalm. Ze zijn koel. Ik laat ze tussen mijn vingers heen en weer gaan en kijk afwachtend naar Marco. 'Wat moet ik ermee doen?'

'Sla ze maar op elkaar om vonken te krijgen en dan natuurlijk in de buurt van het tondel.' Afwachtend slaat hij zijn armen over elkaar.

Het dringt tot me door dat ik geen andere keuze heb dan... vuur te gaan maken?

Tien minuten later gooi ik de stenen gefrustreerd opzij. 'Dit werkt niet, hoor.' Op een van mijn handen zit al een blaar, mijn schouders zijn volledig verkrampt door de houding waarin ik zit en ik heb nog altijd geen vonkje gezien.

Marco glimlacht vanaf de boomstam waar hij geduldig heeft zitten wachten, loopt naar me toe en komt naast me zitten. 'De natuur vraagt om veel geduld, zou Ananda zeggen.'

'De natuur kan me wat, ik zorg wel dat ik een aansteker

bij me heb, mocht het ooit zover komen.' Ik klop het gruis van me af en wil opstaan, maar Marco's hand op mijn elleboog houdt me tegen. Plots ben ik me weer bewust van zijn nabijheid. Hij zit op zijn knieën naast me en zijn onderbeen raakt het mijne. De haartjes kriebelen over mijn huid.

Hij kijkt me onderzoekend aan. 'Je wilde het toch graag leren?'

'Ik wilde vooral heel graag niet aan de yoniyoga meedoen,' geef ik schoorvoetend toe. Hij lacht en gaat iets gemakkelijker zitten. Vervolgens tuurt hij naar boven, naar de plek waar de rest waarschijnlijk is. Het wordt al rap donker en om ons heen beginnen krekels luid te tjirpen.

'Daar kan ik me wel iets bij voorstellen.'

'Het valt niet mee om via je vagina te ademen, kan ik je verzekeren.'

Het woord vagina hangt al in de lucht voordat ik er goed en wel over nagedacht heb. Ik werp een blik opzij, maar Marco lijkt het niet eens te hebben gehoord. Zijn ogen zijn gefixeerd op iets in de struiken. Plotseling is hij een en al concentratie. Ik trek vragend mijn wenkbrauwen op. Wanneer Marco heel langzaam in beweging komt en met een handgebaar duidelijk maakt dat ik moet blijven zitten, begin ik ongerust te worden. Mijn ogen worden groot.

Met wild bonzend hart scan ik koortsachtig de struiken in een poging te zien wat Marco ziet. Wanneer er plots geritsel klinkt, onderdruk ik een kreetje en schiet overeind.

'Niet bewegen!' fluistert Marco en in een soort gehurkte ninjahouding beweegt hij zich naar de struiken toe.

Opnieuw geritsel.

Mijn ogen schieten naar de trap. Het zal ongeveer tien

meter zijn om daar te komen. Kan ik een sprintje inzetten?

Marco beweegt nog steeds in de richting van de struiken. In zijn hand klemt hij een stevige tak. 'Ksssst, kssssst.' Hij sist tussen zijn tanden door.

De takken beginnen hevig te bewegen, iemand slaakt alsnog een kreet – misschien ben ik het – en dan komt er opeens een groot grijs beest tevoorschijn.

'Huuu,' weet ik uit te brengen en ik zet een stap achteruit. Mijn hart is alvast vooruit de trap op gestuiterd.

'Blijven staan, ze doen niets.'

Ze? Als in: meervoud? Pas dan zie ik dat het er inderdaad meerdere zijn. Drie beesten, die nog het best als harige varkens te omschrijven zijn, scharrelen rond in de struiken. Eentje kijkt naar ons op, maar richt zich dan weer op de grond, waar hij zijn ronde snuit tegenaan drukt en snuffelend verder loopt.

Marco zet behoedzaam een paar stappen achteruit. 'Pekari's,' zegt hij op zachte toon. 'Het zijn planteneters, al kunnen ze wel beschermend zijn over hun jongen.'

Ik sta inmiddels al op de onderste treden van de trap, maar Marco hurkt neer en bekijkt de beesten met zoveel interesse dat ik bijna denk dat hij ze voor het eerst ziet. 'Kom.' Hij wenkt me en hoewel ik op dit moment liever gewoon op veilige afstand én hoogte – een paar meter boven de grond bij voorkeur – vertoef, laat ik me overhalen.

Behoedzaam loop ik terug, terwijl Marco haast onbewogen gehurkt blijft zitten en naar de beesten staart. Als ik naast hem sta, pakt hij mijn arm vast en trekt me naar beneden. Met enige tegenzin laat ik me zakken tot ik op gelijke hoogte ben. Marco grijnst naar me. 'Je bent toch niet bang?'

'Nou, ik ben niet... niet bang,' geef ik toe, maar hoe langer de beesten rustig rondscharrelen hoe meer ik erop vertrouw dat ze niet opeens met enorme klauwen en slagtanden de aanval inzetten.

'Er leven honderden pekari's in dit gebied. Net als de capibara's zullen we ze nog geregeld tegenkomen. We moeten ze alleen niet boos of bang maken. Dus geen harde geluiden of onverwachte bewegingen.'

Ik slik, maar dan voel ik Marco's hand naar de mijne gaan. Hij knijpt in mijn vingers en kijkt opzij. 'Als je bij mij blijft, komt alles goed.'

Dag 3: De zonnevlechtchakra

Thema: Denken, handelen, kracht, identiteit
Kleur: Geel
Element: Vuur

‘Toeval bestaat niet.’

15

Na een gebroken nacht, aaneengeweven door een herhaaldelijk boerconcert van de brulapen en verhitte beelden van Marco, mezelf én een pekari, zit ik de volgende ochtend in kleermakerszit wat te dutten tijdens de ochtendmeditatie. Ergens in de verte vertelt Ananda over de chakra van de dag. De zonnevlecht. Aangezien deze chakra boven de navel zit, focust deze sessie zich vooral op het ademen vanuit de buik. Een stuk realistischer dan de variant die gisteren van me werd gevraagd.

Terwijl ik met een half oor naar Ananda's zalvende stem luister, schuifelen mijn gedachten naar Marco. Die hele man is mij een raadsel. Het ene moment lijkt hij toenadering te zoeken, het andere moment gaat hij weer totaal op in... nou ja, precies waarvoor hij hier is. Survivaldingen.

Er moet een manier zijn waarop ik hem beter kan leren kennen, een manier waarbij hij niet helemaal opgaat in zijn outdoorsy-neigingen. Ik bedoel, ik weet nog altijd amper iets over hem en ik weiger zoals de vrouwen in de romcoms te zijn: ik val niet halsoverkop voor iemand over wie ik niets weet. Hij voldoet qua uiterlijk aan alle eisen, maar wat drijft hem? Waar woont hij als hij niet door de jungle sjouwt?

'Wanneer je eraan toe bent, mag je je ogen openen.' Mijn

ogen vliegen zoals gewoonlijk open. *Born ready*, zou je kunnen zeggen. 'Kom langzaam, op je eigen tempo, overeind en dan is het tijd om te ontbijten. Na het ontbijt is er een uurtje rust om je op te frissen en daarna is er een nieuwe activiteit onder leiding van Marco.'

Ik denk aan onze ellendige tocht door de jungle van gisteren. Oké, dit zal mij niet nog eens gebeuren. Eerst feiten. Snel steek ik mijn hand omhoog. 'Wat gaan we doen?'

'Jullie gaan vissen.'

Ik knipper. Ik had eigenlijk niet eens verwacht een antwoord te krijgen, dus mijn verbazing is des te groter bij het relatief normaal klinkende antwoord. 'Vissen?' herhaal ik voorzichtig.

Ananda glimlacht. 'Maar eerst ontbijten.'

Vissen. Dat klinkt... te doen. Niet dat ik ooit eerder heb gevist, maar volgens mij kun je mij gerust met een hengel in een bootje zetten. Het klinkt zelfs nogal gewoontjes. Maar goed, het zal wel bijzonder mindful zijn en ik hoorde Ananda iets zeggen over dat de chakra van de dag te maken heeft met denken. Het middelpunt van onze wilskracht. Nou, ik zal eens laten zien hoe wilskrachtig ik ben als het op vissen aankomt.

Ik sleep mezelf, opnieuw met de klamme handdoek van Emma, naar de douchecabines waar ik al gillend een bak ijskoud water over me uitstort.

Ja, ik geloof dat het al begint te wennen.

Vloekend droog ik mezelf snel af en wanneer ik het hokje uit stap, voel ik de eerste zweetdruppeltjes alweer op mijn bovenlip parelen. Ik slaak een diepe zucht.

'Volgens mij is het fysiek onmogelijk om koud te douchen zonder geluid te maken,' klinkt het naast me. Ik kijk geschrokken opzij. Brent staat naast me en haalt een handdoek door zijn natte krullen. 'Het zou me niets verbazen als dat wetenschappelijk bewezen is. Anders zouden ze dat hier met gemak alsnog kunnen doen.'

Ik knijp mijn ogen tot spleetjes. Ten eerste heb ik hem nog nooit zoveel woorden achter elkaar horen zeggen. En ten tweede – en dit maakt me nog wantrouwiger – maakt hij… een grapje?

Blijkbaar staar ik hem in deze overweging iets te lang aan, want er breekt een voorzichtige grijns door op zijn gezicht, terwijl hij zijn wenkbrauwen optrekt. 'Niet grappig?'

Ik knik bedachtzaam. 'Redelijk grappig,' geef ik toe. 'Ik wist alleen niet dat jij in staat was tot… grapjes.'

Direct is de bekende frons weer terug. 'Sorry, ik wilde je niet laten schrikken. Ik zal mijn mond weer houden.'

Ik lach, een tikje ongemakkelijk. 'Nou, dat hoeft niet, ik bedoel –'

'Goed, ik moet nog even…' En dan draait hij zich al om en loopt weg.

Beduusd blijf ik achter. Wat was dat? Ik kijk hem na terwijl hij in een stevig tempo over de loopbrug stapt. Hij heeft zijn schouders weer opgetrokken en de open houding van zojuist is compleet verdwenen.

'Is het gelukt?' Aan mijn andere zijde duikt Fia op. Ze heeft haar toilettas en een handdoek vast. Ze werpt een nadenkende blik op Brent en wendt zich dan tot mij. 'Alles goed met hem?'

'Eh, ja? Geen idee eigenlijk,' stamel ik. 'Hij maakte een

grapje en ik schrok ervan. Ik bedoel, hij heeft de afgelopen dagen amper iets gezegd, dus ik verwachtte het gewoon niet en ik… nou ja, toen liep hij meteen weg.'

Fia's glimlach vervaagt iets. 'Geef hem wat tijd. Het is geen verkeerde jongen. Ik sprak hem gisteravond wat langer en…' Ze stopt abrupt met praten en kijkt me aan alsof ze nu pas beseft tegen wie ze het heeft. 'Nou ja, het is niet aan mij om te vertellen.' Fia wijst op een van de hokjes en lacht naar me. 'Nou, daar gaan we maar weer.'

Als ik terugloop naar mijn slaapcabine word ik overvallen door een gevoel van schaamte. Net als bij Emma heb ik geen moment oprechte interesse getoond in Brent en zijn redenen om hier te zijn. Al is hij ook niet bepaald uitnodigend geweest om naar zijn verhaal te vragen.

Plots denk ik aan zijn woorden van de eerste avond toen we omringd door vuurvliegjes op het water dobberden. *Ze had gelijk.* In alle consternatie heb ik daar helemaal niet meer bij stilgestaan. Ik nam aan dat hij het gewoon had over iets wat Ananda had gezegd, maar misschien bedoelde hij iemand anders?

'Joehoe, Barbara?' Emma wuift met haar hand voor mijn ogen. Ik kijk op en besef dat ik al bij onze cabine ben. 'Waar zat jij met je gedachten?'

'Geloof je me als ik zeg: bij Brent?'

Emma schiet in de lach. 'Ja hoor, tuurlijk. Kom, we gaan.'

Samen lopen we naar de oever, waar tot mijn verbazing nu twee kleinere bootjes klaarliggen. Marco staat te praten met de oudere kapitein/kok. Op het moment dat Marco lacht, stijgt er een kriebel op vanuit mijn onderbuik.

Ugh, irritant.

Hoewel hij mijn hand gisteravond snel had losgelaten zodra de pekari's uit beeld gescharreld waren, hing er een bepaalde sfeer tussen ons. Had ik me dan toch niet vergist in die aantrekkingskracht die ik dacht te voelen? Kort na onze ontmoeting met de junglezwijnen was het echter zo donker geworden dat het geen zin meer had om nog te proberen een vuurtje te maken. Althans, niet voor een leek zoals ik. 'We kunnen het later deze week nog eens proberen,' had hij gezegd. 'Eh, als je dat wilt, tenminste?' had hij eraan toegevoegd. 'Nu kun je beter gaan slapen, energie opdoen voor morgen.'

Ik had geknikt en was daarna als een soort verliefde puber de trap weer opgerend. Eenmaal in bed kon ik alleen maar aan hem denken.

En aan pekari's.

Marco stapt naar voren en laat zijn blik over de groep gaan. Zijn ogen blijven kort bij mij hangen. 'We verdelen ons voor deze activiteit over de twee boten. Emma, Fia en Ed: jullie mogen met Julius hier mee.' Hij wijst op de oudere man, onze kapitein. 'Lila, Tony, Brent en Babs, jullie mogen met mij mee.'

Mijn hart maakt een sprongetje en verdacht fanatiek stap ik als eerste de boot in. Marco pakt mijn hand vast om me over de rand te laten stappen en even denk ik te voelen dat hij kort in mijn vingers knijpt. Als ik opkijk, heeft hij zijn blik echter alweer op de volgende gericht en hij laat me los.

Als iedereen zit, gaat Marco achterin zitten en slingert geroutineerd de kleine motor van onze boot aan. Een paar seconden later varen we de rivier op.

Lila en Tony hebben zichzelf natuurlijk tegen elkaar aan

geplakt op een van de bankjes, dus Brent is noodgedwongen naast me komen zitten. Hij heeft nog niets gezegd en kijkt stuurs over het water uit. *Geef hem wat tijd.* Ik denk aan Fia's barmhartige woorden van vanochtend en besluit mijn beste Moeder Teresa-beentje voor te zetten. Mijn blik gaat van hem naar de hengels die voorin liggen. Naarstig zoek ik naar woorden, iets om te zeggen, een gespreksstarter en... 'Wedden dat ik de grootste vis kan vangen?'

Mijn hemel, geen idee waar dat vandaan kwam. Maar goed, nu hangen de woorden al in de lucht. Ze zweven met vertraging door de ether want het duurt een paar seconden voordat hij zijn hoofd naar me toe draait. 'Sorry?'

Ik slik. 'Wedden dat ik... de grootste vis kan vangen?' Ik knik naar de hengels. Nu ik de woorden voor de tweede keer uitspreek, klinken ze nog belachelijker.

Brent trekt een wenkbrauw op en staart van mij naar de hengel en weer terug. 'Oké.'

'Wat?' Niet-begrijpend kijk ik hem aan.

'Oké, waar wedden we om?'

Een kort moment staar ik hem verbijsterd aan. Dan kan mijn brein blijkbaar maar één woord produceren. 'Je handdoek.'

Zijn wenkbrauwen schieten omhoog. 'Mijn handdoek?'

Ik haal mijn schouders op. 'Ik ben de mijne vergeten.'

'O ja, je worsteling met essentiële dingen inpakken. Lijkt me ook lastig om te kiezen uit... je hele garderobe.'

Ik herinner me zijn misprijzende blik op mijn gigantische koffer. 'Even ter verdediging: ik wist niet zo goed waar ik naartoe ging,' zeg ik snel.

Dat trekt zijn aandacht. 'Hoe bedoel je?'

Ik maak een afwijzend gebaar. 'Dit is voor mij geregeld, omdat... nou ja, lang verhaal. Maar goed, je handdoek, hebben we een deal?'

Nadenkend kijkt hij me aan. 'Vooruit, ik schat mijn kansen hoog genoeg in.' Hij steekt zijn hand uit en ik schud hem.

Precies op dat moment komt de boot met een schok tot stilstand en vliegen we bijna van de bankjes af. Ik grijp mezelf vast aan de rand.

'Tony, Brent... even helpen?' Marco springt uit de boot en begint te duwen.

Tony volgt zonder protest en na een zachte vloek stapt ook Brent in het water. Ze duwen de boot uit het slijk terwijl de andere boot ons passeert.

'Duwen, jongens!' roept Ed zwaaiend. Nog geen seconde later vliegt hij zelf zowat over de rand heen als hun boot ook tot stilstand komt.

'Karma, Ed!' roept Tony zonder op te kijken. Ook Ed is genoodzaakt om uit te stappen en te helpen de boot weer in beweging te krijgen.

'Zal ik ook helpen?' Emma heeft al een been over de rand gegooid.

Marco schudt zijn hoofd. 'Eerst de heren, als het echt niet lukt dan mogen de dames helpen.'

Ik ben een feminist, maar stiekem vind ik dit een prima regeling. De boot komt gelukkig weer in beweging en de mannen stappen weer in. Opnieuw verbaas ik me over de lenigheid van Ed als hij moeiteloos de andere boot in springt. Dat zal al de yoga zijn.

We varen nog zo'n kwartiertje verder, waarbij de boot

nog een keer vast komt te zitten en het hele ritueel herhaald wordt. Onderweg vergaap ik me aan de vele prachtige planten en de enorme vogels die langsscheren en ik bestudeer argwanend een groepje kaaimannen die loom op de oever rondhangen. Marco vertelt dat ze hun bek openhouden om verkoeling te zoeken. Het blijkt dus niets te maken te hebben met hun aanvallende inborst en dat stelt me iets gerust. Ze verdwijnen al snel weer uit beeld. Na een paar minuten mindert Marco vaart en Julius volgt, totdat beide boten op het water dobberen. Om ons heen hangen grote varens over het water en aan de linkeroever lijkt een soort helling te zijn, waar metershoge lianen tussen de bomen hangen. Het gonst hier van de insecten en ik sla direct een paar muggen weg. Gaan we weer. De drukkende hitte in combinatie met de tocht over het water maakt me een beetje doezelig. Al met al voelt het als een ontspannen ochtend en ik kom eindelijk een beetje tot mezelf. Ik steek een hand in het koele water en laat hem daar gedachteloos heen en weer gaan.

Marco gaat staan en kijkt inspecterend rond, zijn blik gericht op het groene water om ons heen. 'Goed, we zijn er. Pak allemaal een hengel.' Hij richt zich tot Julius in de andere boot en roept iets, terwijl hij zich voorzichtig door de boot naar voren werkt op weg naar de hengels.

Als Julius in rap tempo antwoordt luister ik maar half (ik versta er toch niets van), maar bij zijn laatste woord verstijf ik plots. Ik kom gealarmeerd overeind en trek snel mijn hand uit het water. Hoorde ik dat goed?

'Eh, Marco?' Met zijn gebruinde benen vlak bij de mijne blijft hij stilstaan en kijkt op me neer. Ik zie opnieuw die glinstering in zijn ogen die ik eerder bij hem zag.

Enthousiasme. Daar vergis ik me niet nog eens in. 'Wat voor vissen zitten hier precies?'

Marco's grijns reikt bijna van oor tot oor. 'Piranha's.'

16

‘Piránha’s?’ Brent schiet omhoog. ‘In dit water? Waar ik net nog ín stond?’

Marco knikt opgetogen. ‘Geen zorgen, ze zijn redelijk ongevaarlijk.’

‘Rédelijk ongevaarlijk?’ herhaalt Brent terwijl hij met afgrijzen naar het water kijkt. Ook Tony lijkt niet al te gelukkig. Marco is echter al over ons bankje heen gestapt en deelt de hengels uit. Het zijn grote stokken met een touw eraan en een flinke haak. ‘Piranha’s eten voornamelijk andere vissen, en fruit dat ze in het water tegenkomen. Alleen in het droge seizoen, als de rivier laag staat en het water troebel is, worden ze agressiever.’ Ik denk aan al die keren dat de mannen de boot uit moesten in verband met het lage water en werp vervolgens een blik op de rivier. De... troebele rivier. ‘Wanneer ze niet gemakkelijk aan eten komen, worden ze echte jagers. Dan bijten ze zich vast in alles wat ze tegenkomen, ook soortgenoten,’ gaat Marco onverstoord als een soort goddelijke David Attenborough verder. Hij pakt een afgesloten emmer en haalt een mes uit zijn riem. ‘Goed, het aas.’

Mijn maag maakt een buiteling – om de verkeerde redenen – als hij een stuk rauw vlees uit de emmer haalt. Hij snijdt er een reepje af, prikt dat aan een van de haken en houdt de hengel voor zich uit. 'Wie wil?'

Lila schudt verwoed haar hoofd. 'Ik ben veganist. Ik vind... ik doe dit liever niet.' Ze kijkt treurig naar de haak die nu voor haar neus bungelt.

Ook Tony schudt zijn hoofd. Samen gaan ze in het uiterste hoekje van de boot zitten en bekijken het tafereel met gepaste afschuw.

Marco kijkt teleurgesteld van de een naar de ander en richt zich dan tot mij. 'Babs?'

Goed, ik zit hier niet per se om te springen. Maar... ik denk aan de weddenschap die ik zojuist heb afgesloten. Een eigen handdoek zou wel echt super zijn. En bovendien is dit een mooie kans om indruk op Marco te maken. Ik verzamel alle moed die ik intern kan opdiepen. 'Oké, ik doe het wel.' En ik steek mijn hand uit.

Marco knikt tevreden en overhandigt me de hengel. Terwijl hij er ook eentje gereedmaakt voor Brent, slinger ik het ding over de rand van de boot maar aarzel dan. Hoe werkt dit eigenlijk? Ik bedoel, wat als ik beetheb? In gedachten zie ik mezelf al in blinde paniek overboord slaan. Hoe gevaarlijk zijn die beesten eigenlijk echt? Ik heb duidelijk instructies nodig.

'Eh, gewoon erin hangen?' vraag ik en werp een fronsende blik op het reepje vlees dat nu boven het water bungelt.

Als het stil blijft kijk ik vragend op. Brent en Marco staren me allebei vreemd aan. Dan besef ik de dubbelzinnigheid van mijn woorden. Ik rol met mijn ogen en wapper met mijn hengel. 'Wat moet ik dóén? Hiermee?'

'Gewoon... erin hangen,' herhaalt Marco mijn woorden

met een twinkeling in zijn ogen. Ditmaal vergis ik me niet. Die twinkeling heeft niets te maken met onze activiteit. Prompt voel ik mijn wangen warm worden. Snel draai ik me om, en ik laat mijn hengel in het water zakken.

Lang om over zijn reactie na te denken krijg ik niet, want binnen een paar seconden voel ik al iets trekken. 'Er gebeurt iets!' roep ik vol verbazing. Kleine schokjes trekken de draad steeds ietsje naar beneden.

Marco stapt over het bankje naar me toe, waardoor de boot een beetje wiebelt. Ik hoor Lila naar adem happen, maar al snel ligt de boot weer stil. 'Haal maar omhoog om te zien of je beethebt.' Marco gebaart naar de hengel.

Ik trek de stok omhoog en...

Er bungelt enkel nog een klein stukje aangevreten aas aan de haak.

'Hm,' breng ik teleurgesteld uit.

'Goed gevoerd,' klinkt Brent droog naast me. Ik wil hem direct van repliek dienen, maar op dat moment trekt hij ook zijn hengel op. 'Beet!' roept hij, terwijl hij de haak uit het water slingert. Mijn mond valt open. Want verrek, er hangt inderdaad een rode vis van zo'n twintig centimeter aan. Het is alleen niet de kleur die mijn aandacht trekt. Met grote ogen kijk ik toe. Het beestje heeft een indrukwekkende set vlijmscherpe tanden en kijkt me bovendien woest aan.

'*Nice*, dat is een behoorlijke!' Marco komt zo snel overeind dat de boot opnieuw gevaarlijk begint te wiebelen. Lila slaakt een kreetje, maar Marco heeft er geen aandacht voor en werkt zich weer naar voren om een lege emmer te pakken. 'Je mag hem hierin doen.'

Brent kijkt aarzelend naar de piranha die voor zijn neus

bungelt en spartelt alsof zijn leven ervan afhangt – wat waarschijnlijk ook zo is. 'Eh... doe jij maar.'

Ik onderdruk de neiging om te lachen. Held.

Marco pakt het beest met één hand vast en wipt hem met zijn andere hand van de haak af.

'Kijk.' Voor ik goed en wel doorheb wat er gebeurt, duwt Marco de vis in mijn gezicht. Ik deins achteruit. 'Fascinerend, toch?'

Terwijl ik vanuit mijn tenen mijn best doe om enigszins enthousiast te reageren op het gedrocht dat voor mijn neus spartelt, klinkt er een oerkreet vanuit de andere boot. We kijken allemaal op. Ed staat in het midden en houdt triomfantelijk een vis omhoog. 'Hebbes!'

'Wauw, Ed, dat is ook een flinke!' Marco steekt zijn duim omhoog en vergeet daarbij overduidelijk dat hij een waardevolle buit in zijn andere hand heeft. De piranha spartelt voor mijn ogen, worstelt, glibbert en... glipt uit Marco's hand.

Met een kreet schiet ik omhoog en ik zet een stap achteruit in een poging bij het spartelende monster op de bodem van de boot uit de buurt te blijven. Uiteraard vergeet ik daarbij mijn omgeving én het feit dat die omgeving nog geen wiebelige halve vierkante meter hout op een troebele rivier beslaat. Ik wankel, voel een lange arm naast me en grijp hem beet in een poging mijn evenwicht te hervinden. De arm lijkt te willen verdwijnen en biedt weerstand, maar ik ben niet bereid mijn enige gevonden steunpilaar op te geven. Op dat moment heb ik twee opties. Ik kan loslaten en mezelf op de bodem bij de spartelende piranha laten vallen om te voorkomen dat ik overboord sla. Of ik kan me vastklampen in de hoop dat de eigenaar van de arm me overeind houdt. Ik verstevig mijn greep en zet nog een stap achteruit, waarmee ik vanwege het bankje achter me voor de onbekende optie drie ga: ik verlies alsnog mijn evenwicht en trek Arm mee in mijn val.

Vanaf dat moment lijkt alles in slow motion te gaan. Ik voel mijn wereld kantelen en ik grijp Arm nog steviger beet in de hoop op die manier de zwaartekracht te kunnen opheffen. Maar het enige wat het me oplevert is een vluchtige ontmoeting met het verbeten gezicht van Brent, voordat we samen overboord slaan en met een enorme plons in het water belanden.

17

‘Sorry…’ herhaal ik voor de zoveelste keer. We zitten druipend naast elkaar in de boot terwijl Julius ons terug naar de lodge vaart. Brent wringt zijn pet uit.

‘Ik zei toch al dat ze ongevaarlijk waren,’ had Marco vrolijk gezegd toen Lila bezorgd had gevraagd of we wel in orde waren.

‘Je had het duidelijk niet over haar,’ had Brent met een korte blik op mij gemompeld terwijl hij zijn doorweekte shirt uittrok. Ik had echter alleen maar oog voor Marco die me – schijnbaar moeiteloos – uit het water schepte en met verrassende souplesse in de boot zette.

‘Gaat het?’ vroeg hij toen zacht. Ik had beduusd geknikt, mijn blik gericht op de steeds minder fanatiek spartelende piranha die nu in de emmer lag.

‘Maar echt, sorry,’ zeg ik nog maar een keer als Brent niet reageert.

‘Dat zei je al, ja. Zo’n twintig keer.’

‘Ik zocht gewoon houvast en dacht dat je… dat je…’

Vragend kijkt hij opzij. ‘Dat ik wat? Wortel had geschoten op een wiebelige boot?’ Hij kijkt me zo verbouwereerd aan dat ik in de lach schiet.

'Sorry,' hik ik en ik herstel me snel weer. 'Ik had niet eens gezien dat jij het was.'

'Je dacht zeker dat Freek Vonk je wel zou opvangen,' mompelt hij.

Opnieuw schiet een lachkriebel omhoog. Ik besluit wijselijk niet te reageren, maar werp een blik achterom waar in de verte het bootje dobbert. De rest van de groep is daar met Marco achtergebleven.

Het grote voordeel van met maar met twee mensen en een kleine kapitein in een bootje zitten is dat we licht zijn, en dus redelijk snel bij de lodge aankomen.

Julius blijft geduldig zitten wanneer we eenmaal zijn aangemeerd. '*I go back*,' zegt hij en hij wijst in de richting waar we vandaan komen. Brent stapt al uit de boot en steekt vervolgens zijn hand uit om mij eruit te helpen. Verbaasd staar ik naar zijn hand, maar neem hem aan en stap ook uit de boot. Nog voordat we de trap bereikt hebben, tuft Julius alweer over het water. Zwijgend lopen we omhoog en blijven bovenaan de trap als afgesproken allebei stilstaan.

'Ik ga even douchen denk ik.' Brent zet een stap naar de slaaphokken, maar bedenkt zich blijkbaar en draait zich om. 'Of wil jij mijn handdoek... eerst?'

Ik kan nog net voorkomen dat mijn mond openvalt. Als zijn wenkbrauwen vragend omhooggaan, schud ik echter mijn hoofd. 'Ik kan die van Emma nog wel een keer gebruiken.'

Hij knikt, draait zich om en loopt weg.

'Babs?' Ananda's stem klinkt achter me. Even overweeg ik van de brug af te springen om dit gesprek te ontlopen, maar ik besluit dat ik genoeg avontuur heb beleefd vandaag. 'Wat zijn jullie snel terug, is... O.' Haar ogen vliegen over mij heen. 'Wat is er gebeurd?'

'Ongelukje,' wuif ik snel weg en ik wijs over mijn schouder. 'Brent en ik zijn eh... te water geraakt. Julius heeft ons teruggebracht om op te frissen.'

Ananda knikt. 'Gaat het een beetje?'

'Ja hoor.' Opnieuw die lachkriebel. 'Het was eigenlijk best grappig. Al denk ik dat Brent er anders over denkt.'

Ananda kijkt bezorgd over mijn schouder. Ik volg haar blik, maar Brent is al verdwenen. 'Ik zal hem zo opzoeken. Ga je maar lekker opfrissen en wat schoons aantrekken, je ruikt nogal...' Ze trekt haar neus op.

'Naar natuur?' gok ik met een uitgestreken gezicht.

Ananda glimlacht zuinig. 'Naar natuur.'

Dit is het beste moment van deze hele retraite tot nu toe. Terwijl de rest nog ergens op een bootje dobbert om onze maaltijd van de dag te vangen, lig ik met mijn notitieboek op mijn buik in de schaduw van een enorme palm te dutten in Marco's hangmat. Ik heb geen idee waar Ananda en Brent zijn; een tijdje geleden zag ik ze samen naar de oever lopen en heb ze sindsdien niet meer gezien. Ergens heb ik een beetje medelijden met Brent, gevangen in de spirituele klauwen van Ananda. Wat zou ze met hem van plan zijn? Wil ze soms een nieuwe vorm van piemelpilates op hem uitproberen? Ik grinnik. In dat geval heb ik geen medelijden.

Hier in de schaduw is het eindelijk goed uit te houden. Af en toe dwarrelt er een vlinder of een ander insect voorbij, maar niemand valt me verder lastig. Niemand stelt me hier vragen over mijn leven, mijn boeken, mijn moeder of wat mijn chakra's vandaag allemaal van me verlangen. Er is gewoon even... niets.

Mijn hand gaat over het notitieboekje. Ik probeer de moed te verzamelen om het te openen en na te denken over een nieuw boekidee. Ik weet niet precies wat Donna van me verwacht als ik terugkom van deze retraite, maar ik zal hoe dan ook met een nieuw plot moeten komen, laten zien dat ik netjes heb gedaan wat ze vroegen: dat ik mezelf heb gevonden. Of dat was op de bodem van een rivier tussen de piranha's of in een zinderend veld belaagd door muggen doet er niet veel toe.

Ik open het boek en tuur naar de pagina met potentiële verhaalideeën en korte zinnetjes.

Oké, wat als ik iets doe met...

Nee. Of iets over...

Hmm.

Shit.

Niets.

Ik sluit mijn ogen en probeer de inspiratie te laten stromen, zoals Ananda zegt. Ik adem in door mijn neus en probeer te visualiseren dat ik over een jaar een nieuw boek in mijn handen houd. Wat voor boek is dat, hoe voel ik me op dat moment? In plaats van een concreet beeld van de toekomst beloont mijn brein me met beelden uit het verleden. Mijn moeder, lachend met echtgenoot nummer drie – of was het nummer vier? – aan de eettafel tijdens een van onze maandelijkse etentjes, toen ik dat nog kon opbrengen. Dan denk ik aan die keer – een paar maanden later – dat ik bij mijn moeder ging eten en om vier uur 's middags alle gordijnen nog dicht waren. Ik gebruikte mijn sleutel toen de deur op slot bleek en stapte in een puinzooi van een woonkamer. Mijn moeder lag in bed, met dikke rode ogen en een verzameling vuile vaat om zich heen. Ik weet nog dat ik dacht: nou, ze heeft in ieder geval iets gegeten. Het was een van de laatste keren dat ik op bezoek ben geweest. Meer dan een sporadisch appje de afgelopen maanden kon ik niet opbrengen.

'Hé.'

Ik schrik op. Emma staat vlakbij op de loopbrug. 'Dus zo kom jij onder die tripjes uit? Tikje radicaal wel.' Ze gebaart alsof ze een duik neemt en lacht om haar eigen grap. Dan komt ze dichterbij. 'Wat lees je?'

Snel klap ik mijn notitieboekje dicht, maar mijn beweging is zo abrupt dat het uit mijn hand schiet en op de houten planken valt. Ik kom natuurlijk met geen mogelijkheid sneller uit die hangmat dan dat Emma het heeft opgepakt.

'O, is dit een dagboek. Sorry, ik...' Haar ogen schieten over de regels. 'Hè, wat is dit? Sorry, ik moet dit helemaal niet lezen, maar...' Ze fronst. 'Je had dat boek toch nog niet gelezen?' Ze steekt het schrift aarzelend naar me uit.

Ik waag het te kijken naar de bladzijde die ze openhoudt. Mijn aantekeningen voor mijn laatste roman. De titel staat met hoofdletter boven aan de pagina, drie keer onderstreept. 'Eh, nee...' Ik gris het boekje uit haar handen. Mijn wangen gloeien alsof mijn innerlijke radiator op tilt is geslagen. Ik besef dat ik er niet langer onderuit kan en kijk haar verslagen aan. 'Nee, ik... ik heb dat boek geschreven.'

Een paar seconden blijft het stil, terwijl Emma mijn woorden zichtbaar verwerkt. Dan: 'Geschréven? Jij bent de schrijfster van *Het kleine café van geluk*?' Een keur aan emoties komt voorbij: verwarring, realisatie, opnieuw verwarring. 'Babs... Babs Bastiaans. O, wat stom dat ik dat niet doorhad.' Ze kijkt me met grote ogen aan. 'O... zie je wel. Ik dácht al dat ik je ergens van kende. Mijn hemel, ik schaam me kapot!'

'Nee, nee.' Ik schud snel mijn hoofd. 'Niet doen. Ik had het moeten zeggen, maar...' Zoekend naar woorden kijk ik weg. 'Ik was gewoon benieuwd wat iemand ervan vond die niet wist dat ik...'

Emma maakt een geschokt geluidje en slaat haar handen voor haar gezicht. 'O nee. Ik heb vreselijke dingen over je boek gezegd. O, dat meende ik niet, ik bedoel, ik heb er heus wel van genoten en –'

'Nee, alsjeblieft,' stop ik haar direct. 'Je was gewoon eerlijk.'

Emma schudt haar hoofd. 'Nee joh, ik was...' Ze aarzelt. 'Als ik had geweten dat jij... Goh, je schrijft dus boeken. En...' Ze knijpt haar ogen samen. 'Geen spirituele reisgids, vermoed ik?'

Ik laat mezelf achterovervallen in de hangmat, terwijl ik het notitieboek tegen me aan klem. 'Ik raakte in paniek.'

Tot mijn opluchting klinkt er een giechel. 'Nou, ik vond je al geen type voor een spirituele reisgids, dus dat verklaart een hoop. En weet je?' Een korte stilte. 'Ik snap wel dat je niet meer durfde na alles wat ik zei over je boek. Jeetje, dat spijt me echt enorm. Ik voel me vreselijk.'

'Niet doen.' Ik zucht. 'Ik ben bang dat je precies zei wat ik op dat moment moest horen. Ananda zou zeggen dat het geen toeval is.'

Emma kijkt me vragend aan.

'Mijn uitgever wil dat ik met iets beters kom. De hele reden dat ik hier ben is dat ze mijn boeken te voorspelbaar en cliché vindt worden, precies wat jij zei dus,' voeg ik eraan toe, in de hoop dat Emma zich minder schuldig gaat voelen. 'Alleen dat in slaap vallen was wel erg dramatisch.'

'O, dat had niks met je boek te maken,' mompelt Emma, terwijl ze me smekend aankijkt. 'Echt, ik was gewoon moe.'

Ik werp een veelbetekenende blik opzij. 'Em, alsjeblieft…'

Het blijft even stil. 'Nou ja, in slaap vallen zegt echt meer over mij dan je boek, maar… misschien kun je wel iets originelers bedenken? Je schrijft verder fantastisch, dat meen ik.'

Ik zucht. 'Ja, misschien kan het ook wel anders. Maar…' Dan veer ik op. Nu mijn Grote Geheim eruit is bij Emma, heb ik misschien eindelijk een ingewijde als het om Marco gaat. 'Is je… Is jou ook iets opgevallen aan Marco?' Ik bestudeer haar reactie.

Even kijkt ze me vragend aan, maar dan knijpt ze haar ogen iets samen om ze vervolgens wijd open te sperren. 'O mijn hemel, hij lijkt erop, hè?' Ze slaakt een kreetje. 'Ik wist wel dat hij me aan iemand deed denken. Jeetje…' Peinzend veegt ze het zweet van haar voorhoofd. 'Dat is pas bizar.'

'Ik wist niet wat me overkwam toen we hier aankwamen en hij daar stond.'

Emma grinnikt en kijkt me veelbetekenend aan. 'Zou Ananda dat ook geen toeval vinden?'

Ik staar nadenkend voor me uit. 'Weet je dat ik dat wel heb gedacht? Ik heb zelf een soort droomman gecreëerd en nu staat hij in levenden lijve voor me.'

‘Een teken als je in romantiek gelooft.’

‘Dat is nou precies het probleem. Natuurlijk geloof ik in de liefde, maar... Ik bedoel...’ Ik weet niet precies hoe ik die zin moet afmaken, maar tot mijn grote verbazing weet Emma precies wat ik wil zeggen.

‘Je moeder.’

Ik slik. ‘Mij is geleerd dat liefde behoorlijk *killing* kan zijn.’

‘Vertel mij wat.’ Met een zucht leunt ze tegen een paal aan en staart in de verte. ‘Ik weet niet of ik geloof in dat hele voorbestemd-gedoe, met een happy end en *all that jazz*.’ Ze kijkt opzij. ‘Dus wat dat betreft ben ik op dit moment ook niet echt de juiste persoon voor vrolijke romcoms waar alles altijd op wonderbaarlijke wijze goed komt.’

‘Je bent in ieder geval eerlijk,’ werp ik tegen. ‘Net als mijn redacteur, vrees ik,’ geef ik dan met tegenzin toe.

‘Maar hé, als Marco aan jouw criteria voldoet en echt jouw droomman is, dan vind je hier misschien wel inspiratie voor een nieuw verhaal?’

Ik staar nadenkend naar het bladerdek boven me. ‘Wie weet.’

Nou, zijn we weer.

Dag 3 van de junglesituatie. Ik zal niet beweren dat de tijd hier snel gaat. Ik klamp me vast aan het idee dat ik morgen om twaalf uur op de helft ben. Dat klinkt toch best hoopvol.

Het was me het dagje wel. Toen ik Ananda vroeg welk deel van de dag nu precies in het teken stond van wilskracht en denken, omdat we de zonnevlechtchakra vieren, lachte ze alleen maar op die zweverige, alwetende manier van haar. Later zei ze iets als dat het wilskracht vereiste om tussen de piranha's door te zwemmen. Maar goed, niemand was natuurlijk van plan om dat echt te doen, hè.
Ik heb Brent niet meer gesproken na onze... duik. Hij hield zich sowieso afzijdig van de groep, maar na het eten zag ik hem wel met Fia op een bankje zitten bij de oever. Blijkbaar hebben die twee elkaar gevonden.
Ik sta nog met mijn oren te klapperen dat hij alsnog, ondanks alles, zijn handdoek aanbood. Misschien had Fia wel gelijk en is het gewoon iemand die... verlegen is

of zo? Geen idee wat er precies met hem speelt, maar goed, hij valt wel mee. Zeker als je bedenkt dat ik hem feitelijk in een rivier met piranha's gegooid heb.
O, en Emma weet het. Dat die spirituele reisgids onzin was. Dat is wel een opluchting. Ons gesprek kwam al redelijk snel op Marco. O, wat is het fijn om eindelijk met iemand hierover te kunnen praten. Echt... Hij is het precies hè, qua uiterlijk, de dingen die hij zegt, hoe hij me soms aankijkt. Als dit een van die romcoms zou zijn, zou ik als plottwist verdwaald raken in de jungle, maar dan met zo'n stoere Indiana Jones-achtige Marco naast me. De ultieme liefdestest. Gisteravond hebben we samen vuur gemaakt (althans, ik deed een poging en hij keek hoofdschuddend toe). Dat hele vuur kon me natuurlijk gestolen worden, want eerlijk is eerlijk, de man is een genot om naar te kijken. Maar ik begrijp niet veel van hem: hij zegt de juiste dingen, lijkt te flirten, maar als puntje bij paaltje komt...
Misschien moet ik morgen nog eens zorgen voor een een-op-eenmomentje, om iets meer over hem te weten te komen.

Nou, op hoop van zegen een goede nachtruuuuuu
Holy shit! Er zit daar echt een enorme spin die eeeeee

Dag 4: De hartchakra

Thema: Liefde, zelfacceptatie, genezing
Kleur: Groen
Element: Lucht

'In de stilte van het denken hoor je altijd de antwoorden.'

18

'Liefde.' Ananda noemt het woord in een zucht en ademt vervolgens aardkerndiep in door haar neus. Het mag een wonder heten dat ze niet het halve varendek onder ons mee naar binnen snuift. Ik onderdruk een gaap. En wat is het weer héét. De zweetdruppels lopen letterlijk over mijn rug naar beneden, terwijl ik worstel om niet in slaap te vallen. Ik herpak me en probeer me te concentreren op de ochtendsessie. Het is pas half acht, maar het voelt alsof ik er al een dag op heb zitten.

Toen ik die enorme spin gisteravond eindelijk onze hut uit had gewerkt, met behulp van mijn slipper die nu als verloren beschouwd kan worden, kon ik de slaap niet vatten. Opnieuw een boerconcert, en een continue stroom van beelden en gedachten over zo'n beetje alles wat ik ooit heb meegemaakt in mijn leven, maakten het me onmogelijk. Van de eindmusical van de basisschool, naar het vriendje in drie havo, tot aan de dag dat echtgenoot nummer vier bij mijn moeder wegging op de dag dat mijn nieuwe roman uitkwam... Mijn moeder kwam destijds niet opdagen op de boekpresentatie. Later die avond vond ik haar met een fles wijn voor de televisie.

Beeld na beeld spookt door mijn hoofd. Het is alsof deze

retraite een beerput heeft opengetrokken van herinneringen waarvan ik het bestaan compleet vergeten was. En ik krijg de deksel maar niet terug.

Die onrustige nacht maakte me al niet al te enthousiast om deel te nemen aan deze sessie, maar toen ik het onderwerp hoorde wilde ik helemaal het liefste – met alle liefde, ha! – rechtsomkeert maken. De vierde chakra is de hartchakra die – je raadt het al – in het teken staat van de liefde. Liefde voor jezelf, anderen én de aarde. Nou, ik scheid netjes mijn afval, dus dat laatste zit wel goed. Maar voor de rest is liefde nou net een onderwerp dat momenteel ietwat… gevoelig ligt. Of althans, ik begrijp er gewoon niet veel van.

Ik denk aan mijn oma. Zij was ervan overtuigd dat er een soulmate voor iedereen bestaat. 'Ook voor je moeder, ze heeft hem alleen nog niet gevonden omdat ze zichzelf niet toestaat om écht te kijken. Je moeder is verliefd op de liefde.'

Verliefd op de liefde. Het klinkt een stuk romantischer dan het in de praktijk is, gezien al het hartverscheurende liefdesverdriet dat ik bij mijn moeder heb mogen aanschouwen. Maar ik houd hoop, ik blijf geloven in echte liefde.

Ik open een oog en kijk de groep rond. Fia is al meer dan veertig jaar getrouwd. Veertig jaar bij dezelfde persoon, dat moet wel ware liefde zijn. Wist ze het meteen toen ze hem zag? Was het liefde op het eerste gezicht?

Lila en Tony zijn een soort belichaming van de liefde. Toch weet ik niet zeker of ze over tien jaar nog steeds samen zullen zijn. Ik herken de roes van verliefdheid van kilometers afstand en de vraag is wat er overblijft als die verdwijnt en het gewone leven zijn intrede doet.

Emma. *Wat dat betreft ben ik op dit moment ook niet echt*

de juiste persoon voor vrolijke romcoms waar alles altijd op wonderbaarlijke wijze goed komt. Op de eerste dag heeft ze me verteld dat haar relatie verbroken is. Ik neem me voor om later vandaag te vragen hoe het met haar gaat, wat er gebeurd is. Ze lijkt wel een vriendin te kunnen gebruiken en ik mag me wel eens wat meer met de anderen bezig gaan houden.

Met die gedachten kijk ik naar Brent. Zou hij een relatie hebben? Fia weet inmiddels vast meer over hem, maar ik vermoed dat ze te integer is om me iets te vertellen.

Irritant.

Hij lijkt me in ieder geval niet het romantische type. Verre van. Hij staat mijlenver af van het beeld dat ik van de ideale partner heb.

Ik strek mijn nek een stukje in een poging te zien of Marco ergens is. Ik denk aan het overweldigende gevoel toen ik hem voor het eerst op de oever zag staan. Was dat dan liefde op het eerste gezicht? Of vooral gewoon… shock?

Ik schud de gedachte van me af en concentreer me op Ananda's woorden. Het is de bedoeling dat haar zalvende stem ons naar ons eigen hart leidt. Maar het leidt mij vooral erg af. Ik probeer me te concentreren op haar opdrachten. Om te voelen waar de liefde zit. Maar wanneer er iets op mijn been kriebelt, ben ik opnieuw afgeleid.

Ik worstel me door de ochtendsessie heen, probeer mezelf af te sluiten voor het circus aan gedachten in mijn hoofd en dut uiteindelijk alsnog een beetje in wanneer we in Savasana – oftewel de lijkhouding – aan het einde van de meditatie komen. Ik schrik wakker wanneer Ananda zegt: 'En kom maar rustig weer terug naar het hier en nu. Dit is het einde van deze sessie.'

Als ik een uur en een emmer koud water later in de buurt van de veranda kom, zie ik de enorme spiegels al staan. Zeven stuks, leunend tegen de houten palen, verspreid door de open ruimte. Er liggen stiften naast elke spiegel en de geur van wierook verspreidt zich in de drukkende warme lucht. O shit, spiegels. Het is al dagen geleden dat ik mezelf heb gezien. Ananda staat in haar crèmekleurige gewaad in het midden en heet ons allemaal welkom alsof ze ons jaren niet gezien heeft. Schoorvoetend kom ik dichterbij, terwijl ik me afvraag waar ze in hemelsnaam die spiegels vandaan heeft gehaald. Ik neem aan dat hier geen Kwantum in de buurt is.

'Pak een kussentje en kies een spiegel uit die goed voelt.' Ananda richt zich op Tony en Lila en voegt er zachtjes aan toe: 'En jullie wil ik vragen om niet naast elkaar te gaan zitten.' Ik voel een misplaatst gevoel van gerechtigheid bij het horen van die woorden. Ik draai me om en probeer te bedenken hoe ik gevoel moet hebben bij een... spiegel. Ik kies blindelings degene naast Fia en ga zitten.

Ik schrik als ik mijn spiegelbeeld zie. De kleur van mijn huid is een vreemde mengeling tussen gebruind en glimmend rood en mijn haren pluizen als een ragebol. Is dit hoe ik eruit zie? Is dit mijn junglelook?

Ananda gaat onverstoord verder. 'De hartchakra staat voor liefde. Liefde voor de natuur, liefde in relatie met anderen maar ook de belangrijkste liefde: die voor jezelf. De eerste oefening van deze ochtend richt zich daarop.' Ze gebaart naar een van de spiegels. 'Ik zal jullie zo voorgaan in een geleide meditatie, maar dit keer eentje waarbij je je ogen open mag houden. Draai je allemaal om en kijk naar jezelf.

Liefde laten stromen in je leven begint bij zelfliefde, liefde voor je ziel. Kijk jezelf eens goed aan en laat alle zachtheid naar boven komen. Alles wat is mag zijn. Wees de liefde die je zelf wenst te ontvangen.'

Ik frons. Ik begrijp de opdracht niet helemaal, en werp een blik op de anderen. Ed zit aan de andere kant van de veranda, precies in mijn beeld. Hij staart met een angstaanjagende intensiteit naar zijn eigen spiegelbeeld, zelfs van deze afstand zie ik zijn neusvleugels op en neer gaan. Naast hem zit Lila en in de weerspiegeling van haar gezicht zie ik tot mijn verbazing een kleine frons tussen haar wenkbrauwen.

Naast me heeft Fia haar ogen gesloten. Hmm, volgens mij was dat niet de opdracht, maar ik ben wel de laatste om daar iets van te vinden.

Ik haal diep adem en richt me weer op mijn eigen spiegelbeeld. Ik staar naar mezelf. Oké, nu ik de eerste schok te boven ben, zie ik niet veel bijzonders: gewoon mijn nieuwe standaard ik-overleef-op-een-haar-na-mijn-ongewilde-retraite-in-de-jungle-look: mijn donkere haren in een warrige knot boven op mijn hoofd. De kleine losse plukjes die tegen mijn glimmende huid plakken. Mijn knalrode wangen. Mijn glazige bruine ogen en de donkere kringen eronder. Ik buig me iets naar voren. Hmm. Op mijn neus en wangen zijn kleine sproetjes verschenen die er eerst nog niet waren. Het is jaren geleden dat die zich hebben laten zien. Ik onderdruk de neiging om eroverheen te vegen. De zomers dat ik veel buiten was – toen ik nog een stuk jonger was – kwamen ze steevast tevoorschijn in mijn zongebruinde gezicht. Mijn hals en decolleté, zichtbaar door het hemdje met spaghettibandjes dat ik draag, zijn ook flink verkleurd, mijn armen zijn bruin en zelfs mijn benen hebben een nieuwe variant van crèmewit bereikt. Met een beetje goede wil zelfs bijna beige.

Ananda's stem trekt mijn aandacht weer. 'De verandering die je zoekt, zit altijd in jezelf.' Haar woorden zweven door de lucht. Daarmee bedoelt ze vast niet het opduiken van die sproetjes. Ik kijk mezelf aan. Ben ik op zoek naar verandering? Volgens Donna wel. Ik zucht. Inmiddels besef ik wel dat ik iets zou moeten veranderen aan mijn verhalen, maar hoe dan? Wat dan? Wat ontbreekt er of wat moet ik toevoegen? Willen lezers niet lezen over liefde en romantiek?

'Alle antwoorden zitten in jezelf.' Ik schrik op van Ananda en kijk behoedzaam achterom. Het wordt inmiddels een beetje eng hoe zij altijd in mijn hoofd lijkt te zitten. Een paar tellen kijken we elkaar zwijgend aan, en dan zegt ze: 'In de stilte van het denken hoor je altijd de antwoorden.'

Ik draai me weer terug naar mijn spiegelbeeld en trek mijn neus op. Mijn hart slaat van schrik een slag over. In dat korte moment was het namelijk net alsof ik naar mijn moeder keek. In een flits zie ik haar zoals ze twintig jaar geleden was. Dezelfde donkere haren, dezelfde lichtbruine ogen en dezelfde sproeten op haar neus. Ik knipper met mijn ogen, maar het beeld is weer weg.

Een recalcitrant deel van mij komt in opstand. Nee, ik lijk helemaal niet op mijn moeder. Ik ben mijn moeder niet. *Waarom ben je dan bang om in haar valkuilen te stappen?*

O, shit. Het is zover. Ik begin tegen mezelf te praten.

Het moet deze plek zijn. Deze mensen. Het is besmettelijk.

Ik staar mezelf aan. Ben ik bang om mijn moeder te worden? Ik geloof dat ik juist compleet het tegenovergestelde van haar ben.

Is dat zo?

Oké, hou op met dit bizarre gesprek met jezelf.

Het zullen die wierookdampen wel zijn.

'Ik wil jullie nu vragen om de stift te pakken en de eerste drie woorden op te schrijven die in je opkomen als je denkt aan liefde.'

Om me heen zie ik iedereen hun stift grijpen. Mijn hand gaat aarzelend naar de stift, maar wanneer mijn vingers hem vastpakken, blijf ik zo zitten.

Welke drie woorden komen er in me op? Behoedzaam trek ik de dop van de stift, maar eenmaal in de lucht blijft hij weer hangen.

'Niet te veel nadenken, liefje.' Fia's stem klinkt naast me. Ze kijkt me met een glimlach aan. 'Gewoon schrijven.'

Mijn ogen schieten naar haar spiegel, waar drie woorden in grote krullende letters prijken: *warmte, rijk, berusting.*

Ik knik, haal diep adem en zet de stift tegen de spiegel. Oké, niet nadenken. Gewoon schrijven. Ik sluit mijn ogen en de stift glijdt over het gladde oppervlak. Een paar seconden later heb ik drie woorden staan.

Moeder.

Verdriet.

Verlangen.

Verbaasd knipper ik ernaar. En kijk voorzichtig opzij. Fia glimlacht alleen maar haar moederlijkste glimlach der glimlachen.

'Heel mooi, lieve mensen. We sluiten deze sessie af. Ik vraag jullie deze drie woorden mee te nemen in jullie gedachten wanneer jullie vanavond de brief schrijven. En als iemand behoefte voelt om deze sessie te bespreken...' Ik zit met mijn rug naar Ananda toe, maar ik vóél gewoon hoe ze naar me kijkt. 'Dan kan dat. Ik wil jullie vragen om voor de lunch weer te verzamelen.'

Ik onderdruk de neiging om de woorden eraf te poetsen. Ze zijn lang niet zo mooi als sommige poëtische termen die ik nu bij de anderen zie. Iedereen staat op en er ontstaan wat zachte gesprekken. Ik staar nog een paar seconden naar de woorden op de spiegel, maar sta dan ook op.

Natuurlijk lukt het me niet om te ontsnappen. Ananda verspert me de weg als een soort spirituele slagboom. 'Hoe vond je het?'

Raar.

Vaag.

Vreemd.

'Wel oké,' mompel ik.

Ananda's ogen gaan naar mijn spiegel. Shit, had ik die woorden nu toch maar uitgeveegd. Ik verschuif iets in een poging ervoor te gaan staan, maar Ananda heeft uiteraard een soort röntgenogen. Ze glimlacht naar me. 'De Perzische dichter Rumi zei eens: "De wonden zijn de plaatsen waar het licht binnenkomt."'

Ik kijk haar vragend aan, maar net wanneer me een beklemmend gevoel bekruipt, snap ik de betekenis van haar woorden. 'Ik eh, nee, het zit wel goed hoor. Ik heb niet...' Ik aarzel. 'Ik hoef niet...'

Ananda kijkt me alleen maar aan. 'Als je klaar bent om te praten, weet je me te vinden.'

Ik had kunnen weten dat er altijd een addertje onder het gras zit. Natuurlijk blijven we niet de rest van de dag bij de lodge rondhangen. Marco zat waarschijnlijk al de hele ochtend handenwrijvend te wachten. Na de lunch kwam hij opgewekt aanlopen en vroeg ons om onze rugzak leeg te maken en met – gaan we weer – lange mouwen en de eerder verkregen laarzen naar beneden te komen. 'Over een kwartiertje vertrekken we.'

Met Fia's sjaal opnieuw provisorisch om me heen geslagen en een flinke lading van Eds goedje tegen de muggen op mijn armen en benen loop ik – iets meer dan een kwartiertje later – de trap af naar de oever. Iedereen staat er al. Wantrouwend staar ik om me heen. Er liggen geen boten klaar en niets verraadt wat de bedoeling is. Brent staart naar het water. Fia en Emma zitten op de boomstam gemoedelijk met elkaar te praten. Tony en Lila staan zwijgend naast elkaar – oké, ook vreemd – en Ed zit gebukt bij een boomstam waar hij een of ander insect bestudeert. Ik zie verder niks wat anders is dan anders. Nadat Marco was vertrokken had ik Fia aangeklampt – ze leek me nou echt een persoon die het programma gelezen heeft – maar ze zei dat dit onderdeel nog niet ingevuld was voor vertrek.

Terwijl ik zwijgend de anderen bekijk, bedenk ik me dat het misschien wel beter is om juist iets praktisch te gaan doen. De vage sessies van Ananda zorgen er uiteindelijk enkel voor dat ik met een knoop in mijn maag achterblijf. Ik heb helemaal geen zin om daarover na te denken. En ik wil al helemaal niet praten.

Ik haak met hernieuwde energie mijn vingers achter de banden van de lege rugzak. Yep, misschien is wat we nu gaan doen wel hétgeen dat maakt dat alle puzzelstukjes op hun plek vallen.

En jawel, wanneer Marco vlot de trap afloopt in een donkere cargobroek en dito shirt met lange mouwen, begin ik inderdaad te geloven dat ik inspiratie voel borrelen.

Maar het kan ook iets anders zijn.

Eenmaal beneden kijkt hij met die bekende onheilspellende fonkeling in zijn ogen de groep rond. 'Iedereen klaar?'

Er wordt geknikt, maar mijn blik wordt nu getrokken door iets anders. Ik was eerder te afgeleid door... andere onderdelen van hem, maar het is niet echt te missen. Ik knipper met mijn ogen. Is dat...? Moeizaam slik ik. Yep. Aan Marco's broekriem hangt een enorm mes. Een soort middeleeuws martelwerktuig. Waarvoor –

'Top, dan gaan we nu echt de jungle in, kijken of we onszelf in leven kunnen houden.'

De oude Volkswagen Kever staat voor mijn deur, volgeladen met kampeerspullen. Koen zit achter het stuur, zijn donkere krullen wild om zijn hoofd, een wegenkaart op zijn schoot.

'Je bent gek,' zeg ik hoofdschuddend. 'Zomaar alles achterlaten om door Europa te toeren?'

'Soms moet je gek zijn om gelukkig te worden.' Hij leunt uit het raampje. 'Jij mag met mij mee.'

'Maar mijn baan...'

'Je haat die baan.'

'Mijn appartement...'

'Je huisbaas staat te springen.'

'Ik heb geen kampeerervaring...'

'Ik wel.' Hij glimlacht. 'En jij hebt een perfect gevoel voor richting, spreekt drie talen, en bent de enige die ik ken die van mijn valse gezang kan genieten.'

Ik kijk naar mijn keurige voortuin, mijn keurige huis, mijn keurige leven. Dan pak ik mijn sleutels.

Uit: Vrienden, liefde en latte's – *Babs Bastiaans*

19

'En deze is...' Marco kijkt me indringend aan. Ik aarzel en reik al naar het besje in zijn hand, maar voordat ik het ding kan aanpakken, slaat hij mijn hand weg. 'Hartstikke giftig.'

O.

Marco schudt afkeurend zijn hoofd. 'Heb je wel naar me geluisterd?'

Eerlijk? Vrij matig.

Al sinds we vanuit de lodge het gebladerte ingedoken zijn, is Marco onophoudelijk planten en besjes aan het aanwijzen die je al dan niet kan opeten. Dat verschil is natuurlijk essentieel, dat snap ik ook wel, maar zijn woordenstroom gecombineerd met de hitte en het feit dat ik telkens als hij met de machete een struik wegslaat enkel kan nadenken over hoe het zou zijn om met mijn handen over die spieren te glijden, maken het nogal een uitdaging om bij de les te blijven. Bovendien, even tussen ons: wanneer ga ik dit daadwerkelijk nodig hebben in mijn leven? Ik heb belangrijkere dingen aan mijn hoofd. Ik moet een moment vinden waarop ik Marco een-op-een tref, ik moet weten of –

'Babs, let je op?' De stem van het onderwerp van mijn gedachten trekt me op brute wijze terug naar het hier en nu.

Er was me sowieso niet verteld dat er een overhoring zou komen.

'Gele of witte besjes zijn meestal giftig.' Marco wijst op de plant naast hem. 'Blaadjes die glimmen ook, evenals planten waarbij de blaadjes in groepen van drie groeien.' Hij plukt nu van een andere plant een blaadje, verpulvert het tussen zijn vingers en ruikt eraan. 'Ruikt iets naar amandel: ook vaak giftig. Niet opeten dus.'

Ik kijk wantrouwend om me heen: en ik maar denken dat het gevaar in de wilde dieren zat.

Marco kijkt ons een voor een indringend aan om zich ervan te vergewissen dat we de informatie tot ons hebben genomen en dan lopen we weer verder. We sjokken nu al een half uur door het dichte oerwoud waardoor ik inmiddels een mooie verzameling striemen op mijn blote benen heb staan. Ze accentueren de nieuwe lichting rode muggenbulten.

'Ik had een notitieboekje mee moeten nemen,' mompelt Emma naast me. Ze loopt met haar armen voor zich gevouwen half voor me en doet haar best om niets aan te raken, terwijl haar ogen onrustig heen en weer schieten. 'Ik dacht dat je gewoon, weet ik veel, kon léven van de natuur, maar volgens mij zou ik het nog geen dag volhouden als ik hier alleen zou stranden. Als ik niet word opgevreten door een beest, help ik mezelf wel om zeep door een onschuldig besje te eten. Of een plant met killerinstinct per ongeluk in de ogen te kijken.'

Ik glimlach. Dit is de eerste keer dat Emma niet onverdeeld enthousiast is over een programmaonderdeel en dat maakt haar... menselijk. Ook fijn.

'Gelukkig hebben we Marco,' stel ik haar gerust.

Emma maakt een instemmend geluidje. 'Hmm, ja. In ieder geval een fijn uitzicht terwijl ik een langzame dood sterf.'

'Ik ga ervan uit dat dat niet nodig is zolang hij erbij is,' stel ik haar gerust.

We kijken allebei zwijgend toe hoe Marco met twee grote halen de weg voor ons vrijmaakt, waarna er een soort open veldje tevoorschijn komt. Een kant van het veldje wordt geflankeerd door een enorme struik met prachtige rode en oranje bloemen, die als parapluutjes naar beneden hangen. Nieuwsgierig loop ik ernaartoe. Zoiets moois zijn we nog niet tegengekomen, maar ik houd mijn handen keurig bij me. Bewonderend sta ik naast de plant, tot ik voel dat er iemand naast me komt staan. Tot mijn verbazing is het Brent. 'Prachtig, hè.?' Hij laat zijn blik bewonderend over de rode bloem gaan. Ik knik., tot hij opmerkt: 'Een van de dodelijkste bloemen in de Amazone.'

'Echt?' Verbaasd kijk ik opzij. Het is moeilijk te geloven dat zo'n prachtige plant daadwerkelijk giftig is. Maar wat me nog meer verbaast is dat Brent dit weet. 'Heeft Marco dat verteld?'

'Ik heb me ingelezen.'

Wauw. Door de manier waarop Brent zich tot nu toe heeft gedragen had ik eerder verwacht dat hij in ducttape gewikkeld op een steekkarretje het vliegtuig in gereden is. Ik richt me weer op de plant. 'Maar hij is zo mooi, gek dat het dan zo giftig is.'

'Dat is het hele idee, de felle kleuren moeten afschrikken, maar wij mensen…' Hij schudt zijn hoofd en kijkt me peinzend aan. 'Laten we het erop houden dat de mens nogal eigenwijs is.'

Ik hef mijn handen. 'Nou, ik weet inmiddels beter dan iets aan te raken hier.'

'Verstandig. Bovendien lijkt een dooie me over het algemeen killing voor Ananda's rating op Tripadvisor.'

Ik gaap hem even aan, maar als zijn mondhoeken omhooggaan stoot ik een lachje uit. 'Alwéér een grapje... wat heb je met Brent gedaan?'

Brent haalt zijn schouders op. 'Het zal de hitte wel zijn,' mompelt hij, maar de glimlach blijft nog even zichtbaar.

'Komen jullie er ook bij?' roept Marco. En dan klinkt het met iets meer paniek: 'En blijf uit de buurt van die –'

'Brugmansia,' vult Brent aan, waardoor Marco even met zijn mond vol tanden staat.

Dan grijnst hij. 'Ja, precies. Het wordt gebruikt door sjamanen om helende – en hallucinerende – medicatie te maken, maar in grote hoeveelheden is hij hartstikke dodelijk. Afblijven dus.' Marco kijkt de groep rond. 'Goed, ik heb een hoop verteld, daar ben ik me van bewust, dus nu is het tijd om alles in de praktijk te gaan brengen. Jullie hebben allemaal je rugzak mee. De bedoeling is dat jullie nu in tweetallen op zoek gaan naar eetbare planten en voeding waarmee we een maaltijd gaan bereiden.'

'Hier?' breng ik uit.

Marco lacht. 'Dat zou kunnen, er zijn nu natuurlijk zelfs mensen die vuur kunnen maken.' De pauze die hij daarop laat vallen duurt net iets te lang. 'Maar nee, de bedoeling vanmiddag is dat we alles weer meenemen naar de lodge, waar Julius vanavond een feestmaal voor ons maakt.'

'Een feestmaal. Met... wat wij hier vanmiddag gevonden hebben?' vraagt Emma wantrouwend.

'Onder andere. Maar blijf wel in de buurt, zodat ik jullie kan zien en horen. In de buurt van dit veld is veel te vinden, dus dwaal niet af. Als je hulp nodig hebt, dan roep je.'

Ik kijk achterdochtig om me heen. 'En er zijn hier geen slangen, of pekari's, of...'

Op dat moment ritselt er iets in de struiken. Mijn hoofd schiet opzij en ik zie dat de takken hoog in de lucht bewegen. Is dat...? Iets donkers schiet door de bladeren, waarna nog meer geritsel volgt.

'Ah, we hebben bezoek.' Marco tuurt omhoog. 'Een bruine wolaap.'

Ik druk mijn rugzak tegen mijn borst en kijk toe hoe een donker beestje van tak naar tak springt. Al snel zie ik nog een zwarte vlek, en nog een.

'De bruine wolaap leeft in groepen, soms tot wel zeventig apen, maar overdag gaan ze vaak uiteen om eten te zoeken en te spelen.' Er volgt een stilte. 'Nou, waar wachten jullie nog op?'

Argwanend kijk ik van de nieuwsgierig naar ons turende apen naar Marco. 'Doen ze iets?'

'Wolapen zijn ongevaarlijk, hoogstens nieuwsgierig. Als ze zich bedreigd voelen, dan hoor je dat wel. En in dat geval adviseer ik je om afstand te nemen.' Hij grijnst.

Ik voel me er niet gerust op, maar pak dapper mijn rugzak, voornemens om Marco te bewijzen dat ik heus wel geluisterd heb.

Echt.

Soms.

Met vlagen.

Marco kijkt nadenkend van de een naar de ander. 'Oké, ik deel jullie op in tweetallen, voor de zekerheid. Fia en Ed,' hij verplaatst zijn blik. 'Tony en Brent en... Emma en Lila, jullie zijn aan elkaar gekoppeld. En Babs...' Ik kijk op, recht in zijn helderblauwe ogen, die een kort moment glinsteren. 'Jij mag met mij mee.'

Even hap ik onmerkbaar naar adem.

Terwijl Emma me veelbetekenend aankijkt, voelt het alsof mijn maag wordt overgenomen door een leger van die enorme bladmieren waar Marco ons even geleden nog op wees. Ook eetbaar trouwens.

Iedereen loopt naar de rand van het veld – het ene duo met wat meer bravoure dan het andere. Marco gebaart me mee te lopen in tegenovergestelde richting. Het eerste kwartier struinen we in stilte door de struiken. Terwijl ik semi-zoekend om me heen kijk, tuimelen mijn gedachten over elkaar. Heeft hij er bewust voor gekozen om mij apart te nemen? Of kwam dit toevallig zo uit? Het maakt ook niet uit, het is mijn kans om meer over hem te weten te komen.

'Dus...' begin ik na een tijdje, als ik Marco tussen de struiken zie staan.

'Ssst.' Marco heft zijn hand met één vinger omhoog ten teken dat ik stil moet zijn, hij kijkt me niet aan. Zijn blik is gericht op iets op de grond. 'Kijk!' fluistert hij en hij zakt op zijn hurken zo gauw we bij de rand van het veld zijn aangekomen. 'Een delicatesse.'

Ik knipper een keer met mijn ogen, maar zie alleen een paar regenwormen in een diepblauwe kleur over een stukje boomstam kronkelen. Vieze, gluiperige, slijmerige regenwormen. Ik tuur om me heen op zoek naar het lekkers dat Marco heeft gespot: iets van noten of bessen die niet direct je luchtwegen dichtschroeien na consumptie? Ik wil hem nét vragen waar we naar kijken, als hij een van die blauwe wormen oppakt en tussen twee vingers laat bungelen. 'Prachtig, hè?'

Een paar seconden lang is mijn brein een verlaten prairie. Dan dringen zijn woorden tot me door.

Ik moet hem nageven, de man heeft passie voor wat hij doet. En is dat juist niet iets wat ik aantrekkelijk vind?

'Eh, een worm?' zeg ik terwijl ik de neiging onderdruk om mijn neus op te trekken.

Marco knikt fanatiek. 'Een reuzenblauwe regenworm zelfs, ze kunnen wel twee meter lang worden.'

Dat klinkt wat exorbitant, voor een regenworm.

Ik trek alsnog mijn neus op. 'Maar... die gaan we niet... opeten, toch?' eindig ik een paar octaven hoger.

'Natuurlijk wel, het is een bron van eiwitten, net als de bladmieren, onmisbaar voor een gebalanceerde maaltijd als je in de jungle wilt overleven.' Marco doet zijn rugzak af.

Er zijn een hoop ranzige dingen die ik – met het mes op de keel – als onderdeel van een gebalanceerde maaltijd wil meetellen: olijven, kappertjes, spruitjes, de bladerdeeghapjes van tante Karin. Maar de reuzenblauwe regenworm hoort niet in dat rijtje thuis.

Met fanatieke bewegingen begint Marco de wormen van de stam te plukken en laat ze in een bakje uit zijn rugzak vallen. Na een paar seconden kijkt hij opzij. 'Help je mee?'

'Eh, ik pas, want ik zag daar... iets.' Ik wapper met mijn hand naar iets verderop. Snel sta ik op en loop die kant op.

Goed, zet je hier overheen. Een fascinatie voor wormen hoeft nog niet het einde van jullie ontluikende liefde te betekenen. Ik moet gewoon… hem afleiden, iets doen wat indruk op hem maakt. Ik weet inmiddels waar hij warm voor loopt: jungleachtige dingen. Nou, ik sta in de jungle. Ik kan dingen. Dat moet te doen zijn.

Alsof ik iets heel interessants zie, tuur ik omhoog een smalle palmboom in en wacht tot ik hoor dat Marco opstaat.

'Heb je iets?' Takjes breken wanneer zijn stevige voetstappen naderen. Ik vernauw mijn blik iets. Als ik maar intensief genoeg staar, komt er misschien wel iets tevoorschijn. Marco's geur dringt mijn neusgaten in en hij komt zo dicht bij me staan dat ik de haartjes van zijn arm langs de mijne voel strijken. 'Ja, fantastisch, hartstikke goed!' roept hij uit.

Voor ik goed en wel doorheb wat er gebeurt, pakt hij met een middeleeuws *schling*-geluid de machete uit zijn hoes en begint tegen de stam van de kleine palmboom te hakken, waar ik zojuist nog ingespannen naar stond te turen.

Het moet in het dagelijks leven zijn voordelen hebben om een man te hebben die zich in de jungle weet te redden. Die zonder aarzelen een boom omhakt, die wormen als een geluksvondst beschouwt. Ik zie ze momenteel niet. *Misschien is hij het wel. En daar kom je dan maar op één manier achter.*

Oké, dit is geen eerlijk moment om te oordelen. Mijn brein is vertroebeld door de broeikashitte en het besef dat ik misschien binnen nu en een paar uur wormen geserveerd krijg. Ik moet me nu richten op Marco en hoe ik –

'Kijk uit!'

Ik hoor zijn waarschuwing te laat. Voordat ik op kan kijken, voel ik een flink gewicht op mijn schouder waardoor ik door mijn knieën zak. Een ogenblik later zit ik verdwaasd op mijn kont met de stam van een palmboom in mijn armen geklemd.

'Shit, gaat het?' Een waas van beweging en dan is Marco er, die met een snelle manoeuvre de dunne boom van me af trekt. Mijn hoofd bonkt en de wereld draait nog een beetje.

Marco's gezicht verschijnt in mijn gezichtsveld, bezorgd en alert. 'Ben je gewond?' Hij knielt voor me neer en zijn hand onderzoekt mijn schouder, mijn arm en blijft dan rusten op mijn hand, die hij zachtjes vastpakt. 'Babs?'

Langzaam dringt de situatie tot me door. Ik knipper met mijn ogen om mijn gedachten te ordenen. Met mijn vrije hand wrijf ik over mijn schouder die steeds harder begint te kloppen. Als ik Fia's sjaal naar beneden trek, onthul ik een flinke rode plek die al verdacht paars begint te kleuren.

Marco laat mijn hand los en graait in zijn rugzak. Hij haalt er een doek en een waterfles uit, en voor ik het weet drukt hij de natte, koude doek tegen mijn blote huid. 'Aaaaah,' ontsnapt aan mijn lippen.

'Pijn?' vraagt hij bezorgd, zijn ogen zacht en onderzoekend.

Ik bijt op mijn lip en schud mijn hoofd. 'Koud.'

Marco's schouders zakken zichtbaar van opluchting. 'Godzijdank. Het laatste wat ik wilde was je verwonden natuurlijk.' Hij tuurt over het veld. 'De rest heeft volgens mij niets in de gaten. Zal ik de expeditie stopzetten, zodat we terug kunnen gaan?'

Ik schud mijn hoofd. 'Nee, laat me gewoon even... hier zitten.'

Marco knikt en tot mijn verbazing komt hij naast me zitten.

Het blijft stil.

Meer een-op-een wordt het niet. Geen afleiding van blauwe wormen of kamikazebloemen. Dit was precies wat ik wilde, maar toch blijven alle vragen die ik hem zou willen stellen op dit moment uit. Er komt er slechts eentje uit: 'Waarom ging je die boom te lijf?'

Marco kijkt verbaasd opzij. 'Het was jouw vondst.'

'Een palmboom?' Niet-begrijpend kijk ik hem aan en ik vergeet totaal mijn nieuwverworven rol van junglevoedselexpert.

'Palmhart. En dit is een palmettopalm, dat zijn de lekkerste. Niet zo bitter.'

Ik trek enkel mijn wenkbrauwen op. 'Palmwat? Kun je dat eten?'

'Palmhart. En zeker, het is een heel gangbaar ingrediënt op dit continent.' Zijn mondhoek gaat omhoog. 'Niet zo vies kijken. Ze doen het zelfs op de pizza.' Marco geeft me een plagerig duwtje met zijn schouder, waardoor ik bijna drie centimeter opschuif en er een 'oef' aan mijn lippen ontsnapt.

'O, sorry.' Direct pakt hij verontschuldigend mijn hand vast. Hij blijft hem vasthouden terwijl zijn ogen onderzoekend over mijn schouder gaan en vervolgens de mijne opzoeken. Het wordt me bijna te veel en ik kijk weg.

'Het gaat wel weer, hoor,' mompel ik. Een tinteling komt in mijn onderbuik tot leven, terwijl ik naar mijn vingers in de zijne staar. Zijn huid voelt warm – maar niet het zweterige soort warm – en ruw van het eelt. Werkhanden. Mannenhanden.

‘Mooi,’ zegt Marco zacht. Ik voel hoe hij iets naar me toe leunt en plots twijfel ik niet meer of de aantrekkingskracht tussen ons een product is van mijn oververhitte verbeelding. Hier zitten we dan, verstopt in de bosjes in de jungle. Hand in hand. Ik kan toch niet anders dan hieraan toegeven? Dan dit een kans geven? Ik draai me naar hem toe en leun naar voren. Mijn oogleden zakken naar beneden, wetende dat ik elk moment zijn warme lippen op de mijne zal voelen.

Het kan nu elk mome–

Met een flinke ruk word ik omhooggetrokken. Door de onverwachte kracht schiet ik vooruit en moet ik twee stappen zetten om te voorkomen dat ik recht vooruit kukel. Marco’s handen glijden naar mijn heupen en hij zet me stevig op mijn benen. Hij grijnst en laat mijn hand los. ‘Laten we de rest roepen.’

20

Beduusd blijf ik in de bosjes staan terwijl Marco schijnbaar onbewogen met de palmboomstam nonchalant onder zijn arm het veld op stapt en iedereen bij elkaar roept. Alsof we niet zojuist bijna…

Wat gebeurde er zojuist?

Ik knipper met mijn ogen.

Ik zou toch zweren dat we een momentje hadden. Heb ik dit zo totaal verkeerd ingeschat? Verward wrijf ik met mijn handen over mijn verhitte gezicht en slaak binnensmonds een wanhoopskreet wanneer het tot me doordringt wat er zojuist is gebeurd. Ik schaam me kapot. Ik wilde hem zoenen – zomaar. Hij wist duidelijk niet hoe snel hij weg moest komen.

Ik gluur tussen mijn vingers door. De anderen verzamelen zich om Marco heen. Sommigen met gevulde armen (Tony en Brent), volle rugzakken (Fia en Ed) en enkelen met verdacht lege handen (Lila en Emma). Emma kijkt beteuterd naar de buit van de rest. Dan zie ik dat ze haar blik zoekend om zich heen laat gaan. 'Waar is Babs?'

Ik slaak een diepe zucht.

Oké, ik kan hier niet blijven.

Tijd om de feiten onder ogen te zien. Ik heb mezelf zojuist legendarisch voor schut gezet. Met tegenzin stap ik tussen de struiken vandaan en sleep me naar de rest toe. Emma's bevreemde blik laat me weten dat mijn pokerface niet op zijn plek zit. Wanneer ik naast haar kom staan, kijkt ze me vragend aan. Ik schud haast onmerkbaar mijn hoofd. 'Ik vertel het later wel,' fluister ik.

Al betwijfel ik of ik dat zal doen. Ik bedoel, ik voel me al opgelaten genoeg. Het lijkt me niet nodig om anderen hier deelgenoot van te maken.

Nog altijd voel ik Marco's vingers om de mijne. In gedachten zie ik mezelf opnieuw naar hem toe leunen en... o, kreun. Gênant. Na een paar seconden verzamel ik al mijn moed en kijk ik met verhitte wangen naar Marco.

'Prachtig, geweldig.' Hij besteedt geen aandacht aan me. Hij beklopt goedkeurend een paar kokosnoten die Brent en Tony blijkbaar hebben gevonden. Met twinkelende ogen verplaatst hij zijn aandacht naar de bakken vol met bessen en noten die Fia en Ed hebben weten te verzamelen. Na een kort moment van zwijgen plukt hij er een paar uit en gooit ze opzij. 'Die niet, tenzij iedereen vanavond op de pot wil zitten. Maar verder...' Hij kijkt op. 'Jongens, wat een feestmaal wordt dit!'

'Dat durf ik te betwijfelen, tenzij je daar in de bosjes nog een buffel hebt afgeschoten,' mompelt Brent.

Geen buffel, enkel mijn ego.

Marco komt overeind en staart omhoog. Waarschijnlijk naar de stand van de zon of iets anders Harrison Ford-achtigs. 'Kom, we gaan terug,' besluit hij.

Ik treuzel expres wat zodat ik achteraan in de groep kom te lopen. Emma blijft in mijn buurt en werpt me nieuwsgierige blikken toe. 'Nou?'

'Wat?' vraag ik ontwijkend.

'Is er iets tussen jullie gebeurd?'

Ik schud mijn hoofd en pers mijn lippen op elkaar, maar ik loop alsnog leeg, want... dat is nu eenmaal wat ik doe. 'O, ik voel me zo'n idioot. Ik dácht dat er iets ging gebeuren. Ik bedoel, ik kreeg een palmboom op me en –'

'Wat?' Emma's ogen worden groot.

Ik wuif met mijn hand. 'Het viel wel mee, maar daarna was hij heel bezorgd en lief en toen leunde hij naar me toe. En o, hij had mijn hand vast.'

'En toen?'

'En toen niks.' Ik schud opnieuw mijn hoofd als ik aan het moment terugdenk. 'En toen stond hij op en riep hij jullie.'

Emma fronst. 'Dat is... raar.'

Ik kreun nog maar eens. 'Ik schaam me dood. Blijkbaar heb ik het toch verkeerd geïnterpreteerd of... ik weet het niet.' Een diepe zucht. 'Laten we het er maar niet meer over hebben, doen alsof het niet is gebeurd, dat lijkt me het beste.'

Emma laat een geluid horen dat tussen instemmen en twijfel zit. Snel breng ik het gesprek op een ander onderwerp. Eentje waarvan ik de afloop wél kan raden. 'En hoe ging jouw verzameltocht met Lila?'

Emma rolt met haar ogen. 'Ik heb werkelijk geen woord begrepen van wat ze allemaal zei. En geloof me, ze was de héle tijd aan het woord. Volgens mij heb ik me opgegeven voor een workshop yonistomen. Gewoon om er maar vanaf te zijn.'

Ik blijf even staan. 'Yoni... Laat maar, ik wil het ook niet weten.'

Eenmaal terug bij de lodge krijgt iedereen weer een momentje voor zichzelf. Dat kan ik wel gebruiken. Ondanks de drukkende hitte trek ik me met een boek terug in ons hok en blijf daar op bed liggen totdat Emma me komt halen omdat het tijd is om te gaan eten. 'Geloof me nou maar, het is echt wonderlijk wat Julius ervan gemaakt heeft.' Ze kijkt me opgewonden aan en wappert met haar hand ten teken dat ik op moet staan. Ik schaam me nog steeds, dus ik treuzel extra lang.

Ik heb daarnaast ook weinig vertrouwen dat een maaltijd gebaseerd op reuzenwormen, kokosnoot, noten, bessen en palmhart wonderlijk kan zijn, maar ik sleep mezelf overeind en volg mijn hokgenoot naar de veranda, waar de rest van de groep al klaarzit aan de twee houten tafels.

Maar daar heb ik geen oog voor.

Zelfs Marco trekt niet als eerste mijn aandacht.

Ook niet de geurige stoofschotel die in het midden van de tafel is gezet of de kleurige salade die de schaal flankeert.

Nee, het zijn de flessen wijn die mijn aandacht trekken.

Flessen. Wijn.

Er bestaat dus toch een spirituele God. En die is mij duidelijk goedgezind.

Mijn hemel, ik snak naar een goede shiraz of malbec. Na dat hele debacle vanmiddag is dat toch wel het minste wat ik heb verdiend.

Met hernieuwde energie ga ik aan tafel zitten naast Fia. Tegenover me zit Emma naast Brent.

'Er is wijn?' spreek ik wantrouwend uit, bang dat de temperatuur en de gebeurtenissen me toch in hun greep hebben gekregen en de flessen aan het einde van de tafel slechts een luchtspiegeling zijn.

Fia knikt. 'Marina is jarig en heeft ze aan Julius meegegeven.'

Marina. Die vrouw. Ik wist dat ik haar mocht.

Ik slaak een verlangende zucht en waag het om om me heen te kijken. Vanaf mijn plek werp ik een snelle blik op Marco. Hij praat geanimeerd met Tony en Lila. Misschien heb ik me alles wel ingebeeld, misschien heeft hij niet eens doorgehad dat ik hem wilde zoenen, misschien werd hij zelf nerveus, misschien... Misschien zou ik er met hem over moeten praten?

Ugh, de volwassen vrouw in mij weet dat dat het verstandigste zou zijn.

'Wil je?' Emma houdt de fles op boven een klein glas.

Morgen. Morgen ga ik me als een volwassene gedragen. Beloofd.

'Graag.'

'En dit,' Fia likt haar vingers af terwijl ze haar bord volschept met de stoofschotel, 'is echt fenomenaal.' Ze schudt verbaasd haar hoofd. 'Ik heb nog nooit zoiets geproefd.'

De grote schotel wordt mijn kant uit geschoven en ik bekijk het eten achterdochtig. Totdat de geur me bereikt. Het is een kruidige, nootachtige geur en mijn maag begint enthousiast te knorren.

'Wat ís dit?' weet ik uit te brengen terwijl ik eet alsof ik in dagen geen fatsoenlijke maaltijd heb gehad.

'Jouw palmhart,' klinkt het naast me met een maar al te bekende stem. De frisse dennengeur vult mijn neus. Voordat ik goed en wel doorheb wat er gebeurt, schuift Marco naast me aan de tafel. Hij knikt goedkeurend naar mijn bord. 'Had je niet verwacht, hè? Julius kan wonderen verrichten met slechts een paar ingrediënten.' Marco wijst op de schotel. 'Moqueca de palmito: van origine een Braziliaanse stoofschotel, maar Julius heeft er een eigen versie van gemaakt die eigenlijk altijd een groot succes is. En,' gaat hij verder, 'hij maakt het dus met de ingrediënten die we zelf hebben verzameld: het palmhart, de noten. Hij heeft alleen wat kruiden toegevoegd.'

Al had Julius de lokale Spar leeggekocht om hier iets eetbaars van te maken, het zou mij niets uitmaken. We eten met smaak en ik zie dat Brent zijn duim opsteekt naar Julius. Die grijnst zijn drie tanden bloot.

Ik kijk naar Julius. Ik kijk naar Brent. En dan kijk ik intensief naar mijn bijna lege bord. Alles om maar te voorkomen dat ik Marco aan moet kijken, die zich zo te merken prima op zijn gemak voelt naast me. Zijn bovenbeen tikt een beetje heen en weer waarbij hij telkens langs mijn been schampt. Ik probeer een paar centimeter op te schuiven, wat me een bevreemde blik van Fia oplevert.

Emma's ogen schieten nieuwsgierig van mij naar Marco en weer terug en ze trekt minimaal haar wenkbrauwen op. Maar ik zie het. En ik haal net zo minimaal mijn schouders op. *Geen idee.*

Hoe langer Marco naast me zit, druk in gesprek met Brent over de verschillende planten in deze regio – iets waar Brent echt verbazingwekkend veel over blijkt te weten – hoe meer ik begin te denken dat ik het me écht verbeeld heb.

Ik neem een slok van mijn wijn. Het is een volle, kruidige variant, precies wat ik lekker vind. Dus ik neem nog een slok. En dan nog een. En nog een. En ergens halverwege mijn tweede glas vind ik de moed om naar Marco te kijken.

Hij is nog altijd in gesprek met Brent, die tot mijn verbazing een soort opleving lijkt te hebben. Het kan ook de wijn zijn, want het is me niet ontgaan dat hij zojuist zijn derde glas heeft ingeschonken.

Marco's ellebogen leunen ontspannen op de tafel en in zijn enthousiasme buigt hij iets naar voren. Ik moet mijn best doen om niet opzij te leunen, om me tegen die stevige schouders te vlijen en me wentelend in zijn geur een dutje te doen.

Ho. Bruusk schuif ik het glas over de tafel van me af.

Easy on the wine.

Laten we vooral geen tweede potentiële melding van ongewenste intimiteiten veroorzaken. Beelden van de eerste staan nog helder genoeg op mijn netvlies. Met een mengeling van teleurstelling en opluchting kijk ik toe hoe Marco opstaat om iets met Julius te bespreken. Ik haal diep adem en concentreer me op de laatste happen stoofschotel. Ik merk te laat dat Emma mijn resolute manier van het glas verplaatsen totaal verkeerd heeft geïnterpreteerd en het tot de rand volgiet. Het duurt vervolgens nog een paar seconden voordat ik doorheb dat het inmiddels stil is aan tafel en iedereen mij aankijkt. 'Eh, sorry?'

'We hadden het over onze beroepen. Zo gek dat we daar nog niet eerder over gesproken hebben. Of ja, gezamenlijk dan. Wij natuurlijk wel.' Emma glimlacht alwetend naar me.

'Brent vertelde over zijn interesse in kruiden, die hij zelf ook graag gebruikt.'

Pas dan valt het kwartje. Brent vertelde de eerste dag al dat hij een restaurant heeft, maar ik had hem eerder ingeschat als het managertype, degene die de boel – nukkig en bars – aanstuurt. Zo eentje die zijn vrije tijd gebruikt om venijnig op Google-reviews te reageren. 'Je bent kok?' vraag ik verbaasd.

'Chef-kok,' verbetert hij me, maar voor het eerst klinkt er geen geïrriteerde ondertoon in zijn stem. Het is duidelijk dat dit iets is waar hij gepassioneerd over is.

'En jij?' Ed kijkt me verwachtingsvol aan.

'Ik eh...' Nou, geen reden meer om mijn eerste leugentje om eigen bestwil nog vast te houden. 'Ik schrijf. Maar niet echt een spirituele reisgids, om eerlijk te zijn. Ik schrijf romantische boeken.'

'Van die chickflicks?' Ed grijnst.

'Dat zijn films. En zo noemen we dat al jaren niet meer,' antwoord ik. 'Het heet feelgood, het is romantisch en humoristisch.'

'O, daar ben ik dol op.' Fia glimlacht naar me. 'Ik las als jonge meid al Bouquet.'

Ik wil zeggen dat dat óók iets anders is, maar bespaar me de moeite van die eeuwige discussie.

'Ik ben er ook gek op, sterker nog,' voegt Emma eraan toe, 'ik heb een aantal van Babs haar boeken gelezen. Ik heb er zelfs eentje bij me.'

'Mag ik die eens lenen?' Brent verbaast iedereen met zijn vraag, maar mij nog het meest.

'Nee!' antwoord ik al – tamelijk fel – voordat Emma iets kan zeggen. 'Nee, want... dat... dat meen je toch niet.'

'Hoezo niet?' Brent fronst. 'Ik lees graag.'

'Je bent niet de doelgroep, ik –'

'Zijn dat niet juist clichés waar je vanaf wilt?'

Ik weet heel goed waar ik op dit moment vanaf wil: het

liefst duw ik Brent van de veranda af. Waarom zeg je dagenlang amper een woord en klink je nu verdorie nog oprecht en geïnteresseerd ook?

'Ja, natuurlijk,' antwoord ik daarom. 'Maar dit boek is gewoon niet... het is niet... representatief voor wat ik kan.'

Emma's glimlach wordt zachter. 'Babs is hier om inspiratie op te doen.'

Brent kijkt geïnteresseerd op. 'Gaat je volgende boek over de jungle?'

Drie paar ogen kijken me vragend aan.

'Absoluut niet.' Oké, dat kwam er misschien iets te snel uit. 'Het gaat over...' Mijn ogen schieten om me heen, op zoek naar, tja, inspiratie. En snel een beetje.

Mijn blik haakt zich in die van Ananda; vanaf de andere tafel kijkt ze geïnteresseerd toe. Even kijken we elkaar aan.

Het is alsof ik haar stem in mijn hoofd hoor, en ineens voelt het alsof er twee schakels in elkaar schuiven die al een hele tijd ergens hingen te bungelen. Ik haal diep adem. Dan kijk ik mijn tafelgenoten aan. 'Mijn moeder. Mijn volgende boek gaat over mijn moeder.'

21

'Nog eentje dan?'

Mijn benevelde brein protesteert, maar de woorden bereiken mijn mond niet snel genoeg en Emma schenkt al in. Er blijkt een ware vinoloog schuil te gaan in mijn kamergenoot, want ze lepelde al snel allerlei feitjes op over deze wijn en daarna eigenlijk over alle andere wijn die ze ooit in haar leven tegen is gekomen. Blijkbaar is alcohol een soort elixer voor Emma's spraakvermogen, want ik heb haar nog nooit zoveel horen praten als het afgelopen uur. Ik kijk toe hoe ze het glas opnieuw – voor de hoeveelste keer? – vult en ik zucht diep. Iedereen is inmiddels al naar bed. Iedereen, behalve Emma, Brent en ik.

Toen Marco aankondigde dat hij zijn bed ging opzoeken – en ons bovendien op het hart drukte om het niet al te laat te maken, omdat we morgen weer een 'opwindende dag' op het programma hadden – had ik verwacht dat Brent ook zou vertrekken. Maar hij bleef zitten en toen Emma vervolgens, overduidelijk aangemoedigd door de wijn, haar uiterst gedetailleerde liefdesgeschiedenis begon te vertellen, luisterde hij aandachtig en reageerde hij meelevend.

Nog altijd haalt ze voorbeelden aan van gebeurtenissen die in haar relatie mis zijn gegaan of dingen waarvan ze juist dacht dat ze goed waren, maar waar haar vriend blijkbaar totaal op afgeknapt was. Zoals ze mij al had verteld heeft hij het volkomen onverwacht uitgemaakt, met een hele waslijst aan klachten waardoor Emma duidelijke een flinke knauw heeft gekregen in haar zelfvertrouwen.

Ik probeer mijn aandacht bij het gesprek te houden, maar het wordt me al snel duidelijk dat ik niet per se een actieve deelnemer hoef te zijn in deze conversatie. De taakverdeling is helder: Emma praat, Brent luistert.

Mijn gedachten dwalen dan ook niet voor de eerste keer vanavond af. *Mijn moeder. Mijn volgende boek gaat over mijn moeder.*

Iedereen had enthousiast gereageerd en uiteraard had het vragen opgeleverd waar ik geen antwoord op had. Gelukkig was het onderwerp van gesprek daarna redelijk snel overgegaan op Brents restaurant, maar ik blijf in gedachten telkens maar teruggaan naar dat moment. Er gebeurde iets, ik voelde iets. *Mijn moeder.* Alsof het echt een serieus idee is, het voelde echt als... inspiratie. Het idee blijft door mijn hoofd spoken en ik probeer het voor de zoveelste keer vast te grijpen. Ik wil het voor die schemerlamp boven me houden waar de motten omheen dwarrelen. Ik wil het van meerdere kanten bekijken en –

'Maar jij bent hier dus verplicht?' Brents woorden onderbreken mijn gedachten. Blijkbaar is het gesprek over Emma's liefdesleven afgelopen en zijn ze op zoek naar een nieuw slachtoffer.

Niet aan mij besteed. Ik heb al genoeg van mezelf laten zien vandaag. Maar blijkbaar heeft mijn brein een ander plan, want ik begin al te praten: 'Nou ja, verplicht...' Ik haal mijn schouders op. 'Het was het idee van mijn redacteur, ze is een beetje zo'n type, weet je wel, zo'n...' Ik gebaar om me heen en weet net te voorkomen dat ik eventueel beledigende dingen zeg. 'Iemand die hiervan houdt,' eindig ik zwakjes. 'En ze gelooft dat het me inspiratie zal geven, dat het me helpt om "diep naar binnen te kijken".' Ik maai met twee vingers door de lucht en kan niet voorkomen dat die laatste woorden een sarcastische ondertoon hebben.

'Maar het werkt wel, toch?' Emma knikt me enthousiast toe. 'Ik bedoel, je hebt dat idee van je moeder, en Marco is hier en –'

'Marco?' Brent kijkt verbaasd op. Een paar seconden kijkt hij me onderzoekend aan. Dan verschijnt er iets van berusting op zijn gezicht. 'O. Ooo.'

Nee. Neeeeee.

Plots dringt het tot me door dat Brent niet alleen heeft gehoord dat ik hem een stuk chagrijn noemde tijdens mijn telefoongesprek met Willemijn, maar hij heeft natuurlijk óók mijn geratel over Marco gehoord.

Het zou me niet moeten uitmaken, maar toch schaam ik me voor mijn woorden. Het komt opeens vreselijk puberaal over. *Cliché.* Hij had dat hele gesprek helemaal niet moeten horen. Dat was privé. En bovendien, ik voel er weinig voor om dit met hem te bespreken.

Voordat ik het kan voorkomen, steekt Emma echter al van wal. Die krijgt dus nooit meer wijn van mij. 'O, Marco is Babs' droomman. En ik snap dat wel,' voegt ze er op vertrouwelijke toon aan toe terwijl ze iets naar voren leunt. 'Hij is knap, ambitieus, charmant, grappig.' Ze zucht en dan betrekt haar gezicht. 'Totaal niet zoals Sven dus.'

En we zijn weer terug bij het beginonderwerp.

Ik bespeur iets van wanhoop op het gezicht van Brent bij het horen van die naam – blijkbaar zit er toch een limiet aan zijn *people skills* – dus ik probeer het gesprek snel op een ander onderwerp te brengen. 'En jij dan?' Ik zwaai met mijn glas in Brents richting, waarbij er een scheutje wijn over de rand klotst en op de houten tafel valt.

'Ik?' Hij trekt een wenkbrauw op en zijn mondhoek trekt omhoog. 'Ook knap, ambitieus, charmant en grappig natuurlijk.'

Ik schiet onbedoeld in de lach. 'Nee, dat bedoel ik niet. Wat doe jij hier, wat is jouw verhaal?'

Brent staart naar het poeltje wijn dat langzaam in het tafelblad trekt. 'Dat is niet belangrijk.'

'O, nee joh.' Emma stompt hem tegen zijn arm. 'Wij hebben ons verhaal verteld. Jij hebt er vast ook een, jij mag nu vertellen, hoor. Ik sta erop.' Ze schuift iets naar hem toe waardoor ze nog net niet letterlijk aan zijn lippen hangt.

Ik voel een vleugje ergernis, dat ik wegwapper als een irritante vlieg.

Brent kijkt weg. Net als ik denk dat hij geen antwoord zal geven, zegt hij: 'Ik ben hier door een vriendin.'

'Nou,' mompel ik, 'dan moet zij wel een flinke hekel aan je hebben.'

Het was bedoeld als grapje.

Weet ik veel, om het ijs wat te breken. Om mijn eigen sores te projecteren.

Het blijft echter stil. Wanneer ik opkijk, lijkt het alsof er een donker gordijn voor Brents ogen is geschoven. De open, geduldig luisterende man die ik het afgelopen uur heb gezien is verdwenen en die eeuwige frons is weer terug.

'Sorry, dat was een stom grapje...' zeg ik snel.

Hij kijkt me ondoorgrondelijk aan. 'Ja, dat denk ik ook,' mompelt hij. Dan staat hij abrupt op. 'Ik ben moe. Ik ga slapen.' En zonder op een reactie te wachten loopt hij weg.

Beduusd kijk ik toe hoe hij in de duisternis verdwijnt. Ik verplaats mijn blik naar Emma, wier verbijsterde uitdrukking een weerspiegeling van de mijne moet zijn. 'Echt, ik maakte maar een grapje...' begin ik, maar ik weet niet wat ik verder nog zou moeten zeggen. 'Wat... Nou zeg.'

'Eh, dat is wel erg... abrupt.' Haar ogen gaan van mij naar de plek waar hij verdwenen is en zweven dan – wat onvast – weer terug. 'Nou ja,' ze leunt samenzweerderig naar me toe. 'Het is ook wel een rare snuiter, hè?'

Ik vond hem vanavond juist normaler dan ooit, maar dat zeg ik niet. Ik knik alleen maar. 'Enorm.'

'Doen we er nog een?'

Maar als ik Emma's hand dit keer naar de fles zie gaan, trek ik hem snel bij haar vandaan. 'Ik denk dat we ook beter kunnen gaan slapen.'

'O ja.' Emma veert op. 'Morgen natuurlijk weer een opwindende dag,' imiteert ze Marco's woorden met een zware stem.

Ik glimlach. Deze versie van Emma bevalt me wel.

We staan op en lopen voorzichtig over de houten planken naar ons slaapvertrek. Pas als ik even later mijn bed in wil kruipen, valt mijn oog op mijn notitieboek.

O shit, die brief.

~~Dag Babs...~~
~~Dag Babsiewapsie~~

Weet je wat het is? Nou ja, ik weet zelf niet zo goed wat het is. Wat een dag, wat... ik bedoel... Marco en die bijna-zoen? Ben ik nou gek? Ik zou toch zweren dat we... nou ja, maar goed, daarna deed hij zo normaal. Hmm. Misschien heb ik het toch verkeerd begrepen. Ik kan niet zomaar opgeven. Moet ik het opgeven?

...

Hallo, mezelf van de toekomst, geef eens antwoord.

...

Oké, toegegeven. Marco vinkt een hoop hokjes aan, maar misschien heeft-ie ook wel wat kanten die iets... afwijken? Ik bedoel, hij is wel érg fanatiek over dat hele junglegebeuren. Ik zou niet weten hoe dat in de toekomst samen zou passen. Hij hier, ik thuis? Een langeafstandsrelatie is voor mij een grote no-go. Ik moet hem gewoon echt nog beter leren kennen, en zoenen. Mijn hemel, ik zou hem zo graag zoenen. In een zoen schuilen meer dan duizend woorden, wist je dat? Natuurlijk weet je dat. Jij bent hier de schrijfster van romantische verhalen.

O ja. Die verhalen. Zou het wat zijn? Een verhaal over mam? Ik heb er nooit over nagedacht maar het was echt zo'n freaky Ananda-moment. Ze keek me aan en ik zweer het je, ze zat gewoon in mijn hoofd. Maar een verhaal over mijn moeder... is een slecht idee. Een verhaal over een vrouw die half depressief, omringd door tissues op de bank ligt en dagenlang haar dochter negeert, haar dochter die zichzelf maar moet zien te redden. Niet bepaald feelgood, hè. Een vrouw die haar dochter, telkens als ze zelf liefdesverdriet heeft, op het hart drukt om nooit een man te vertrouwen. Maar haar wanneer ze weer eens verliefd is juist aanmoedigt om in romantiek te geloven. Een moeder die samen met haar dochter de ene week non-stop romcoms kan kijken, maar een week later boos wordt als ik het voorstel?

Ik bedoel... O, ik ben een beetje misselijk.

Dag 5: De keelchakra

Thema: Communicatie
Kleur: Blauw
Element: Ruimte

'Hoe stiller je wordt, hoe meer je kunt horen.'

22

Ai.

Ik doe een poging mijn ogen te openen, maar het felle licht maakt dat ik ze direct weer sluit.

Aiiiii.

'Babs?' Emma's stem klinkt hees vanaf het andere matras. 'Poeh.' Een stilte. Dan hoor ik beweging. 'Gaat het?'

Ik schud mijn hoofd. Direct heb ik spijt. Die minimale beweging zorgt voor een mini-aardverschuiving in mijn hersenpan. Alsof er een dweilorkest bestaande uit enkel bekkens door mijn hoofd marcheert. 'Hmpf,' weet ik uit te brengen.

Naast me klinkt opnieuw beweging, gevolgd door een zachte vloek en een kreun. 'We hebben de ochtendsessie gemist.'

Ik frons zonder mijn ogen te openen en laat haar woorden tot me doordringen. Ik wist niet eens dat de ochtendsessie missen een optie was. Misschien had ik daar wel veel eerder gebruik van willen maken. En niet pas op dag… hoeveelste dag van deze nachtmerrie is dit? Dag vijf. Vijf dagen ben ik al in de jungle. Het goede nieuws is dat dat betekent dat ik nog maar twee nachten te gaan heb voordat we teruggaan. Voordat ik de bewoonde wereld weer terugzie. Donna kan bellen om haar de huid vol te schelden. Willemijn kan bellen om haar om raad te vragen.

Naast me hoor ik gerommel. Ik draai me op mijn zij en kijk moeizaam tussen mijn oogleden door toe hoe Emma zich verbazingwekkend snel aankleedt. 'Hoe laat is het?' breng ik uit.

'Kwart voor negen.' Emma ritst haar korte broek dicht en wrijft met beide handen over haar gezicht, waarna ze haar adem uitblaast. 'Ik voel me gelukkig redelijk oké. Mijn hemel, ik... hoeveel hebben we gedronken?'

'Met jou als aanvoerder: duidelijk te veel.'

Emma zucht. 'Ik kan niet zo goed tegen alcohol.'

'Joh.' Ik draai me weer op mijn rug en probeer mezelf omhoog te werken. De wereld wankelt een beetje, maar na een paar seconden zit ik overeind. Het scheelt dat ik gisteren mijn maaginhoud al ben verloren – over de reling van de houten loopbrug, ik hoop maar dat daar geen ongedierte op af is gekomen. Als dat wel zo is, zijn ze nu in ieder geval goed dronken. Met mijn hand tast ik onder de klamboe door over de vloer. Dorst. Ik heb zo'n dorst. Het interesseert me niet eens wat voor ongedierte ik allemaal tref, ik heb water nodig. Mijn vingers sluiten zich om een flesje. Het water is lauw, maar nog altijd beter dan niets. Ik draai de dop eraf en klok de hele inhoud naar binnen.

'Kom je mee of blijf je nog even liggen?' Emma kijkt me onrustig aan. Ze heeft duidelijk moeite met het feit dat we al een programmaonderdeel hebben gemist. Ik niet, maar het idee nog langer in deze benauwde ruimte te blijven liggen trekt me ook niet per se, dus ik knik.

Het water heeft enigszins geholpen: mijn mond voelt niet

meer als een vergeten zeem. Ik kleed me, zo snel als dat gaat met een hoofd dat nog altijd klopt alsof er een heipaal in geslagen wordt, aan en volg Emma over de houten steigers.

Op de veranda treffen we alleen Fia en Ed, die in een intensief gesprek zijn verwikkeld.

Emma en ik blijven aarzelend staan, maar de twee merken ons al op.

'Ah, eindelijk boven water.' Ed grijnst. 'Ze tikken wel aan hè, met die hitte.' Fia glimlacht ook, maar de lach bereikt haar ogen niet. 'Een katerontbijtje zit er hier niet echt in,' gaat Ed onbewogen verder. Hij lijkt geen notitie te nemen van Fia's trieste stemming. Of hij negeert het vakkundig.

Ik produceer een waterig glimlachje en laat mijn ogen naar de geïmproviseerde keuken gaan. Mijn maag knort verheugd als ik een schaal broodjes spot.

'We hebben wat voor jullie bewaard. Over een kwartiertje start de activiteit, we verzamelen beneden.' Fia staat met een pijnlijke grimas op. 'Ik ga nog even douchen.' Voordat ik kan vragen of alles wel goed met haar gaat, loopt ze de veranda af.

Ik stapel drie broodjes, een cakeje en wat fruit op een bord en ga naast Emma zitten. Zwijgend schuif ik het ontbijt naar binnen en ik kwel mezelf door te gissen naar de volgende activiteit. Vlotten bouwen? Kaaimanworstelen? Inmiddels sta ik nergens meer van te kijken.

Hoe dan ook hoop ik dat het een activiteit met Marco is. Ik moet echt nog een keer met hem praten, nog een een-opeenmomentje creëren en misschien wat meer naar zijn leven in Nederland vragen.

Emma kijkt om zich heen. 'Ik vraag me af of Brent al wakker is.'

In een flits zie ik zijn opgetrokken schouders van gisteravond voor me. 'Volgens mij zit hem wel meer dwars dan alleen een kater.'

'Hmm,' reageert Emma. 'Ik vraag me af wat zijn verhaal is.'

Ik doe mijn best een attente reactie te produceren, maar op dit moment ben ik niet zo geïnteresseerd in andermans verhalen. Ik wil – bij gebrek aan iets vettigers – zoveel mogelijk koolhydraten tot me nemen, misschien nog een snelle douche en –

'Dag dames, komen jullie zo ook naar beneden? Neem je rugzak mee voor een fikse wandeltocht.' Ananda flaneert over de veranda en kijkt ons met een onverstoorbaar serene glimlach aan. Als ze het al vervelend vindt dat we de ochtendsessie hebben gemist, laat ze het niet blijken. Misschien is er een soort joker die je eenmalig kunt inzetten en stond dat ook in een van die vele mails die Donna me niet doorgestuurd heeft.

Ik knik en Emma steekt haar duim op. 'Natuurlijk, sorry dat we er vanochtend niet bij waren.'

Ananda's glimlach wankelt geen moment als ze zegt: 'Ontwaak, want de dag is gekomen om te leven.'

Nietszeggend staar ik haar aan, maar ze verwacht blijkbaar geen antwoord – of is het gewend dat mensen haar nietszeggend aanstaren als ze een van haar wijsheden deelt – want ze draait zich al om en loopt de houten planken over om waarschijnlijk zo dadelijk *poef*, in een wolk van glitter en sterrenstof te verdwijnen.

‘Ik ben benieuwd wat we gaan doen.’ Emma drinkt snel haar glas sap leeg en oogt weer verdacht fit voor iemand die gisteren een rivier aan wijn heeft gedronken.

‘Ik dacht dat jij zei dat je niet goed tegen alcohol kon?’ breng ik uit.

Ze heeft het fatsoen om me schuldbewust aan te kijken. ‘Ik kan er nooit zo goed tegen… op het moment zelf. Ik schijn vooral niet meer op te houden met praten. Althans, Sven vond dat vreselijk. “Je ratelt altijd maar door als je gezopen hebt,” zei hij altijd als we terugkwamen van een feestje of zo. Hij wilde meestal al eerder gaan dan ik. Bloedirritant vond hij dat.’ Haar wangen kleuren iets rood en ze kijkt me aarzelend aan. ‘Ik hoop dat ik gisteren niets beschamends heb gezegd.’

Ik snap niet waarom Emma überhaupt zo lang bij die Sven gebleven is na wat ze ons gisteravond allemaal heeft verteld. Waarom zou je genoegen nemen met minder? Emma is een leuke dame, mooi om te zien, lief en spontaan: ze zou voor niets minder dan perfect moeten gaan. Ik glimlach haar toe. ‘Maak je niet druk. We zijn er na gisteravond in ieder geval unaniem over uit dat Sven een oetlul is.’

Emma staart me aan en lacht. ‘Daar kan ik mee leven.’ Ze staat vlotjes op. ‘Kom, laten we onze tassen gaan pakken.’

Zo gauw Emma en ik onze rugzak hebben ingepakt – Water? Fruit? Mijn waardigheid? – moeten we al vertrekken. Ik heb wat willekeurige dingen in mijn tas gegooid, want ik heb uiteraard geen idee wat een ‘fikse wandeling’ inhoudt in deze contreien. Bovendien vraag ik me af welk addertje er nu weer onder het gras zit, want tot op heden heb ik hier nog geen normale wandeling meegemaakt. Waarom eigenlijk niet? Wat is er mis met een korte wandeling door de directe omgeving? Even de benen strekken? De flora en fauna in ons opnemen? Ik ben er zelfs van overtuigd dat ik dat kan doen vanuit Marco's hangmat.

Het idee alleen al om mijn bonkende hoofd weer neer te kunnen leggen, maakt dat ik het liefst rechtsomkeert maak, maar wanneer we de trap aflopen zie ik dat we de laatsten zijn. Iedereen staat al monter klaar. Iedereen, behalve ik en... Brent. Ik onderdruk een glimlach als ik hem zie staan. Dat eeuwige stomme petje achterover, donkere kringen onder zijn ogen, een waas van een stoppelbaardje en een matte blik. Yep, die heeft ook een kater. Hij staat met zijn duimen achter de banden van zijn nogal zwaar uitziende rugzak een eindje van de groep af en staart naar iets in de verte. Wat heeft hij in hemelsnaam mee? Een sixpack waterflessen? In dat geval moet ik bij hem in de buurt blijven.

Ananda slaat haar handen ineen wanneer Emma en ik ons bij de groep voegen. 'Voor degenen die de ochtendsessie gemist hebben...' Met die woorden kijkt Ananda ons doordringend aan en verraadt ze toch een stukje menselijkheid. '... zal ik nog eens kort herhalen wat het thema van de dag is en welke bijzondere ervaring er deze ochtend op het programma staat. De vijfde chakra is de keelchakra, ook wel de vishuddha genoemd. Het zal niemand verbazen dat de keelchakra over communicatie gaat. Maar dat niet alleen, het gaat ook over jezelf vormgeven, jezelf laten horen, je gevoelens uiten en het reinigen van je gedachten en gevoelens door middel van uitspreken.'

Een onheilspellend gevoel sluipt vanaf mijn tenen omhoog.

'Maar om bij jezelf te komen, echt bij jezelf binnen te kijken...' Ik maak mezelf instinctief wat kleiner. Wat we ook gaan doen, ik ga hoe dan ook niet als eerste. '... moet je eerst goed naar jezelf luisteren. En...' Ze laat haar vingers zachtjes over haar keel glijden en sluit haar ogen. 'Hoe stiller je wordt, hoe meer je kunt horen.'

Mijn hoofd begint spontaan weer te bonzen.

Dit is nog erger dan je diepste geheimen vertellen.

Ik sluit snel mijn ogen, maar Ananda's woorden dringen toch tot mijn nog altijd benevelde brein door.

'We gaan vandaag onze keelchakra rust gunnen om later vandaag de essentie van ons bestaan, onze zielsmissie, aan onszelf te kunnen vertellen. We zullen de komende uren niet praten en geen geluid maken, tenzij je in gevaar verkeert. Keer in jezelf, ga op ontdekkingstocht in je prachtige brein en lijf en richt je niet op de anderen. Wil je toch communiceren om welke reden dan ook, doe dit dan met gebaren. De stilte duurt totdat we weer op deze plek terugkeren. Marco zal vooropgaan.'

Ananda laat een korte stilte vallen en knikt naar Marco, die tot nu toe nonchalant tegen een boom geleund stond. Zijn mondhoek trekt omhoog en hij knikt terug. Hij duwt zich overeind en loopt in de richting van het pad waar we gisteren ook liepen. Ananda richt zich weer tot ons. 'Goed, als iedereen er klaar voor is, start onze stiltewandeling... nu.'

23

De eerste tien minuten lukt het me nog om me te richten op mijn omgeving. Op de muggen die al binnen drie seconden rond mijn hoofd zwermen. Op de hoge varens die ons op dit moment aan beide kanten flankeren. En op de zweetdruppeltjes die langs mijn nek naar beneden sijpelen.

Ik loop bijna achteraan. Voor me loopt Emma, achter me loopt Brent als hekkensluiter. Even dacht ik nog dat hij niet eens meeging, zo lang bleef hij staan toen we vertrokken, maar op het allerlaatste moment zag ik hem vanuit mijn ooghoek toch in beweging komen en nu sjokt hij met een gezicht als een oorwurm achter me aan.

Ik sla een kevertje weg dat op mijn bovenarm landt en zucht.

Emma kijkt achterom en grinnikt geluidloos. Dan maakt ze een gebaar alsof ze mediteert, lacht en richt zich weer naar voren.

Ja, ja. Ik moet deze tijd gebruiken om diep in mezelf te kijken.

Donna zal in haar handen klappen van plezier als ze hoort dat dit onderdeel eindelijk is aangebroken. Ik heb nog steeds een zeurende hoofdpijn en mijn benen voelen als lood. Ananda loopt ergens in het midden van de groep.

Ik was nogal verbaasd dat ze meeging, tot nu toe bleef ze steeds achter. Alsof ze als een soort hologram flikkerend uit zou gaan wanneer ze te ver van de lodge afdwaalt.

Misschien moet ik deze tijd gebruiken om me te richten op het nieuwe verhaalidee. Ik weet dat ik heb gezegd dat het over mijn moeder gaat, maar soms moet je ideeën ook weer loslaten. Het zou een thriller worden. Of een fantasy, als ik haar alsnog dat happy end zou geven.

Niet dat ik haar dat niet gun, natuurlijk. Ondanks alles gun ik mijn moeder de wereld.

Ondanks alles.

Ik struikel bijna over mijn eigen voeten als de implicatie van die woorden tot me doordringt. Ondanks alles... dat klinkt haast rancuneus. Alsof ik mijn moeder echt dingen kwalijk neem.

Is dat zo?

Ik denk terug aan de brief die ik gisteravond, aangemoedigd door de alcohol, heb geschreven. Toen ik vanochtend in alle haast mijn rugzak inpakte, zag ik hem weer liggen. Ik heb hem vluchtig doorgelezen en gefronst bij de woordenwaterval van een dronken Babs.

Dronken mensen spreken de waarheid.

Er waren inderdaad dagen dat mijn moeder niet naar me omkeek. Wanneer ze zo verliefd was dat haar hele wereld om die ene man draaide. En vervolgens, wanneer ze weer eens liefdesverdriet had, leek haar hele wereld te krimpen. Richtte ze zich compleet op zichzelf en haar verdriet. Huilde tranen met tuiten, verstopte zich onder de dekens van haar bed of lag uren op de bank naar het plafond te staren. Het waren die dagen dat ik als meisje van zeven of acht

– veel ouder kan ik niet geweest zijn – aarzelend voor de koelkast stond omdat mijn lege maag knorde. Ik herinner me dat ik soms dagenlang alleen maar boterhammen met pindakaas at. Wanneer oma dan langskwam, mopperde ze op mijn moeder, haalde boodschappen in huis en maakte een grote schotel lasagne voor me. Ze gaf mijn moeder een standje en beloofde snel weer terug te komen. Mijn moeder miste in die jaren oudergesprekken, vergat me naar feestjes te brengen en haar stoel bleef zelfs leeg tijdens mijn eindmusical. En hoe hard oma ook klapte en naar me lachte, de leegte van die ene stoel overstemde alles.

Ik nam het in eerste instantie die mannen kwalijk. Die stomme mannen die mijn moeder zoveel verdriet deden en dat dan ook nog eens op de meest onhandige momenten. Natuurlijk had mijn moeder bij mijn eindmusical willen zijn: ze was gek op theater. Wanneer ze zich goed voelde nam ze me dikwijls mee naar theaterstukken of musicals die eigenlijk niet voor mijn leeftijd geschikt waren. Ze praatte zichzelf naar binnen, zette me op zo'n rode fluffy stoel en sommeerde me goed op te letten: 'Dit is hoe de liefde hoort te zijn, liefje.'

Dat zei ze ook altijd tijdens onze romcom-marathons. 'Zo hoort het,' mompelde ze dan, terwijl ze een tissue tegen haar ogen drukte om haar tranen te deppen op het moment dat de heldin na een of ander misverstand en een spannende zoektocht haar love-interest eindelijk terugvond en zoende. Toen ik klein was hadden die films me altijd wat onrealistisch geleken. Ik bedoel: hoe groot is de kans dat je soulmate al bij je om de hoek woont, of dat hij op dezelfde dag, op hetzelfde moment, in dezelfde supermarkt naar de bananen reikt en jullie handen elkaar raken? Maar hoe ouder ik werd, hoe meer ik begreep dat er toch wel iets in zat, op een ander niveau. In alle films gingen ze niet voor minder dan de perfecte man, de perfecte match. En toen ik mijn moeder voor de zoveelste keer door die hel zag gaan na een relatiebreuk, besloot ik dat ik ook niet voor minder zou gaan dan die perfecte match. Ik wil mijn eigen romcom en dat happy einde, dat is toch helemaal niet te veel gevraagd?

Ik ga zo op in mijn gedachten – verdorie, ben ik nou toch naar binnen aan het kijken? – dat ik bijna te laat doorheb dat Emma stilstaat.

Pas nu ik opkijk zie ik dat het hier veel dichter begroeid is dan het pad waar we in het begin van de wandeling liepen. De struiken en varens buigen naar elkaar toe en de hoge bomen sluiten de zon boven ons buiten, op een aantal straaltjes na die door het bladerdek heen piepen.

Bijna vraag ik waarom we stilstaan, maar dan herinner ik me dat we geacht worden stil te zijn. Ik trek vragend mijn wenkbrauwen op wanneer Emma oogcontact maakt. Ze haalt haar schouders op en kijkt weer naar voren, waar de groep zich in het struikgewas heeft verzameld. Ik strek mijn nek om te kunnen zien wat er aan de hand is.

Marco zit gebukt op de grond en wijst zonder iets te zeggen op een afdruk in het dorre zand. Een afdruk van een...

Ik sla mijn hand voor mijn mond om te voorkomen dat ik geluid maak. Een enorme kattenpoot prijkt in de aarde en aangezien ik weet dat ze hier niet aan uit de kluiten gewassen gezapige huiskatten doen, kan dat maar twee dingen betekenen. Of een jaguar, of een poema.

Met grote ogen kijk ik zoekend om me heen. Mijn ogen

ontmoeten die van Lila en ondanks de ecologische linksdraaiende dierenvriendin die ze is, zie ik in haar ogen dezelfde vraag: blijven we hier serieus staan als zo'n beest in de buurt kan zijn?

Marco staat weer op en grijnst naar ons. Gelukkig ben ik niet de enige die hem gealarmeerd aankijkt, en wanneer hij dat ziet, maakt hij snel een sussend gebaar. Dan houdt hij zijn handen tegen elkaar en doet alsof hij slaapt, wat waarschijnlijk geruststellend moet zijn. Ik blaas door mijn neus uit en neem me voor hoe dan ook dicht bij Marco en zijn machete te blijven. Ik zou me zomaar eens tot een ware Xena Warrior Princess kunnen ontpoppen als het om leven of dood gaat.

Marco ziet duidelijk geen gevaar, want hij gebaart dat we hem weer moeten volgen. We lopen verder en de begroeiing wordt dichter en dichter. Marco baant voor ons een weg door het woud, hakt bladeren en takken weg, en ik sta mezelf toe om naar zijn biceps te kijken die hij dan weer aanspant, dan weer ontspant. Het is afleiding, hou ik me voor. Een manier om het gevaar uit je brein te zetten.

We lopen weer een tijdje in stilte door, terwijl de meeste aandacht uitgaat naar het vinden van de route zonder te struikelen over de vele wortels die over de grond kronkelen. Ed heeft zichzelf naar voren gewerkt en gebaart iets naar Marco wat er verdacht veel op lijkt dat hij moet plassen.

Marco tuurt om zich heen en gebaart dat we moeten blijven staan, terwijl hij zelf wegloopt. Op een kluitje wachten we tot hij terugkeert en naar Ed knikt. Dan wijst Marco naar een struik, waar Ed achter verdwijnt.

Nou, noem dat het grote voordeel van mezelf helemaal

leeg zweten: plassen is niet iets waar mijn lichaam op dit moment vocht voor heeft. No way dat ik met mijn blote billen hier ergens boven de grond ga hangen, zonder te weten wie of wat er allemaal op de loer ligt. Ik kijk toe hoe Tony, Fia en vervolgens ook Ananda achter de struik verdwijnen en – gelukkig – ook weer terugkomen.

De groep zet zich weer in beweging. Al snel loop ik onbedoeld weer in de achterhoede. Ik sla wat muggen van mijn armen en probeer mezelf weer naar voren te werken. In de buurt van het mes, dat is waar ik moet zijn. Ik passeer Ed en neem dankbaar zijn DEET aan als hij het plots voor me houdt. 'Beda...' begin ik, maar Ed legt snel zijn vinger tegen zijn lippen. O ja.

De volgende meters richt ik me op het insmeren van alle blote huid die te zien is. Ik ga niet opnieuw het lopend buffet zijn van de hele muggenpopulatie van de Amazone. Ik hou iets in en buig me voorover zodat ik goed bij mijn benen kan. Huiverend probeer ik alle rode schrammen te ontzien.

Wanneer ik opkijk, zie ik tot mijn grote schrik alleen groen. Struiken, bladeren, bomen. Met een ruk draai ik me om. Waar is de rest? Ben ik afgedwaald van de groep? Ik neem toch aan dat iemand me heeft zien lopen? Ik hoor wat geritsel naast me – godzijdank. Zonder na te denken duw ik de struik opzij. 'Jongens, ik...' Niks.

'Hallo?' waag ik te roepen, al voelt het vreemd om opeens mijn stem weer te gebruiken. Maar goed, het mocht in geval van nood. Dit voelt als nood.

Weer geritsel. Ik zet drie stappen opzij. Daar, daar zijn ze. Opluchting spoelt door me heen en voor ik er goed en wel over na heb kunnen denken grijp ik een hand vast. Ik kijk op, recht in het gezicht van Brent die me met grote ogen aankijkt.

'Wat doe je?' vraagt hij verbouwereerd.

'Ssssst,' sis ik terug. 'We mogen niet praten,' wijs ik hem terecht. Al heb ik geen idee waarom ik me nu opeens aan die regel zou willen houden. Het zal de opluchting wel zijn. Ik dacht écht even dat ik iedereen kwijt was. Dan besef ik pas dat ik Brents hand nog altijd vasthoud. Snel laat ik hem los en kijk om me heen.

Het duurt een paar trage seconden voordat ik besef dat er verder niemand is.

'Waar is iedereen?' fluister ik, terwijl een zenuwachtig gevoel aan mijn huid begint te likken. Al kan dat ook de brandende hitte zijn.

'Weet ik veel, ik stond te pissen.' Brent kijkt verstoord om zich heen.

'Hier? We hebben net een stop gehad. Waarom ben je daar niet –'

'Toen hoefde ik nog niet,' snauwt hij.

Dan kijken we elkaar tegelijkertijd met grote ogen aan en dringt de absurditeit van dit gesprek tot ons door. Wat kan mij het schelen wat Brent hier stond te doen. Het punt is dat we… alleen zijn? Ik begin verwoed om mijn as te draaien en zet een paar stappen opzij. 'Hallo? Hallo? Marco? Ed!'

'Ed? Waarom roep je Ed?'

'Wat maakt het uit wie ik roep?' snauw ik terug naar Brent, terwijl paniek omhoog borrelt. Ik draai me weer met een wild gebaar om. 'Hallo! Waar zijn jullie?' roep ik een beetje naar boven, in de hoop dat mijn stem boven het struikgewas uit draagt. 'Hallo? HALLO!?'

Maar er komt geen reactie.

Enkel het snerpende geluid van krekels en de roep van een vogel.

Geschokt draai ik me om naar Brent. Al het bloed lijkt uit mijn gezicht te zakken terwijl het besef langzaam indaalt. Dit kan niet waar zijn.

Dit. Kan. Niet. Waar. Zijn.

Alsof hij mijn gedachten kan lezen worden ook Brents ogen nu groot. Hij zet een paar stappen opzij. 'HALLO!' roept hij met een volume waar de vogels van opschrikken en fladderend wegvliegen. 'Hallo! Wij zijn hier!'

Stilte.

Krekels.

Shit.

Angst zet zijn klauwen in mijn buik. Angst, vermengd met irritatie en een zweempje ongeloof.

Alsof ik in mijn eigen slechte romcom zit, besef ik welke plottwist er zojuist heeft plaatsgevonden. En ik kan het eigenlijk niet geloven. Heb ik hier zelf om gevraagd? Is dit een wreed spelletje van het universum? Ik herinner me mijn eigen woorden in een van de brieven en... Het is gebeurd. Mijn zelfverzonnen script. Ik ben de groep kwijt. Midden in de fokking jungle van Bolivia. Maar vooral: met de verkeerde man.

24

'Fuuuck!' Brents hartgrondige vloek laat de laatste aarzelende vogels opvliegen. Maar wanneer er daarna opnieuw niets dan stilte volgt, raak ik echt in paniek.

Ik veeg het zweet van mijn voorhoofd en probeer genoeg lucht in mijn longen te krijgen. Droge, schroeiende, benauwde lucht, maar lucht.

'Nee, nee, nee, nee.' Ik kijk verwoed om me heen. 'We gaan lopen, we moeten teruglopen.' Direct zet ik koers naar de kant waar ik vandaan kwam. 'Als we gewoon teruglopen, dan –'

'Nee, we moeten blijven waar we zijn.'

Wanneer ik me omdraai, staat Brent nog altijd stokstijf op dezelfde plek.

Ongelovig kijk ik hem aan. 'Natuurlijk niet, ze weten toch niet waar we zijn?' Ik gebaar wild naar de dichte struiken voor me. 'We moeten terug naar waar we vandaan kwamen, daar staan ze vast op ons te wachten.'

Brent schudt afkeurend zijn hoofd. 'Jij hebt duidelijk nooit *Indiana Jones* gekeken. Niet gaan dwalen, dan raak je alleen maar verder van de groep verwijderd. Ze komen ons wel zoeken.'

'Nou, ik heb toevallig wél alle afleveringen van *Dual*

Survival gekeken en we moeten in beweging blijven, water zoeken en stroomafwaarts lopen.'

Brents wenkbrauwen gaan omhoog. '*Dual Survival*? Is dat dat programma met die indiaan en die ex-commando?'

Hallo, waarom klinkt dat zo afkeurend?

Ik frons. 'Alsof *Indiana Jones* zoveel beter is. Je kunt er toevallig ontzettend veel van leren. Stroomafwaarts dus. Kom.' Ik draai me om. 'Hoe langer we hier blijven staan –'

'Hoe groter de kans dat ze ons vinden,' houdt Brent vol.

Wel verdorie.

'Neehee!' roep ik gefrustreerd uit. Ik kijk van Brent naar de struiken en overweeg of ik alleen terug zal lopen. Maar dat eerder aangeboorde oerinstinct in mij fluistert me toe dat dát nog wel de minst verstandige optie is.

'Laten we in elk geval een stúkje teruglopen.' Ik verafschuw de smekende toon in mijn stem. 'Hier gewoon maar blijven staan voelt als géén plan en we moeten iets doen. Een klein stukje en als we niemand zien, lopen we terug naar hier.'

Brent lijkt deze optie te overwegen, maar zegt dan: 'Ik weet zeker dat ze ons komen zoeken, Marco kent deze omgeving beter dan wij. Als we rond gaan lopen, lopen we misschien de verkeerde kant op.'

'Nou, als we hier blijven staan lopen we helemaal geen kant op!' snauw ik.

Een, twee, drie seconden kijken we elkaar in stilte aan.

Ik besef ook wel dat die comeback nergens op sloeg, maar ik blijf met mijn kin geheven staan en verbreek het oogcontact niet.

'Goed.' Brent doet zijn handen omhoog in een gebaar van

overgave. 'We lopen een stukje die kant op. Maar we tellen onze passen.'

'Wat jij wil,' mompel ik, maar ik ben tevreden dat ik deze strijd gewonnen heb. 'Deze kant op.'

'Het is wel duidelijk wie van ons twee die commando is,' mompelt Brent achter me, net hard genoeg voor mij om te horen.

Ik snuif. 'Ik dóé tenminste iets. Jij stelt alleen maar voor om helemaal niks te doen.'

'Wat ons leven zou kunnen redden.'

Ik geef geen antwoord, maar zijn woorden zweven nog door mijn hoofd. Ik onderdruk opnieuw een snuif. Alsof dit een kwestie van leven of dood is. Het is niet alsof...

Ik stop.

Een paar seconden later botst Brent tegen me aan. Terwijl de paniek vanuit mijn tenen omhoog raast, draai ik me om en pak zijn arm vast. 'We gaan toch niet dood, hè?'

'Natuurlijk niet.' Het komt er geïrriteerd uit, maar een fractie van een seconde zie ik zijn ogen verzachten. 'We vinden ze wel. Heus.' Hij pelt mijn vingers van zijn arm af en geeft me een zacht duwtje. 'Lopen en tellen.'

Ik knik verwoed. 'Ja, we vinden ze wel. Ze staan hier waarschijnlijk gewoon om de hoek op ons te wachten.'

Ze staan niet om de hoek op ons te wachten. We lopen zo'n tien minuten in een soort cirkel om de plek waar we iedereen zijn kwijtgeraakt. Ik snap er niets van. Het ene moment was iedereen er nog en het volgende moment... 'Hallo?' probeer ik nog eens en mijn stem schalt over de toppen van de bomen. 'Hallooooo?'

'Als ze in de buurt waren, hadden ze allang gereageerd.' Brent tuurt aarzelend om zich heen. 'Fuck,' mompelt hij. Hij haalt de rugzak van zijn rug, ritst hem open en haalt er een bidon uit. Hij neemt een slok en schudt ermee. 'Hoeveel water heb jij nog?'

Sprakeloos kijk ik hem aan.

'Babs, hoeveel water heb je nog? Dit is een serieuze vraag.'

Ik knipper met mijn ogen. 'Een half flesje of zo?'

'Fuck,' herhaalt Brent opnieuw. Hij wrijft over zijn gezicht en tuurt weer om zich heen. 'We moeten inderdaad een riviertje of beekje zoeken.'

Ik heb niet eens de puf om er een euforisch 'ha, zie je wel' uit te gooien. Ik word meer en meer overgenomen door angst. We zijn hier écht alleen in de jungle. Dit is geen romcom, dit is geen verzonnen scenario. Dit is echt. Hoe ver zijn we van de lodge? Hoelang waren we al onderweg, een uur of zo? Dat betekent dat we nooit meer dan vijf kilometer van de lodge verwijderd kunnen zijn. We moeten gewoon... Mijn adem schuurt langs mijn keel en ik worstel om genoeg lucht binnen te krijgen.

Brent slingert zijn rugzak weer op zijn rug. 'Kom, we gaan.'

'Wat? Nee. Nee, ik liet me meeslepen.' Ik schud mijn hoofd. Plots klinkt het als een nóg slechter idee om zelf op pad te gaan. 'Ze komen vast zo. We moeten hier blijven, nog een rondje lopen... Of we wachten.' Ik kijk Brent smekend aan. 'Ja. We wachten, zoals jij zei. Vooruit dan. Ze komen vanzelf.' Zonder op zijn reactie te wachten doe ik mijn rugzak af, zet hem op de grond en ga erop zitten. 'Oké, we wachten, goed?'

Brent aarzelt zichtbaar. 'Ik weet het niet, Babs… We hebben wel water nodig, anders…'

'Ik heb nog een half flesje. Jij ook, toch? We doen zuinig.' Ik kijk schichtig om me heen. Dan sluit ik mijn ogen en ik haal diep adem. 'Ze komen zo, echt.'

Brent laat zijn rugzak weer zakken en gaat ernaast zitten.

Bijna een volle minuut blijven we in stilte zitten. Een volle minuut waarin ik bijna vergeet adem te halen en mijn oren spits in de verwachting dat ik elk moment Marco zal horen. Dat dit gewoon onderdeel van de activiteit is. Kijken of we goed hebben opgelet tijdens zijn workshops over overleven. Ik kreun inwendig: had ik maar beter opgelet.

Nee. Nee, dit is niet nodig.

Ze komen echt.

Ze komen niet. Maar geen van ons tweeën is op dit moment bereid dat uit te spreken. We zitten hier nu al een half uur zwijgend op de grond en hoe langer het duurt, hoe meer ik besef dat er iets gruwelijk mis is gegaan.

Maar ik snap het niet: duurde het te lang voordat ze doorhadden dat we er niet bij waren? Ze zijn ons toch zeker wel meteen gaan zoeken? Ik kijk voor de zoveelste keer ingespannen om me heen. Inmiddels ken ik elk blad, elke struik en weet ik precies welke boom waar staat. Maar het verwachte en gehoopte geritsel ten teken dat er iemand aan komt blijft nog altijd uit.

Mijn blik gaat naar Brent. Hij zit met zijn benen gebogen, zijn ellebogen op zijn knieën. Zijn gezicht rust in zijn handen. Slaapt hij? Ik kijk voor de zoveelste keer naar zijn rugzak. Een halve bidon water, zei hij. Maar dat ding is hartstikke vol. 'Wat heb je nog meer bij je?'

Brent kijkt verbaasd op. Alsof hij vergeten was dat ik er ook nog ben. 'Wat?'

Ik knik naar zijn rugzak. 'Wat heb je allemaal bij je?'

Beschermend schuift hij de rugzak tegen zijn heup aan. 'Niets.'

Ik frons. 'Nogal veel niets om mee te slepen op een excursie.'

Een paar tellen kijken we elkaar aan, dan wrijft hij opnieuw over zijn gezicht. 'Doet er niet toe. Hé, ik denk dat we toch in beweging moeten komen, water moeten zoeken.' Hij maakt aanstalten om op te staan.

Hoewel de paniek het afgelopen uur stilzwijgend is veranderd in een soort berusting, borrelt het onrustige gevoel nu weer omhoog. 'Maar wat is ons plan? We hebben een plan nodig, toch?'

'Zorgen dat we genoeg water hebben en de lodge terugvinden.' Brent tuurt omhoog. 'Het kan nooit heel ver weg zijn.'

'Het is in ieder geval niet daarboven,' mompel ik.

Brent zucht. 'Ik probeer in te schatten hoe laat het is en hoelang we nog hebben.'

'Hoezo, hoelang we nog hebben? Zit er een tijdslimiet aan verdwaald zijn?'

'Ja. Maar ik bedoelde: tot het donker wordt, Babs.'

Het is alsof mijn brein een draaiende film stopzet. 'Maar ik ga hier niet in het donker zijn,' antwoord ik vol overtuiging.

'Nee, bij voorkeur niet. Daarom moeten we zelf in actie komen. Het is wel duidelijk dat ze ons niet komen zoeken.

Althans, niet hier. We zijn waarschijnlijk toch te ver afgedwaald van de originele plek.'

Mijn brein is nog blijven steken bij het idee dat we hier nog steeds zijn als het donker is en plots lijkt het een prima idee om in ieder geval te gaan lopen. Want dan lopen we zo tegen de lodge aan. Of een dorp. Iets. Bewoonde wereld. Ik duw mezelf omhoog en sjor mijn tas op mijn rug. 'Goed, we zoeken een riviertje of beekje en volgen dat stroomafwaarts. Dan zijn we zo bij de rivier en vinden we de lodge terug.'

Met meer bravoure dan ik voel, kies ik een kant om op te lopen. De kant waarvan ik denk dat we er vandaan komen. Ik slik moeizaam en probeer alle gedachten aan een eventuele overnachting te verbannen. Als het universum me ook maar enigszins goedgezind is, vinden we de lodge voordat het zover is.

Het universum is me niet goedgezind. Na een uur ben ik oververhit, minstens twintig muggenbulten rijker en heb ik bovendien een serieus diepe schram op mijn been door een halsstarrige tak. En nog altijd geen lodge en geen water. Ik heb maar drie slokken van mijn flesje durven nemen, dus ik heb ook nog eens vreselijke dorst, een rammelende maag van de honger en de sluimerende hoofdpijn van mijn kater wint ook weer terrein. Ondertussen probeert bovendien paniek de overhand te krijgen, hoe erg ik ook mijn best doe om het te onderdrukken. Als ik iets heb geleerd van *Dual Survival* is het dat paniek nooit een goede raadgever is.

Dat, en dat je beter niet op blote voeten kan survivallen.

'Even pauze,' stel ik voor en ik plof neer op mijn rugzak.

Met tegenzin pak ik mijn flesje water eruit en ik neem een voorzichtige slok. Hierna heb ik nog maar een bodempje over. Brent volgt mijn voorbeeld, al valt het me op dat hij opnieuw zijn rugzak met beleid naast zich neerlegt. Met samengeknepen ogen kijk ik toe hoe hij zijn bidon eruit haalt, een grote slok neemt, hem met een frons heen en weer schudt en weer terugstopt.

'We moeten ook iets te eten zoeken.' Brent spreekt uit wat ik al een tijdje denk. Ik wilde het alleen niet hardop uitspreken, want dan is het... echt. Dan gaan we écht iets zoeken om te eten in de jungle van Bolivia. Zoals die stomme, stomme, stómme excursie gisteren. Ik denk aan Marco's vermanende blik toen hij doorhad dat ik niet goed oplette.

Want wanneer ga ik dit daadwerkelijk nodig hebben in mijn leven? hoor ik mezelf opnieuw in gedachten zeggen.

Nou, blijkbaar nog geen vierentwintig uur later.

Ik knijp mijn ogen samen en probeer me iets te herinneren van Marco's waslijst aan aanwijzingen. 'Geen witte of gele bessen.'

'Wat?' Brent kijkt verstoord op.

'Geen witte of gele bessen. Of plantjes met drie bladeren? Of iets wat glimt. We eten geen *shiny* bladeren,' imiteer ik Marco's diepe stem met opgeheven vinger. De hitte moet naar mijn hoofd gestegen zijn.

Brent kijkt me achterdochtig aan. 'Ik dacht dat jij zo'n fan van Marco was, je hoogstpersoonlijke Tarzan.'

Ik voel mijn wangen warm worden, maar voordat ik respons kan geven, heft Brent zijn hand en houdt zijn hoofd schuin. 'Stil eens.'

De gealarmeerde blik in zijn ogen kan van alles betekenen. Pekari's? Apen? De groep? O alsjeblieft, laat het de groep betekenen.

'Wat?' fluister ik en onwillekeurig kruip ik iets in zijn richting.

'Sst...' Hij zwaait met zijn hand en luistert intensief naar... iets.

Ik spits mijn oren, maar ik hoor niets behalve het ruisen van de wind door de toppen van de bomen. Geen voetstappen, geen stemmen.

Dan staat Brent opeens met een ruk op en trekt zijn rugzak omhoog. 'Kom, pak je tas.'

'Wat is er?' vraag ik met een vleugje paniek in mijn stem. Brent loopt al weg en ik hobbel snel achter hem aan. 'Brent, wat is er?' herhaal ik, nu wat steviger. Als ik in de laatste momenten van mijn bestaan moet rennen voor mijn leven wil ik graag weten waarom.

Hij stopt en draait zich naar me om. Tot mijn verbazing kijkt hij... opgewonden?

'Ik hoor water.'

25

Met bonzend hart volg ik Brent die zich nu met grote stappen door het struikgewas heen werkt. Voor elke stap die hij met zijn lange benen zet, heb ik er zo'n drie in een raar soort hobbelloopje nodig om hem bij te houden, dus al snel loop ik hijgend en zwetend achter hem aan.

Net als ik hem wil vragen of het tempo iets naar beneden kan aangezien we net hebben vastgesteld dat ons laatste uur nog niet heeft geslagen, zie ik het.

Water!

We zijn gered. Nu hoeven we alleen nog maar het stroompje te volgen tot de rivier en terug naar de lodge te lopen.

Ik duw een enorm blad opzij. Een glinsterend beekje van ongeveer een meter breed stroomt klaterend voorbij. Het water is glashelder, waardoor de rotsachtige bodem zichtbaar is. Het is niet diep.

'Jaaaa!' Ik worstel mezelf langs Brent heen, ren een paar passen en steek direct mijn handen in het frisse water. Het voelt goddelijk op mijn verhitte huid. 'Heerlijk.' Snel haal ik mijn rugzak van mijn rug af en pak mijn waterflesje. Ik kan niet wachten om –

Brent begint verwoed in de oever te graven. Verward kijk ik ernaar. 'Wat doe je?'

Zonder op te kijken graaft hij verder. 'Tijdens die vuurworkshop vertelde Marco dat je het beste een gat kan graven naast een stroompje zodat het water dat omhoogkomt automatisch gezuiverd is. Minder kans op bacteriën.'

Met open mond staar ik naar hem. 'Serieus?'

Nu kijkt hij wel op. 'Yep. Al had ik niet gedacht dat ik die informatie daadwerkelijk nodig zou hebben. Het is een wonder dat ik het opgeslagen heb,' mompelt hij erachteraan. Hij stopt en kijkt in het gat. 'Verdomd, het werkt.'

'Niet te geloven,' foeter ik. 'Heeft-ie jullie dát geleerd?' Ik denk aan die noodlottige middag, waarop ik Lila's voet tegen mijn schaambeen had. Ondanks de hitte huiver ik even. Dan ga ik staan en zet de drie stappen naar Brent toe. 'Lekker dan, Marco leert alle mannen ultieme survivalskills. En ik heb geleerd hoe ik moet ademen via mijn vagina met iemands voet ertegenaan.' Ik plof boos naast Brent neer en kijk in het gat, waar inderdaad glashelder water omhoogkomt. Het blijft stil, dus ik werp een blik opzij.

Brent kijkt me onbestemd aan. Zijn mondhoek trilt licht.

'Wat?' snauw ik.

'Je kunt ademen door je vagina?'

Mijn eigen woorden dringen nu tot me door. Heb ik zojuist Brent verteld dat ik door mijn vagina kan ademen? Nou ja, het zij zo. Ik heb momenteel prangendere zaken aan mijn hoofd. Zoals overleven. 'Ik ben er niet erg goed in, mocht je je dat afvragen,' mompel ik afwezig.

Brent moet lachen. Het is een vol, warm geluid. 'Toevallig vroeg ik me dat niet af, maar bedankt voor die informatie,' grinnikt hij.

Onwillekeurig voel ik mijn mondhoeken ook omhooggaan, maar ik schud mijn hoofd en knik naar het gat. 'Nou, hoe gaan we dat water eruit krijgen, Rambo?'

Brent grinnikt weer en staart nadenkend naar het water. 'Goede vraag. Wacht.' Hij staat op en loopt naar zijn rugzak die hij een paar meter verderop heeft neergezet. Hij manoeuvreert zich zo dat ik niet goed kan zien wat hij pakt en komt dan terug met een zak. 'We kunnen het hierin laten lopen en overgieten.'

Ik staar naar de plastic zak en wil iets venijnigs zeggen, maar eigenlijk is het best een goed idee. Ik knik en kort daarna hebben we allebei een gevulde fles. 'Goed, en nu?' Ik sta op en volg met mijn ogen de stroom van links naar rechts. 'Stroomafwaarts dan maar?'

'Stroomafwaarts,' bevestigt Brent.

Je zou denken dat we nooit ver van de rivier kunnen zijn. Ik bedoel, de lodge ligt aan de rivier en we hebben geen dágen gelopen voordat we de groep kwijtraakten.

Dat zou je denken, ja.

Brent vloekt zachtjes terwijl hij opnieuw een flinke struik aan de kant duwt om zich een weg te banen langs de oever van het stroompje.

'We zouden nu echt wel die rivier moeten hebben bereikt. Misschien was het toch de andere kant op,' opper ik totaal oververhit en doodvermoeid.

'Ooit een rivier gezien die omhoog stroomt?'

'Heb jij een beter idee?' brom ik. De vermoeidheid begint me nu echt parten te spelen. Mijn benen prikken en branden van de vele schrammen en insectenbeten, mijn hele lijf voelt loodzwaar en ik ben een beetje duizelig van de honger. 'Ik ben hier helemaal klaar mee. Wat als we die stomme rivier niet vinden?' De sluimerende paniek die ik net even had geparkeerd begint weer omhoog te borrelen. 'Wat als we hier nooit meer wegkomen?' Ik hap naar adem. 'Je leest wel eens van die berichten van mensen die verdwaald raken en nooit meer gevonden worden. En ken je dat programma *I Shouldn't Be Alive*? Nou, ik ben niet geboren voor zulk geluk. En niemand heeft mij die verdomde survival skills geleerd.' Tranen branden achter mijn ogen.

Brent stapt op me af en legt zijn handen op mijn schouders. 'Rustig blijven. We kunnen dit, het komt goed.'

Ik hap nog eens naar adem en knipper verwoed met mijn ogen om mijn tranen terug te dringen. Ik wil niet kinderachtig zijn, ik wil niet zo'n hulpeloze vrouw zijn, maar dit is serieus. We zijn verdwaald en de kans dat we dit niet overleven –

'Babs. Rustig. Haal diep adem. Bij voorkeur door je neus in plaats van...' Zijn stem sterft weg. Als ik opkijk zie ik zijn ogen geamuseerd glinsteren.

'Grappig,' prevel ik. Maar ik haal diep adem zoals hij zegt – door mijn neus dus – en probeer mezelf te kalmeren. Natuurlijk komen ze ons zoeken, vertel ik mezelf voor de zoveelste keer. We moeten ons gewoon aan het plan houden. Naar het water, volg de rivier. Dat zou Marco ook doen en hij gaat er ook van uit dat wij dat doen. Des te sneller zullen ze ons vinden. Grote kans dat ze momenteel al de oevers van de rivier aan het uitkammen zijn. En hoe ver kunnen we daar nu van verwijderd zijn? Ik sluit een kort moment mijn ogen en knik. 'Oké, we gaan verder.'

Ik maak aanstalten, maar Brent blijft staan. 'Ik denk dat dat geen goed idee is.'

'Waarom niet? We moeten toch naar die stomme rivier?'

Brent knikt langzaam en kijkt omhoog. Een onrustig voorgevoel bekruipt me. Ik geloof niet dat ik wil horen wat hij zo gaat zeggen. Toch komen de woorden al snel daarna: 'Als de zon eenmaal zakt, wordt het snel donker. Ik denk dat we moeten zorgen dat we eten hebben en een plek moeten maken om te overnachten.'

Ik blijf stokstijf staan.

Ik had gelijk, dat had ik niet willen horen.

'Ik ga hier niet overnachten,' zeg ik resoluut.

Brent fronst. 'Wat wil je dan doen? In het pikdonker door blijven lopen? Geen wonder dat jij zo'n programma niet zou overleven,' mompelt hij. Dan schraapt hij zijn keel. 'We moeten ons gezond verstand gebruiken.'

'Beweer je nou dat ik geen gezond verstand heb?' Ik sla mijn armen over elkaar.

'Dat zeg ik niet.' Hij kijkt me een kort moment zwijgend aan. 'Maar ik geloof ook niet dat je je volle potentie gebruikt –'

Wat?

'Jezus, wat een eikel ben je toch!' roep ik verontwaardigd.

Brent heft direct zijn handen. 'Ik was nog niet klaar met mijn zin! Ik wilde zeggen dat je je volle potentie niet gebruikt als je honger hebt, moe bent, uitgeput bent. Wat logisch is.' Hij gebaart om zich heen. 'Dat geldt ook voor mij.'

Ik neem een paar seconden om zijn woorden tot me door te laten dringen.

Vooruit, dat klinkt logisch.

'O,' zeg ik dan.

'Raar wijf,' mompelt Brent hoofdschuddend, maar er klinkt geen verwijt in.

Ik haal diep adem. Overnachten. Oké.

Brent schraapt zijn keel. 'Ik stel voor dat we een open plek zoeken en daar overnachten. We zoeken wat te eten, maken een vuur en zo gauw de zon opkomt, gaan we weer lopen.'

Een door jaguars verscheurd lijk loopt nergens meer heen, wil ik mompelen maar ik slik mijn woorden in. In plaats daarvan knik ik met tegenzin.

Zwijgend lopen we nog zo'n kwartier door. Een kwartier waarin ik de hoop blijf koesteren dat we opeens toch bij de rivier uitkomen of zelfs de lodge opeens zien – tot we bij een kleine open plek komen. Brent houdt in.

'Hier?' Ik kijk argwanend om me heen.

'Hier,' bevestigt Brent. Hij zet zijn rugzak voorzichtig neer en tuurt om zich heen. Dan richt hij zich tot mij. 'Jij zoekt eten, ik de takken voor het vuur?' Ik bijt op mijn lip, maar knik. 'En we blijven in elkaars zicht,' voegt hij eraan toe.

Terwijl ik de struiken afstruin op zoek naar eten en mijn best doe om me al Marco's lessen te herinneren, begint Brent losse takken te verzamelen. Na een paar minuten zie ik hoe hij een bos takken op de open plek gooit en weer terug de struiken in loopt.

Ik kan nog altijd niet geloven dat ik uitgerekend met Brent verdwaald ben. Als ik dan toch zo'n rampscenario moet meemaken, had het op zijn minst met Marco moeten zijn. Dan zou ik me geen moment druk maken over onze overlevingskansen.

Al moet ik bekennen dat Brent tot nu toe redelijk wat skills blijkt te bezitten. En hoewel hij een chagrijn is, zorgt hij er wel voor dat we een plan hebben. Op de een of andere manier krijgt hij het voor elkaar om niet in paniek te raken. Dat is meer dan ik momenteel over mezelf kan zeggen. Met een zucht draai ik me om en tuur de omgeving af naar iets eetbaars. Ik vind wat besjes en blijf staan bij een palmboom die precies lijkt op degene die Marco gisteren omhakte. Alleen… wij hebben geen mes. Althans…

'Heb jij een mes bij je?' roep ik naar Brent, die zich nu op een paar meter afstand van mij bevindt en iets van een boomstam lijkt te schrapen.

Hij kijkt op. 'Zou ik dan nu met mijn nagels dit mos hieraf pulken?'

Ik zucht. 'Laat maar.'

Maar Brent klopt zijn handen af en loopt naar me toe. 'Waar heb je een mes voor nodig?'

'Palmhart.' Ik wijs op de stam. 'Maar dat is onbegonnen werk zonder mes.'

Brent geeft een duw tegen de boom, waar – uiteraard – geen beweging in komt. 'Hm, nee.'

Er ontsnapt me een ongelovig geluidje. 'Wat wilde je doen?'

Met opgetrokken schouders tuurt Brent omhoog. 'Weet ik veel, was het proberen waard, toch?'

Ik kijk naar zijn armen. Ze zijn niet dun of slap of zo. Hij heeft best oké armen. Maar ze komen niet in de buurt bij die van Marco. 'Marco had dat misschien voor elkaar gekregen.' Ik weet ook niet waarom ik dat zeg.

'Ongetwijfeld. Maar Johnny Bravo is hier niet, hè? Je zult iets anders moeten zoeken.' Brent draait zich weer om en loopt naar de plek met verzamelde spullen, waar hij de takken in een piramide begint te plaatsen.

Ik onderdruk een grom en richt me weer op mijn taak: voedsel. Ik zigzag wat tussen de struiken en bomen door om de open plek heen, tot ik tot mijn grote opluchting – wanneer ik het bijna opgegeven heb – een enorme tros bananen zie hangen. Met een kreetje ren ik erop af. De bananen zijn nog groen, maar nood breekt wet. Ik kan er alleen niet bij. Zoekend kijk ik om me heen. Ik pak een steen en gooi hem tegen de tros in de hoop dat hij daardoor loslaat. Niks, noppes. Geen beweging natuurlijk. Ik tuur nog eens naar de boom en de afstand tot de tros. Ik kan er zo niet bij, maar als ik een zetje krijg, kan ik misschien –

Er klinkt een vloek, dus ik draai me om. Brent zit mopperend boven het stapeltje hout gebogen. 'Lukt het?'

'Ziet het eruit alsof het lukt?' mompelt hij en hij draait verwoed met een stokje.

'Hebben we niet van die vuurstenen hier?' vraag ik, dit keer oprecht. Dat lijkt me makkelijker dan dit. 'Zal ik ze zoeken?'

Brent kijkt op. 'Heb je al eten?'

'Ik heb bananen gevonden.' Ik gebaar naar achteren. 'Ik kan er alleen niet bij, dus je moet me zo een zetje geven.'

Met een zucht gooit Brent het stokje neer. 'Oké, dan zoeken we daarna die stenen wel, want dit werkt niet. Heb jij niet toevallig een aansteker in je tas of zo?'

Ik kijk hem met een opgetrokken wenkbrauw aan. 'Ik weet dat je me niet erg hoog hebt zitten, maar denk je niet dat ik dat in dit geval dan al eerder had gemeld?'

Hij kijkt me onderzoekend aan, maar knikt. 'Bananen, zei je.'

Ik wijs ze aan, en tot mijn verbazing tilt Brent me zonder aarzelen omhoog. Balancerend op zijn schouders weet ik de bananentros los te wrikken.

'Nou, aan vitaminen geen tekort,' zegt Brent terwijl hij de tros met minstens twintig bananen in zijn armen houdt. Peinzend kijkt hij om zich heen. 'Wat had je nog meer gevonden?'

Ik pruil. 'Alleen wat bessen.'

'Hmm.'

Ik denk aan gisteren. 'Marco vertelde me dat wormen heel voedzaam zijn. Met name de blauwe… eh, glibberworm of zo.'

'Vind je het heel erg als ik die nog even oversla?' Brent trekt een vies gezicht. 'Als jij nou eens op zoek gaat naar die vuurstenen, dan zoek ik nog wat om hier iets van een maaltijd mee te maken.'

'Van bananen,' zeg ik schamper.

Brent kijkt me getroffen aan. 'Hé, ik ben toevallig wel chef-kok. Een beetje vertrouwen.'

Terwijl hij wegslentert kijk ik hem na. Met precies nul vertrouwen.

26

'Geef nou maar toe,' zegt Brent voor de derde keer. 'Je vond het lekker.' Hij wijst op de geïmproviseerde borden van palmbladeren waar de resten liggen van iets wat door hem een pannenkoek genoemd werd.

'Ik was uitgehongerd, natuurlijk vond ik het lekker,' mompel ik.

Brent heeft het voor elkaar gekregen om met een paar van de bananen, wat avocado's – die ik over het hoofd had gezien, maar die krengen zijn donkergroen, net zoals de rest van het oerwoud – en yuccawortels een soort pannenkoekjes te maken. Zonder duidelijke vorm. En half gebakken op een palmblad dat zelf ook vlam vatte. Maar ik ben onder de indruk, want zonder enig kookgerei kon dit niet makkelijk zijn.

Maar zolang hij niet gaat toegeven dat hij zonder mij dat vuur niet had aangekregen, ga ik niet toegeven dat zijn geïmproviseerde maaltijd me heeft gesmaakt.

Na een half uur zoeken had ik iets gevonden wat op vuursteen leek. En nadat ik nog eens een half uur had toegekeken hoe Brent ermee liep te klungelen – en de schemer al had ingezet – had ik ze, met meer bravoure dan gezien mijn nihile ervaring zou moeten, uit zijn handen getrokken en gezegd: 'Laat mij maar even.'

Tot ieders verrassing kreeg ik het al bij de derde poging voor elkaar een vonkje te laten overspringen op de verzameling mos, waardoor er een vuurtje ontstond. Ha! Ik zou willen dat Marco dat had gezien.

Natuurlijk weigert Brent toe te geven dat ik wist wat ik deed.

En dus ga ik niet toegeven dat het eten me heeft gesmaakt.

Zo ben ik dan ook wel weer.

'Wat ben je toch koppig,' verzucht Brent.

'Nee, jij bent de feestverlichting zelve,' kaats ik terug.

Even denk ik een zweem van een glimlach te zien, maar dan betrekt zijn gezicht. 'Daarvoor ben ik hier ook niet.'

Ik dacht dat we inmiddels op een soort witte-vlag-staakt-het-vuren-manier beledigingen aan het uitwisselen waren, maar heel Brents houding laat me weten dat hij *as we speak* terug in zijn schulp kruipt.

En... ik voel me weer schuldig.

'Waarvoor ben je hier dan wel?' waag ik te vragen, in de hoop dat hij dit keer wat uitgebreider antwoord zal geven.

Het blijft even stil. 'Dat zei ik al, door een vriendin.' Hij staart in het vuur. Ik denk aan hoe abrupt hij gisteren vertrok toen ik daar een grapje over maakte. *Dan moet zij wel een flinke hekel aan je hebben.*

Als hij niet uit zichzelf verder uitweidt, probeer ik dit keer een andere benadering. 'Wilde ze zelf niet gaan, of zouden jullie samen, of...'

Weer een lange stilte. Hij doet zijn pet af en woelt even ongemakkelijk door zijn haren. Pas nu valt het me op dat hij niet echt blond is. Het is een aparte mengeling van krullen in verschillende blonde, rossige en grijze tinten die woest over zijn hoofd dansen. 'Ze... Ze kon niet meer gaan en vroeg of ik wilde gaan in haar plaats,' zegt hij dan.

Oké... elk antwoord dat Brent me geeft, roept alleen maar meer vragen op.

'Waarom kon ze zelf niet?' vraag ik nieuwsgierig, niet bereid dit gespreksonderwerp zomaar op te geven. 'Wilde ze misschien nie–'

'Omdat ze dood is, oké?' zegt hij bruusk.

Met een schok zeg ik: 'O, sorry, het spijt me... ik...' Ik pers mijn lippen op elkaar, want ik weet niet wat ik moet zeggen. Geen idee wat ik precies had verwacht als antwoord, maar dit in ieder geval niet.

Het blijft stil. Brent staart zonder te knipperen in het vuur. Er trilt een spiertje bij zijn kaak, waar de waas van stoppels alleen maar donkerder is geworden.

Ik slik. 'Was ze je vriendin? Ik bedoel, hadden jullie een relatie?'

Even denk ik dat hij zo ver weg is met zijn gedachten dat hij me niet eens heeft gehoord. Dan schudt hij zijn hoofd. 'Ze was mijn beste vriendin, al sinds de middelbare school.'

'Jeetje,' stamel ik. 'Sorry dat ik erover begon, maar...' Ik bekijk hem nog eens van opzij. 'Misschien wil je er juist over praten?'

Brent snuift licht. 'Liever niet. Bovendien...' Hij zwijgt even en port met een takje in het vuur. 'Er valt niet veel te vertellen. Ze wilde al jaren op deze retraite, werd ziek, ging dood en vroeg mij om in haar plaats te gaan.'

'O wauw. Dat verklaart...' Ik maak een wegwuifgebaar en maak mijn zin niet af.

'Waarom ik zo'n eikel ben? Een stuk chagrijn?' Hij blikt kort opzij.

Ik krimp iets ineen als ik mijn eigen woorden herken. 'Zo bedoelde ik het niet.'

'Je bedoelde precies dat,' stelt hij onbewogen vast. 'En ergens snap ik het ook wel, want... nou ja, ik kon het gewoon niet opbrengen om me ook nog eens in het sociale aspect van dit gebeuren te mengen. Deze hele week is al behoorlijk buiten mijn comfortzone.' Hij zwijgt even. 'Zwak uitgedrukt.'

Ik glimlach. 'Dan kunnen we elkaar de hand schudden. Ik vind het allemaal nogal...' Ik zoek het juiste woord. 'Bijzonder.'

Brents mondhoek gaat omhoog. 'In het begin dacht ik echt dat iedereen geschift was. Die Ananda in haar zweeftenten. Ed met zijn rare uitspraken. Maar toen raakte ik aan de praat met Fia...' Hij maakt zijn zin niet af. Wanneer ik nieuwsgierig opzij kijk, lijken zijn ogen vochtig. Dan knippert hij en is het weer weg. 'Fia is een geweldige vrouw. Sterk, dapper. Net zoals Ronja was.'

Ik kan niet anders dan dat beamen. 'Fia is een schat. En Emma is ook erg lief, ze voelt inmiddels als een vriendin.' Ik glimlach. 'Ik moet bekennen dat ik in eerste instantie ook dacht dat ik een hele week met idioten opgescheept zou zitten.'

Brent kijkt opzij. 'En?'

Ik geef hem een speelse duw. 'Het blijkt er maar één te zijn.'

'Nou, zen-tastisch dit,' mompelt Brent, maar hij glimlacht.

Opluchting overspoelt me als ik zijn schouders naar beneden zie zakken.

'Vertel eens over je restaurant?' vraag ik, in de hoop hem in deze iets luchtigere stemming te houden.

Dat lukt. Nieuwsgierig bekijk ik hem terwijl hij vertelt. 'Het was altijd mijn droom om een eigen restaurant te hebben. Niks superfancy's maar gewoon... mooie dingen maken die ik zelf lekker vind, alle vrijheid, biologische producten.'

Ik knik begrijpend. 'De yuccawortel en zo, wie kent hem niet.'

Hij lacht kort. 'Die ken ik toevallig, ja. Verder ben ik niet gespecialiseerd in Amazone-maaltijden, dus verwacht geen sterrenontbijt morgenochtend.'

'Zo weinig inzet,' mopper ik semi-teleurgesteld, maar ik zie hem vanuit mijn ooghoek glimlachen. Vreemd genoeg geeft mij dat ook wat lucht in deze hele situatie. 'Hoelang heb je je restaurant al?'

'Drie jaar. Ik heb eerst vier jaar bij mijn oom gewerkt, toen nog drie jaar in een ander restaurant en toen kreeg ik de kans om dit pand te huren.' Hij kijkt opzij. 'Ben je bekend in Rotterdam?'

'Ik ken de Euromast?'

'Perfect. Daar is het niet.' Hij laat een stilte vallen en zucht. 'Ik hou van het restaurant. Ronja heeft me geholpen met de inrichting, de menukaart... ze had altijd veel gevoel voor sfeer en uitstraling. Gevoelig voor energieën en zo.' Hij gebaart om zich heen.

'Vandaar ook deze retraite,' begrijp ik.

Hij knikt. 'Dat was het enige stukje dat ik nooit helemaal begreep, maar verder leken we erg op elkaar.'

Nieuwsgierig kijk ik hem weer aan. 'Maar het is nooit iets geworden?'

‘Op een ongelukkige zoenpartij op het eindgala van de middelbare school na niet. Hoezo?’

Ik haal mijn schouders op. ‘Ze klinkt fantastisch.’

Hij zucht. ‘Dat was ze ook, een geweldig mens. Zoveel energie, humor, altijd attent, altijd ondernemend.’

‘Maar niet voor jou?’

‘Iemand kan fantastisch zijn, maar dat maakt die persoon niet automatisch jouw levenspartner, toch?’

Ik verplaats mijn blik naar het vuur en denk over zijn woorden na. Is dat zo? Als vanzelf gaan mijn gedachten naar mijn moeder. Is dat waar zij de fout in gaat? Dat ze elke man die ze tegenkomt met wie ze een klik heeft, direct als potentiële levenspartner ziet? Ze genoot altijd van de aandacht, nam het gretig in zich op. Je zou denken dat ze na een tijdje door zou hebben dat het niet zo werkt, maar met het oog op echtgenoot nummer vijf in de pijpleiding… blijkbaar niet.

‘En jij? Ga jij hier halen waarvoor je kwam?’ Brents vraag trekt me uit mijn overpeinzingen. ‘Heb jij je “opengesteld”, zoals Ananda me telkens op het hart drukt?’ Hij trekt een gezicht.

‘Ik eh…’ begin ik, maar dan staar ik zwijgend in het vuur. Mijn eerste ingeving was om te zeggen dat ik hier braaf mijn tijd uitzit, zoals Donna me gevraagd heeft. En dat ik hoop dat de uitgeefgoden me daarna goedgezind zijn en alles weer wordt zoals het was. Dat ik met een paar aanpassingen mijn oude manuscript alsnog het daglicht kan laten zien. Want als je jezelf niet kwijt bent, hoef je jezelf ook niet te vinden, toch?

Maar die woorden komen niet.

‘Ik weet niet meer helemaal zeker waarvoor ik kwam,’ zeg ik tot mijn eigen verbazing.

‘Als het inspiratie is, vind ik dat je me iets te veel meesleurt in het hele gebeuren.’ Ik hoor de humor in zijn stem, ook al blijft zijn gezicht serieus.

Ik haal mijn schouders op. ‘Mijn uitgever stuurde me hierheen omdat ik iets anders moet gaan schrijven: origineler, een rauwer randje. Ik val blijkbaar in herhaling. Dus wat zoek ik hier? Een nieuw soort schrijfstijl, een vernieuwend concept, inspiratie...’ Ik denk aan de vreemde sessies die we hebben gehad en hoe mijn moeder telkens weer oppopt, terwijl ik in het dagelijks leven zelden over mijn jeugd nadenk. ‘Typisch genoeg leidt bijna alles wat we hier doen naar mijn moeder. Terwijl ik voorheen zelden over haar nadacht. Ik bedoel, ze is er gewoon, maar ze is geen actief onderdeel van mijn leven. We appen soms, maar verder...’ Ik haal mijn schouders op.

‘Daarom zei je gisteren dat je een verhaal over haar gaat schrijven.’ Brent knikt. ‘Nou, dan heeft het je al iets opgeleverd. Je moeder is in ieder geval een mooi onderwerp, toch?’

Ik snuif. ‘Dan ken je haar nog niet.’

Brent gaat verzitten. ‘Geen enkel boek vaart op een thema dat alleen maar mooi is. Zonder duisternis kan er geen licht zijn.’

Ik kijk wantrouwend opzij. ‘Waar haal jij zo’n wijsheid vandaan?’

‘Ananda zei dat gisteren tegen me,’ geeft Brent met een grijns toe. ‘Maar als je geen inspiratie vindt, heb je in ieder geval je droomman gevonden, toch?’

Mijn ogen worden groot. 'Hoe bedoel je?'

'Onze Steve Irwin is toch je droomman? Dat zei je gisteren.' Er klinkt iets spottends in zijn stem door, wat direct maakt dat mijn stekels weer opspringen.

Ik steek mijn vinger op. 'Dat zei *Emma* gisteren.'

'*Yeah, right.*' Brent kijkt me aan. 'Een privéworkshop vuur maken? En toevallig dat hij jou koos als partner voor het eten zoeken. Hebben jullie in de struiken staan vozen?'

'Wat?' Ik kijk verschrikt op en pas dan zie ik zijn mondhoek weer trillen. Ditmaal van de ingehouden lach. 'Nee joh, doe eens normaal.'

'Je bent zo makkelijk op de kast te jagen.' Hij schudt zijn hoofd en dan vervallen we een tijdje in stilzwijgen.

'Waarom Marco?' vraagt Brent tot mijn verbazing nadat het zeker vijf minuten stil is geweest.

Ik schraap mijn keel. 'Eerlijk? Het is nogal een... vreemd verhaal.'

Brent haalt zijn schouders op en gebaart om zich heen. 'Het is niet zo dat ik iets anders te doen heb.'

'Goed.' Ik verzamel de woorden in mijn hoofd. 'In mijn boeken heb ik een soort man gecreëerd, de perfecte man, fictief natuurlijk,' voeg ik er snel aan toe. 'En Marco... nou ja, hij is het evenbeeld van die man. Hij voldoet aan alle criteria. Het is alsof... eh, om maar in termen van hier te blijven: het universum me hem op een presenteerblaadje aanreikt.'

Brent lacht niet, zoals ik had verwacht. Hij kijkt me onderzoekend aan. 'Volgens mij bestaat er niet zoiets als perfect. Alle eisen afvinken van een lijstje, ja. Maar maakt dat iemand perfect?'

Ik haal mijn schouders op. 'Mijn lijstje, dus perfect voor mij.'

'Welke criteria staan daar dan op?'

Ik wil antwoorden, maar opeens lijkt het alsof mijn brein verdampt is. 'Hij is aantrekkelijk...' begin ik, en direct heb ik al spijt. Het klinkt zo oppervlakkig, zo cliché.

Precies als je boeken.

Brent opent zijn mond om te reageren, maar ik ben hem voor. 'Dat niet alleen. Goed, hij is inderdaad aantrekkelijk, atletisch, gespierd, hij heeft mooie ogen, prachtig haar, maar –'

'Jezus, je hebt je punt gemaakt, hoor.'

'Maar...' ga ik nadrukkelijk verder. 'Hij is ook charmant, ambitieus, zelfverzekerd, lief. Hij heeft een passie, is ondernemend, hij gaat ervoor en... en hij zegt precies de juiste dingen.'

Brent fronst. 'Wat zegt hij dan? Want ik heb hem vooral horen praten over het nieuwste model machete en welke knoop het meest geschikt is om een vlot te bouwen.'

'Hij...' Ik aarzel, want mijn volgende woorden maken waarschijnlijk helemaal dat Brent me een idioot vindt. Niet dat ik op dat vlak nog iets te verliezen heb. 'Hij zegt precies dingen die... hij in mijn boeken ook zegt.'

Brent fronst. 'Zoals?'

Ik geef een aantal voorbeelden van de afgelopen dagen en hoe meer ik vertel, hoe dieper Brents frons wordt. Plots ben ik een beetje bang voor zijn reactie. Wat onzin is, want wat kan het mij schelen wat hij denkt. Toch?

'En het feit dat hij die dingen, die zinnetjes zegt, maakt hem perfect?'

'Geef toe, het is toch typisch...' Maar opeens voel ik me helemaal niet meer zo zeker van mijn zaak. Is het typisch dat Marco dat soort dingen zegt of is het gewoon puur toeval en neemt mijn brein een loopje met me? Ben ik hem aan het romantiseren?

Brent denkt na, terwijl hij met een stok het vuur opport. 'Het is vooral... erg algemeen. Een beetje cliché zelfs. Ik bedoel, de dingen die hij heeft gezegd zijn niet heel specifiek.' Hij kijkt me aan. 'Ik zou er mijn levenskeuzes in ieder geval niet aan ophangen.'

'Dat doe ik ook helemaal niet,' zeg ik verontwaardigd. 'Wees maar niet bang.'

Brent reageert niet meer, maar kijkt omhoog naar de hemel die inmiddels bezaaid is met sterren. 'Ik denk dat het tijd is dat we gaan slapen. Zodra de zon opkomt, vertrekken we.'

Het volgende half uur zwijgen we allebei terwijl we ons gereedmaken om te gaan slapen en een plekje op de harde grond zoeken. Als ik na veel draaien eindelijk lig, staar ik omhoog. Het kriebelt. Overal. En als ik het waag om me heen te kijken, lijken er overal ogen vanuit de struiken naar me te loeren. En hoe zit het met die poema's? Ik ga verliggen. Ik lig met mijn hoofd op mijn rugzak, wat eigenlijk niet per se fijn ligt. 'Is dit wel... veilig?' vraag ik na een korte stilte.

'Ik hoop het.'

'Misschien moeten we om de beurt de wacht houden,' opper ik. En als het stil blijft: 'Zal ik eerst?'

'Ga je gang.' Brent kijkt niet op of om, maar staart strak naar de sterrenhemel. Blijkbaar is zijn sociaal voor vandaag op.

Overtuigd dat ik toch geen oog dicht zal doen, ga ik weer overeind zitten en staar naar de vlammen. Zo blijf ik een tijdje zitten. Ik heb geen idee hoeveel tijd er voorbijgaat. Ik denk na over ons gesprek, over Marco en daarna aan mijn moeder. Flarden van mijn jeugd schieten voorbij. Het kinderfeestje dat volledig in het water viel omdat mijn moeder vergeten was dat mijn halve klas zou komen. Die ene keer dat ik vol trots mijn aardrijkskundeproject op tafel had gezet (een werkende vulkaan van eierdozen), zodat ze het zou zien als ze uit bed kwam, waarop ik het terugvond in de kliko. 'O, ik dacht dat het weg kon, sorry lieverd, ik ben mezelf niet helemaal vandaag.'

Na wat ongeveer een eeuwigheid lijkt, waag ik het een blik op Brent te werpen. Hij ligt nog altijd met opengesperde ogen naar de hemel te staren. Blijkbaar ben ik niet de enige die vanavond met zijn eigen demonen praat.

Dag 6: Het derde oog

Thema: Intuïtie en innerlijke wijsheid
Kleur: Indigo
Element: Licht

(Sorry, zonder Ananda of Ed in de buurt blijven de wijze uitspraken uit.)

27

Er kriebelt iets in mijn hals. Slaperig sla ik het weg. Het kriebelt nog steeds. Hmm, irritant. Ben ik vergeten de klamboe dicht te maken of –

Met een ruk kom ik overeind en sla paniekerig om me heen. Even verderop landt een zwarte kever van zo'n meter doorsnee. Om en nabij. 'Aaaah!'

Naast me beweegt iets. Terwijl het besef waar ik ben indaalt, draait Brent zich kreunend om. 'Wattisser?'

'Shit, we moeten opstaan.' Mijn hele lijf is stijf en stram. Er schiet een steek door mijn schouder. 'Au.' Ik beweeg hem op en neer, maar de pijn blijft aanwezig. Had ik toch niet die palmboom op moeten vangen eergisteren. Het vuur is uit en de zon komt al op, waardoor het alweer drukkend warm is. Hoelang hebben we geslapen?

Mijn ogen schieten over de grond. Geen slangen, geen pootafdrukken van wilde dieren. Ik haal diep adem. We hebben gewoon een nacht in de jungle overleefd. Ik beweeg nog eens met mijn arm op en neer en masseer mijn schouder. Blijkbaar zijn we allebei uiteindelijk toch in slaap gevallen, maar ik voel me verre van uitgeslapen.

Ik wrijf in mijn ogen en geef Brent een duw. 'Wakker worden.'

'Wattisser?' zegt hij nog eens, maar dan schiet hij overeind. 'Fuck, hoe laat is het?'

'Geen idee. Tijd om te gaan.'

Brent haalt een hand over zijn gezicht en een kort moment staar ik naar hem. Zijn haar staat alle kanten op, als een aureool dat zijn hoofd omsluit. De waas op zijn kaken is weer donkerder geworden en hij heeft nog diepere kringen onder zijn ogen. Als hij zich uitrekt, hoor ik zijn gewrichten kraken.

Hij zucht diep en kijkt om zich heen. 'Oké, we moeten wel iets eten voordat we gaan lopen.' Zonder nog iets te zeggen plant hij zijn pet op zijn hoofd en staat op. Besluiteloos blijf ik zitten. Ondertussen staart Brent naar de beperkte voorraad voedingsmiddelen die we hebben. 'Pannenkoekjes it is,' mompelt hij en gaat aan de slag. Terwijl ik opnieuw de pijn probeer weg te masseren, kijkt Brent me onderzoekend aan. 'Last van je schouder?'

Ik voel er weinig voor om Brent te vertellen dat Marco een palmboom op me heeft laten vallen. Hij heeft toch al geen hoge dunk van hem. 'Verkeerd geslapen,' mompel ik. Ik grimas als er opnieuw een steek doorheen gaat.

'Kijk maar uit dat je geen poliep op je chakra hebt.'

Ik snuif en onderdruk een glimlach. Dan besluit ik me nuttig te maken door opnieuw het vuur aan te maken – in twee pogingen, kan dat ergens genoteerd worden? – en pak vervolgens mijn waterfles. Aarzelend kijk ik naar Brents rugzak. Het is niet meer dan logisch om ook meteen de fles van Brent te vullen. Ik loop naar zijn tas, pak de bovenkant om hem open te maken en –

Brent grist de tas met een ruk uit mijn handen. 'Wat dóé je?' De blik in zijn ogen is onverwacht fel.

Ik zet geschrokken een stap achteruit. 'Ik… Ik wilde je bidon pakken om te vullen,' stamel ik.

Hij kijkt me aan, draait zich om en rommelt in zijn tas. Een paar seconden later geeft hij me de bidon aan. 'Sorry,' mompelt hij. 'En dank je wel.'

Met een vreemd gevoel loop ik naar het beekje, was mijn gezicht en vul de waterflessen. Wanneer ik terugkom, heeft Brent twee dunne stenen op het vuur liggen, waarop hij de pannenkoekjes bakt. 'Iets vuurvaster dan zo'n blad,' zegt hij half verontschuldigend als hij me ziet kijken.

Met een waarderende blik ga ik naast hem zitten.

Een paar minuten blijft het stil.

'Sorry van net,' zegt Brent zonder me aan te kijken. 'Ik wil gewoon niet… dat je aan mijn rugzak komt.'

'Het is oké, ik had het moeten vragen,' antwoord ik snel, hoewel ik brand van nieuwsgierigheid. Wat is er in hemelsnaam zo belangrijk dat niemand eraan mag komen en dat hij het helemaal meesleept de jungle in?

'Heb je… Heb je een beetje geslapen?' vraagt hij.

'Precies een beetje,' antwoord ik naar waarheid. 'Jij?'

'Niet meer dan dat.'

Opnieuw stilte.

Plots verlang ik terug naar de meer spraakzame Brent van gisteravond, de ontspannen versie die ook een grapje maakte. Die vertelde waar hij aan dacht, waar hij mee zat. Vraag me niet waarom, maar die versie wil ik terug. En dus waag ik het de vraag te stellen. 'Moest je aan Ronja denken?'

Brent verstijft lichtjes, maar na een paar seconden zucht hij. 'Ja. Maar dat is niets nieuws. Ze bezorgt me nog regelmatig slapeloze nachten.'

Ik weet niet goed wat ik moet zeggen. 'Ze zal het vast fijn vinden dat je hier bent,' zeg ik maar.

'Hier?' Hij gebaart om zich heen. 'Verdwaald in de jungle met een hopeloze romanticus?' Hij grinnikt opeens. 'Ja, ze zou zich kapot lachen.'

Ik schud mijn hoofd. 'Nou, gelukkig kan er nog iemand om lachen. En ik ben geen hopeloze romanticus,' voeg ik er een tikje beledigd aan toe.

Nu kijkt Brent me pas weer aan. 'Nou... met die hele waslijst voor de perfecte man...'

Ik frons. 'Het zit je blijkbaar nogal dwars, of niet?'

Hij haalt zijn schouders op. 'Misschien heb je het van je moeder.'

Het is alsof er een soort elektrisch schokje door mijn zenuwstelsel gaat. 'Ik lijk niet op mijn moeder,' antwoord ik stekelig. Of nee, niet stekelig. Ik ben boos. 'Je kent me niet, en mijn moeder al helemaal niet. Dus misschien kun je dat soort opmerkingen voor je houden.'

'O, dus jij bent de enige die iemand mag confronteren?'

Mijn mond valt open. 'Dat is...' Ik zoek naar woorden, maar Brent is me voor.

'Waar?'

Ik klap mijn mond weer dicht. Goed, misschien heb ik iets te hard over hem geoordeeld. Maar ik kon toch niet weten dat hij hier was om te rouwen om zijn vriendin. En dat is nog altijd geen reden om zo bot te doen. Maar...

Oké, ergens heeft hij een punt. Ik ben ook fel tegen hem geweest. En we zitten wel met elkaar opgescheept. Joost mag weten hoelang nog. En dus haal ik diep adem en zeg: 'Laten we eten en op pad gaan.'

Brent knikt en de volgende minuten brengen we opnieuw zwijgend door. De pannenkoekjes hebben iets meer vorm dan gisteren. En toegegeven, ze smaken zelfs nóg beter.

'Açaibesjes.'

'Wat?' Ik kijk op.

'Ik vond nog wat açaibesjes, die geven het meer smaak.' Ik kijk hem verbaasd aan. 'Je kreunde. Ten teken dat het lekker is, neem ik aan.' Er vormt zich een lachje om zijn mond.

'Je weet dat ik dat nooit zal toegeven, hè?'

'Uiteraard.' Hij grijnst en strekt zijn benen voor zich, waarbij hij zich nog eens uitrekt. 'Ben je er klaar voor?'

'Heb ik een keuze?' vraag ik fronsend, opgelucht dat de lucht wat geklaard is.

'Je kunt hier een boomhut bouwen en de rest van je leven pannenkoekjes eten en vis vangen. Ik wil het je wel leren.'

'Vis vangen?'

'De pannenkoekjes. Qua vissen heb ik mijn portie wel gehad.'

Ik grinnik als ik terugdenk aan onze ongewilde duik. 'Sorry nog daarvoor hè,' zeg ik voor de zoveelste keer.

Hij schudt zijn hoofd en kijkt me nieuwsgierig aan. 'Je dacht echt dat je Marco vasthad, hè? Met zijn spierbundels. Sorry dat ik je moest teleurstellen.'

'Ik ben het gewend.' Het is er al uit voordat ik me ons staakt-het-vuren herinner.

'Dat mensen je teleurstellen?'

'Jij! Dat jij me teleurstelt.'

'Nou, denk maar niet dat ik je nu nog het recept voor mijn pannenkoekjes geef. Je verhongert maar.' Hij staat met een flauwe grijns op en pakt zijn spullen bij elkaar. 'Kom, we gaan lopen.'

Ik volg zijn voorbeeld en een paar minuten later zijn we weer onderweg. Er flikkert iets hoopvols in mijn buik. Het kan niet anders dan dat we over niet al te lange tijd de rivier bereiken en vanaf dat punt zijn we vast snel bij de lodge. Het enige risico is dat we de verkeerde kant op lopen. Maar in het ergste geval komen we in het dorp of treffen we andere groepen. Deze nachtmerrie is bijna voorbij.

En ik heb het overleefd, *so far*.

Een trots gevoel komt omhoog. Ik heb gewoon een nacht in de jungle geslapen en ik leef nog steeds. Vooruit, met de hulp van Brents onverwachte skills en kookkunsten, maar ik heb ook mijn (vuur)steentje bijgedragen.

De hitte is al snel ondraaglijk, maar het helpt dat ik nu steeds slokken van het verfrissende water kan nemen. Ik red me wel in de jungle. Al zijn die insecten nog steeds gruwelijk irritant en is de tube DEET van Ed inmiddels leeg. Ik sla verwoed om me heen, terwijl ik Brents grote passen probeer bij te houden. Na ongeveer een half uur – wat ook een uur of tien minuten kan zijn geweest, wie zal het zeggen – begint Brent opeens harder te lopen. Al mompelend duwt hij vastberaden een paar grote bladeren opzij en slaakt plots een triomfantelijke kreet. 'Ja!'

Opluchting spoelt door me heen en met een paar grote stappen sta ik naast hem. De rivier stroomt gemoedelijk langs onze voeten en ik ben nog nooit zo blij geweest om het troebele, met piranha's gevulde water te zien. 'Jaaaa!' roep ik uit en ik spring op en neer. Zonder erbij na te denken stort ik me op Brent, die me met een 'oempf' opvangt.

Maar dan sluiten zijn armen om mijn middel en hij lacht. Een tsunami van warmte golft door mijn buik bij het horen van dat geluid. Het moet de opluchting zijn. En de hitte. Net zo snel als ik in zijn armen ben gesprongen, stap ik achteruit en ontmoet zijn blik. Hij kijkt me met grote ogen aan, zijn lach nu iets aarzelender, die bekende lichte frons terug op zijn voorhoofd. Opgelaten kijk ik weg. Ik heb geen tijd om stil te staan bij dit ongemakkelijke moment. We hebben belangrijkere dingen te doen: beslissen welke kant we op gaan lopen.

Ik schraap mijn keel. 'Oké, en nu?' Ik kijk zowel stroomop- als -afwaarts, maar beide kanten zien er precies hetzelfde uit. Overwegend groen en geen mensen, gebouwen of andere tekens van leven. En een kort moment voel ik opnieuw paniek opborrelen. Wat als we nog steeds niets bereikt hebben? Nee, onzin. Ergens aan deze rivier bevindt zich onze redding.

'Volgens mij zijn we rechtsaf gegaan vanaf de lodge, dus stroomopwaarts. Dus dan zouden we nu stroomafwaarts moeten gaan.' Brents stem klinkt wat ingehouden, maar ik kies ervoor het te negeren. Hij is waarschijnlijk compleet in shock door mijn uitbarsting van ongewenste intimiteit. Zonder oogcontact te maken pakt hij zijn bidon uit zijn rugzak en neemt een flinke slok.

Ik knik. 'Oké, stroomafwaarts *it is*.' Zonder verder nog te overleggen of na te denken begin ik te lopen. Ik werp een snelle blik over mijn schouder. 'Het kan nu nooit meer lang duren voordat –'

'Babs!'

Ik blijf abrupt stilstaan en word dan ruw aan mijn arm

naar achteren getrokken. 'Wat is...' Mijn stem sterft weg als ik de enorme kaaiman zie, die met opengesperde bek tegenover me staat.

'Niet bewegen,' fluistert Brent die nog altijd mijn arm in een houdgreep heeft. Ik weet niet zeker of hij me probeert te beschermen of me juist als schild gebruikt. Ademloos staar ik naar het dier voor me. Niet bewegen blijkt verrassend makkelijk, want ik geloof niet dat er zich nog een cel in mijn lijf bevindt die niet verstijfd is van angst. Mijn hart bonst in mijn keel en mijn knieën kunnen het elk moment begeven.

'Wat moet ik doen?' fluister ik hees, zonder mijn ogen van het beest af te halen.

'Geen idee, niet bewegen in ieder geval.' Brents adem kriebelt langs mijn wang. Plots besef ik hoe dichtbij hij staat. Mijn rug raakt zijn borst en zijn vingers klemmen nog altijd om mijn onderarm. Maar ik ben niet van plan om ook maar een stap van hem af te zetten, als dat betekent dat ik in de richting van die kaaiman moet bewegen. 'We lopen terug,' fluistert Brent.

'Wat? Nee.' Ik schud voorzichtig mijn hoofd. 'We gaan niet terug.'

'Wat stel je dan voor? Eroverheen springen?' Hij snuift geïrriteerd.

'Ik... We kunnen niet terug.'

'Jawel, we lopen terug, volgen een route parallel aan het water en lopen dan weer terug naar de oever.'

Dat klinkt... op zich best logisch, realiseer ik me op het moment dat de greep van zijn vingers iets verslapt.

'Langzaam achteruit,' fluistert hij, en voor één keer besluit ik Brent zonder vragen te gehoorzamen. Ik volg zijn voorbeeld als ik hem achteruit voel stappen, zonder het beest uit het oog te verliezen. Hij beweegt niet. Ook niet als we een… twee… drie… vier stappen naar achteren hebben gezet. Nog altijd blijft de kaaiman roerloos zitten. Ik begin me zelfs af te vragen of hij ons eigenlijk überhaupt wel gezien heeft. Brent lijkt hetzelfde te denken, want hij laat me met een zucht los. Voorzichtig draai ik me om. We maken een kort moment oogcontact, dan knikt hij en tilt zijn rugzak op.

Ik zie de grote steen achter hem, maar ben net te laat om Brent te waarschuwen. Het volgende moment gebeuren er verschillende dingen tegelijk. Brent zet een stap achteruit, botst tegen de steen aan en verliest zijn evenwicht. Tegelijkertijd zie ik vanuit mijn andere ooghoek de kaaiman in beweging komen. Ik slaak een gil, die overstemd wordt door een hartstochtelijk 'Nee!' vanuit Brents kant. Mijn brein maakt even kortsluiting nu het van twee verschillende kanten belaagd wordt. Toch schiet mijn hoofd uit levensbehoud als eerste naar de kaaiman die… zonder ons nog een blik waardig te keuren het water in glijdt en in tegenovergestelde richting wegdrijft.

Hij is weg!

'Ha!' Van pure opluchting begin ik te lachen. Dan draai ik me om naar Brent en een ogenblik lang weet ik niet goed waar ik naar kijk. Brent zit op de grond en klemt iets in zijn armen, terwijl hij met zijn ogen dicht zit te schudden. Lacht hij of… o shit, huilt hij nou?

'Brent?' Ik wil naar hem toe lopen, maar zo gauw hij me in beweging hoort komen, schieten zijn ogen open.

Zijn hand vliegt omhoog. 'Nee, blijf staan!' roept hij paniekerig, waarna zijn ogen naar de grond schieten.

Verward kijk ik van hem naar de grond, waar overal kleine hoopjes grijze aarde liggen. Voorzichtig zet ik toch een stap in zijn richting.

'Blijf staan,' herhaalt hij zacht, ditmaal met een trilling in zijn stem.

Mijn hart slaat een slag over als ik me realiseer wat hij in zijn armen klemt.

Het is een urn.

28

De paar seconden die volgen duren een eeuwigheid.

'Brent?' zeg ik voorzichtig.

Zijn gebroken blik spreekt boekdelen. O, shit. Ik staar naar de bergjes as tussen ons in en probeer te bedenken wat ik moet doen. Ik besluit me eerst om de man te bekommeren die nu als een hoopje ellende voor zich uit staart.

Voorzichtig loop ik om de plek heen, hurk naast hem en leg behoedzaam mijn hand op zijn schouder. 'Had je haar al die tijd bij je?' vraag ik zacht.

Zijn antwoord is niet meer dan een gesmoorde kreun en mijn hart breekt een stukje. Zonder verder na te denken sla ik mijn armen om hem heen en trek hem tegen me aan.

We zijn een onhandige kluwen ledematen en ik moet mezelf in een vreemde hoek manoeuvreren om hem goed te kunnen omhelzen, maar op het moment dat hij zijn hoofd tegen mijn schouder laat zakken, kan het me allemaal niets meer schelen. Ik streel zachtjes over zijn rug en zwijg. Bestaat er een etiquette voor wat je moet zeggen wanneer iemand per ongeluk de as van zijn beste vriendin aan de oever van een rivier in de Amazone uitstrooit terwijl hij op de vlucht is voor een kaaiman?

Na een paar minuten richt Brent zich ongemakkelijk iets

op. 'Sorry,' zegt hij halfslachtig en schraapt zijn keel.

Ik zeg niets, maar laat mijn hand op zijn arm rusten.

Brent slaakt een diepe zucht. 'Fuck.' Hij wrijft over zijn gezicht en schudt zijn hoofd. 'Ze had me gevraagd om haar as hier uit te strooien, maar ik denk niet dat ze dit bedoelde.' Er ontsnapt een vreemd geluid aan zijn keel en het duurt even voordat ik besef dat hij nu wél een flauw lachje laat horen. 'Dit geloof je toch niet, kan ik dan niets goed doen?'

Ik kijk hem even bevreemd aan, maar besluit dat de betekenis van die woorden later wel komt.

'Wilde ze in de jungle uitgestrooid worden?' vraag ik zacht en ik bedenk me wat een zware taak Brent al die tijd voor zich uit heeft geschoven. Hoe vaak heeft hij dat ding meegesjouwd de jungle in? En hoe vaak is hij onverrichter zake teruggekeerd? Er zijn gelegenheden genoeg geweest. Kon hij het niet? Wilde hij het niet? Of had ze specifieke wensen? Al vraag ik me af of het veel specifieker kan worden dan deze plek, überhaupt.

'In ieder geval tijdens de retraite. Ananda was een soort goeroe voor haar, dus ergens deze week… ik wilde zelf het perfecte plekje vinden.' Hij schudt zijn hoofd en staart moedeloos naar de as.

Aarzelend kijk ik om me heen. 'Nou ja,' zeg ik langzaam. 'Als je het mij vraagt is dit een prachtige plek, of niet?'

Brent snuift, lacht en schudt opnieuw verdrietig zijn hoofd. 'Het moest perfect zijn.'

'Toevallig vertelde iemand me gisteren dat perfect niet bestaat,' zeg ik voorzichtig, niet wetend of hij klaar is voor zijn eigen woorden.

Het blijft even stil. We staren naar de as.

‘Ik was er niet bij,’ zegt Brent plotseling.

Ik zeg niets. Ik word er steeds beter in.

‘Toen ze stierf,’ verduidelijkt hij. ‘En ik had haar beloofd dat ik er zou zijn.’

‘O,’ weet ik alleen maar uit te brengen. ‘Maar je had vast een goede re–’

‘Ik was aan het werk,’ zegt hij bruusk. ‘Ik ben altijd aan het werk. Daar klaagde ze over. Ze liet me beloven dat ik erbij zou zijn als ze stierf, maar ik was er niet. Ik dacht dat ik nog wel tijd had, ik wilde nog even…’ Hij schudt zijn hoofd. ‘En toen was ik te laat.’

Ik voel een steek bij mijn hart, zijn verdriet lijkt er haast fysiek op te drukken. ‘Wat vreselijk,’ zeg ik maar.

‘Ik dacht… Ik dacht dat ik het goed kon maken, door dit voor haar te doen. Haar een laatste eer te bewijzen door…’ Hij gebaart met zijn hand, schudt zijn hoofd en verbergt zijn gezicht in zijn handen. ‘Maar ook daar heb ik een puinhoop van gemaakt.’

Ik slik. Dit moment is inderdaad niet helemaal ideaal, maar het is duidelijk dat Brent hier niets aan kon doen, in tegenstelling tot zijn afwezigheid bij haar overlijden. Toch zegt iets me dat hij hier veel te zwaar aan tilt. ‘Ik weet zeker dat ze dit niet erg zal vinden. Haar verzoek was om uitgestrooid te worden in de jungle. En je vluchtte voor een kaaiman. Dit kan ze je moeilijk kwalijk nemen.’

Brent kijkt gealarmeerd op. ‘Waar is dat beest eigenlijk?’

‘Weg,’ antwoord ik. ‘Vast allergisch voor as.’

Brent kijkt me ongelovig aan.

Ai, dat was misschien iets te vroeg. Dan begint hij plots te lachen.

'Weet je...' Hij schraapt zijn keel en schudt zijn hoofd. 'Waarschijnlijk zou ze dit fantastisch vinden.'

'Deze plek of...' Ik gebaar om me heen.

'De hele retraite, alles: die idiote ochtendsessies, praten met je innerlijke kind, zelfs de yoniyoga. Ze zou het allemaal in zich opgenomen hebben en me er bij terugkeer in geuren en kleuren – en veel te veel details – over verteld hebben.' Hij staart voor zich uit. 'En wat doe ik? Ik stamp hier een week chagrijnig rond en flikker ten slotte haar as op een willekeurige plek op de grond.'

'Nou, jij hebt tenminste met je innerlijke kind gepraat,' opper ik.

'Wat?' Hij snuift. 'Natuurlijk niet. Ik verzon maar wat.'

'Zie je wel!' roep ik uit en ik kijk hem triomfantelijk aan. 'Ik wist wel dat je dat verzon.'

'Ik was een stuk slimmer dan jij in ieder geval.' Hij grijnst nu. 'Jij kreeg een standje.'

Ik rol met mijn ogen. 'Ik moest met Ananda over mijn liefdesleven praten. Want daar gaat je innerlijke kind van zeven blijkbaar over.'

Brent kijkt me onderzoekend aan. 'En had ze nog helpend advies over hoe je de perfecte man aan de haak moet slaan?'

Ik snuif. 'Dat houdt je wel bezig, hè? Nou, wees gerust. Ze had het vooral over mijn moeder. Natuurlijk. Want daar blijkt alles hier om te draaien zonder dat ik de memo heb gehad. Ik heb sowieso geen memo's gehad,' voeg ik er ter verduidelijking aan toe. 'Ik had geen idee waar ik aan begon toen ik hiernaartoe vloog.'

'*You and me both.*' Brent staart weer voor zich uit. Hoewel we de noodzaak zouden moeten voelen om in beweging te komen en verder te lopen, op zoek naar de bewoonde wereld, voelt het vreemd genoeg goed om hier gewoon even te zitten.

Bovendien weet ik niet of we Ronja zomaar kunnen achterlaten.

'Vertel eens wat meer over je moeder?' vraagt Brent dan tot mijn verbazing.

Ik schud mijn hoofd. 'Er valt niet veel te vertellen. Ze is verliefd op de liefde, maar wordt telkens weer teleurgesteld en zakt vervolgens in een diep dal. Het is een riedeltje dat zich telkens herhaalt door de jaren heen. Ik weet niet beter. Ze is nu voor de vijfde keer verloofd.'

'Dus er waren telkens mannen in je leven die weer gingen?'

'Yep, alleen de eerste heb ik papa genoemd, daarna had ik al snel door dat dat geen zin had. Ze kwamen en gingen weer en lieten mijn moeder als een hoopje ellende achter.' Ik trek mijn benen naar me toe en sla mijn armen eromheen. 'Ze was dan echt niet bereikbaar. Ze was er wel, maar ze zag me niet, snap je? Ze lag dagenlang in bed of op de bank. Ik moest alles alleen doen. Ook als ze verliefd was, nu ik erover nadenk. Dan was ze vooral met die man bezig.'

Ik denk over mijn eigen woorden na en voel een vreemde leegte in mijn borst. Ik besef dat ik me inderdaad erg eenzaam heb gevoeld.

Brent zegt niets, maar luistert gewoon, meer niet. Het is lang geleden dat ik het gevoel had dat ik kon vertellen zonder dat de ander een oordeel had.

'Het begon met kleine dingetjes, dat ik 's avonds zelf mijn boterhammen moest smeren, dat er geen boodschappen in huis waren. Maar...' Ik bijt op mijn lip. 'Ik dacht dat ik het allemaal vergeten was, maar sinds deze week komen er steeds meer dingen terug; ze was er niet op mijn eindmusical, ze vergat kinderfeestjes, ze kwam niet opdagen bij mijn eerste boekpresentatie... Ik was veel alleen, zeker toen mijn oma overleed – zij zorgde tenminste nog voor me.'

'Het klinkt heel eenzaam.' Brent stem klinkt zacht.

Ik slik de plots opkomende tranen weg. Hallo, Brent strooit hier per ongeluk zijn beste vriendin uit en wordt gekweld door schuldgevoel en vervolgens ga ik zitten janken? Ik schraap mijn keel. 'Valt wel mee,' zeg ik, maar mijn stem klinkt dik en hees van de tranen.

'Zo klinkt het niet. En je vader, waar is die in dit hele plaatje?'

Het is een vraag die ik verwachtte – hij komt immers altijd. Ik geef dan ook mijn standaardantwoord. 'Mijn vader is nooit in beeld geweest, hij verdween toen hij hoorde dat mijn moeder zwanger was. Het is niet erg, ik heb hem nooit gekend, dus ik kan hem ook niet missen.'

'Dus je bent door twee ouders in de steek gelaten. Dan vind ik het niet zo gek dat je moeite hebt met in liefde geloven.'

'Ik heb geen moeite met...' Mijn stem sterft weg. Zijn woorden dreunen als een sloophamer door mijn brein. Heeft hij gelijk? Zowel mijn vader als mijn moeder liet me in de steek. Oké, mama is er dan wel, maar ze was er net zo vaak niet. Maar dat wil niet zeggen dat ik niet in liefde geloof, toch? Ik verdien er verdorie zelfs mijn brood mee.

Brent heeft geen oog voor mijn innerlijke monoloog. Hij kijkt me peinzend aan. 'Met zo'n jeugd is het geen wonder dat je de boel saboteert.'

Ongeloof borrelt omhoog. 'Ik saboteer helemaal nie–'

'Babs, je maakt lijstjes waar mannen onmogelijk aan kunnen voldoen en vervolgens romantiseer je de eerste de beste kerel die erop lijkt.'

'Ik romantiseer helemaal niets,' zeg ik hoofdschuddend.

Hij fronst. 'Kom op. Wat zijn jouw raakvlakken met Marco? Waar hebben jullie het samen over gehad? Hoe vult hij jou als persoon aan?' vraagt hij zich hardop af. 'Geloof me, jullie zijn als match gedoemd te mislukken, en dan lijk je wel degelijk op je moeder.'

Het is alsof twee vuisten mijn hart vastpakken en het uitwringen. Ik leg mijn hand op mijn borst in een poging de fysieke pijn te verminderen. Het werkt niet.

'Sorry,' klinkt het direct naast me. 'Ik ging te ver. Ik ben gewoon... een beetje van mijn stuk.'

Ik knik half, nog altijd niet in staat om te reageren.

'Babs, ik bedoelde het niet –' Brent stopt abrupt met praten en kijkt op.

Even kijk ik hem verward aan, maar dan hoor ik het ook.

'Hallo?!' Er galmt een stem over het water. 'Hallo?! Brent! Babs!'

Eerst denk ik dat mijn ogen me bedriegen, maar in de verte komt toch echt een motorboot aan met een maar al te bekende figuur voorop. Is dat...? O, mijn hemel, ja, het is Marco met achter hem enkele onbekende mannen in oranje hesjes. Ik ben blij dat ik al zit, anders was ik van pure opluchting op Ronja's as gestort.

We zijn gered.

'Jongens, wat ben ik blij jullie te zien!' Marco springt uit de boot nog voordat die de oever heeft bereikt en schiet op ons af. Voor ik goed en wel doorheb wat er gebeurt, slaat hij zijn armen om me heen en hij trekt me stevig tegen zich aan. 'O, wat heb ik me zorgen gemaakt. Ik snap niet hoe dit heeft kunnen gebeuren. Het ene moment waren jullie er nog en daarna… en we konden jullie nergens vinden, we zijn non-stop aan het zoeken geweest, er zijn vier teams de omgeving aan het uitkammen.' Hij houdt me op afstand en neemt me onderzoekend op. 'Ben je oké?' Zijn ogen schieten van Brent naar mij. 'Zijn jullie gewond?'

'Ik ben helemaal oké,' weet ik uit te brengen tussen mijn tranen van opluchting en de opkomende shock door, nu plots tot me doordringt dat we gered zijn en dat het heel anders had kunnen aflopen.

'O, ik ben zo opgelucht,' brengt Marco opnieuw uit. 'Zet dit alsjeblieft niet op Tripadvisor.'

Ik knipper een keer tegen zijn borst aan. Wat?

Moeizaam maak ik me los uit zijn omhelzing en zet een stap achteruit. 'Wat?'

'O man, gelukkig is het allemaal goed gekomen. Ik moet er niet aan denken als…' Hij schudt zijn hoofd en kijkt me met een brede glimlach aan. 'Een goede afloop gelukkig. Kom, jullie zullen wel uitgehongerd zijn.'

Voordat ik goed en wel tot me heb kunnen laten doordringen wat hij zojuist zei, troont hij me mee naar de boot, waar ik door een onbekende man aan boord word geholpen. Brent volgt en terwijl Marco de motor weer aanzet, worden we allebei door een van de mannen in het bootje gecheckt op verwondingen. Tot mijn verbazing duurt het niet langer dan een kwartier voordat de lodge in beeld komt.

Ik kijk opzij naar Brent. 'Dit hadden we zelf ook kunnen

vinden. Als we gewoon verder gelopen waren...'

'Dan hadden we het ook gered,' vult hij aan en hij glimlacht vluchtig naar me. Op zijn schoot klemt hij zijn rugzak, met – weet ik nu – de lege urn. Ik hoop dat het hem niet al te veel blijft kwellen. Ik neem me voor er met hem over te praten als we weer alleen zijn.

Als we weer alleen zijn.

Op de een of andere manier dringt het nu pas tot me door dat we teruggaan naar de groep, terug naar de retraite. En dat voelt vreemd. Alsof ik niet terug kán naar hoe de eerste dagen waren. Alsof ik niet terug wíl naar hoe het was. Ik wil gewoon... naar huis. Of niet? Wie weet wat me daar te wachten staat. Donna die een verlichte Babs verwacht? Het einde van mijn carrière? Een lege, echoënde put waar ooit mijn inspiratie vandaan kwam? Nee, niet naar huis. Maar wat dan?

Pas als ik even later omringd door de groep op de veranda zit te praten over onze belevenissen, met iets te eten en iets te drinken, met verkoelende zalfjes op de juiste plekken, en Brent zich heeft teruggetrokken, besef ik wat ik wil: ik wil weer met hem alleen zijn.

29

Terwijl de rest van de groep met Ananda op pad gaat voor een linksdraaiende helende chakrawandeling (of iets dergelijks – ik luisterde niet heel goed) blijf ik in overleg met Ronja's goeroe alleen achter om 'bij te komen van de enerverende ontwikkelingen'. Dit was de eerste keer dat ik Ananda een beetje van slag heb gezien, maar zoals altijd wist ze er al snel een spirituele draai aan te geven en benadrukte dat de groei die we hebben doorgemaakt de ontberingen waard was.

En dus lig ik nu op mijn matrasje in alle rust na te denken over mijn spirituele groei van de afgelopen vierentwintig uur. Brent had zich al snel na onze terugkomst teruggetrokken. Hij voelde er blijkbaar weinig voor om onze belevenissen uit de doeken te doen aan de rest. Ik denk aan hoe gebroken hij eruitzag toen hij daar zat, met die urn in zijn armen. Ik kan het hem niet kwalijk nemen dat hij behoefte heeft aan rust. Hij heeft genoeg voor zichzelf te verwerken. En toch vraag ik me af of het hem niet goed zou doen om erover te praten.

Aarzelend schuif ik mijn voeten over de rand van het matras. Ik ga overeind zitten, neem een flinke teug water en worstel me uit de klamboe. Dan loop ik voordat ik van gedachten kan veranderen over de houten planken naar het compartiment waar Brent slaapt.

Ik klop op het hout. 'Brent?'

Geen reactie.

Voorzichtig tuur ik om het hoekje, om te ontdekken dat het hok leeg is. Hij is hier niet. Verbaasd kijk ik om me heen en besluit een rondje te lopen. Hij kan nooit ver weg zijn, want we mogen niet zelf buiten de lodge komen. Al is die regel inmiddels een tikje achterhaald.

De houten planken kraken onder mijn slippers terwijl ik zoekend om me heen tuur. Niet bij de toiletten – oftewel emmers – en niet bij de douches – oftewel: ook emmers. Niet in Marco's hangmat, niet op de veranda. Pas als ik over de reling naar de oever tuur, zie ik hem zitten. Ineengedoken op de boomstam. Ik blijf even staan, maar dan haal ik diep adem en loop de trap af. Het kan niet anders dan dat hij me hoort aankomen – junglehout is niet geruisloos – maar hij kijkt niet om. In plaats daarvan tuurt hij over het water, stroomopwaarts.

Behoedzaam loop ik naar hem toe tot ik naast hem sta. 'Mag ik?' vraag ik, terwijl ik op de plek naast hem wijs.

Hij knikt, haast onmerkbaar, maar haalt zijn blik niet van de plek af waar hij blijkbaar op gefixeerd is.

Zwijgend ga ik naast hem zitten en wacht.

Misschien is dat ook een van mijn nieuwe skills. Dat ik een stilte kan laten vallen.

Gelukkig hoef ik niet al te lang te wachten.

'Ik vraag me af of ik terug moet,' zegt hij bedachtzaam zonder me aan te kijken.

Ik weet direct wat hij bedoelt: terug naar de plek waar de as ligt.

'Maar ik weet niet of ze er gelukkig van zou worden om

vermengd met de aarde weer verplaatst te worden.'

In gedachten zie ik Brent met veger en blik in de weer en ik schud mijn hoofd. Ik geloof inderdaad dat dat niet de bedoeling kan zijn. 'Ik denk dat het een mooie plek is. In de jungle. Bij het water, waar alle elementen elkaar ontmoeten.'

Brent werpt me een zijdelingse blik toe. 'Heb jij weer met Ed aan de wierook zitten snuiven?'

Ik schiet in de lach. 'Sorry, ik denk dat het besmettelijk is.'

'Nou, kijk maar uit,' mompelt hij. Dan een luide zucht. 'Misschien heb je gelijk. Misschien is er geen betere plek dan die plek en heeft het zo moeten zijn, om maar in die termen te blijven.'

'Ik weet zeker dat ze supertrots op je is. Je had ook niet kunnen gaan, weet je. Had ze niet gemerkt,' voeg ik er snel aan toe. 'Tenzij je gelooft in...'

'Alles waar zij in geloofde? Ik geloof niet per se in... dit allemaal.' Hij gebaart achter zich. 'Maar ik wil niet het risico lopen dat ze bij me komt spoken.' Er volgt een korte stilte en dan zegt hij: 'Het voelde als een manier om het goed te maken. Dat ik er niet was, toen...' Hij maakt zijn zin niet af.

'Ik weet zeker dat ze je dat vergeven heeft,' zeg ik zacht en ik pak zijn hand vast om een zacht kneepje in zijn vingers te geven. Een paar seconden blijf ik zo zitten. Tot ik besef wat ik doe. Snel trek ik mijn hand terug.

Wat *ís* dit?

Voorzichtig kijk ik naar Brent. Ik voel niet langer die instantirritatie als ik naar hem kijk, ik voel meer iets... vriendschappelijks. Iets vertrouwds.

O hemel.

Bestaat er zoiets als een soort-van-stockholmsyndroom, waarbij je in plaats van voor je ontvoerder gevoelens ontwikkelt voor degene met wie je verdwaald was in de jungle? Dat klinkt namelijk als de enige logische verklaring voor mijn gedrag.

'Het gekke is...' gaat Brent onverstoorbaar verder, alsof hij zich niet eens bewust is van mijn hand die zojuist op de zijne lag. '... ik voel me wel anders. Lichter.'

Ik kijk hem gespeeld geschokt aan. 'O jee. Ben je dan toch verlicht?'

Wanneer zijn mondhoeken omhoog krullen, bewegen die van mij automatisch mee. Een warm gevoel overvalt me. Het is...

Ho, stop hier nou eens mee.

Ik schud onwillekeurig mijn hoofd. Ik wil niet weten wat voor spirituele krachten hier aan het werk zijn, maar het is wel Brent die hier naast me zit, hè. Het universum is duidelijk in de war.

'Wat?' Brent kijkt me vragend aan.

'Niks,' zeg ik snel. 'Ik eh...' Dan haal ik diep adem. 'Ik ben blij als we morgen weer terugkeren naar de bewoonde wereld.' Daar is geen woord van gelogen. Ik heb mijn portie jungle wel gehad.

De gedachte aan Nederland maakt echter dat mijn maag ineenkrimpt. Want... wat moet ik dan? Wat wil Donna van me horen?

Mijn moeder.

Zou het echt een optie zijn om over haar te schrijven? Het voelt... te persoonlijk, te intiem. Maar misschien is dat juist de verandering die ze willen zien.

Brent knikt bedachtzaam. 'Ik ook, al voelt het raar om Ronja hier achter te laten.'

'Maar dit is de plek waar ze wilde zijn, toch?'

Hij knikt nog eens. Zijn blik gaat opnieuw naar de onzichtbare plek stroomopwaarts. 'Ja, ik denk... ik denk dat het zo goed is. Ik hoop dat ze me het nu kan vergeven vanaf daarboven.'

Ik kijk naar Brent. En plots besef ik het. Het gewicht op zijn schouders. 'Ik denk dat het belangrijker is dat jij jezelf vergeeft.'

Er volgt een diepe zucht, waarna hij met zijn handen over zijn gezicht wrijft. 'Waarschijnlijk heb je gelijk.' Hij kijkt me onpeilbaar aan. 'Weet je, ik denk dat het met dat boek van jou wel goed komt, je hebt opeens zoveel wijze inzichten.'

Ik snuif.

'Nee, ik meen het. Je bent... anders dan toen we hier aankwamen. Serieuzer, rustiger. En je kijkt niet meer zo veroordelend als in het begin.'

Even weet ik niet wat ik moet zeggen. Ik wil protesteren dat ik dat helemaal niet deed, maar blijkbaar heb ik mijn ongenoegen niet onder stoelen of banken gestoken. Ik haal mijn schouders op. 'Het universum werkt op mysterieuze wijze, zullen we maar zeggen.'

Brent glimlacht.

We blijven een paar minuten in stilte zitten.

'Sorry voor wat ik eerder zei,' zegt Brent dan.

'Welk stuk?' vraag ik droog, al heb ik wel een vermoeden waar hij op doelt. Maar ik weet niet zeker of ik dat onderwerp nog een keer wil aansnijden.

'Over je moeder, dat je op haar lijkt. Dat had ik niet moeten zeggen.' Hij schraapt zijn keel. 'Ik ken haar niet en je hebt gelijk, ik weet niks over jullie verleden.'

'Het is oké,' mompel ik in de hoop dat hij er weer over ophoudt.

Brent lijkt even te aarzelen, maar knikt. Dan schraapt hij opnieuw zijn keel. 'Goed, ik eh... ik ga even douchen. Die faciliteit hier heb ik enorm gemist.'

Zijn grapje komt zo onverwacht dat ik hardop lach. Zijn hele gezicht licht op door zijn glimlach. 'Zie je wel dat je om me kan lachen,' zegt hij met glinsterende ogen. Dan draait hij zich om en loopt weg.

Ik blijf zitten.

Met een glimlach om mijn lippen.

En een bataljon aan vlinders in mijn buik.

Ik weet niet hoelang ik daar nog zit. Nu het einde van deze hele ontbering in zicht komt, lijkt mijn brein behoefte te hebben aan een soort evaluatie van de hele week. Ik denk aan de mensen die ik hier heb leren kennen. Emma die – ondanks onze eerste ontmoeting – een vriendin is geworden, Fia die als een soort moeder-overste altijd een warme glimlach voor me klaar heeft en Brent die... Brent is. Ik schud snel de gedachten aan Brent van me af.

Stockholmsyndroom – stockholmsyndroom – stockholmsyndroom.

Ik bedoel, ik kan toch onmogelijk... gevoelens voor hem hebben? Brent lijkt in niets op de mannen voor wie ik normaal gesproken val. Zowel qua uiterlijk als qua innerlijk is hij heel anders. Maar... hij is niet nors en chagrijnig zoals ik dacht. Sterker nog, hij blijkt open, ondernemend en een goede gesprekspartner. Dan verschijnt Marco voor mijn geestesoog. Zijn gespierde armen die me omhelsden toen hij ons trof op de oever en…

Ik frons. Mijn gedachten gaan terug naar het gesprek met Brent over Marco. Heb ik hem inderdaad geromantiseerd? Tja, misschien niet heel verwonderlijk als romanschrijver. Maar zijn uiterlijk, de dingen die hij zei…

Het is vooral… erg algemeen. Ik zou er mijn levenskeuzes in ieder geval niet aan ophangen.

Ik leg mijn hoofd in mijn handen en staar naar het water. Misschien is het tijd om toe te geven dat Marco inderdaad niet mijn droomman is. En ergens… als ik heel eerlijk ben, voelt het zelfs als een opluchting. Ik bedoel, hij is wel héél erg outdoorsy, ik krijg bovendien totaal geen hoogte van hem en hij wordt duidelijk lang niet zo wild van mij als hij van de jungle wordt. Deze realisatie heeft een groot voordeel: ik hoef mijn toekomstige kinderen in ieder geval niet in het oerwoud op te voeden.

Dan vind ik het niet zo gek dat je moeite hebt met in liefde geloven.

Dat is onzin. Natuurlijk geloof ik in de liefde. Ik had toch mijn opa en oma als grote voorbeeld? En wat dacht je van Fia? Brent heeft op dat punt geen gelijk, ik heb altijd in liefde geloofd. Maar wel met randvoorwaarden. Mijn moeder is het levende bewijs wat er gebeurt als je je eisenlijst juist niet zo nauw neemt. En ik lijk niet op mijn moeder. Echt niet. Dat is juist de reden waarom ik mijn lijstje heb gemaakt. Als er een man is die aan al die eisen voldoet, sta ik heus open voor de liefde.

Kijk maar naar Marco.

Oké, slecht voorbeeld. In eerste instantie leek het inderdaad bizar dat hij precies de opmerkingen maakte die de love-interest uit mijn boeken ook maakt, maar… misschien zijn het inderdaad nogal algemene opmerkingen. Misschien zelfs… clichéopmerkingen. Ik krimp ineen. Precies het probleem dus.

Shit, Donna had écht gelijk.

Maar toch kan ik het idee niet van me afschudden dat de perfecte man bestaat. Dat moet toch? Op elk potje past een dekseltje, aldus oma. Misschien is Marco het niet, maar…

Er scheert een enorme reiger over het water en ik volg zijn bewegingen. Wanneer het dier met een vlucht naar beneden duikt en een vis uit het water plukt, slaak ik een diepe zucht.

Ik wil best toegeven dat deze week me meer heeft opgeleverd dan ik verwacht had. Vriendschappen, inzichten en wellicht inspiratie. Tenminste, als ik het aandurf om over mijn moeder te gaan schrijven. Het voelt nog… ik weet het niet, ik weet niet of het goed voelt. Maar ik heb nog even om daarover na te denken.

Dag 7: De kruinchakra

Thema: Manifestatie ware zelf – innerlijk bewustzijn
Kleur: Violet en wit
Element: Kosmische energie

'Het universum heeft een plan.

Het enige wat je moet doen is ernaar luisteren.'

30

Die nacht slaap ik als een blok, doodmoe van alle indrukken en ons avontuur. Ik merk niets van rondzwermende muggen, word niet wakker van het boerconcert van de brulapen en word me pas weer bewust van de wereld om me heen wanneer Emma me tamelijk hardhandig door elkaar schudt. 'Babs, opstaan.'

Ik kreun en wil me omdraaien, maar haar ijzeren greep houdt me tegen.

'Babs, wakker worden. We vertrekken zo, we gaan naar huis.'

Mijn ogen vliegen open. Onze jungletrip zit erop. De dag waarvan je niet zeker wist of hij nog zou komen. 'Geen meditatiesessie meer?' Ik draai me hoopvol om. Emma's gezicht vertelt me dat ik ook weer niet zóveel geluk heb. Ik kreun nog eens.

'De laatste, je kunt het,' zegt Emma monter. Precies zoals ik haar heb leren kennen: ze blijft optimistisch, ondanks alles.

Wanneer ik omhoog kom, zie ik dat ze haar weinige bezittingen – je weet wel, de essentiële dingen voor als je de jungle in gaat – al in haar rugzak heeft gepakt. Het laken waaronder ze deze week geslapen heeft ligt netjes opgevouwen op het matras en er zit een knoop in de klamboe zodat hij boven het bed en niet in de weg hangt. ‘Nou, jij hebt er zin in.’

Emma lacht een beetje ongemakkelijk. ‘Ik kijk er echt naar uit om terug te gaan, ik heb genoeg jungle gezien voor de komende jaren. Na deze week wentel ik me graag nog een paar dagen in luxe.’

Niet-begrijpend kijk ik haar aan.

‘Het hotel? O, je hebt echt geen idee van het programma, hè?’

Ik frons. ‘Ik dacht dat het langer duurde, ik vlieg pas over drie dagen terug, geloof ik. Ik durfde niet na te denken over wat er na terugkomst uit de jungle zou gebeuren. Is het hierna afgelopen dan?’

‘De retraite wel, maar we hebben nog twee dagen in het hotel tegoed. Een soort post-jungle acclimatiseerperiode, al geloof ik dat Ananda er een betere naam voor had. Dat was voor mij een van de doorslaggevende redenen om deze retraite te kiezen, je kon zelfs kiezen hoelang je er nog aan wilde vastplakken,’ bekent Emma met een grijns.

Het vooruitzicht om alsnog enkele dagen met een cocktail aan het zwembad te liggen en het kleurrijke dorp te verkennen maakt dat ik uit bed spring.

Emma loopt naar de deuropening. ‘Nog een laatste keer samen luidruchtig ademen. Dat wil je toch niet missen?’

Wanneer ik een half uur later met gesloten ogen op de veranda zit en me probeer te concentreren op Ananda’s woorden, lijkt het even alsof er niets gebeurd is. Alsof ik niet bijna vierentwintig uur in de jungle heb moeten overleven, alsof ik me niet heb gerealiseerd dat Marco niet mijn droomman is, alsof Brent en ik niet verborgen stukken van ons leven met elkaar hebben gedeeld.

'En de zevende chakra, de Sahasrara chakra, is je kruinchakra. Sommigen van jullie hebben hem al ontwikkeld, bij anderen is er nog veel potentie hiervoor. Je kruinchakra stelt je in staat om in verbinding te staan met je binnenwereld én je uiterlijke wereld, het is je innerlijke stroom wijsheid, je volmaakte zijn, één met onze spirituele wereld.'

Vanaf mijn plek (en duidelijk nog altijd niet één met mijn spirituele wereld) open ik mijn ogen. Het blijkt namelijk fysiek onmogelijk om met gesloten ogen te rollen. Ik zie hoe Brent één oog opent en om zich heen kijkt. Wanneer onze blikken elkaar ontmoeten, kijken we elkaar een paar seconden aan. Hij trekt zijn wenkbrauw op en ik kan niet voorkomen dat een lachkriebel omhoog schiet.

'Babs?' Ananda kijkt me vragend aan.

'Niks, sorry,' mompel ik snel en ik knijp mijn ogen weer dicht.

'De zevende chakra is toepasselijk als eindstation van deze retraite, de afsluitende dag,' gaat Ananda op zalvende toon verder. 'Wanneer je kruinchakra volledig openstaat, ben je één met de kosmos. Ga voor jezelf na of je zover bent in je reis, en als dat niet zo is, dan is dat ook oké. Het vraagt levenservaring.'

Ik ben er vrijwel van overtuigd dat mijn kruinchakra potdicht zit. Of ja, misschien dat er een klein kiertje is ontstaan. Genoeg wat mij betreft, want het universum lijkt net zo in de war te zijn als ik.

'Aan het einde van deze hoopgevende week wil ik graag

samen met jullie het universum bedanken voor alle inzichten die het ons op deze bijzondere plek heeft gegeven.'

'Amen,' mompel ik binnensmonds.

Met nog een ademsessie in de lijkhouding, waarbij ik bijna weer in slaap val, komen we aan het einde van deze laatste meditatie. Ik onderdruk de neiging om enthousiast te klappen. Dit was de allerlaatste keer. Dát voelt pas als een verlichting.

Ananda staat op. 'De retraite zit erop. Ik wil iedereen vragen na het ontbijt de spullen te pakken en om negen uur te verzamelen op de oever. Dan zullen we naar onze laatste activiteit gaan en vervolgens terug naar het dorp.' Ik wil me net op mijn hielen omdraaien, maar Ananda's stem houdt me tegen. 'Babs, heb je nog een momentje voor me?'

Een paar minuten later zit ik op de boomstam en ik kijk uit over de oever. Ananda neemt in een wolk van spiritualiteit naast me plaats. De eerste paar seconden blijft het stil. 'Hoe gaat het met je?' vraagt ze.

'Goed!' antwoord ik opgewekt. Ananda neemt me onderzoekend op.

'Heb je hier gevonden wat je zocht?' Haar vraag overvalt me. Hij is bovendien nogal ruim. Tot mijn opluchting gaat ze nog verder: 'Je kwam hier met de opdracht om naar binnen te kijken, denk je dat dat gelukt is?'

Ik haal mijn schouders op. 'Ik denk niet...' maar dan stop ik. Want wat ik wilde zeggen is niet waar. Ik wilde zeggen dat het spirituele niet voor mij is weggelegd, en dat ik niet echt iets heb geleerd. Het eerste is misschien nog steeds waar, maar ik voel me wel degelijk anders dan toen ik hier aankwam. Ik kan er alleen nog niet de vinger op leggen en heb een tikje moeite om te geloven dat de invloed van de kosmos er iets mee te maken heeft.

Ik slik. 'Ik denk dat ik wel wat inzichten heb opgedaan,' zeg ik ten slotte als de stilte langer dan sociaal gepast heeft geduurd.

Ananda glimlacht alleen maar. 'Dat is goed om te horen. Wil je ze met me delen?'

Ik begin met de makkelijkste. 'Ik geloof wel dat ik iets in mijn boeken anders kan doen, een diepere laag kan vinden. Misschien...' Ik zoek naar de juiste woorden, maar besluit dan dat die niet ingewikkeld zijn: 'Misschien ga ik inderdaad wel over mijn moeder schrijven.'

'Dat klinkt mooi en waardevol. Dat zal ze fijn vinden.'

Ik snuif. 'Dat valt nog maar te bezien, want ik vrees dat ze er niet zo mooi vanaf komt.' Ananda kijkt me alleen maar aan, wat me uiteraard aanmoedigt om door te praten. 'Op de een of andere manier zijn er deze week steeds meer herinneringen omhooggekomen over mijn jeugd. Ik dacht er nooit zo over na. Maar...' Ik bijt op mijn lip om de brok in mijn keel te verdringen. 'Misschien heeft ze me wel vaker in de steek gelaten dan ik besefte.' Op het moment dat ik die woorden uitspreek, besef ik dat het waar is. 'Zeker toen oma er niet meer was, was ik dikwijls eenzaam, terwijl mijn moeder er feitelijk gewoon was.' Ananda knikt. Ik staar voor me uit. 'En dat is denk ik wat het zo ingewikkeld maakt: ze was er wel, maar toch ook niet. Ik bedoel, er zijn zoveel dingen die ze gemist heeft.' Ik haal mijn neus op en kijk weg. 'Ik heb háár zo vaak gemist.'

'Is dat iets wat je haar kunt vertellen?'

Het idee dat gesprek met mijn moeder aan te moeten gaan, maakt dat ik nog liever mijn verblijf hier met een miljoen jaar verleng. Ik schud mijn hoofd. 'Dat kan ik niet.'

'Misschien met hulp?' oppert Ananda.

Ik schud opnieuw mijn hoofd. 'Nee, nou ja... ik weet het niet.'

'Dat is oké, je hoeft niet direct alles te weten en te doen. Vertrouw op de kosmos, die leidt de weg en kent het proces. Wanneer de tijd rijp is, zul je het weten.'

Ja, juist. Ik onderdruk de neiging om met mijn ogen te rollen.

'Heb je je brieven geschreven?'

'Alleen de laatste paar niet,' zeg ik met een blik opzij. Ik zou zweren dat ik haar ineen zie krimpen.

'Misschien is het een idee om een brief aan je moeder te schrijven? Soms is dat makkelijker dan praten. Wat jij als schrijver wel weet.'

Ik denk over haar woorden na. 'Misschien,' antwoord ik.

'Heb je nog andere inzichten verkregen?'

Ik voel er weinig voor om Ananda een uiteenzetting van mijn liefdesleven te geven. Althans, het gebrek aan. Het is me duidelijk dat Marco niet mijn droomman is, en dat Brent... Nee, daar hoef ik niet eens over na te denken. Met Brent zou ik al mijn eisen in de prullenbak gooien en ik heb dat lijstje niet voor niets. Ik kan dat niet allemaal zomaar loslaten. 'Ik ben vooral druk geweest met overleven,' antwoord ik daarom maar, wetend dat ik haar daarmee buitenspel zet.

Maar Ananda blijkt niet voor één gat te vangen. 'Weet je welke chakra we gisteren hebben behandeld? Toen jullie verdwaald waren?' Het idee dat de groep doodleuk een chakra heeft behandeld terwijl wij wel verscheurd door poema's hadden kunnen zijn, steekt een beetje, maar ik zwijg en wacht tot ze verdergaat. 'Het derde oog. Ajna chakra. Die staat voor eyeopeners en openbaringen. De zesde chakra helpt je bij het nemen van belangrijke beslissingen, zorgt ervoor dat je weet wat goed voelt.' Ik kijk haar vragend aan. 'Ik denk dat zowel jij als Brent daar gisteren hard mee aan de slag zijn gegaan. Zelfkennis en een heldere geest. Het universum had een plan toen het jullie op pad stuurde, daar ben ik van overtuigd. Het enige wat je moet doen is ernaar luisteren.'

31

Met Ananda's woorden nog in mijn hoofd loop ik terug over de loopbrug. Vanuit mijn ooghoek zie ik dat Emma en Ed nog steeds op de veranda zitten, diep in gesprek. Eenmaal in ons hok pak ik mijn rugzak en begin mijn bezittingen in te pakken, verheugd om het vooruitzicht dat we eindelijk deze setting achter ons laten.

'Klop, klop.'

Ik kijk op. Tot mijn verbazing staat Marco in de deuropening. 'O, eh, hoi. Moet ik al komen?' Snel bekijk ik zijn outfit in de hoop op een hint voor de laatste activiteit. Hij draagt een legergroene cargobroek en een zwart shirt. Daarmee kunnen we letterlijk alle kanten op. Onwillekeurig denk ik aan het moment tijdens onze dwaaltocht dat ik Brent Rambo noemde. Daar heeft Marco nu wel wat van weg. Ik onderdruk een glimlach.

Een tikje ongemakkelijk blijft Marco in de opening staan. 'Nee, ik eh...' Hij zet een stap naar voren. '... wilde nog even met je praten, als dat kan?'

Ik knik behoedzaam en onwillekeurig bekijk ik zijn lichaam. Ondanks alle gedachten en conclusies van de afgelopen dagen kan ik niet ontkennen dat zijn aanwezigheid me iets doet. Zijn grote gestalte vult de ruimte en die is al niet zo riant. Mijn wangen worden warm bij het idee dat hij zo dichtbij staat. En we zijn alleen en…

Oké, blijkbaar is het toch hardnekkiger dan ik dacht.

Marco stapt naar binnen en gaat tegenover me op Emma's matras zitten. 'Ik voel me vreselijk schuldig over het hele gebeuren,' begint hij. 'Je weet wel, dat jij en Brent…' Hij maakt zijn zin niet af, maar veegt met zijn handen over zijn gezicht. 'Dit is me nog nooit overkomen: ik ben nog nooit mensen kwijtgeraakt en snap nog steeds niet goed hoe het heeft kunnen gebeuren. Het ene moment waren jullie er nog en daarna… weg. En ik kon jullie niet vinden. Alsof we in rondjes om elkaar heen liepen.' Hij zwijgt een kort moment en schudt zijn hoofd. 'Het is makkelijk gedesoriënteerd te raken in dicht bebost gebied. En normaal gesproken loop ik daar niet, maar…' Hij zucht en maakt een wegwerpgebaar. 'Hoe dan ook… ik wil het graag goedmaken met je.' Hij kijkt me aan en op dat moment kan ik alleen maar terugstaren. Opnieuw verbaas ik me over het feit dat hij zo… bekend voelt. Zijn ogen, die donkere waas van stoppels, zelfs de manier waarop hij glimlacht is alsof ik daar al jaren naar kijk. Ik ben zo gefascineerd door zijn verschijning dat ik bijna vergeet te luisteren naar zijn volgende woorden: 'Misschien vind je het leuk als ik je het dorp laat zien als we terug zijn?'

Ik knipper met mijn ogen. 'Samen met Brent?'

Marco kijkt me verbaasd aan. 'Met Br… nee, ik bedoel… wij tweeën.' Zijn ene mondhoek trekt iets omhoog en een paar van die oude kriebels nemen opnieuw de overhand.

'O,' breng ik uit. Mijn brein maakt overuren. Misschien is dit geen goed idee. 'Ik denk niet dat we –'

'Toe, laat me het goedmaken.' Hij kijkt me met een hoekun-je-deze-man-nou-iets-weigeren-blik aan. Een paar dagen geleden had ik niet geweten hoe snel ik ja moest zeggen, maar...

Het beeld van Brent schiet door mijn hoofd. Ik druk het net zo snel weer weg.

Wat moet die vent toch in mijn hoofd?

'Oké, graag,' antwoord ik dan, zonder nog te luisteren naar mijn eigen geweten.

Misschien is Marco niet mijn droomman.

Maar misschien, heel misschien...

Moet ik dit toch een kans geven?

Je kunt het maar beter zeker weten, toch?

Mijn ogen schieten naar zijn gebruinde armen die nu nonchalant op zijn bovenbenen rusten.

Ja. Zeker weten is altijd beter.

Marco grijnst. 'Geweldig. Ik moet vanmiddag nog even terug naar hier, alles opruimen, klaarmaken voor de volgende groep, maar ik pik je vanavond bij het hotel op, goed?' Ik knik en hij staat op. In de deuropening draait hij zich nog even om. Het is alsof ik naar mijn eigen personage kijk. De man over wie ik al jaren droom. Hij glimlacht. 'Ik kijk ernaar uit, Babs.'

Een kwartier later zie ik vanuit de boot de lodge langzaam uit het zicht verdwijnen.

'Ik ga het toch een beetje missen,' verzucht Emma naast me. Ze klemt haar rugzak stevig tegen zich aan en kijkt afwezig naar het laatste puntje van de lodge dat bijna achter het struikgewas verdwijnt. 'Gewoon, de rust, snap je? De echte wereld slokt je zo snel op. Straks kom ik weer thuis en dan...' Ze maakt haar zin niet af. Ik snap haar wel, ze was zo lang met Sven en heeft me verteld dat ze nog nooit echt alleen heeft gewoond. 'Ik weet gewoon niet of ik überhaupt ooit nog wel iemand tegen zal komen.'

In een opwelling pak ik haar hand beet en knijp. 'Jij redt je wel hoor, daar ben ik niet bang voor.'

Ze glimlacht naar me. 'Insgelijks,' zegt ze.

Onwillekeurig spiek ik naar achteren. Marco zit achter in de boot en kijkt ontspannen uit over het water. Nu ik aan het idee ben gewend, ben ik eigenlijk wel nieuwsgierig hoe mijn uitstapje met Marco zal zijn, hoe hij in een normale omgeving is.

Dan trekt iemand anders mijn aandacht. Brent tuurt afwezig naar de oever. Hij bijt op zijn onderlip en zijn handen klemmen om het houten bankje van de boot. Shit. Dit is het moment dat hij Ronja definitief achterlaat. Een golf medeleven spoelt door me heen. Moet ik... Ik tuur om me heen. Fia zit met Ed, Lila en Tony in de andere boot, van haar kan ik dus niets verwachten. Tussen mij en Brent zit alleen Ananda, die opnieuw haar Pocahontas-pose heeft aangenomen. Met gesloten ogen en wapperende grijze haren laat ze zich over het water voeren.

Voordat ik goed en wel een beslissing heb genomen – of de gevolgen heb overdacht – kom ik al in beweging. 'Sorry,' mompel ik, terwijl de boot begint te wiebelen door het verplaatsen van mijn gewicht. 'Even...' Ik maak een nietszeggend gebaar als Emma verbaasd opkijkt, en klim voorzichtig over de houten bank. Ananda's ogen gaan open als ik haar onhandig passeer, maar ze knikt alleen en doet dan haar ogen weer dicht.

'Babs, wil je gaan...' Marco's woorden sterven weg als hij ziet dat ik naast Brent plaatsneem. Ik neem niet de tijd om te zien wat hij van deze ontwikkeling vindt. Brent kijkt op, fronst even maar ontspant dan zichtbaar. Ik wurm mezelf zonder iets te zeggen naast hem op het bankje. Op de een of andere manier weet ik instinctief dat ik niet hoef te praten om hem te steunen. Liever niet zelfs. Ik zit daar gewoon en dat is genoeg. Het gereutel van de motor klinkt over het water terwijl we toekijken hoe de oever langs ons glijdt.

'Dank je wel,' mompelt Brent na een paar minuten.

Ik glimlach alleen maar naar hem en richt me weer op de omgeving. Nu ik weet dat dit de laatste momenten in de jungle zijn, kan ik er maar beter nog even van genieten. De kans is heel groot dat ik hier nooit terugkom. Na een paar minuten voel ik Marco's ogen op mijn rug branden. Ik kijk vluchtig over mijn schouder, maar kan hem niet goed lezen, zoals ik al de hele week geen idee heb wat er in die man omgaat.

Een groot verschil met Brent, die je nu woordeloos lijkt te begrijpen.

Dat stemmetje is onverbiddelijk.

Ik schud mijn hoofd om het te verjagen.

Ik werp nog een snelle blik achterom. Marco knipoogt. Maar voordat ik kan reageren, stuurt hij de boot naar de oever en mindert hij vaart. Nieuwsgierig kijk ik om me heen. Er is hier niets te zien. Marco springt vlot op het mulle zand en steekt zijn hand naar me uit. Zijn vingers klemmen net iets langer dan nodig om de mijne als ik uitstap, maar dan laat hij me los om Ananda uit de boot te helpen. Brent springt naast me op de oever en loert – net als ik – wantrouwend om zich heen. 'Wat gaan we hier doen?'

'Hier gaan we...' Marco maakt een weids gebaar over de rivier. Pas nu valt me op dat het water op dit punt een stuk breder is dan even geleden. '... met dolfijnen zwemmen!' Het blijft even stil terwijl iedereen verbaasd naar het water tuurt. De rivier is hier breder, maar ook troebel, met een soort bruinige kleur. Niet de meest idyllische plek om met dolfijnen te zwemmen. 'Hier?' herhaal ik onzeker als de stilte voortduurt.

'Ja! In de Amazone leeft de Orinocodolfijn. Heel bijzonder, vanwege de lichtroze huid. In dit stukje leven er vier, twee paartjes. Heel romantisch,' voegt hij eraan toe.

Ik registreer die laatste woorden amper en tuur in plaats daarvan naar het water. Ik zie niets.

'Ze komen om de paar minuten boven om adem te halen,' gaat Marco enthousiast verder, terwijl hij zijn broek openknoopt. 'Ze hebben een lange snuit met zo'n dertig paar tanden, maar zijn voor de mens ongevaarlijk. Ze eten vis, krab en schildpadden.' Hij laat prompt zijn broek zakken en er komt een strakke, donkere zwembroek tevoorschijn. Ik kan niet anders dan naar de bobbel onder de spandex staren, terwijl hij al pratend zijn shirt over zijn hoofd uittrekt. Mijn ogen schuiven naar boven, waar een gespierde torso met een bescheiden patroon donkere haartjes tevoorschijn is gekomen.

'Je mond staat open,' fluistert Emma geamuseerd naast me. Ik kijk snel weg. Recht in de ogen van Brent. Even denk ik dat er iets van teleurstelling over zijn gezicht schiet, maar zo gauw als ik het zie is het alweer weg en is zijn bekende frons weer terug.

Terwijl Marco naar de waterkant loopt, neemt Ananda het woord. 'Er zijn talloze legendes rondom de dolfijn, maar de bekendste is het verhaal dat de inheemse bevolking al generaties lang doorvertelt. Zij geloven dat het dier prachtig kan zingen en 's nachts verandert in een beeldschone vrouw die vissers probeert te verleiden om hen mee te voeren naar de bodem van de rivier.'

'Net als Enya,' knikt Ed. 'Je weet wel, "Orinoco Flow"?' voegt hij eraan toe, als iedereen hem verbaasd aanstaart.

'Waar wachten jullie nog op?' Marco staat al tot zijn kuiten in het water en kijkt ons met een brede grijns aan.

Terwijl Ed, Lila en Tony direct hun kleding uittrekken, blijf ik aarzelend staan. Mijn ogen gaan naar het troebele water, waar nog altijd geen dolfijn te zien is.

'Eh...' Naast me aarzelt Emma hoorbaar ook. 'Ik denk dat ik pas,' concludeert ze.

Ik knik. 'Ik zit deze ook wel uit.' Ik ben nog nooit zo blij geweest dat ik geen bikini bij me heb.

Brent schraapt zijn keel. 'Dit is nog steeds hetzelfde water als waar die piranha's in zwemmen, toch?' Bij die woorden kijkt Tony gealarmeerd om zich heen en zet twee stappen terug in de richting van de oever.

Marco knikt. 'Zeker, maar die zitten hier niet hoor.'

'Ze leven in troebel water, zei je,' houdt Brent vol. Hij knikt naar de rivier. Hij heeft een punt.

'Je kunt me vertrouwen of niet, aan jou de keuze,' antwoordt Marco, met een scherp randje dat ik nog niet eerder gehoord heb.

Brent kijkt hem even zwijgend aan. 'Gezien mijn ervaringen van de afgelopen dagen gok ik er maar niet op,' concludeert hij, met eenzelfde vreemde ondertoon. Zonder op een reactie te wachten draait hij zich om en richt zijn aandacht op Fia. Terwijl Marco hem nog even aanstaart, ondersteunt Brent Fia terwijl ze terug in de boot stapt.

Ik kijk nog een laatste keer naar Marco, die nu zonder aarzelen het water in duikt. Dan glipt mijn blik naar Brent en Fia. En ik besluit dat ik ook liever in de boot blijf.

Ik vang in het uur dat volgt slechts drie keer een glimp op van een rivierdolfijn. Bij elkaar opgeteld precies twee seconden. Fia is opvallend stil, maar lijkt tevreden met Brents gezelschap, die zwijgend naast haar zit en af en toe op het water wijst.

Ananda heeft zich in een of andere meditatieve stand op de oever geïnstalleerd en dus klets ik wat met Emma, terwijl we toekijken hoe de rest van plek naar plek zwemt, elke keer als er beweging in het water wordt waargenomen.

Ik zit eerste rang wanneer Marco het water uit gaat, een handdoek uit de boot vist en vervolgens zichzelf zorgvuldig afdroogt. Hij is precies zoals ik me had voorgesteld. Zijn bovenlijf lijkt wel gebeeldhouwd als een Griekse god, maar toch… Ik had verwacht dat het me meer zou doen. De vlinders die eerder deze week mijn maagstreek tergden blijven ditmaal uit. Ik volg zijn bewegingen wanneer hij zich weer aankleedt. Als hij zijn shirt over zijn hoofd trekt, blijft zijn blik even op mij hangen. Onze ogen haken in elkaar, en ik…

Ik weet het niet meer.

32

Vermoedelijk is dit de eerste keer in mijn leven dat ik huil omdat ik een douchekop zie. Maar wie kan het me kwalijk nemen? Ik heb dit zo gemist.

Ik ben na een lange tocht vol zweet en stof happen weer in mijn 'eigen' kamer. Ik wist van gekheid niet waar ik moest beginnen. Ik heb eerst tien minuten op het zachte bed gelegen. Daarna heb ik al mijn kleren weer uit de koffer gehaald en opnieuw netjes in de houten kast gelegd om er vervolgens een half uur gelukzalig naar te staren. Mijn telefoon ligt aan de oplader en ik heb zojuist in drie tellen een flesje ijskoude cola leeggedronken.

Nu sta ik op het punt om een douche te nemen. In een douchebak. Met een douchekop erboven. En een thermostaat. En ik besef hoe simpel geluk kan zijn. Ik haal diep adem, stap eronder en zet de kraan aan.

Ik zucht voldaan als ik het lauwwarme water over me heen voel stromen en ik sop mijn haren en mezelf rijkelijk in met ongeveer een liter shampoo en zeep. En daarna nog eens, gewoon omdat het kan. Ik scheer mijn benen – hoera! – en word dan gedwongen eronderuit te komen door de veranderende temperatuur van het water; vermoedelijk heb ik het warme water voor het hele hotel opgemaakt. Ik droog mijn haren en breng zorgvuldig wat make-up aan. Uit de kast kies ik een luchtig zomerjurkje, waarna ik tevreden in de spiegel kijk.

Ik lijk eindelijk weer een beetje op mezelf.

Toch zie ik er compleet anders uit.

Mijn huid is gebruind, mijn haren glanzen. Opnieuw wordt mijn aandacht getrokken door de sproetjes die zich rond mijn neus hebben verzameld. Ik trek mijn neus op en grijns naar mezelf.

Een nerveuze kriebel roert zich in mijn buik bij de gedachte dat Marco me zo komt ophalen voor onze date. Ik denk dat ik het nu wel zo durf te noemen.

De rest van de groep heeft afgesproken samen te gaan eten. Het voelt ergens wel jammer om niet aan te kunnen sluiten. Na het eten vertrekken Tony en Lila al; ze blijken onverzadigbaar als het om spiritualiteit gaat en hebben zich aangemeld voor een tantraretraite in Venezuela. Hun vliegtuig vertrekt vanavond nog, dus ik heb al afscheid van die twee genomen.

Ik loop de deur uit, op weg naar de ingang waar Marco me zal ophalen. Ondanks mijn reserves maakt mijn hart een sprongetje als ik hem zie staan. Hij draagt een witte blouse met opgerolde mouwen, een kaki korte broek en nonchalante teenslippers. Misschien heb ik me toch te veel laten beïnvloeden door al die wierookdampen en spirituele praat, dit is toch mijn droomman?

Wat zijn jouw raakvlakken met Marco? Waar hebben jullie het samen over gehad? Hoe vult hij jou als persoon aan? Geloof me, jullie zijn als match gedoemd te mislukken, en dan lijk je wel degelijk op je moeder.

Ik vertraag mijn pas. Onvoorstelbaar dat Brent op een

moment als dit in mijn hoofd oppopt. Hoe durft hij. Ik schud verwoed mijn hoofd en druk zijn woorden – die maken dat mijn maag een beetje ineenkrimpt – weg.

Marco draait zich om als hij mij hoort naderen. Een glimlach verspreidt zich over zijn knappe gezicht. 'Wauw, Babs, je ziet er fantastisch uit.'

Tot mijn grote verbazing pakt hij mijn hand vast, leunt naar me toe en drukt een zachte kus op mijn wang. Mijn wangen worden direct warm.

Ik glimlach. 'Toch anders zo, hè?'

Marco knikt. 'Alleen maar beter. Klaar voor?' Hij houdt zijn arm op. Ik haak mijn arm in de zijne en samen lopen we de straat op.

Ik heb het dorp alleen kunnen bekijken toen ik uitgeput en/of op van de zenuwen in de laadbak van een jeep zat, dus ik probeer nu elke kleurige baksteen op te snuiven. De gebouwen zijn in uiteenlopende vrolijke tinten geschilderd, er bloeien prachtige bloemen in fuchsia en oranje en ook hier is alles heldergroen. Brede struiken, hoge palmen. Wanneer we de hoofdstraat inslaan, waar de meeste restaurantjes en cafeetjes zitten, kijk ik opzij. 'Waar gaan we eigenlijk naartoe?'

Vol verlangen staar ik naar de cafés in junglethema, met overal planten en vrolijke lampjes. Het oogt zó gezellig. De meeste restaurants hebben grote borden buiten staan met in kleurige letters hun menukaart, de beste cocktails of de aankondiging van hun happy hour.

'Ik heb iets bijzonders in gedachten,' antwoordt Marco en hij trekt me mee. Spijtig zie ik hoe we aan de kleurrijke restaurantjes voorbijlopen.

'Tadaa.' Hij maakt een uitnodigend gebaar. We staan voor

een groot witgepleisterd gebouw. Er zijn geen bloemen, enkel een strak aangelegd perkje met grote sanseveria's. Voor de glazen ingang staan aan weerszijden twee grote glazen staanders met daarin flakkerende vlammen.

Een gevoel van teleurstelling golft door me heen. Dit gebouw ziet er verdacht… modern uit. 'Wat is dit precies voor plek?' Ik kijk nog eens achterom, waar de lampjes zachtjes tussen de palmen deinen.

'Dit is het chicste restaurant van het dorp. Ik ken de eigenaar. Ik dacht dat je wel toe zou zijn aan wat luxe na de afgelopen dagen.' Hij glimlacht met twinkelende ogen naar me en ik kan niet anders dan teruglachen. Ik druk de teleurstelling snel weg. Het is hartstikke lief van hem om dit te regelen en ik heb me ook niet bepaald als Jane uit de jungle opgesteld. Het is logisch dat hij denkt dat ik hier graag naartoe zou willen.

Marco geeft me een licht duwtje in mijn onderrug en we lopen het gebouw in.

Airco. Ik was het bestaan ervan bijna vergeten. Maar zo gauw we de lichte hal in stappen, voel ik de koele lucht over mijn huid glijden. Een rits kippenvel verspreidt zich over mijn lichaam, en het is heerlijk.

Een man in pak komt ons tegemoet lopen. 'Marco, *so good to see you*!' Ze schudden elkaar hartelijk de hand, waarna hij zich nieuwsgierig tot mij richt. '*Who is this?*'

'*This is Babs, one of our participants this week.*' Marco leunt naar hem toe. '*I've got some making up to do, so bring your best wine, please.*'

De man trekt zijn wenkbrauwen op, maar grijnst. '*Of course.*' Hij wijst ons op een ronde tafel met een riante bank in een halve maan eromheen. Het blauwe velours oogt heerlijk zacht en is aangekleed met een dozijn kussens. Mijn hemel, volgens mij is het weken geleden dat ik zo comfortabel heb gezeten. Ik laat mezelf wegzakken in de bank en zucht gelukzalig. Oké, vergeet die cocktails en kleurrijke menu's. Ik ga hier nooit meer weg.

'*Red or white?*'

'Hmm.' Met een gelukzalige glimlach kijk ik op vanuit de kussens.

'Rood of wit?' Marco glimlacht. 'Ik heb gezien wat rood met je doet. Misschien beter wit? *White, please,*' vervolgt hij tegen de eigenaar.

Ik vind alles prima.

'*Perfect.*' De man knikt en verdwijnt.

Marco kijkt me onderzoekend aan en een paar seconden neem ik de tijd om terug te kijken. De manier waarop hij naar me kijkt, dat scheve glimlachje. Ik laat al mijn twijfels naar de achtergrond zakken en neem me voor te genieten van deze avond. Wat kan het schelen? En wie weet...

'Nou, Babs, vertel eens wat meer over jezelf. Je schrijft reisgidsen, toch?'

'Ik...' Mijn mond klapt dicht. 'Hè?'

Marco kijkt me verbaasd aan. 'Dat vertelde je toch?'

Mijn brein probeert die met wijn doordrenkte avond terug te halen. O, Marco zat er niet bij toen ik mijn leugen opbiechtte. Shit, één keer iets opbiechten is al gênant, maar twee keer... 'O, nee, dat was een miscommunicatie.' Ik schraap mijn keel. 'Ik schrijf romans.'

Marco trekt zijn wenkbrauwen op. 'Romans?'

'Ja, ik word uitgegeven door een grote uitgever. Mijn verhalen zijn romantisch en humoristisch.'

En cliché, en voorspelbaar en uit de mode.

'O, wauw.' Marco leunt achterover en wrijft over zijn kaak. 'Ik dacht dat je… Ik moet eerlijk bekennen dat ik eigenlijk nooit lees.'

Nu is het mijn beurt om te knipperen. 'Nooit?'

Marco haalt zijn schouders op. 'Niet echt. Alleen reisgidsen of informatieve boeken over de omgeving of bushcraft. De biografie van Steve Irwin heb ik twee keer gelezen.'

'O. Ja, dat is wel… iets anders dan ik schrijf.'

'Schrijf je dan van die zoetsappige verhalen? De vrouw krijgt de knappe man? Heb je nog inspiratie opgedaan?' Hij grijnst naar me.

Je moest eens weten.

'Deze week was voor mij bedoeld om… misschien andere inspiratie te vinden.'

'Is dat gelukt?'

Inmiddels hoef ik niet lang meer na te denken over die vraag. Het besef wat me te doen staat is meer en meer ingedaald en ik raak er steeds meer van overtuigd dat dit is wat Donna van me wil horen. 'Ja, dat is gelukt,' zeg ik daarom. 'Mijn volgende boek gaat hoogstwaarschijnlijk over mijn moeder. Over mijn jeugd.' Ik kijk hem verwachtingsvol aan. Ik ben opeens benieuwd wat hij van dat idee vindt. Het voelt… kwetsbaar. Als ik dit doorzet, kan iedereen straks over mijn jeugd lezen.

'Jammer dat je geen reisgidsen schrijft,' zegt hij tot mijn verbazing, mijn openbaring compleet negerend. 'We zouden een perfect team zijn geweest, samen de wereld rond.' Hij knipoogt naar me.

'Eh ja... ik denk het? Maar die schrijf ik dus niet,' antwoord ik enigszins uit het veld geslagen. Ik denk kort over zijn woorden na. 'Woon je eigenlijk permanent hier? Of ben je bijvoorbeeld in de winter wel in Nederland?'

'Ik moet er niet aan denken. Ik bezoek mijn ouders tweemaal per jaar, maar de rest van het jaar ben ik onderweg. Ik heb hier een appartement en buiten het seizoen probeer ik zoveel mogelijk te reizen.'

'Ah,' antwoord ik. Een vaag gevoel van teleurstelling daalt over me heen. 'Hoe zie je dat voor je als je iemand ontmoet? Ik bedoel, in de liefde?'

Marco neemt me onderzoekend op. 'Ik hoop dat zij dan met me meegaat, het avontuur tegemoet.'

'Ah,' antwoord ik nog eens, waarbij ik definitief een streep zet door het sprookjesbeeld van onze toekomstige relatie. Je kunt mij veel noemen, maar avontuurlijk ben ik niet. En ik geloof dat ik dat aardig heb bewezen de afgelopen dagen. Dan bedenk ik ineens iets. 'En als je toekomstige liefde een baan heeft?'

'Mijn toekomstige vrouw hoeft niet te werken. Ik verdien genoeg om haar te onderhouden. Ze kan lekker met me mee, waar ik ook heen wil, en als ik aan het werk ben kan ze zich bezighouden met wat ze maar wil, leuke dingen. Zoals verhaaltjes schrijven.' Hij wijst op mij. 'Alle tijd voor dat soort hobby's, ideaal toch?' Zijn hand schuift iets over tafel tot zijn pink de mijne raakt.

Ik wacht tot er iets gebeurt. Een kriebel. Een blos.

Niets. Een gapende leegte in mijn brein. Enkel zijn laatste woorden echoën door dat zwarte gat.

Ik trek mijn hand weg en neem een slok van de wijn. Het

is een te grote slok, maar ik slik hem dapper door en wijs op de menukaart, die samen met de wijn is gebracht. ‘Zullen we maar iets bestellen?’

33

Brent heeft gelijk. Marco en ik zijn geen match. Dat wil nog niet zeggen dat ik op mijn moeder lijk – die opmerking wringt nog steeds – maar het is me inmiddels op een dodelijk saaie manier duidelijk geworden dat iemand aan alle criteria van je eisenlijst kan voldoen en alsnog totaal niet bij je kan passen.

We spreken een compleet andere taal. Telkens als ik denk te weten welke kant ons gesprek op gaat, slaat Marco opeens een zijweg in. Negen van de tien keer bestaat die zijweg uit een verhaal over iets wat hij zelf een keer heeft meegemaakt. En altijd heeft het iets te maken met de jungle. Nope, outdoorsyer dan dit wordt het niet.

Het is me echter niet duidelijk of Marco doorheeft hoe ik erin sta. Ik heb al drie keer mijn hand weg moeten trekken en ben twee keer naar de wc gegaan om maar van zijn hand op mijn bovenbeen af te komen, maar telkens als ik terugkom, lijkt hij nog dichterbij te schuiven.

Wanneer de eigenaar aan onze tafel komt om te vragen of we nog een nagerecht willen, grijp ik mijn kans. Ik steek verontschuldigend mijn hand op. 'Nee, dank je, ik zit echt helemaal vol.'

Marco lijkt een fractie van een seconde teleurgesteld. 'De rekening graag,' zegt hij dan.

De man knikt en verdwijnt weer.

'Nou, ik vond het erg gezellig met je,' begint Marco. 'Het is altijd maar afwachten hoe iemand is buiten de jungle, snap je, de lodge is toch een totaal andere wereld, maar...' Zijn blik gaat over me heen. 'Jij bent echt een toppertje.'

Ik doe mijn best niet te huiveren bij dat laatste woord, maar pers er een glimlach uit.

Op dat moment komt de eigenaar terug met de rekening. Marco trekt hem direct naar zich toe. 'Ik betaal uiteraard, als boetedoening.' Hij knipoogt.

'We kunnen hem ook gewoon delen,' zeg ik snel. Ik vind het niets om bij hem in het krijt te staan wanneer ik weet dat we elkaar hierna waarschijnlijk nooit meer zien.

'Nee joh.' Marco schudt zijn hoofd. 'Ik ben een gentleman.' Voordat ik kan reageren loopt hij weg naar de bar, waar de eigenaar op hem wacht. Ze praten met elkaar, lachen en werpen een heimelijke blik op mij.

Plots kan ik niet wachten tot ik weer bij het hotel ben. Maar voor die tijd heb ik nog een pleister los te trekken. En dat kan ik maar beter zo snel mogelijk doen.

'Zullen we?' Hij verschijnt weer naast me. Opgelucht knik ik. Met een vluchtige zwaai naar de eigenaar loop ik – vooruit, een tikje wankel op de benen – met Marco mee naar buiten. Zo gauw we de glazen schuifdeuren door zijn, bots ik tegen een muur van hitte aan, maar ik loop vastberaden door. Ik heb momenteel wel iets anders aan mijn hoofd.

Zwijgend lopen we terug via de hoofdweg, terwijl ik in gedachten verschillende manieren oefen om hem te zeggen dat ik denk dat we geen match zijn. Sterker nog, dat we verre ván een match zijn. Nog sterker, ik denk zelfs dat we beter op verschillende continenten kunnen blijven wonen. Maar na een paar honderd meter wordt mijn aandacht opnieuw getrokken door alle kleurrijke tentjes, waaruit nu vrolijke muziek, gelach en gepraat klinkt. Plots word ik overvallen door een gevoel van heimwee. Niet naar het hotel, maar naar... de groep. Naar Fia, naar Emma.

Verdomme, *naar Brent*.

Dan valt mijn oog op een kleurig beschilderd krijtbord dat half op de stoep is neergezet. Mijn hart maakt een sprongetje. 'O! Karaoke!' roep ik uit. Zonder na te denken grijp ik Marco's arm en trek hem mee. Althans, dat probeer ik.

Marco blijft aarzelend staan. Hij trekt zijn neus op. 'Vind je dat leuk?'

'Meen je dat nou?' Ik draai me met een zwiep naar hem om. 'Ik lééf voor karaoke.' Ik maak onwillekeurig een sprongetje. 'Zullen we?'

Marco kijkt met een van afschuw vertrokken gezicht naar de kroeg en weer naar mij, en glimlacht dan. Even ben ik weer compleet afgeleid door zijn knappe gezicht. 'Ik had eigenlijk gehoopt dat we de avond anders konden afsluiten. Wij samen... ergens alleen...'

Tot mijn grote verbazing glijdt zijn hand over mijn wang en zet hij een stap dichterbij. Even laat ik het gebeuren. Neem hem in me op. Denk aan hoe het zou kunnen zijn. Dan dringt de realiteit weer tot me door. Ik zet een stap achteruit.

'Marco, ik denk niet...' begin ik. Als ik zijn gezicht zie, besef ik dat hij het echt niet doorheeft. En mijn hart breekt een beetje. Ik sta op het punt om mijn droomman af te wijzen. 'Ik geloof dat onze avond hier ophoudt.'

Marco's hand zakt naar beneden. 'Serieus?'

'Serieus,' herhaal ik. 'Ik bedoel, je bent geweldig, maar...'

Hij zet verbaasd een stap achteruit. 'Maar?'

Ik haal diep adem. 'Niet voor mij.'

Op het moment dat ik mezelf de woorden hoor zeggen, besef ik hoe waar ze zijn. Hoe perfect hij ook lijkt, we hebben geen raakvlakken.

Precies zoals Brent zei.

'O.' Marco kijkt me een ogenblik stomverbaasd aan. 'Ik dacht...'

'Dat dacht ik ook,' zeg ik snel. Ik kijk weg, voel me vreselijk ongemakkelijk. En er roert zich nog een ander gevoel. Het lijkt op... verdriet? Hoewel we elkaar pas een week kennen en zelfs pas één avond echt hebben leren kennen, voelt het plots alsof ik een jarenlange relatie uitmaak. En ja, ik voel me ontredderd. Want... als Marco het niet is, als mijn zelfgecreëerde droomman het niet is, dan ben ik verder van ware liefde verwijderd dan ik dacht. Wat is dan liefde? En hoe moet ik daar in hemelsnaam over schrijven?

'Maar er waren signalen...' begint Marco nu enigszins verongelijkt. 'Toch?'

Ik knik toegeeflijk. 'Ja, ik dacht...' Ik schraap mijn keel. 'Luister, ik vind je enorm aantrekkelijk, je ziet er precies uit zoals ik dacht dat mijn ideale man eruit zou zien, maar...'

'Maar ik ben hem niet,' vult hij aan. Hij klinkt berustend. Pas nu durf ik weer op te kijken. Marco kijkt naar een punt achter me.

Ik schud mijn hoofd. 'Het spijt me,' zeg ik. Dat ik dacht dat hij het was. Dat ik hem het idee heb gegeven dat ik met hem definitief de jungle in zou trekken.

Tot mijn verbazing grinnikt hij. 'Doe me een lol, zeg me dat het alleen door de karaoke kwam.'

'Nou...' begin ik.

'Alsjeblieft,' valt hij me in de rede. 'Spaar mijn ego.'

Als ik opkijk, zie ik de humor in zijn ogen. Voor me staat een prachtige man... die me nu smekend aankijkt.

Ik lach. 'Het is de karaoke. Het is altijd de karaoke geweest.'

Marco knikt. 'Vind je het heel erg als ik hier dan afdruip?' zegt hij met een blik op de karaokebar.

Ik schud mijn hoofd. Marco zet nog een stap achteruit.

Een fractie van een seconde ben ik bang dat ik een fout maak. Dat we elkaar gewoon beter moeten leren kennen. Hij glimlacht. 'Een laatste knuffel?'

Ik zet een stap naar voren en Marco slaat zijn armen om me heen. Ik snuif zijn frisse dennengeur op, die nu opeens heel anders ruikt. Ik sta mezelf toe om nog een laatste keer mijn hand over zijn gespierde rug te laten gaan. In gedachten schieten alle momenten voorbij waarop hij iets zei of deed wat mij er meer en meer van overtuigde dat hij mijn droomman was. Maar dit keer is het anders. Nu zie ik ze voor wat ze zijn: puur toeval.

Een luchtspiegeling.

Marco zucht tegen mijn haren. 'Nou, wie weet tot ziens dan maar. Ik vertrek morgen met een nieuwe groep naar de lodge.'

Met een beetje spijt laat ik Marco los en zet een stap achteruit. 'Wie weet tot ziens. Als ik ooit inspiratie nodig heb, weet ik waar ik naartoe moet.'

'En als je ooit die reisgids gaat schrijven...' Hij zet een

paar stappen achteruit. Dan salueert hij en draait zich om.

Een paar seconden blijf ik staan en kijk toe hoe de man van mijn dromen wegloopt.

Ik neem het beeld in me op.

Zijn grote gestalte midden over de straat.

Zijn donkere haren met het licht van de lampjes in de palmen.

Maar hij is het niet.

Ik haal diep adem. Slik de brok in mijn keel weg.

Mijn schouders zakken naar beneden.

Het is tijd voor karaoke.

De karaokechakra

Thema: Loslaten
Kleur: Je ware kleur
Element: Earth, wind & fire

'What happens at karaoke, stays at karaoke.'

34

Het interieur van de bar gaat compleet op in de omgeving. De grote houten palen die door de ruimte verspreid staan zijn ruwe boomstammen. Het plafond bestaat uit een enorm bladerdek inclusief lianen en de stoelen bij de kleine houten tafeltjes zijn afgezaagde boomstammen met een kleurig kussen erop. Er zijn zitzakken uit de jaren negentig ingevlogen. De flitsende discobal in het midden van de bar verspreidt een mozaïek van lichtjes. Ik haal diep adem en neem alles in me op, popelend om mezelf te verliezen in de twijfelachtige klanken van mijn eigen stem en een of andere klassieker. Links achterin is een klein podium met een scherm erachter. Ik krijg amper de kans om me te oriënteren als er al een hand omhoogschiet. 'Babs! Hier!'

Verbaasd om mijn eigen naam te horen, kijk ik op. Het is Emma! Verbijstering spoelt door me heen. Ik had totaal niet verwacht dat de rest van de groep hier te vinden zou zijn. Tot mijn verbazing zit Emma aan een piepklein tafeltje met Fia, Ed, Brent en zelfs Ananda. Dat mens zit vol verrassingen. Terwijl twee jonge meiden op het podium een gepassioneerde versie van 'Stand By Me' ten gehore brengen, slalom ik opgelucht door de ruimte naar ze toe. Het tafeltje is bezaaid met kleurrijke glazen in allerlei vormen en maten.

'Nah, wat toevallig, ik wist niet dat jullie hier waren!' roep ik boven de muziek uit.

Ananda glimlacht. 'Je weet het, Babs, toeval bestaat niet.'

'Kom zitten!' Emma trekt me aan mijn arm naar beneden, zodat ik op het krukje naast haar beland. 'Hoe was je date?' roept ze, net op het moment dat het nummer afgelopen is en er een moment stilte valt.

Vanuit mijn ooghoek zie ik het gesprek tussen Ed en Brent verstommen. Of ja, Ed blijft doorpraten, maar Brents hoofd draait iets mijn kant op. Voor ik oogcontact kan maken, wappert Emma met iets voor mijn gezicht.

'Hier.' Ze duwt een langwerpige menukaart in mijn hand. 'Het is happy hour. Al langer dan een uur geloof ik.' Ze giechelt. 'Welke wil jij? Ik heb de mijne bijna op, dus ik doe mee. Ed vast ook wel. Jij ook, Brent?' Zonder zijn antwoord af te wachten buigt ze zich heimelijk naar me toe. 'Ananda en Fia drinken alleen alcoholvrij,' fluistert ze, waarbij ze het laat klinken alsof ze getuige was van een dubbele moord.

Ik grinnik en wijs op de foto van een kleurrijk exemplaar, inclusief parasolletje. 'Die.'

'Perfect.' Emma klapt in haar handen. 'Die had ik net, die was heerlijk.'

'Eh...' Ik bekijk mijn nieuwe vriendin. 'Hoeveel heb je er al op?' vraag ik voorzichtig.

'Nog lang niet genoeg,' vertrouwt ze me met een opgeheven vinger toe. 'Sven had een hekel aan karaoke. En cocktails. En uitgaan.' Ze trekt een vies gezicht. 'Mijn hemel, wat klinkt hij toch als een oelewapper, hè?' Ze snuift en richt zich tot de rest. 'Ed, jij? Brent?' Gedecideerd neemt Emma ieders bestelling op en loopt ietwat zwalkend naar de bar.

Ik glimlach. Het is fijn om Emma te zien. Ik had blijkbaar ernstig behoefte aan een bekend gezicht. Direct voel ik de drang om Willemijn te bellen. Ik wil dolgraag alle gebeurtenissen van de afgelopen dagen met haar bespreken. Ten eerste zal ze zich kapot lachen om alles, maar ik wil haar ook zo graag om raad vragen. Want… wat moet ik in hemelsnaam doen? Goed, met Marco is het inmiddels wel duidelijk. Daar doen we niets mee. Maar de rest? Mijn boek? Mijn moeder?

Brent?

Om mijn aandacht van die laatste gedachte af te leiden, richt ik me met een zucht op het podium waar nu een jongen vol overgave 'Paradise by the Dashboard Light' zingt. Ik voel het kriebelen. De onweerstaanbare drang. Ik wil ook. Ik schuif net het boek met de te kiezen nummers naar me toe wanneer Brent zich naar me toe buigt. 'Waar heb je Ace Ventura gelaten?'

Ik rol met mijn ogen bij het horen van die bijnaam en onderdruk snel een opkomende glimlach. Ik zal nooit aan Brent toegeven dat hij grappig is. 'Die is naar huis.'

Hij trekt veelbetekenend zijn wenkbrauwen op. 'Zonder jou?'

'Zoals je ziet,' antwoord ik ietwat kriegelig. 'Had je iets anders verwacht?' kan ik niet laten eraan toe te voegen.

Ik weet niet zeker of ik zijn antwoord wil horen.

Hij haalt zijn schouders op. 'Ik zag jullie buiten.'

'Wat?' Niet-begrijpend kijk ik hem aan.

'Buiten. Ik was even met Fia een luchtje scheppen. Jullie waren net in een innige omhelzing verwikkeld.' Ik kan zijn toon niet helemaal thuisbrengen. Mijn door alcohol benevelde brein probeert de juiste emotie bij de toon te voegen. Het is als een verbind-de-puntenspelletje. Ik sleep en ik sleep en… Ik sper mijn ogen open. Is hij…

'Jaloers?'

Brents ogen worden groot. 'Natuurlijk niet,' sputtert hij.

'Mooi. Want *you ain't got nothing on Tarzan*, kerel.' Ik knijp in zijn biceps om mijn woorden kracht bij te zetten en besef een seconde later pas wat ik doe. 'Sorry,' zeg ik snel, terwijl ik mijn hand terugtrek. 'Dat is de alcohol. Ik had nogal wat… wijn nodig.' Ik draai me ongeduldig om. 'Nou, waar blijft Emma met die drankjes?'

Emma staat nog steeds bij de bar. Telepathisch sommeer ik haar op te schieten voordat ik nog meer gekke dingen doe of zeg.

'Je date was dus geen succes?' Brent is blijkbaar niet van plan het onderwerp los te laten. En het zal diezelfde alcohol wel zijn, want ik voel plots de dringende behoefte om te vertellen over mijn avond. Zelfs aan Brent.

Ik zucht en staar zonder echts iets te zien naar het podium. 'Het doet je vast goed om te horen dat we nóg minder gemeen hadden dan vermoed. Eigenlijk helemaal niets zelfs. Hij heeft alleen maar oog voor de jungle, houdt niet van lezen, wil hier in Bolivia blijven en vooral nog meer reizen, en verwacht dat zijn toekomstige vriendin gewoon… met hem meegaat.'

'Zijn toekomstige vriendin heeft geen eigen leven nodig?'

'Nope.'

'Wauw.'

'Het wordt nog erger.'

Brent kijkt me vragend aan.

'Hij houdt niet van karaoke.'

'Ai.' Brent leunt verslagen achterover.

Ik weet dat hij maar doet alsof, dat hij doet alsof hij met me meeleeft, maar toch blijkt mijn brein niet van plan te stoppen met praten. 'En weet je...' Ik bijt op mijn lip als het besef tot me doordringt. 'Hij heeft me geen enkele vraag gesteld. Over mij, snap je? Over mijn leven of...' Ik maak een wegwuivend gebaar. 'Nou goed, dat is klaar dus. *Tarzan has left the building*.'

'En nu?'

Ik kijk vluchtig opzij, ontwijk zijn directe blik. 'En nu heb ik behoefte aan zo'n chemische cocktail.' Vervolgens trek ik het liedjesboek weer naar me toe. 'En aan karaoke.' Gretig laat ik mijn ogen over de lijst met nummers gaan en –

'Hmm,' klinkt het naast me. Ik volg Brents blik naar een plek achter ons. Emma staat nog altijd aan de bar, maar inmiddels praat ze geanimeerd met een donkerharige man die charmant naar haar lacht. Emma lacht terug – hard, ik kan het hier horen – waarna ze haar hand op zijn arm legt.

'O.' Ik kijk naar onze cocktails die eenzaam tussen hen in op de bar staan. 'Moeten we... haar redden?'

'Ze ziet er niet uit alsof ze gered moet worden,' antwoordt Brent droogjes.

'Hem dan?' grap ik.

'Het lijkt me heel goed dat ze die Sven zo snel mogelijk uit haar systeem krijgt. We kijken het nog even aan.' Dan staat hij op. 'Ik ga onze drankjes wel halen.'

Ik sta ook op. 'Ik help je wel.' Want ik kan het uiteraard niet laten om Emma's gesprekspartner van dichtbij te bekijken. De man is iets langer dan Emma en heeft een knotje op zijn hoofd dat heen en weer beweegt terwijl hij praat. Ze lachen opnieuw.

'Hoi,' meng ik ons in het gesprek en ik wijs op de cocktails. 'Wij komen alleen even…'

'O, sorry natuurlijk! Dit is Pete, hij komt uit Australië en heeft een vreselijk sexy accent. O hemel, zeg ik dat nou hardop?' Ze giechelt en slaat haar hand voor haar mond.

'Hi Pete,' zegt Brent, terwijl hij met een handige beweging drie cocktails tegelijk vastpakt.

'Ik kom zo, hoor… ik zou helemaal niet…' Dan stopt Emma met praten, en haar gezichtsuitdrukking verandert. 'Waarom eigenlijk niet?'

'*That's the spirit*,' beaam ik en ik grijns. 'Geniet ervan.'

Ze giechelt opnieuw en Pete grijnst alleen maar – hij verstaat er immers geen zak van – en wacht duidelijk tot Brent en ik het veld geruimd hebben. Ik pak de resterende twee cocktails. Als ik me omdraai, klinken de tonen van een bekend nummer. Een schelle hoge zangtoon klinkt door de microfoon, gevold door een luide piep die – veel te – langzaam afneemt. 'Diediediediediediediediediedieeeeeee…' Op het podium staat Ed, die vol overgave 'The Lion Sleeps Tonight' inzet. Met zijn ogen dicht en zo vals als een kraai begint hij aan het eerste couplet.

Op dat moment zie ik Fia en Ananda opstaan, duidelijk met de intentie om te vertrekken.

'Ho!' roep ik uit. 'Wat gaan jullie doen? Zo erg is het toch niet?' Ik lach, maar als ik zie dat ze niet teruglachen, aarzel ik. 'Het is maar een kort nummer?' probeer ik nog.

'Ik breng Fia terug naar het hotel,' zegt Ananda rustig. Pas nu zie ik dat Fia erg wit ziet en zwaar leunt op Ananda's arm.

'Wat is er?' vraag ik bezorgd.

'Niks,' wuift Fia snel weg. 'Ik ben gewoon erg moe. En die warmte. En de cocktails.'

Ik frons. 'Maar je drinkt alcoholvrij –'

'Ik loop wel mee.' Brent zet resoluut de cocktails neer en zet een stap naar Fia toe, maar Ananda schudt vastberaden haar hoofd.

'Nee, jouw plek is vanavond hier. Ga lol hebben, toe. Ik breng Fia terug.' Ze kijkt Brent kort aan. 'Heus, het komt goed.'

Na een kort moment knikt Brent. We kijken hoe Ananda en Fia samen naar buiten wandelen. Het ontgaat me niet hoezeer Fia op Ananda steunt.

'Waar… Waar gaat dat over? Heb ik iets gemist?' vraag ik voorzichtig. Brents blik is echter nog altijd op de deuropening gericht en hij lijkt mijlenver met zijn gedachten. 'Brent?'

Ik weet niet zeker of het zijn naam is of de schelle toon van Eds stem die achter ons twee octaven te hoog de bridge inzet, die Brent weer tot zijn positieven brengt. 'Niks.'

Zonder verder iets uit te leggen loopt hij terug naar onze tafel, waar nu opvallend veel cocktails staan te wachten voor slechts twee personen.

Brent en ik zakken weer neer en blijven zwijgend naast elkaar zitten. Ik grijp een van de cocktails en neem een flinke teug.

'Dus…' zegt Brent, zonder zijn blik – inclusief frons – van Ed af te halen, die nu flink uithaalt.

'Dus?' Ik kijk vragend opzij zonder het rietje uit mijn mond te halen.

'Laat je je beruchte eisenlijst voor de perfecte man nu varen?' Nog altijd kijkt hij me niet aan, maar ik zie nu ook iets anders op zijn gezicht. Behoedzaamheid misschien?

Zijn vraag verrast me.

Maar het feit dat ik geen antwoord paraat heb, verrast me nog meer. Ik ben altijd duidelijk geweest in mijn eisenlijstje. Maar op dit moment ben ik nergens meer zeker van. Sterker nog, ik weet niet of ik mijn eigen gevoelens nog wel kan vertrouwen. Het kan natuurlijk ook de alcohol zijn, maar zojuist voelde ik iets kriebelen in mijn buik toen Brents arm langs de mijne streek. Toch dat stockholmsyndroom, houd ik mezelf voor. Ik bedoel, Brent staat voor alles waar ik niet op val. Ik hou niet van mannen met petten, hij is blond, lang en dun en –

'Jongens, wat zingen we?' Opeens hangt Emma tussen ons in. Ze slaat haar armen om Brent en mij heen en trekt ons naar zich toe. 'Ons afscheidslied na een zen-tastische week.' Ze grinnikt om haar eigen grap. 'Wat gaat het worden? "Tarzan & Jane" van Toy-Box?'

Blij met dit moment respijt van Brents vraag spring ik op en trek de map weer naar me toe. 'Iets van ABBA,' zeg ik vastberaden. ABBA is mijn go-to bij elke karaokeavond. Het geheim zit hem erin dat het publiek ook altijd mee gaat doen met die liedjes. Een win-winsituatie voor alle partijen.

'Jaaaa, "Dancing Queen"!' roept Emma vol overgave.

'Nee, nee.' Ik schud direct mijn hoofd. 'Iets minder cliché is beter. "Dancing Queen" doet iedereen altijd.'

Emma proest het uit. 'Zie je, je leert het wel, Babs! Tijd voor iets anders. Op alle gebieden.'

Ik negeer Brents blik op mij, en blader snel door.

'"sos"', zegt hij stellig. Emma en ik kijken hem allebei met open mond aan. 'Dan zing ik dat stukje van Pierce Brosnan wel,' voegt hij er schaapachtig aan toe. 'Je weet wel, uit de film?'

Hij maakt een geintje. Dat kan niet anders. Er bestaat geen universum waarin Brent én *Mamma Mia!*, mijn lievelingsfilm, heeft gezien én op een karaokepodium gaat staan, dat geloof ik niet.

Emma springt op. 'O jongens! Nee! Ik weet het al. Wacht!' En voordat ik Emma kan vragen welk nummer het wordt, rent ze al naar de dj toe, een welwillende Pete aan zijn hand meetrekkend. Vervolgens begint ze verwoed te wenken.

Een paar minuten later staan we met zijn drieën op het podium. Emma, Pete en ik. Brent heeft zich verscholen achter het feit dat iemand de drankjes moet bewaken. Ik voel een vleug adrenaline door mijn lijf gaan, zoals altijd als ik een microfoon vasthoud. Emma en Pete kijken elkaar lachend aan en onwillekeurig schiet mijn blik naar Brent, die me geamuseerd aankijkt.

Nou, ik zal hem eens wat laten zien.

Maar zo gauw de eerste noten van het liedje inzetten, begint mijn hand te trillen.

O shit.

De klanken van een Spaanse gitaar vullen de ruimte en mijn hart begint te bonken.

Het is 'Chiquitita'. Mijn moeders lievelingsliedje.

Mijn ademhaling wordt oppervlakkig. Het horen van dit vertrouwde nummer met zijn aandoenlijke tekst is net iets te veel na deze intensieve week. Herinneringen dreigen me te overspoelen. Het duurt niet lang voordat ik mijn tranen verwoed probeer weg te knipperen, terwijl Emma uit volle borst en met gevoel voor drama het couplet inzet.

Kom op, Babs, stel je niet aan. Je kunt dit. Je kent dit nummer.

Maar dat is juist precies het probleem. Mijn moeder draaide het vooral wanneer ze zich niet goed voelde. Het schalde altijd door ons huis wanneer ze in een van haar depressieve episodes zat. Wanneer ik zelf mijn boterhammen smeerde. Ik hoorde het nummer door de vloer heen als ik 's avonds in bed lag.

Emma en Pete zetten nu vol overgave het refrein in.

Mijn hand wordt klam en ik klem mijn vingers om de microfoon. Ik probeer wat klanken uit mijn mond te dwingen, maar er komt niets. Beelden schieten aan me voorbij. Een tekening die ik ooit op school maakte van een meisje dat thuis alleen op de bank zat. Mijn oma die me met tranen in haar ogen aankeek wanneer ze me kwam ophalen voor een logeerpartij toen ik nog klein was. Ik hoor de ruzies. De tranen.

De microfoon glipt uit mijn hand.

Het veroorzaakt een piepend geluid, maar Emma en Pete merken er niets van. Vol overgave deinen ze mee op de maat van de muziek terwijl ze samen door één microfoon brullen.

Ik registreer half dat Brent opstaat. Hij zet bezorgd een stap naar me toe.

Weg hier.

Een seconde later vlieg ik zonder na te denken het podium af. Ik ren Brent voorbij zonder op zijn geroep te letten en stop pas als ik buiten sta. Terwijl de tranen over mijn wangen lopen, kijk ik omhoog, naar de sterrenhemel. Het gevoel overvalt me compleet. Ik slik, probeer het tegen te houden, maar er is geen stoppen aan. Voor het eerst in mijn leven en totaal onverwacht huil ik om mijn eenzame jeugd, om het verdriet van mijn moeder en mijn eigen verknipte beeld van de liefde.

35

'Babs?' Voetstappen klinken achter me.

Ik draai me half weg terwijl ik oncharmant mijn neus ophaal. Verwoed veeg ik mijn tranen weg voordat Brent ze kan zien.

Tevergeefs natuurlijk.

Hij pakt me voorzichtig bij mijn onderarm en draait me behoedzaam naar zich toe. Met bezorgde ogen neemt hij me op. 'Wat is er aan de hand?'

'Niks,' mompel ik verstikt. Ik schraap mijn keel. 'Niks,' herhaal ik nog eens, nu wat steviger, en ik weet zelfs een glimlach te produceren.

Hij schudt zachtjes zijn hoofd. 'Het ziet er niet uit als niks.'

Ik kijk weg. 'Laat mij maar gewoon even, het is stom.'

Hij verrast me door zijn vinger tegen mijn wang te leggen en mijn gezicht zachtjes terug naar hem te dirigeren. Hij zakt iets door zijn knieën om oogcontact te maken. 'Het is dat liedje, of niet?'

'Vind het gewoon geen leuk liedje.'

Hij glimlacht flauwtjes. 'Leuk geprobeerd.'

We blijven even zo staan. Dan veeg ik opnieuw mijn gezicht droog met de rug van mijn hand. 'Kom, we gaan weer naar binnen. Het was… Het is al goed. Niks aan de hand.'

Brent kijkt me peinzend aan en schudt vervolgens zijn hoofd. Zonder iets te zeggen leidt hij me naar een bankje.

Plots ben ik doodmoe en heb ik geen zin meer om te doen alsof, om mooi weer te spelen. Misschien kan ik beter teruggaan naar het hotel. Ik bedoel, ik heb de uitgelaten sfeer nu toch al vakkundig verpest.

Brent schuift naast me en zwijgt. Na een paar momenten stilte besef ik dat hij wacht.

Hij wacht tot ik zelf ga vertellen.

Ik slik moeizaam. Wat moet ik zeggen? Ik wil niet zielig doen. Ik ben namelijk niet zielig. Ik heb een prima jeugd gehad. Althans… dat is toch zo? Dat dacht ik altijd. Nee, dat is ook zo, het is alleen…

Dan klikt er iets in mijn brein. En opeens wíl ik vertellen. Het is makkelijk bij hem, het gaat vanzelf. 'Het is gewoon…' begin ik. 'Ik besef meer en meer dat ik mijn moeder soms zo gemist heb. Deze week…' Ik haal mijn neus nog eens iets te luidruchtig op. 'Op de een of andere manier haalt het dingen naar boven die ik…'

Ik maak mijn zin niet af, maar blaas in plaats daarvan mijn adem uit.

'Die je weggestopt had?' vult Brent in. Ik knik alleen maar.

'Herkenbaar.' Hij glimlacht en kijkt opzij. 'En het liedje?'

'Mijn moeder,' antwoord ik direct. Ik vertel over de keren dat mijn moeder het nummer draaide. Wanneer ze weer eens weken op bed of op de bank lag. Wanneer ze er wel was, maar eigenlijk toch niet. En nu ik eenmaal ben begonnen, kan ik blijkbaar niet ophouden. Ik vertel over al die avonden dat ik mezelf naar bed heb gebracht, over mijn oma die probeerde op te vangen wat ze kon – totdat ze dat niet meer kon. Ik vertel over Karl. Over mijn vader die niet eens de moeite nam om te blijven rondhangen tot ik er überhaupt was. Ik val in herhaling, ik besef het zelf ook, maar hoewel Brent sommige dingen eerder heeft gehoord, blijft hij luisteren, laat me alleen maar praten. Hij knikt af en toe of vraagt door als ik dreig vast te lopen in mijn eigen woorden en verwarrende emoties.

Ik heb geen idee hoeveel tijd er voorbijgaat, maar na wat voelt als een eeuwigheid ben ik rustiger. Het zware gevoel dat zo op me drukte is minder geworden.

'Sorry. Ik ben nou echt wel uitgepraat, hoor,' lach ik onhandig na een korte stilte. 'Nu mag jij.'

Ik bedoelde het eigenlijk als grapje, maar wanneer Brent in gedachten verzonken naar de overkant van de straat kijkt, besef ik dat hij wellicht net zoveel behoefte heeft om zijn verhaal te vertellen als ik. Om op die manier de boel op een rijtje te zetten. Misschien heeft hij ook wel gewoon behoefte aan iemand die naar hem luistert.

'Als je wilt...' voeg ik er daarom aan toe om duidelijk te maken dat ik het meen.

'Er valt niet veel te vertellen aan mijn kant.'

Ik snuif en veeg direct mijn neus af aan mijn mouw. 'Dat zei ik ook. En kijk ons nou zitten.'

Vanuit mijn ooghoek zie ik Brent glimlachen. Ik hou ervan als hij lacht. Het maakt dat zijn hele gezicht...

Ho.

Yep. Alcohol.

'Het hoeft niet, natuurlijk,' zeg ik snel als het stil blijft. 'Misschien moeten we –'

'Het is vooral dat Ronja nooit iets van me vroeg,' begint

hij opeens. 'Ze wist dat ik van mijn werk hou en dat het een drukke baan is, altijd de avonden en de weekenden. Ze vond het oké als ik plannen afzegde of soms een paar weken geen tijd had om af te spreken of...' Hij wrijft over zijn gezicht. 'Ze vroeg nooit iets van me,' gaat hij op een verwijtende toon verder. 'Behalve of ik erbij wilde zijn als het...' Hij slikt moeizaam. 'Als het zover was...'

Ik bijt op mijn lip in een poging plots opkomende tranen terug te dringen. Zijn woorden raken me. Het schuldgevoel golft van hem af. Het is bijna tastbaar en mijn hart krimpt iets ineen.

'En ik was er niet. Om een of andere lullige reden ook. Er was iets misgegaan met een levering en ik dacht dat ik het nog wel kon oplossen met die leverancier, voordat ik...' Hij zucht. 'Ik was verdomme te laat om een dozijn kisten met tomaten.'

Ik laat zijn woorden tot me doordringen en denk erover na. 'Is dat zo? Ik bedoel... echt?'

Brent kijkt opzij. 'Wil je het bonnetje soms zien?'

Snel schud ik mijn hoofd. 'Nee, ik bedoel... was dat echt de reden dat je te laat was? Vond je het niet gewoon... moeilijk?' opper ik. 'Ik zou het moeilijk vinden,' voeg ik er snel aan toe. 'Sterker nog, ik zou waarschijnlijk elk excuus aangrijpen om het moment van afscheid uit te stellen.'

Ik verwacht half en half dat Brent direct in de verdediging schiet, maar het blijft stil naast me. Voorzichtig kijk ik opzij. Hij staart opnieuw in de verte. 'Fucking tomaten,' mompelt hij hoofdschuddend en hij legt zijn hoofd in zijn handen.

Even denk ik dat hij gaat huilen. Als er niets gebeurt, zeg

ik: 'Ja, ik zou inderdaad wel een beter excuus hebben verzonnen dan dat.'

Tot mijn opluchting klinkt er een gesmoorde grinnik. Dan volgt er een diepe zucht en richt hij zijn hoofd weer op. Hij werpt een blik naar boven. 'Ik zweer het je, deze hele retraite is gewoon een grote wraakactie vanuit het hiernamaals.'

'Onmogelijk,' werp ik tegen. En als Brent opzij kijkt, zeg ik: 'Zo wreed is niemand. En bovendien, waarom zou ze mij hierin meeslepen? Ik heb Ronja niets misdaan.' Ik trek mijn neus op. 'Ik hou niet eens van tomaten.' Hij snuift. Of lacht. Of iets wat daartussenin zit. Ik duw zachtjes tegen Brents schouder. Ik blaas mijn adem uit en recht mijn schouders. 'Zullen we terug naar het hotel lopen?'

Brent lijkt te aarzelen maar knikt dan. 'Oké.'

Achter ons klinkt een bijzonder valse versie van 'Welcome to the Jungle'. Ik denk Emma's stem te herkennen boven de snerpende gitaren uit, met een baritonstem een fractie van een seconde later erachteraan. 'Ik bedoel, die twee redden zich volgens mij wel.'

'Iemand zou juist de rest van de bar moeten redden van hen,' mompelt Brent. Maar hij staat op en steekt zijn hand uit. 'Kom.'

Dit beeld komt me bekend voor. Even zie ik hem weer druipnat op de oever bij de boot staan. Ik herinner me hoe verbaasd ik toen was om dat kleine vriendelijke gebaar. Nu verrast het me eigenlijk niet eens meer en ik pak zonder aarzeling zijn hand beet om me overeind te laten trekken. Brent kijkt me kort onpeilbaar aan, maar laat me dan los en duwt zijn handen diep in zijn zakken. Zonder te wachten draait hij zich om en begint te lopen.

Ik hobbel snel achter hem aan tot ik naast hem loop.

'Hoe zit het met je boek?' vraagt hij na een korte stilte. 'Ga je met nieuwe inspiratie terug?'

Ik slik. 'Ik denk dat mijn volgende boek echt over mijn moeder zal gaan. Maar wel fictief, een verhaal over een moeder en dochter.'

Flarden van ideeën hebben zich de laatste twee dagen bij me aangediend en ik heb heimelijk af en toe al wat opgeschreven.

Brent kijkt opzij. 'Ga je eerst met je moeder praten?'

Die gedachte maakt dat ik bijna rechtsomkeert wil maken om mezelf alsnog vrijwillig de jungle in te werpen. 'Bij voorkeur niet,' geef ik toe. 'Ik weet niet of ik daar klaar voor ben.'

Brent glimlacht. Maar het is een trieste glimlach. 'Het zou misschien juist goed zijn, je weet wel, de cirkel rondmaken. Dingen uitspreken, nu heb je de kans nog.'

Ik hoor zijn onuitgesproken woorden.

'Ja, misschien wel,' beaam ik voor de lieve vrede, maar ik weet dat ik er niets van meen. Mijn moeder zal het niet begrijpen, dat weet ik zeker.

Blijkbaar pikt Brent mijn leugen ook op. 'Of niet. Of je laat het hele idee varen en gaat weer over ideale mannen als Marco schrijven die allemaal clichédingen roepen en op het einde van het boek grootste gebaren maken zoals de vrouw ten huwelijk vragen, ook al kennen ze elkaar pas drie weken.'

Ik negeer zijn ondertoon en werp een argwanende blik opzij. 'En hoeveel bouquetromans heb jij de afgelopen tijd gelezen?'

'Geloof je me als ik zeg dat ik de grootste afnemer was van de lokale supermarkt?'

'Ha! Nee, sorry.' Ik schud mijn hoofd.

'Toch was dat zo. Ronja was er gek op,' vertelt hij. Hij kijkt me niet aan, maar loopt op een slentertempo door, zijn blik op oneindig. 'Hoe voorspelbaarder hoe beter, zeker toen ze ziek werd verslond ze ze. Ze vond het fijn dat ze wist dat het altijd goed komt. Ik heb er heel wat voor haar meegenomen uit de supermarkt.' Hij lacht. 'Ik ben erg dankbaar voor zelfscankassa's.'

'Heb je ze ook gelezen?'

'Alsjeblieft niet zeg, maar Ronja gaf me altijd een samenvatting van het verhaal als ze klaar was. Of ik nu wilde of niet. Dan lachten we samen om die megaromantische eindes. Je kent het wel: spontane huwelijken, baby's, miljoenenvilla's.' Hij kijkt me opeens aan. 'Misschien kun je voor een rijke sjeik gaan nu Marco gediskwalificeerd is.'

'Ach, schei toch uit,' mompel ik, maar ik kan niet voorkomen dat ik glimlach. Ik vind het bijna jammer dat het hotel in de verte opdoemt. Toch laten zijn woorden van zo-even me niet los.

'Geen sjeik dus? Jammer.' Hij kijkt weer voor zich. 'Misschien moet je dit keer voor een man gaan die wat gewoner is.'

'Hmm, iets minder ideaal zou wel goed zijn, ja,' antwoord ik in gedachten verzonken. Moet ik echt met mijn moeder gaan praten?

'Eentje die misschien geen sixpack heeft, maar wel goed kan luisteren.'

'Ja, zoiets,' antwoord ik afwezig. Het vooruitzicht om met

mijn moeder het gesprek aan te gaan maakt dat mijn maag als een schommelschip begint te kantelen.

'Eentje die misschien niet altijd de juiste dingen zegt, maar zijn leven verder wel op orde heeft. Een huis, eigen bedrijf, fijne vrienden. Je weet wel, gewoon stabiel en zo.'

'Hmm,' stem ik in en probeer het gesprek tussen mijn moeder en mij te visualiseren. Mijn hemel, dat voelt nu al ongemakkelijk.

'Iemand die een avondje karaoke op zijn tijd wel kan waarderen.'

'Ja...' antwoord ik nadenkend. We staan stil voor de ingang van het hotel. Het ziet er verlaten uit. Enkele lampjes verlichten de contouren van het zwembad.

'Iemand met een stom petje op.'

Ik kijk verward op als zijn woorden tot me doordringen. 'Iemand... zoals jij?'

Brent staat met een onzekere grijns tegenover me. 'Iemand zoals ik.'

Het is alsof er een hamsterradje begint te draaien in mijn borst. De rimpeltjes naast zijn ogen verdwijnen langzaam terwijl zijn grijns wegebt. Het rad draait harder en harder en... Duizend gedachten en vragen schieten door me heen terwijl ik hem aankijk, maar één vraag weet zich telkens ellebogend naar voren te werken: hoe zou het zijn om hem te zoenen?

Ik schud onwillekeurig mijn hoofd. Is dit de alcohol? Of de hitte? Ik doe niets als hij een stap naar voren zet. Ik blijf ademloos staan wanneer zijn hand langzaam omhooggaat. Terwijl zijn vingers over mijn wang strijken, staar ik hem alleen maar aan. Een fractie van een seconde zie ik een onzekere schittering in zijn ogen. Ik laat mijn blik afzakken naar zijn lippen. Ik slik.

Holy shit. Ik wíl hem zoenen.

Ik wil niets liever dan dat hij me zoent. Nu. Op dit moment.

Het kan me niet eens meer schelen of dit de alcohol of de hitte is.

Ik wil dit.

Ik wil alleen maar dit.

Met een zucht sluit ik mijn ogen. Meer aanmoediging heeft Brent niet nodig. Zijn hand glijdt naar mijn nek. Dan landen zijn warme lippen op de mijne.

Mijn brein schakelt uit en elke vezel in mijn lijf richt zich op de man die me nu met zijn vrije hand tegen zich aan trekt. Zijn vingers in mijn nek blijven stevig liggen, alsof hij bang is dat ik me elk moment kan terugtrekken.

Ik peins er niet over om me terug te trekken.

Mijn eigen handen bewegen als vanzelf over dat stomme poloshirt van hem en vinden hun weg naar de zoom. Ik wil huid voelen. Zo gauw ze hun doel hebben bereikt en over zijn blote buik strelen, kreunt Brent zachtjes tegen mijn mond aan. 'Shit,' mompelt hij, terwijl hij me nog dichter tegen zich aan trekt.

Ik wil niet stoppen. Ik wil hier een eeuwigheid met zijn lippen op de mijne blijven staan.

Maar ergens in mijn achterhoofd begint een stemmetje om aandacht te vragen.

Dit is toch niet wat je wilt?

Dit is toch niet jouw man?

Je bent net je moeder.

Abrupt trek ik me terug. Verward kijk ik op in Brents ogen. Groengrijs, het valt me nu pas op. Ik staar en staar en een moment lang lijkt de wereld stil te staan. Maar dan dendert de ontnuchterende werkelijkheid als een goederentrein over me heen en zet ik een stap terug. 'Sorry,' stamel ik.

Brent fronst. 'Zeg je sorry omdat je nu zomaar stopt, want...' Hij kijkt me waakzaam aan. 'Ik geloof niet dat ik hier snel spijt van krijg, hoor.'

Ik schud mijn hoofd.

'O,' zegt hij. Hij zet een stap achteruit en trekt zijn wenkbrauwen op. 'O wauw.'

'Het spijt me, maar dit...' Ik schud opnieuw mijn hoofd. 'Dit is niet de bedoeling.'

Brent knijpt zijn ogen samen. 'Het vóélde anders niet alsof je met tegenzin...' Hij schudt ook zijn hoofd.

'Dat deed ik ook niet,' zeg ik snel. 'Maar...'

'Maar ik ben niet zoals Marco. Is dat het?'

'Nee, natuurlijk niet. Hou nou eens op over Marco. Die heeft hier niets mee te maken.'

'Is dat zo?' Brent slaat zijn armen over elkaar. 'Want ik heb het idee dat ik moet concurreren met een niet-bestaande perfecte man, en ik weet niet of je het inmiddels al doorhebt maar: Mr. Perfect bestaat niet.'

Zijn woorden hakken een weg naar binnen. Dwalen door mijn brein en laten rafelrandjes achter.

'Daar gaat het niet om,' zeg ik gefrustreerd. 'Het is gewoon da–'

'Dat je een droombeeld in je hoofd hebt dat je niet los kan laten. Met idiote eisen. Omdat je bang bent dat je gekwetst wordt, dat je zoals je moeder wordt. Je bent je moeder niet, Babs, en het spijt me dat ik ooit iets in die strekking heb gezegd. Maar je kunt jezelf niet alles blijven ontzeggen uit angst dat je ooit liefdesverdriet zal hebben.'

'Zo zit het niet,' fluister ik zacht.

Brent kijkt me onderzoekend aan. 'Je kunt het blijven ontkennen, maar daar word je nooit gelukkig van.' Hij zet een stap bij me vandaan. Iets in mij wil protesteren, hem smeken om terug te komen en opnieuw zijn armen om me heen te slaan, maar ik zeg niets. Ik doe niets. En kijk alleen maar toe hoe er voor de tweede keer op één avond een man bij me wegloopt.

36

Tegen alle verwachtingen in slaap ik als een blok. De emoties van de avond, de hitte, zeven nachten op een dun matrasje in een houten hut én de alcohol blijken een prima recept voor een comateuze slaap die tot ver in de ochtend duurt. Op het moment dat ik één oog open en felle zonnestralen door het open raam zie, kreun ik. Mijn hoofd bonkt lichtjes en ik heb dorst. Vreselijke dorst. Ik reik naar het flesje water naast mijn bed en duw mezelf omhoog om een flinke teug te nemen.

Zo gauw ik echter in beweging kom, komen alle herinneringen van de avond ervoor met een rotvaart naar boven. De date met Marco. De karaokebar. Mijn gesprek met Brent. *De zoen.* Ik krimp ineen als zijn woorden opnieuw door mijn hoofd klinken. *Je kunt jezelf niet alles blijven ontzeggen uit angst dat je ooit liefdesverdriet zal hebben.*

Zo zit het helemaal niet. Waarom blijft iedereen toch maar beweren dat ik niet opensta voor liefde? Ik schrijf nota bene liefdesverhalen. Ik weet hoe het werkt, ik snap hoe het in elkaar zit. Er bestaat een juiste man voor mij, ik weet het zeker. Goed, Marco blijkt het niet te zijn, maar dat betekent toch niet dat ik zomaar voor de eerste de beste die daarna voor mijn neus staat moet gaan?

Ik schud die ellendige gedachten van me af en besluit eerst een douche te nemen. Daarmee kan ik in ieder geval de confrontatie met Brent nog even uitstellen. Ik heb geen idee wat ik hem moet zeggen na die scène van gisteravond.

Na een uitgebreide douche loop ik enigszins op mijn hoede mijn kamer uit. Het is uitgestorven bij het zwembad, de bedjes zijn leeg en het water roerloos. Terwijl de palmen boven me ruisen in de warme bries loop ik naar de open lobby. Daar zie ik een bekende gestalte zitten, ineengedoken in een van de hangstoelen van het overdekte gedeelte, waar eerder het ontbijt geserveerd werd. 'Em?'

Haar hoofd gaat langzaam omhoog, gevolgd door een hartgrondige kreun. 'O hemel.' Haar handen grijpen naar de zijkanten van haar hoofd en beginnen verwoed te masseren. 'Ha Babs. Ik vermoed dat ik een cocktailtje te veel opheb.'

'Eentje maar?' Ik grinnik en zak naast haar neer. 'Was het leuk?'

Ondanks haar bleke gelaat verschijnt er een glimlach om haar lippen. 'Het was een geweldige avond, ik ben misschien wel verliefd. Pete is echt een schatje.'

Ik kijk opzichtig om me heen. 'Waar heb je hem gelaten?'

Emma steekt haar kin in de lucht. 'Keurig in zijn eigen hotel. We hebben vanmiddag weer afgesproken. Romantisch hè?' Ze glimlacht opnieuw. 'Hij was een echte gentleman, bracht me netjes naar het hotel en stuurde me vanochtend al meteen een berichtje of ik goed geslapen had en dat hij ernaar uitkeek om me weer te zien.' Ze zucht gelukzalig. 'Wie had dat gedacht?'

Ik niet, moet ik bekennen. Misschien moet ik Emma een

beetje behoeden voor wat haar te wachten staat. Ze is duidelijk nog onder invloed van de drank. 'Maar... hij woont in Australië, toch?'

'Hmm.' Emma knikt en grimast direct. 'Au.'

'Dat kan toch nooit iets worden?'

Na nog een korte massage van haar slapen kijkt ze nadenkend op. 'Zover heb ik nog niet nagedacht. We hoeven ook niet meteen te trouwen, toch?'

Ik zak op de stoel naast haar. 'Ik bedoel meer: heeft het zin om af te spreken als je toch weet dat hij niet...' Ik maak een wegwerpgebaar.

'Niet wat?' Emma kijkt me vragend aan.

'Dat hij niet de ware voor je is,' vul ik aan.

'Dat weet ik toch nog niet?'

Ik staar mijn vriendin een paar seconden aan. Meent ze dit? Het is zo duidelijk als wat. Ik tel de feiten op mijn vingers af. 'Je komt net uit een relatie, je kent hem net één avond, hij woont aan de andere kant van de wereld, jullie waren allebei dronken en wie weet heeft hij dat haar wel in een knotje omdat er een grote kalende plek onder zit.'

Ze kijkt me niet-begrijpend aan. 'Wat maakt dat uit?'

We spreken duidelijk een andere taal. 'Je wilt toch geen man met een kalende plek?'

Emma lacht. 'Dat heeft hij niet. Ik heb gevoeld,' vertrouwt ze me toe. 'Uitgebreid. Maar dan nog: al zou hij dat wel hebben, dat maakt toch niet uit?'

Ik staar opzij. 'En hij woont aan de andere kant van de wereld?'

'Ja, onhandig inderdaad.' Emma staart voor zich uit, maar draait zich weer naar me toe. 'Maar dat is geen reden om het geen kans te geven, toch?' Ze veert op. 'O shit! Hoe was je date met Marco, dat heb je me helemaal niet verteld!'

'Daar valt ook niet veel over te vertellen. De conclusie is dat we niet matchen,' vat ik snel samen.

'O.' Emma zakt teleurgesteld terug in haar stoel. 'En het was nog wel je droomman. Ik heb zoveel over hem gelezen.'

'Hmm.' Mijn ogen gaan naar de plek waar Brent en ik gisteren stonden. Waar onze lippen elkaar ontmoetten. Waar ik... Het rad in mijn borst begint weer te draaien, maar ik breng het intern tot stilstand. 'Waar is de rest eigenlijk?' vraag ik om op een ander onderwerp over te gaan.

'Ed is het dorp in. Ananda is naar haar eigen huis. En Brent heb ik niet gezien. Fia ligt nog op bed, ze voelt zich niet lekker, geloof ik.'

Ik denk aan gisteravond, toen Fia ondersteund moest worden om terug bij het hotel te komen. 'Is ze alleen?'

'Ik denk het. Misschien is Brent bij haar?' Emma kijkt verstoord op. 'Hoezo?'

Een onrustig gevoel bekruipt me.

Ik laat Emma achter en loop langs het zwembad voorbij de rij met deuren. Ondertussen doe ik een schietgebedje dat Brent niet bij haar is. Fia verblijft in de laatste kamer, er hangt een gordijn voor het open raam. Het wappert lichtjes. Een kort moment blijft mijn hand voor de deur hangen. Ik hoor geen stemmen, geen geluiden. Zachtjes klop ik aan. 'Fia?'

Eerst denk ik dat ik niets hoor, maar dan klinkt er gerommel, het geluid van lakens. 'Ja?'

Voorzichtig open ik de deur en kijk naar binnen.

Ik schrik.

Fia ligt in bed en ziet lijkbleek.

'Gaat het?' breng ik geschrokken uit.

Ze glimlacht zwak naar me. 'Eerlijk gezegd even niet zo. Maar dat komt wel weer.'

Ik zet een stap naar binnen. 'Wat heb je? Is het malaria of zo? Heb je medicijnen nodig?'

'Ik heb medicijnen,' antwoordt Fia kalm. 'Het is geen malaria. Het is nu vooral de vermoeidheid.'

Ik schud mijn hoofd en loop naar Fia's bed toe. 'Had wat gezegd, we hadden je kunnen helpen, of je had vaker kunnen rusten. Ik –'

'Het is goed, Babs. Het was mijn eigen keuze om op deze retraite te gaan.'

Ik neem de vrouw in het bed op. De vermoeidheid, de heimelijke gesprekjes met Ananda en Brent, sommige van haar uitspraken. Een aantal puzzelstukjes vallen in elkaar. Ik kijk haar aan. 'Je bent ziek, hè?'

Fia zucht. Dan knikt ze. 'Ik ben inderdaad ziek. Al twee jaar.'

'Wat heb je?' vraag ik zacht, hoewel ik een beetje bang ben voor het antwoord.

'Kanker.' Ze grimast. 'Helaas niets originelers.'

Ik blaas mijn adem uit. Ik denk aan Fia's verhalen over haar man, haar kinderen en kleinkinderen. Hoezeer ze geniet van het leven dat ze heeft, van de liefde die overal van afstraalt. 'Wat vreselijk,' fluister ik. Ik zak langzaam op de rand van haar bed neer en zonder na te denken pak ik haar magere hand vast. Het valt me nu pas op hoe ingevallen haar wangen zijn. Hoe bleek haar huid is. Wat heeft die vrouw zichzelf aangedaan door een week in de jungle te bivakkeren? Ik schud mijn hoofd. 'De retraite was veel te zwaar voor je.'

Fia knikt. 'Maar het was het waard. Ik wilde er al zo lang graag heen. Ik bewonder Ananda al jaren en hoewel het voor jou moeilijk te geloven zal zijn, heeft het spirituele me de afgelopen jaren veel steun geboden.'

Plots schaam ik me voor mijn sceptische houding. Wie ben ik om iets te vinden van wat anderen doen of waar ze blij van worden? 'Dat snap ik. Soort van,' voeg ik er snel aan toe als ik Fia streng zie kijken. 'Ik bedoel, ik heb...' Ik aarzel.

'Zelf ook wat inzichten verkregen deze week?' Ze glimlacht. 'Daar hoopte ik al op.' Dan kijkt ze me onderzoekend aan. 'Volgens mij was het onverwacht een zware week voor je. En niet op de manier die je zelf had gedacht.'

'Dat kun je wel stellen.'

Ze knijpt in mijn hand. 'Wil je je inzichten met me delen?'

Ik zucht. 'Hoeft niet, hoor. Jij hebt wel andere dingen aan je hoofd. Ik heb het er gisteren ook al met Brent over gehad. En ik wil je al helemaal niet vermoeien met mijn gedachtespinsels.'

'Kind, ziet het eruit alsof ik iets beters te doen heb?' Ze gebaart om zich heen. Ik kijk naar het nachtkastje met flesjes water en een grote doos met vakjes vol medicatie. Verfrommelde tissues. Een half gelezen boe–

'Ah nee!' Ik wil het boek pakken, maar Fia houdt me tegen.

'Niet doen. Ik geniet ervan, het is heerlijk om nergens aan te hoeven denken en gewoon te lezen.' Ze kijkt me veelbetekenend aan. 'Je hebt een heel fijne schrijfstijl, Babs, het is duidelijk dat je weet wat je doet.'

'Als dat het geval was, was ik hier niet geweest,' verzucht ik en ik leg mijn handen in mijn schoot.

'Brent vertelde me dat je hier bent in opdracht van je uitgever. Ze willen dat je nieuwe inzichten opdoet. Is dat gelukt, denk je?'

Ik bijt op mijn lip. 'Ik denk het wel. Misschien wil ik een verhaal schrijven over mijn moeder. Of ja, een moeder. Maar wel mijn eigen ervaringen erin verwerken.' In een notendop vertel ik Fia wat ik de afgelopen dagen meer en meer beseft heb. 'Het grappige is dat ik elke keer wanneer ik erover vertel meer herinneringen terugkrijg – niet alleen maar leuke, maar het lijkt ook of ik er elke keer weer iets objectiever naar kan kijken,' zeg ik peinzend.

'Verdomd, wie had gedacht dat ergens over praten daadwerkelijk helend kan zijn?' Fia lacht zachtjes. 'Ik vind het hartstikke mooi dat deze dagen je dit inzicht hebben opgeleverd.'

'Ik moet het nog schrijven, hè. En volgens Brent moet ik met mijn moeder gaan praten.'

'Het klinkt inderdaad alsof jullie veel te bespreken hebben. Dus dat is een verstandig advies van hem.'

Ik snuif. 'Nou, Brent is niet per se de aangewezen persoon om advies te geven over levenskeuzes.'

Ai, dat klonk venijniger dan ik bedoelde.

Fia schudt zachtjes haar hoofd. 'Brent heeft zijn eigen demonen. Dat zegt niets over hoe hij anderen kan helpen in hun zoektocht. Hij heeft me veel gesteund de afgelopen dagen.'

Ik kijk op. 'Hij wist het dus?'

'Hij en Ananda. Ananda moest ervan weten, een eis van zowel mijn dokter als mijn man. Brent hielp me een van de eerste dagen met mijn spullen en zag de medicijnen. Hij herkende ze.'

'Van Ronja,' vul ik in.

Fia knikt. 'Hij heeft over haar verteld?'

'Ja. Een etmaal samen in de jungle geeft aardig wat ruimte voor gesprekken.'

'Fijn. Net als het goed is voor jou om over je moeder te praten, is het goed voor hem om over Ronja te praten.' Fia zwijgt even, maar ik voel dat ze nog iets wil zeggen. 'En tussen jullie twee?'

'Wat?' Zo onschuldig mogelijk kijk ik haar aan.

'Ik dacht te merken dat er iets tussen jullie speelde, een bepaalde energie.'

Ik pers mijn lippen op elkaar en schud mijn hoofd. 'Dat is een misverstand.'

Vragend kijkt ze me aan. Ik onderdruk de neiging om mezelf te verantwoorden. Wat is dat toch met deze mensen? Juist door niets te zeggen weten ze me telkens van alles te ontfutselen. Ik stel voor dat elk politiebureau voortaan een spiritueel team inhuurt voor het verhoren van zware criminelen. Binnen no time zullen ze alles bekennen. En ja hoor. Daar ga ik alweer. 'Marco is meer mijn type,' zeg ik snel. 'Of ja, dat blijkt hij dus niet echt te zijn, daar ben ik inmiddels wel achter. Maar qua uiterlijk en zo.' Ik haal nonchalant mijn schouders op.

'Hmm.' Fia kijkt me onderzoekend aan. 'Marco is een fijne jongeman. Stoer, knap, zelfverzekerd.'

'Ja, juist. Ik dacht dat hij aan alle eisen voldeed, maar we hebben toch niet echt raakvlakken.'

Fia kijkt me niet-begrijpend aan. 'Welke eisen?'

Ik haal mijn schouders op. 'Ik heb een lijstje waar een toekomstige man aan moet voldoen. Mijn toekomstige man. En daar is niets mis mee, vind ik dan. Mijn oma zei altijd: "Als het de juiste is, dan weet je het."' Ik zwijg even om te kijken of Fia me al van commentaar wil voorzien, maar ze kijkt me alleen geïnteresseerd aan. En dus praat ik door. 'Nou, toen ik hier aankwam wist ik niet wat ik zag. Marco was gewoon een-op-een de man die ik in mijn hoofd altijd omschrijf.' Ik wijs op het boek op het nachtkastje. 'Zoals James in dat boek. Echt, in dit geval kon het niet duidelijker zijn als hij omringd zou worden met neonborden van knipperende pijlen die naar hem wijzen. DEZE. DIT IS HEM. Waarom zou ik hem anders zelf zó specifiek in mijn hoofd beschreven hebben? Keer op keer op keer...'

'Maar?' is het enige wat Fia zegt.

'Nou ja, hij is het niet,' geef ik gefrustreerd toe. 'Niet voor mij. Maar hij bestaat. Dat weet ik zeker. Kijk maar naar jou en je man, of mijn oma en opa. Dat is toch ware liefde.'

'Maar is ware liefde dan perfect?' Fia glimlacht. 'Ik kan je vertellen dat mijn man verre van perfect is, hoor. Niemand is dat, toch? Wij hebben heel wat gestreden in ons huwelijk. En nog steeds, hij kan het bloed onder mijn nagels vandaan halen. Er is niemand zo koppig als die man.'

Peinzend kijk ik Fia aan. 'Maken jullie ruzie?'

'Natuurlijk, liefje.' Met grote ogen kijkt Fia terug. Dan verandert haar blik. 'Geloof me, elk stel maakt ruzie. Maar...' Ze pakt opnieuw mijn hand vast. 'Je moeder is zo te horen wel van de extremen. Niet per se het goede voorbeeld, als ik zo vrij mag zijn om dat te zeggen.'

Plots voel ik de tranen omhoogkomen. 'Ik wil gewoon niet zoals zij worden.'

'Dat gebeurt je niet, meisje, maar als je iedereen die niet aan al je eisen voldoet blijft afwijzen, laat je misschien wel heel lieve exemplaren lopen. Exemplaren die juist precies zijn wat je nodig hebt, ondanks wat je denkt.'

O, ik weet ook wel dat ze op Brent doelt. Maar ik geef me niet zomaar gewonnen. 'Maar hij is verre van perfect.' Ik snuif. 'Hij komt niet eens in de búúrt.'

'Het gaat niet om perfect, liefje. Het gaat om perfect voor jou. Mijn man is ook niet perfect. Maar hij is perfect voor mij: hij geeft me tegengas wanneer dat nodig is, hij geeft me de ruimte wanneer ik dat vraag, hij is de liefste vader, de leukste opa en ik kan me niemand anders voorstellen die ik naast me wil hebben als ik mijn laatste adem uitblaas.' Het blijft even stil. 'En ik weet waar ik over praat, want ik ga dat over niet al te lange tijd doen. En ik kies voor hem, met al zijn gebreken.' Ze knijpt in mijn hand. 'Snap je? Perfect voor mij.'

Er rolt een traan over mijn wang. Want ik geloof dat ik het snap. 'Ik heb er een puinhoop van gemaakt.'

Fia lacht. 'Ach, je gaat er nog zoveel vaker een puinhoop van maken. Dat hoort bij het leven. Maar je kunt het altijd herstellen.' Ze glimlacht en wijst op mijn boek. 'Je kunt altijd de bladzijde omslaan en opnieuw beginnen. Dat hoort óók bij het leven. Neem dit nou maar van een oude vrouw aan: er bestaat geen perfecte liefde. Kijk maar naar je moeder; ze houdt zielsveel van je, maar heeft ook fouten gemaakt. Beloof me dat je haar een tweede kans geeft, dat je met haar gaat praten.'

Ik slik. 'Ik weet het niet. We hebben al een tijdje niet echt contact meer.'

'Geef het een kans, doe het voor jezelf. Misschien niet nu, misschien niet meteen, maar laat er geen jaren meer overheen gaan. Niemand garandeert je dat die tijd je gegeven is.'

Ik pers mijn lippen op elkaar, veeg een traan weg en knik haast onmerkbaar. 'Ik beloof het.'

Fia glimlacht. 'En als je toch bezig bent, denk ik dat je misschien ook met Brent nog wat te bespreken hebt. Misschien dat je hem nog net treft.'

37

'Nog net treft?' herhaal ik, nog half verdwaald in mijn eigen gedachten.

'Ik weet niet of hij er nog is.'

Fia's woorden dringen langzaam tot me door. Hij... Gaat hij weg? Het voelt alsof er een baksteen in mijn maag landt. Shit. Ik heb hem weggejaagd. Hij vertrekt. Zonder iets te zeggen. Een deel van mij is beledigd. Hij gooit de handdoek wel heel snel in de ring. Maar een ander deel, een iets luidruchtiger deel, raakt in paniek. Hij mag niet zomaar weggaan. Als hij nu weggaat, is het voorbij. Ik weet hoe dat gaat: uit het oog, uit het hart. Als hij nu vertrekt, zie ik hem nooit meer.

Plots maakt die gedachte dat ik het benauwd krijg. Ik probeer koortsachtig mijn gedachten te ordenen. Wat moet ik doen? Wat moet ik zeggen?

'Ga maar naar hem toe.' Fia kijkt me bemoedigend aan. 'Dan komt het heus goed.'

Ze heeft gelijk.

Ik kán hem niet laten lopen. Niet voordat ik zeker weet of...

Opeens voelt het alsof ik geen seconde meer te verliezen heb. Ik vlieg overeind, naar de deur. Dan realiseer ik me dat ik Fia zomaar achterlaat. 'Ik kom terug.'

'Ik ga nergens heen,' glimlacht ze en ze wuift me weg.

Mijn slippers klapperen op de tegels in mijn haast om zo snel mogelijk bij hem te komen. Plots zie ik het allemaal helder. *Er bestaat geen perfecte liefde.* Ik bén mijn moeder niet. Het gaat niet om een eisenlijst, het gaat er niet om dat hij perfect moet zijn. Kom op, ik ben zelf ook verre van perfect. En ik realiseer me nog iets. Brent had gelijk. Heel misschien leek het idee van de perfecte man me vooral wel veilig. Ik bedoel, als je nooit je perfecte man vindt, kun je hem ook nooit kwijtraken. Dan kun je ook niet zo ontzettend gekwetst worden en zo verdrietig zijn als mijn moeder zo dikwijls is geweest. Maar Brent is niet perfect. Verre van zelfs. En toch… *Perfect voor mij.* Shit. Shitshitshit. Ik moet hem zien. Ik moet met hem praten. Het gevoel neemt me compleet over. Het voelt alsof dit zo moet zijn.

Mijn hemel, straks is dat hele spirituele gedoe echt besmettelijk.

Ik weet niet waar hij uithangt. Mijn eerste poging is zijn kamer. Zonder na te denken kom ik tot stilstand en ik trek de deur met een ruk open. Leeg. Ik hap naar adem.

Ik ren een stukje de kamer in. Het bed is opgemaakt. Op het tafeltje staat een halflege fles water. Geen enkel teken van leven. 'Brent?' roep ik tegen beter weten in. Stilte.

'Shit!' Ik draai me op mijn hielen om en ren de kamer uit.

Vanuit de lobby komt een verward kijkende Emma me tegemoet. 'Babs? Wat is er?'

'Heb jij Brent gezien? Ik moet hem spreken.'

'Ik… nee. Was hij niet bij Fia? Vanochtend –'

'Nee, en ook niet op zijn kamer.' Ik bijt op mijn lip. 'Shit, ik heb het verkloot.'

'Wat?' Emma's wenkbrauwen schieten zo mogelijk nog hoger. 'Oké, ligt dit aan de kater of snap ik niet hele–'

Ik heb geen tijd om alles uit te leggen. 'Ik móét hem vinden,' zeg ik, en ik snel naar de tafel die dienstdoet als receptie. Er is niemand, maar er staat wel zo'n hotelbelletje. Ik sla erop. En nog eens. En nog eens.

De kosmos is ongeveer twee keer om zijn as gedraaid als er eindelijk een meisje aan komt lopen. 'Yes?'

'*I'm looking for Brent. You know, tall guy. Stupid hat?*' Ik tik tegen mijn hoofd. De vrouw staart me betekenisloos aan.

'*Brand?*' Ze kijkt aarzelend van mij naar Emma en weer terug. '*You have last name?*'

'*His last name is...*' Verdomme, ik weet helemaal niet wat zijn achternaam is. '*Oh, come on. How many tall Dutch guys you have here?*'

'*Oh, Dutch cook!*' Haar ogen lichten op.

'*Yes!*' Opluchting stroomt door me heen. Tot ik besef dat ik nog niets bereikt heb. '*Where is he*?'

'*He to airport.*'

De grond zakt onder mijn voeten vandaan. Ik blijf een moment roerloos staan en laat de woorden tot me doordringen.

Hij is echt weg.

Een kort moment overweeg ik het op te geven. Als hij echt zoveel haast heeft om van me weg te komen, ben ik een gruwelijke idioot als ik alsnog achter hem aan zou gaan. Huilen om een man die mij niet eens wil, is erg... mijn moeder. *Je bent je moeder niet, Babs.* In gedachten zie ik Brent weer voor me staan, die ongelovige blik in zijn ogen toen ik hem van me afduwde. Ik haal diep adem. Ik ben mijn moeder niet.

Dus ik ga hier niet lopen zwelgen in zelfmedelijden. Ik heb Brent nooit een eerlijke kans gegeven en dat verdient hij wel.

Dus ga ik hem die verdomme ook geven ook. Of hij wil of niet.

Met een ruk wend ik me tot de receptioniste. '*Can I get a taxi to the airport?*'

De kans dat het vliegtuig al is vertrokken is nihil. Op dat grasveld zal heus niet vaker dan een of twee keer per dag iets landen of vertrekken.

'*Sorry, only one taxi, is gone.*'

Ik knipper met mijn ogen. Zegt ze nou dat er maar één taxi in dit dorp is?

'Babs?' Emma klinkt aarzelend. 'Ik weet niet zo goed wat er gaande is, maar...'

'Ik heb geen tijd om het uit te leggen,' zeg ik snel terwijl ik me naar haar omdraai. 'Ik moet Brent spreken, het is belangrijk. Hoe ver is dat vliegveld lopen?'

'Lopen?' Emma's ogen worden groot.

'Zo ver was het toch niet?'

Emma aarzelt. 'Het was ongeveer een kwartier met de jeep dus –'

Ik veer op. 'De jeep! Marina!' Ik draai me weer om. '*Where does Marina live*?'

De receptioniste kijkt me nu angstig aan. Haar hand gaat omhoog en ze wijst. '*The pink house in the second street.*'

Meer hoef ik niet te horen. 'Kijk even bij Fia!' roep ik nog over mijn schouder terwijl ik een verbijsterde Emma achterlaat bij de receptie.

'Wat? Nee, ik ga mee!' Voor ik kan protesteren komt Emma achter me aan.

Zo snel als mijn teenslippers me kunnen dragen, ren ik door de straat. Nu is rennen sowieso geen hobby van me, maar rennen in deze bloedhitte op slippers is echt next level. Daarom vertraag ik na een paar meter mijn pas alweer. 'Fucking hitte,' mompel ik, terwijl ik op een snel wandeltempo doorzet.

'Wat gaa-haan we nou-hou pre-cies doe-hoen?' brengt Emma naast me ademloos uit.

Maar ik kan geen energie verspillen aan een antwoord. Mijn zij begint al te steken en het zweet druppelt van mijn voorhoofd, maar ik zet door. Ik zet door tot ik een roze huis zie opdoemen met daarnaast de bekende jeep. Direct begin ik weer harder te rennen.

'Marina! Marina!' Ik snel de veranda op en klop op het deurkozijn. De deur staat open en ook bij dit huis kijk je zo door naar de achtertuin. Muren en ramen zijn blijkbaar echt *overrated* hier. 'Marina!'

'*Qué pasa?*' Een geschokte Marina duikt aan de zijkant van het huis op. '*Bebs? What is it?*'

Emma zet hijgend haar handen op haar bovenbenen.

Ik zou het liefst haar voorbeeld volgen, maar ik haal enkel diep adem. '*I need the jeep. To go to the airport.*'

'*Ahora?*' De vrouw kijkt me verbaasd aan. '*But tomorrow is –*'

'Now!' roep ik harder dan ik zelf van plan was. Maar ik heb geen tijd om alles hier in alle rust uit te leggen. Ik heb geen idee hoe laat Brents vliegtuig gaat en als hij eenmaal weg is... '*Please, it's important.*'

Plots verandert Marina's gezichtsuitdrukking van verward naar vastberaden. '*Okay, wait here!*' Ze rent op een drafje weg en komt nog geen minuut later terug met haar man. Zonder iets te vragen springt hij in de jeep en start de motor.

Tot mijn grote verbazing duikt Ed naast hem op. 'Wat is er aan de hand?'

'Wat doe jij hier nou?' breng ik uit.

Ed kijkt me nietsvermoedend aan. 'Iets drinken met Juan.'

'Jij was toch – doet er ook niet toe,' herstel ik me snel. 'We moeten gaan.'

Emma haalt nog altijd buiten adem haar schouders op. 'Er is iets, we moeten naar Brent.'

Ed kijkt ons beurtelings als de rust zelve aan. Hij lijkt niet eens verbaasd dat we naar hem toe moeten. 'Waar is hij?'

'Vliegveld. Het is een lang verhaal, nu geen tijd voor,' puf ik, terwijl ik met mijn hand wapper. 'Maar het is belangrijk,' voeg ik er snel aan toe.

'*We go!*' roept Marina als een generaal die een leger aanvoert op het slagveld en ze springt naast haar man op de passagiersstoel. Ditmaal klim ik zonder aarzelen in de laadbak. Emma volgt en tot mijn grote verbazing Ed ook. Hij heeft een gelukzalige grijns op zijn gezicht. Ik besluit mijn gezelschap te negeren – daar kan ik me nu echt niet mee bezighouden – en houd me stevig vast aan het dakrek wanneer Juan flink gas geeft en de straat uit scheurt.

Als een soort boegbeeld sta ik in de laadbak, mijn blik op de weg voor ons. Al snel krijg ik echter spijt van mijn semi-heldhaftige pose, want zo gauw we de verharde straat verlaten, slaat een stofwolk genadeloos in mijn gezicht. Ik sputter, probeer mezelf te beschermen met mijn hand en verlies daardoor bijna mijn evenwicht. Met een oncharmante klap land ik op mijn knieën in de laadbak.

'*You okay?*' roept Marina door het raampje.

'*Yes! Hurry!*' roep ik terug en ik steek mijn duim op. Ondanks mijn ineengedoken positie word ik opnieuw compleet gezandstraald. Ik probeer af en toe naar adem te happen, waardoor nu ook mijn mond en keel als een vuilstortkoker voelen.

Emma beschermt zichzelf met haar handen en ook Ed duikt weg.

Er komt ons een taxi tegemoet en het besef wat dat kan betekenen, maakt dat mijn hart nog sneller begint te roffelen.

'*Almost there*,' roept Marina na wat wel een uur lijkt. Pas nu hoor ik de gealarmeerde toon in haar stem en besef ik dat ze geen idee heeft wat er aan de hand is. Wat haar betreft is dit een kwestie van leven of dood. Een vleugje schuldgevoel dwarrelt door mijn borst. Misschien heb ik dit iets te dramatisch ingezet. Bovendien voel ik iets van mijn bravoure wegebben nu het vliegveld inderdaad in de verte opdoemt. Wat als hij er niet meer is?

Of nog erger: wat als hij er wél is?

Wat ga ik zeggen?

Wat moet ik doen?

De jeep remt af, maar het onrustige gevoel in mijn maag neemt toe.

'*We here!*' Marina springt uit de jeep en kijkt me opgewonden aan.

'*I need to find Brent*,' breng ik uit.

Marina vraagt zich geen moment af waarom. Ze knikt enkel vastberaden in haar militaire missie en zet koers naar het mintgroene gebouw voor ons. Ik klim uit de laadbak en ga achter haar aan. Ik heb geen idee of de rest volgt, maar op dit moment wil ik maar één ding weten: ben ik op tijd?

Ik probeer als eerste een glimp op te vangen van het veld achter het gebouw. Staat er een vliegtuig? Ik kan het niet goed zien. Mijn blik gaat over het gebouw, de wachtruimte... Dan valt mijn oog op een gestalte die bij de kleine balie staat.

Een lange gestalte.

Een lange gestalte met een pet op.

Opluchting suist door me heen.

Hij is er nog.

Die opluchting wordt al snel opgevolgd door pure paniek.

O, shit. Hij is er nog. En nu?

Tot mijn grote afschuw vraagt Marina zich absoluut niet af: wat nu? Want ze begint direct verwoed te zwaaien en te roepen. 'Brent! *Estamos aquí! Here!*'

Brents hoofd vliegt omhoog. Langzaam draait hij zich naar ons om en zo gauw hij ons in beeld krijgt en hij beseft wat hij ziet, worden zijn ogen groot.

Marina stopt abrupt met lopen en draait zich naar mij om. '*Brent, is it him?*'

'*Yes, him is it*,' antwoord ik gedachteloos. Ik blijf stilstaan en staar naar Brent terwijl hij naar ons toe komt.

Ergens in de verte ben ik me bewust van mijn gezelschap, maar ik negeer ze. Ik negeer het feit dat ik hier met een entourage sta. Het doet er niet toe. Op dit moment gaat het alleen om hem.

Ik kan alleen maar naar hem kijken. Er is iets anders. Er is iets veranderd. Plots staat die pet van hem niet stom, maar juist vertrouwd, evenals zijn asblonde krullen die eronderuit springen. Zijn armen en benen zijn helemaal niet te lang of slungelig, zoals ik altijd vond, maar gewoon netjes in proportie met de rest van zijn lijf. Zijn poloshirt is bovendien helemaal niet stijfjes, maar staat hem eigenlijk… best sexy.

'Babs?' Brents stem trekt me weer naar het hier en nu. Zijn wenkbrauwen kruipen omhoog. 'Wat doen jullie hier nou?'

O ja.

38

Het volgende moment krijg ik een duwtje in mijn rug. Als ik me omdraai, zie ik Ed staan. Hij grijnst nog steeds. 'Kom op dan,' fluistert hij zacht. Er is geen greintje verbazing op zijn gezicht te bekennen. Hij lijkt eerder geamuseerd. Alsof hij naar een goede film kijkt en blij is dat hij een plekje op de eerste rij heeft.

Ik zet onwillig een stap naar voren. Brents ogen glijden onderzoekend over me heen. 'Is alles oké?' Zijn blik gaat nu naar het gezelschap achter mij. Emma, Ed, Juan en Marina. De bekende frons op zijn gezicht wordt dieper. Met zijn ogen vol vragen schudt hij verward zijn hoofd en richt zich weer tot mij. 'Babs?'

Oké, dit is het moment.

Ik haal diep adem.

'Je mag niet weggaan,' flap ik eruit. 'Alsjeblieft, ga niet weg. Ik wil... Ik moet... Oké, je bent niet perfect. Verre van zelfs.'

Hij fronst.

Verkeerde inzet.

'Ik ben ook niet perfect natuurlijk,' ga ik snel verder. 'Niemand is dat. Maar ik dacht altijd... Ik denk dat ik dacht dat als ik maar een zo ideaal mogelijk plaatje schiep, niemand aan die verwachtingen zou voldoen... om te voorkomen dat… Nou goed, en dat klopt. Dat doe jij ook niet.'

Toegegeven: ik hoor zelf ook wel dat dit totaal de verkeerde kant op gaat.

'En je punt is?' Tot mijn verbazing flikkert er iets van vermaak in Brents ogen. Het geeft me een beetje moed.

Ik haal opnieuw diep adem. 'Mijn punt is,' herhaal ik langzaam, terwijl ik mezelf dwing om na te denken over mijn volgende woorden. Ik kijk naar hem op. 'Het punt is…' herhaal ik nog maar eens om mezelf wat tijd te geven.

'Laat je chakra's spreken, Babs,' moedigt Ed me van ergens achter me aan.

'Het punt is dus…' herhaal ik nog eens nadrukkelijk, 'dat je niet mag weggaan, want ik denk misschien dat… dat…' Ik slik. 'Dat ik je graag beter wil leren kennen. Dat ik je leuk vind. Dat je mijn deksel zou kunnen zijn? Ondanks…' Ik maak een gebaar dat heel Brent omvat. 'Ondanks alles.' Hij opent zijn mond om te protesteren, maar ik hef in paniek mijn hand op. 'Nee, wacht. Ik ben nog niet klaar.' Nog een diepe ademteug. 'Sorry dat ik je wegduwde. Letterlijk. Ik was… Ik was bang, denk ik? Voor wat ik kan voelen, wat ik ga voelen.' Ik zwijg en kijk hem aan. 'Voor wat ik misschien al voel. Het spijt me. Alsjeblieft, niet weggaan,' voeg ik er snel nog aan toe.

Ik slik moeizaam en blaas mijn adem uit. Dit is het. Meer kan ik niet zeggen. Mijn hart ligt op straat. Aan Brent om het op te pakken of erop te trappen. Onzeker kijk ik op. Er tikken een aantal seconden voorbij terwijl hij zwijgend voor me staat, met zijn lippen op elkaar geperst in een rechte streep. Op dat moment weet ik zeker dat hij nog altijd boos is. Dat ik dit echt verprutst heb.

Maar dan beginnen zijn lippen te trillen. Alsof hij…

Wacht, wat?

Alsof hij zijn lach inhoudt.

Ik knijp mijn ogen samen en kijk hem argwanend aan. 'Lach je me uit?'

Direct herstelt hij zich, al blijft er een zweem van een glimlach rond zijn mond zichtbaar. Hij schudt zijn hoofd. 'Nee, ik lach je niet uit. Ik zou niet durven.' Zijn handen zakken langs zijn zij. 'Alhoewel, dat durf ik wel, maar ik ben gelukkig verstandiger dan dat op dit moment te doen.'

'Maar?' Een onrustig gevoel bekruipt me.

'Maar...' Hij wijst naast zich, naar een pakketje op de balie dat me eerder nog niet opgevallen was. 'Ik ging helemaal niet weg. Ik ging een pakketje medicijnen ophalen dat met spoed voor Fia is gebracht. Ik moest alleen even wachten en heb daarom de taxi maar teruggestuurd.'

Ik knipper met mijn ogen. Het duurt even tot de woorden tot me doordringen. 'Je... ging niet weg?'

'Nee, ik ging niet weg.' Hij zet een stap naar me toe. 'Maar ik waardeer je grootse gebaar... net als in de boeken.' Zijn glimlach verdwijnt nu en hij neemt me langzaam op. 'Natuurlijk ga ik niet zomaar weg,' zegt hij zacht. En ik voel de groep achter me collectief naar voren buigen om nog iets mee te kunnen pikken. Brent heeft echter geen oog voor hen. 'Babs. Ik heb je een beetje leren kennen de afgelopen dagen. En ik vind het geen probleem om iemand wat tijd te geven.' Hij werpt een blik over mijn schouder. 'Om alle chakra's de ruimte te geven.'

Er klinkt een goedkeurend gemompel achter me.

Onzeker probeer ik zijn woorden te plaatsen. 'Dus... je bent niet boos?'

'Nou, ik moet toegeven dat het niet per se leuk is om er continu op gewezen te worden dat je niet perfect bent.' Hij trekt een wenkbrauw op.

'Ik heb nooit –'

'Maar,' gaat hij verder en ik sluit mijn mond weer. 'Ik bén ook niet perfect, verre van zelfs, dat weet ik. Ik werk te veel, kan mijn kop in het zand steken als het om moeilijke dingen gaat, ik kan behoorlijk nors zijn, heb blijkbaar een hekel aan de jungle en ik kan ook geen vuur maken – zelfs niet als mijn leven ervan afhangt. Maar niemand is perfect. Ik niet, jij niet.'

Ik omarm de opluchting die door me heen spoelt. Ik heb geen idee hoe het vanaf hier verder moet, maar uit zijn woorden maak ik op dat er nog een kans is en dat maakt dat alle spanning als een losgelaten ballon uit mijn lijf verdwijnt.

Dan haalt Brent diep adem. 'Jij praat te veel – vooral op momenten dat er juist niets gezegd hoeft te worden. Je bent koppig en je hebt een belabberd evenwicht. Je trekt veel te snel conclusies en laat die moeilijk los en je kunt soms echt enorme oogkleppen op hebben.' Ik slik. Maar… misschien heb ik dit wel verdiend. 'Bovendien ben je de slechtste kofferinpakker die ik ooit heb ontmoet.' Hij zet nog een stap naar me toe en legt zijn hand in mijn nek, precies zoals hij gisteravond deed. 'Maar je bent ook een goede luisteraar, je bent geïnteresseerd, zorgzaam, creatief, je hebt onverwachte survival skills en vooruit, bij vlagen ben je ook grappig.' Hij zet nog een stap dichterbij en ik voel de warmte van zijn lijf door de dunne stof van mijn shirt. Ademloos kijk ik naar hem op. Zijn grijsgroene ogen glijden over mijn gezicht, terwijl hij langzaam dichterbij komt. Alles en iedereen om me heen vervaagt. Het is alleen nog maar hij en ik, terwijl mijn hart verwachtingsvol roffelt. 'En ik ben gefascineerd door de manier waarop je ogen schitteren als je ergens enthousiast over bent. Of de manier waarop je je mond een stukje open laat hangen als je nadenkt, en ik...' fluistert hij, terwijl hij naar voren buigt en zijn lippen vederlicht over mijn huid laat glijden, 'ben gek...' Een streling. '... op elk sproetje dat...' Nog een kus. '... is verschenen de afgelopen dagen.' Zijn lippen glijden amper voelbaar tot net iets boven de mijne. 'En ik kan niet wachten tot ik nog veel meer over jou kan ontdekken. Alle onhebbelijkheden – want daar zijn er ongetwijfeld nog meer van – en...' Zijn lippen landen een kort moment zachtjes op de mijne. 'En alles waar ik vermoedelijk van zal gaan houden.'

Ademloos laat ik zijn woorden tot me doordringen. En het zou me angst moeten inboezemen. Het feit dat deze man – die verre van perfect is volgens mijn lijstje – zegt dat hij van me zou kunnen houden. Maar gek genoeg rollen zijn woorden tintelend over mijn huid en overal waar ze komen, laten ze warmte achter. Een belofte. Een belofte waar ik steeds nieuwsgieriger naar ben.

'Dus als je wilt,' gaat hij verder, terwijl hij me indringend aankijkt, 'en als je durft...' Hij glimlacht zacht en geeft me daarmee zonder woorden alle ruimte om dit alles doodeng te vinden. '... kunnen we dat samen proberen te ontdekken als we weer thuis zijn.'

Voor iemand die op papier zo'n tweeduizend woorden per dag kan produceren ben ik nu behoorlijk sprakeloos. Sterker nog, ik knipper met mijn ogen om mijn tranen terug te dringen. Het enige wat ik voor elkaar krijg, is knikken.

En dat is blijkbaar genoeg.

Opnieuw landen zijn lippen op de mijne, maar dit keer niet zachtjes of aarzelend. Nee, hij zoent me vol overtuiging. Ik verwelkom zijn lippen, sla mijn armen om zijn hals en trek hem tegen me aan.

Ergens in de verte klinkt gejuich.

Gejoel.

Ik moet lachen, maar no way dat ik deze zoen ga onderbreken. Brent trekt me tegen zich aan, tilt me iets op en draait me rond. Ik besef dat hij er een show van maakt.

Net als in de boeken.

'Eikel,' prevel ik.

'Raar wijf,' mompelt Brent terug.

Maar zijn lippen zeggen gelukkig iets heel anders.

39

Je zou verwachten dat er nu een romantische aftocht plaatsvindt. Dat we hand in hand de horizon tegemoetlopen of aan de oever van de rivier de zonsondergang bekijken. Niets is minder waar.

Een kwartiertje later word ik opnieuw gezandstraald terwijl ik mezelf achter in de laadbak van de jeep vasthoud alsof mijn leven ervan afhangt. Toch kan ik alleen maar grijnzen naar Brent, die tegenover me zit met zijn poloshirt over zijn mond en neus, zijn handen strak om de rand van de laadbak. Die houding maakt dat er een glimp van de blote huid van zijn buik zichtbaar is en mijn ogen gaan telkens weer naar beneden. Een verwachtingsvolle kriebel roert zich in mijn buik. Is dit hoe het is om verliefd te zijn?

Een kort moment vervult het me met vrees. Plots kan ik me goed voorstellen dat dit gevoel verslavend is, dat je er nooit genoeg van kan krijgen en dat het je hele wezen over kan nemen. Precies zoals het bij mijn moeder altijd gaat.

Maar ik ben mijn moeder niet.

En Brent is ook niet zoals die mannen.

Mijn gesprek met Fia hangt nog altijd in mijn hoofd. Ik begrijp heus wel waarom ze me aanmoedigde om met mijn moeder te gaan praten, maar die stap lijkt zo groot. Ik weet niet zeker of ik het kan, juist nu er zoveel herinneringen en emoties naar boven zijn gekomen in de afgelopen week. Als ik aan mijn moeder denk – en vooral aan mezelf als klein meisje naast haar – word ik verdrietig, maar eigenlijk ook boos. Ik voel vlagen van bittere woede en dat lijkt me geen basis voor een goed gesprek. Nee, ik moet me eerst op andere dingen focussen.

Mijn ogen gaan weer naar de man tegenover me.

Belangrijkere dingen.

Onze blikken ontmoeten elkaar. Brent glimlacht. Althans, dat denk ik. Er verschijnen rimpeltjes langs zijn ogen, dus vermoedelijk lacht hij. Dan begint hij te hoesten, precies op het moment dat we een bocht ingaan, waarbij hij tegen Ed aan schuift.

'Mijn hemel, dat was zó romantisch,' verzucht Emma voor de zoveelste keer vanachter haar opgetrokken jurkje. 'Dat moet je in een boek gebruiken, hoor.'

'Misschien wel,' antwoord ik, waarna ik snel mijn hand weer voor mijn mond houd. Flarden van ideeën voor mijn nieuwe verhaal schieten door mijn hoofd. Ik weet dat ik ze eigenlijk op moet schrijven, maar mijn telefoon ligt nog op mijn kamer. Bovendien durf ik niet los te laten.

Ik hou van dit gevoel. Wanneer de inspiratie borrelt en nieuwe ideeën zich soms sneller aandienen dan ik kan schrijven. Ik denk aan mijn inspiratielijstje achter in mijn notitieboek. Mijn nieuwe idee is een wereld van verschil met mijn vorige verhalen, maar tegelijkertijd is dat het ook niet. Het is een verhaal over liefde, over verdriet, maar ook over hoop en familie en geloven in een happy end.

En dit keer draait niet alles om de perfecte man.

Want misschien bestaat die man van mijn lijstje wel. Misschien lopen er wel twintig Marco's op de wereld rond, met het perfecte uiterlijk, die precies de juiste dingen zeggen. En wie weet, wie weet zijn er een paar daarvan, in tegenstelling tot Marco, zelfs wel perfect op álle gebieden. Misschien bestaat hij wel. Maar ik hoef hem niet.

Die gedachte blijft de rest van de rit door mijn hoofd malen en op het moment dat Juan voor het hotel stilhoudt en we allemaal uitstappen, weet ik precies wat me te doen staat. Ed helpt Emma eruit en Brent steekt zijn hand uit om mij uit de laadbak te helpen. Wanneer ik echter met beide benen op de grond sta, laat hij in tegenstelling tot de vorige keren niet los. Niet meteen. In plaats daarvan trekt hij me naar zich toe en drukt een kus op mijn voorhoofd. Direct daarna sputtert hij en veegt zijn mond af met de rug van zijn hand. 'Bah, zand.'

Ik grinnik, maar trek me los uit zijn omhelzing. 'Ik moet even… iets doen.'

Brent fronst. 'Cryptisch, heb je een van mijn talenten daarvoor nodig?'

Ik glimlach. 'Ik ken ze nog niet allemaal, maar ik denk dat ik dit beter alleen kan doen.'

'Ja, dat zeggen ze allemaal, voordat –'

'Brent!'

We kijken allebei op.

'Wat doe jij nou?' breng ik uit wanneer ik Fia zie komen aanlopen. Ze beweegt langzaam, stap voor stap. 'Jij moet in bed liggen.'

'Ik kan niet in bed liggen als er ondertussen allerlei ontwikkelingen zijn.' Haar blik gaat van Brent naar mij en weer terug, dan glimlacht ze. 'Niks wat me verrast overigens.'

'De kosmos had er zeker al rookpluimen over gestuurd,' knikt Brent.

'Niet zo, jongeman.' Ze geeft hem een tik tegen zijn arm. 'Heb je de medicatie?'

Hoewel ze een rode blos op haar wangen heeft, ziet Fia nog altijd bleek. Het liefst duw ik dat mens direct weer terug in bed. Brent overhandigt haar het doosje. 'Natuurlijk. Hopelijk helpt het.'

Fia knikt. 'Hiervan knap ik meestal heel snel weer op. Ik wil morgen terug kunnen vliegen, ik wil Huub graag weer zien. Een week is lang genoeg.'

'Hij zal zich wel zorgen maken,' zeg ik, denkend aan de man die zijn zieke vrouw naar de jungle van Bolivia heeft moeten laten gaan.

'De lieverd maakt zich altijd zorgen, dit is geen uitzondering.' Haar stem klinkt vol liefde en onwillekeurig schiet mijn blik naar Brent.

'Ik breng je terug naar je kamer.' Brent duldt duidelijk geen tegenspraak. Hij pakt Fia bij haar arm en zet koers naar de kamers. 'Nergens heen gaan,' zegt hij over zijn schouder tegen mij.

'Nou, jullie zijn vanavond wel onder de pannen, neem ik aan?' Emma geeft me een duwtje. 'Jammer dat Tony en Lila al weg zijn, anders hadden ze jullie nog wat tantra kunnen leren.'

'Ik kan ook tantra,' mengt Ed zich op optimistische toon in het gesprek.

'Eh, ik moet echt...' Ik wijs naar mijn kamer en knik naar Emma. 'Ed, misschien willen Pete en Emma nog wel... je weet wel.' Ik wiebel veelbetekenend met mijn wenkbrauwen.

Emma's mond valt open als ze beseft dat haar eigen grap zojuist compleet gebackfired heeft. Wanneer Ed zich verheugd naar haar omdraait, maak ik me snel uit de voeten.

Eenmaal op mijn kamer aarzel ik niet. Ik sjor de enorme koffer uit de hoek, duw de vuile was die ik erin gepropt heb aan de kant en pak mijn manuscript eruit. Het manuscript waarmee alles begon. Of nou ja, waarmee alles bijna eindigde.

Dit is niet goed.

Het is alsof Donna naast me in de ruimte staat.

Het is voorspelbaar, het is cliché en ik heb het gevoel dat ik dit verhaal al twintig keer heb gelezen.

Op het moment dat ze die woorden uitsprak, was het alsof ze een andere taal sprak. En het idee dat ik hier, in de jungle van Bolivia op een zen-tastische chakraretraite, mezelf zou kunnen helpen door 'diep naar binnen te kijken' klonk al even absurd.

Maar hier sta ik dan aan het einde van de rit. Oké, toegegeven: je zult mij nooit meer, voor geen geld, met geen stok, die jungle in krijgen. Maar ik had nooit verwacht dat ik hier weg zou gaan met een nieuw verhaalidee, totaal anders dan voorheen, en bovendien... een kans op liefde.

Brents woorden gaan door mijn hoofd. *Jij praat te veel – vooral op momenten dat er juist niets gezegd hoeft te worden. Je bent koppig en je hebt een belabberd evenwicht. Je trekt veel te snel conclusies en laat die moeilijk los en je kunt soms echt enorme oogkleppen op hebben.*

Misschien is dat ook wel wat ik al die tijd heb gehad: oogkleppen op als het gaat om mijn laatste boeken. Ik dacht dat ik gewoon het concept keer op keer kon herhalen en dat dat prima was. En voor veel lezers was dat ook prima. Maar zo werkt het niet. Je moet jezelf blijven ontwikkelen, je moet jezelf blijven uitdagen, je moet – komt-ie – naar jezelf durven kijken.

En dat heb ik deze week geleerd. In ieder geval heb ik een begin gemaakt. Maar iets zegt me dat ik voortaan mensen in mijn leven heb die me daaraan zullen blijven herinneren.

En dus doe ik wat ik een paar maanden geleden al had moeten doen. Ik pak het manuscript stevig beet, haal diep adem en laat het met een harde plof in de prullenbak vallen.

Een paar seconden doe ik niets.

Hmm.

Dit voelt lang niet zo bevredigend als ik had gehoopt.

Nee, dit is niet goed. Het moet echt weg. De letters moeten oplossen. De pagina's moeten weer leeg zijn.

Dan krijg ik een idee.

Ik gris de stapel papieren weer uit de prullenbak en stap naar buiten, loop naar de rand van het zwembad, haal diep adem en gooi de pagina's met een dramatisch gebaar de lucht in.

Honderden pagina's dwarrelen langzaam op de warme lucht naar beneden. De clichés, de herhaling, de voorspelbare handelingen… de ideale droomman. Een voor een landen ze in het heldere water. Het water slurpt aan de vezels en vertroebelt al snel de woorden, die nu vervagen. Langzaam beginnen de blaadjes naar de bodem te zakken.

'Dat zal Juan niet leuk vinden.'

Verschrikt kijk ik op. Ik was zo in gedachten verzonken

dat ik Brent niet heb horen aankomen, maar hij staat al naast me. Hij staart naar de pagina's die een voor een kopje-onder gaan.

'Juan?'

'Die maakt hier dagelijks het zwembad schoon.'

Ik sla mijn hand voor mijn mond en mijn blik glijdt naar de witte vlekken verspreid over de bodem van het zwembad. 'O shit, daar heb ik geen moment bij stilgestaan.' Ik kijk zenuwachtig om me heen. 'We moeten het opduiken.' Ik draai al om om naar mijn kamer te gaan met de intentie me om te kleden, maar Brents hand houdt me tegen.

'Ja,' begint hij en hij brengt me tot stilstand. 'Maar ik zie hier en daar nog wat woorden, dus volgens mij moeten we nog even wachten.'

'Wachten?' Niet-begrijpend kijk ik hem aan.

'Tot die droomman van jou compleet is vervaagd.' Hij grijnst. 'Tijd om je op het vernieuwde exemplaar te richten.'

Hij verstrengelt zijn vingers met de mijne en trekt me mee. Naar mijn kamer. In zijn ogen zie ik een belofte, die ik maar al te graag wil verzilveren. We stappen mijn kamer binnen en Brent laat zijn ogen over de puinhoop gaan. Overal liggen kleren, vuile was, spullen. 'Of... we gaan naar mijn kamer?'

Dan herinner ik me iets. 'Waarom is je kamer leeg?'

'Leeg?'

'Ja. Ik zocht je op je kamer. Maar hij was compleet leeg. Daarom dacht ik...'

Brent kijkt me geamuseerd aan. 'Daarom dacht je dat ik weg was?'

Ik knik afwachtend.

'Een van mijn goede kanten, waar je nog wel achter gaat komen, is dat ik erg opgeruimd ben. Mijn koffer is al ingepakt, klaar voor vertrek.'

'Maar je bed...'

Zijn blik gaat naar mijn bed, met de verstrengelde lakens aan het voeteneinde. 'Je bedoelt het bed dat ik vanochtend netjes heb opgemaakt?'

Ik denk na en kijk nog eens naar de rommel op mijn eigen kamer. 'Dit kan een probleem worden.'

Brent schudt zijn hoofd en trekt me naar zich toe. 'Een uitdaging.'

Ik rol met mijn ogen. 'Zit er hier soms iets in het water?'

'Alleen een doorweekte droomman, klaar om doorgespoeld te worden.' Hij knikt in de richting van het zwembad.

Ik lach, maar schud opnieuw mijn hoofd. 'Straks passen we helemaal niet bij elkaar. Ik bedoel, jij werkt altijd en –'

'Ik werk niet altijd. Alleen de avonden en de weekenden. En toevallig heb ik deze week zelf ook wat inzichten opgedaan, over hoe het anders kan.' Hij zwijgt even. 'Zeker als ik een alternatief heb,' vervolgt hij met een twinkeling in zijn ogen.

Ik grijns. 'O, vertel?'

Hij buigt zich iets naar voren, zijn neus streelt langs de mijne waarna zijn lippen over mijn mond strijken. Ondanks de hitte schiet er een huivering over mijn ruggengraat als hij de volgende woorden fluistert: 'Ik laat het je liever zien.'

40

Ik zak, voor zover dat kan, iets onderuit in de stoel en probeer het mezelf gemakkelijk te maken voor de komende uren. Met mijn oortjes in en mijn notitieboekje op schoot wil ik me richten op de flarden van verhaalideeën die door mijn hoofd spoken. Ik heb twaalf uur tot we op Schiphol landen. Dat moet genoeg zijn om een eerste opzet te maken van alle losse onderdelen die zich te pas en te onpas aandienen. Maar in plaats van dat de woorden beginnen te stromen, bijt ik op de achterkant van mijn pen en tuur om me heen. Het vliegtuig zit vol. Het was dan ook niet mogelijk om van plek te ruilen zodat ik bij Brent of bij Emma kon zitten. Drie rijen voor me zit Fia, ze slaapt al. Ik ben allang blij dat ze zich fit genoeg voelt om de terugreis aan te kunnen. Ik durf te wedden dat Huub nu al in de aankomsthal staat te trappelen om haar weer in zijn armen te sluiten. Ed zit ergens achter me, net als Brent.

Brent. Voordat we vertrokken hebben we afgesproken om eenmaal in Nederland te beginnen met een Eerste Date. Zoals dat hoort, zoals het gaat in de boeken, had Brent met een glimlachje gezegd. 'Trouwen kan altijd over drie weken nog.'

Ik kijk ernaar uit. Niet dat trouwen, ho eens. Maar om

hem te zien, om bij hem te zijn, om met hem te praten over dingen die belangrijk zijn – mijn moeder, mijn manuscript, en het feit dat ik toch met haar het gesprek zal moeten aangaan – én over dingen die totaal niet belangrijk zijn. De alledaagse dingen. Het gewone leven. Want ik weet één ding van Brent: dat hij luistert. Hij zal altijd luisteren, wat ik ook te vertellen heb. Wie had gedacht dat dát juist zo aantrekkelijk kon zijn. *Beats* het sixpack én de helderblauwe ogen met het stoppelbaardje.

Mijn blik gaat onderzoekend door de cabine en blijft hangen bij een willekeurige man, schuin voor me. Hij is niet knap. Zijn rossige haar is net wat te lang en hij draagt zo'n geruite blouse die alleen leden van de wiskundeclub in de brugklas dragen. Maar zijn dat niet de mannen die later een miljoenenbedrijf runnen? Ik neem de man op. Nee, hij is niet knap, maar hij heeft zijn schouders recht en zijn handen liggen rustig op zijn knieën. Er komt een vrouw door het gangpad gelopen met een peuter. De vrouw oogt vermoeid, maar de peuter kraait het uit van onvermoeibaar plezier. De man lacht en speelt een kiekeboespelletje met het kind. De vrouw kijkt hem dankbaar aan, waarna hij naar haar glimlacht. En dan zie ik het. Een soort… aantrekkingskracht.

Ik wend mijn blik af naar de jongen die achter de vrouw in het gangpad komt aangelopen. Hij draagt een joggingpak en heeft zijn capuchon over zijn hoofd getrokken. Over zijn borst prijkt zo'n klein tasje waarvan sommige mannen de noodzaak voelen om ze te dragen. Mijn eerste reactie is om weg te kijken. Maar dit keer laat ik mijn ogen nieuwsgierig over de jongen gaan. Hij heeft opvallend heldere ogen, die mysterieus afsteken bij zijn getinte huid. Gebiologeerd kijk ik toe, terwijl hij me passeert. Het zijn prachtige ogen, ook dát is aantrekkelijk. Zo gauw hij voorbij is, richt ik mijn aandacht op de man naast me aan de andere kant van het gangpad. Hij draagt een pet. Daar ga je al. Toch dwing ik mezelf op zoek te gaan naar… iets anders. Mijn ogen gaan naar het schermpje van zijn telefoon, waar hij verwoed iets op tikt. Ik zie een gesprek vol hartjes. En als hij glimlacht, glimlach ik ook.

Nee, niemand is perfect.

Dat hoeft ook niet.

Want iedereen heeft een verhaal – ik richt me weer op mijn notitieboekje – en het is tijd om mijn eigen verhaal te gaan schrijven.

EEN JAAR LATER

Lieve mam,

Nou, daar gaan we dan. Misschien had ik dit eerder moeten doen, maar... Nou ja, iemand leerde me eens dat alles op het juiste moment komt. Misschien is dit het juiste moment hiervoor. Voor ons. Het voelt raar om deze woorden op papier te zetten, maar ik hoop dat ik op deze manier eerlijk kan zijn, zonder dat ik vastloop in mijn eigen gedachten, woorden en vooral emoties. Want die zijn er een hoop geweest de afgelopen tijd. Verdriet, onbegrip, maar ook boosheid. Er is zoveel dat ik nooit met je gedeeld heb, zoveel waar ik – blijkt nu – mee geworsteld heb. En ik denk – ik weet – dat ik dit met jou moet delen. Wij zijn geen praters, maar onlangs heb ik geleerd dat een brief schrijven soms makkelijker is. Voor een schrijver zou dat ook wel zo moeten zijn, niet?

Ik heb jou altijd als mijn voorbeeld gezien, niet alleen als mijn moeder, maar ook als vrouw. En geloof me mam, dat was niet altijd makkelijk. Jouw leven draait om de liefde – of eigenlijk, om het idee van de liefde.

Je hebt je vier keer – misschien nu wel vijf keer – volledig gegeven. Elke keer hoopte je dat het die keer anders zou zijn, dat je nu iemand zou vinden die bij je bleef, die je begreep. En elke keer zag ik de teleurstelling, zag ik hoe verdrietig en gebroken je was als dit niet zo bleek te zijn. Ik keek elke keer toe en ik voelde je verdriet, had medelijden met je. Ik was te jong om te begrijpen wat er precies gebeurde.

Ik begrijp nu beter dan ooit dat je verliefd was op de liefde zelf. Dat je misschien niet zozeer verliefd was op die mannen, maar op het idee van een liefde die je compleet zou maken, iets wat toch altijd net buiten je bereik bleef. Ik ben lang bang geweest dat ik net zoals jij zou worden. Bang dat ik mezelf zou verliezen in de liefde, dat ik mezelf zou verliezen in iemand anders en uiteindelijk gebroken achter zou blijven. Dat het allemaal zou eindigen met dezelfde pijn. Dat is immers het enige wat jij me liet zien.

Ik had mijn eigen regels, mijn eigen lijstjes, allemaal om mezelf te beschermen. Ik hield vast aan dat beeld van de perfecte man die nooit zou teleurstellen – ik schreef zelfs hele boeken over hem – zodat ik me nooit hoefde te voelen zoals jij je voelde. In al die jaren heb ik mezelf wijsgemaakt dat die perfecte man echt bestond, dat ik gewoon op de juiste moest wachten. Het gaf een gevoel van controle, iets wat ik jou keer op keer zag verliezen. Maar ik weet nu dat ik juist bang was om me ooit echt open te stellen. Bang om iemand

dichtbij te laten, bang om kwetsbaar te zijn en mijn muren te laten zakken.
In mijn drang om niet zoals jij te worden, ben ik op een andere manier vastgelopen. Maar het ironische is dat ik, door te vermijden wat ik bij jou zag, uiteindelijk ook niet het geluk heb kunnen ervaren dat je voelt als je iemand echt toelaat in je leven. Een gevoel dat ik nu – op de meest omslachtige manier ooit – heb leren kennen en dat voor mij alles heeft veranderd.
Ik realiseer me dat ik iets heb weggestopt wat zo belangrijk is: de kans op echte verbinding, de kans op delen en vertrouwen. En dat is niet de perfecte man: hij heeft geen sixpack en kuiltjes in zijn wangen, zoals in alle films die wij altijd keken. Hij is niet van de grootse gebaren. Hij is niet de knapste man op aarde en hij heeft (nog) nooit de president uit een brandende helikopter gered – maar dat kan altijd nog.

Maar goed, daarom schrijf ik je niet. Ik wil je laten weten dat ik het begrijp, mam, maar dat je me ook veel verdriet hebt gedaan. Ik denk dat je dat niet eens beseft. Ik heb me vaak alleen gevoeld, terwijl je er gewoon was. Je hebt belangrijke momenten gemist omdat je zwolg in je eigen verdriet en hoewel ik dat nooit zo beseft heb, begin ik meer en meer te begrijpen dat het wel degelijk invloed op mij en onze relatie heeft gehad. Nou goed, dit zou geen brief vol verwijten moeten worden. Dat is niet mijn intentie. Ik hoop juist dat deze brief een nieuw begin kan zijn.

Ik heb een boek geschreven. Over ons. Nou ja, niet echt over ons. Het is een fictief verhaal over een moeder en dochter en daarin kon ik heel veel kwijt van mijn eigen ervaringen. Het leerde me dat gebeurtenissen uit het verleden altijd invloed hebben op het heden. Maar ook dat het niet onoverkomelijk is. Ik ben mijn eigen persoon, ik maak mijn eigen keuzes. Ik realiseerde me zelfs ook dat ik je dankbaar ben, voor een wijze les die je me hebt geleerd: je hebt me laten zien dat liefde ook betekent dat je moet durven, dat je iets moet riskeren, zelfs als dat soms fout kan gaan. Ik ben nog steeds bang, maar ik denk ook dat ik nu beter begrijp waarom je telkens toch die stap hebt gezet. Ik ben klaar om het anders te gaan doen. En hopelijk, misschien, kunnen we de eerste stappen samen zetten.

Ik heb mijn verhaal - ons verhaal - bijgesloten. Misschien wil je het lezen. Ik hoop het. Mijn nieuwe boek wordt volgende maand gepresenteerd bij boekhandel Bladzijde. Ik hoop dat je erbij zult zijn.

Liefs,
Babs

Epiloog

'Zenuwachtig?' Brents hand landt op mijn heup. Ik adem zijn bekende geur in die me direct geruststelt. Die uitwerking heeft hij op me, elke dag weer. Brent geeft me rust. Zelfs als ik het bijna in mijn broek doe van spanning, zoals nu.

'Mega,' geef ik toe. 'Het voelt zo anders dan mijn vorige boeken. Het voelt als... als een soort debuut.'

Brent knikt begrijpend en laat me los om een exemplaar van mijn nieuwe boek op te pakken van de gigantische en vooral kunstige stapel naast hem. 'Het is ook een soort debuut, een nieuwe weg die je bent ingeslagen.' Hij draait zich glimlachend om en houdt het boek op. 'En iedereen gaat het fantastisch vinden.' Ik ontspan iets. Ik geloof hem. Brent is mijn rots, vol kalm vertrouwen. Ik snap heel goed waarom Ronja hem zo graag als beste vriend had. Natuurlijk kan hij ontzettend koppig en chagrijnig zijn. Maar iedereen heeft zijn nukken.

'De eerste mensen zijn er,' zingt Donna achter me en ze snelt naar ons toe. 'Ik steel haar even van je, dreamboy. We gaan zo beginnen.'

Ik draai me om en inderdaad, bij de hal van de enorme boekhandel waar ik mijn nieuwste boek presenteer, verzamelen zich steeds meer mensen – vrouwen voornamelijk. Maar dat is iets wat ik gewend ben. Ik herken de gezichten van trouwe lezers en voel mijn schouders nog iets verder zakken. Ze rennen in ieder geval niet weg bij het idee dat ik een iets ander boek heb geschreven dan normaal.

Donna slaat haar arm om mijn schouders en troont me mee naar het kleine podium waar twee stoelen klaarstaan. 'O, en ik heb iets leuks.' Ze kijkt me met schitterende ogen aan. Afwachtend kijk ik opzij. Tenzij ze zegt dat we de hele boel afgelasten, is er weinig wat me op dit moment kan opfleuren. De zenuwen gieren alweer door mijn lijf. 'Hou je vast.' Ze buigt naar me toe. 'De helft van de eerste druk is al uitverkocht, dus we gaan de tweede druk opstarten.'

Ik knipper met mijn ogen. 'Wat?'

'Ja, je hoort het goed.' Donna glundert. 'Bijna vijfduizend exemplaren, floep, weg! Dit boek gaat als een tierelier. Ik durf te wedden dat hij volgende week in de Bestseller 60 binnenkomt, top drie, let op mijn woorden.' Ze steekt haar vinger in de lucht en kijkt me vastberaden aan. Haar woorden dringen echter maar mondjesmaat tot me door. Zoveel boeken al verkocht? En hij komt officieel vandaag pas uit.

Lang om erover na te denken krijg ik niet, want Donna duwt me met lichte dwang het podium op. 'Ga vast zitten, waar is...' Haar laatste woorden sterven weg als ze zich alweer omdraait en wegloopt.

Ik zak verbijsterd neer en schenk mezelf water in terwijl de zaal volstroomt met gasten. Ik neem een slok en zoek automatisch naar Brent. Als een magneet wordt mijn blik naar hem toe getrokken. Hij staat aan de zijkant, met een trotse glimlach en praat met... Emma! Ik zwaai enthousiast zo gauw we oogcontact maken. Emma grijnst naar me en houdt een exemplaar van mijn boek omhoog. 'Top!' mimet ze.

Een opgelucht gevoel spoelt over me heen. Emma en ik zijn echt vriendinnen geworden het afgelopen jaar, en het is super dat ze er is. Dat was namelijk nog maar even de vraag, want haar vlucht vanuit Australië was vertraagd. Yep, ze is bij Pete geweest. Wie had dat gedacht. Ondanks de afstand hebben die twee elkaar volledig gevonden. Pete draagt haar op handen.

Ik laat mijn blik verder door de zaal gaan tot ik bij Willemijn uitkom. Ze zit vooraan en steekt met een grijns haar duim op. Ik glimlach. Dan zie ik achter haar opeens een bekend overhemd. Mijn mondhoeken trekken nog verder omhoog. Het is Ed, inclusief gebatikte blouse. Zijn grijze vlecht hangt over zijn schouder en hij heeft een gelukzalige lach op zijn gezicht. Naast hem zit Ananda in een soort wit gewaad. Tony en Lila zijn er niet. Die zitten momenteel vast ergens te mediteren boven op de Himalaya. Dat contact was al snel verwaterd.

Een steekje bij mijn hart maakt me bewust van de grote afwezige.

Fia.

Wat had ik haar er graag bij gehad. Na de retraite ging het helaas al snel slechter met Fia. Het was een beetje alsof ze zich goed had gehouden om mee te kunnen, maar daarna simpelweg niet meer kon. Een half jaar geleden zagen we elkaar op haar begrafenis. Ik heb tranen met tuiten gehuild en voor het eerst sinds we samen zijn zag ik ook Brent huilen. Eerst schrok ik ervan, maar het vervulde me al snel met trots dat hij zijn gevoelens liet zien. Hij deed de laatste maanden meer en meer wat Ronja hem had opgedragen in haar brief: leven, voelen. Brent heeft een extra kok aangenomen voor zijn restaurant zodat hij zelf vaker een avondje vrij kan zijn, al weet ik dat hij het liefst gewoon in zijn restaurant is. Dat is niet erg, ik vind het namelijk heerlijk om 's avonds te schrijven, dus vaak stuur ik hem alsnog weg als hij op de drukke avonden onrustig naast me op de bank zit.

Ik had er heel wat voor overgehad om Fia mijn boek te laten lezen, om haar te vertellen over de inzichten die ik heb gekregen en hoezeer het schrijven van dit boek me heeft helpen groeien, me heeft geholpen om dingen op hun plek te zetten en zelfs mijn moeder te vergeven. Mede dankzij Fia's wijze woorden en de belofte die ik haar had gedaan: mijn moeder een tweede kans geven.

Dat brengt me op de volgende afwezige: mijn moeder. Ik laat mijn ogen door de nu gevulde zaal gaan, maar ze is er echt niet.

Ik weet niet wat ik had verwacht toen ik haar mijn brief stuurde. Misschien hoopte ik half en half toch dat ze me huilend in de armen zou vallen, me zou bedanken voor de eerlijke inzichten en vanaf dat moment een ander leven zou gaan leiden. Maar het enige wat op mijn brief volgde, was een radiostilte.

Ik zou liegen als ik zou zeggen dat het geen verdriet doet. Maar de werkelijkheid is dat ik het gewend ben dat ze er niet is en ik heb geleerd om niets te verwachten. Deze reis, alle inzichten van het afgelopen jaar gaan om mij, en niet om haar. Zij is verantwoordelijk voor haar eigen verhaal. In plaats van het sombere gevoel door haar afwezigheid te laten overheersen, laat ik mijn blik nog een laatste keer over de andere aanwezigen gaan. Iedereen die er wél is om mij te steunen. Tot slot eindig ik bij Brent. Hij zit nu ook vooraan, naast Willemijn. Ze grappen samen over iets en ik glimlach.

Donna stapt het podium op, maant iedereen tot stilte en trapt af met een mooie speech die het begin van mijn nieuwe carrière markeert.

Ergens halverwege het interview dat volgt over het ontstaan van het boek, wordt mijn aandacht getrokken door beweging achter in de zaal. De deur gaat open en er glipt iemand naar binnen. De vrouw blijft staan en kijkt aarzelend om zich heen.

Mijn hart stopt een kort moment met bonken en ik val midden in mijn zin stil.

Mam.

Ze is gekomen.

Ik vang mijn moeders blik. Ze kijkt me met een onzekere glimlach aan. Ik glimlach terug, haal diep adem en probeer me te herinneren waar de laatste vraag over ging.

Haar aanwezigheid sluimert de hele tijd in mijn achterhoofd. Toch lukt het me om alle vragen netjes te beantwoorden, het eerste exemplaar aan Ananda te overhandigen en vervolgens een gigantische rij lezers weg te werken door met iedereen een praatje te maken en een boek te signeren. Het valt me op hoeveel mensen benoemen een lastige band met hun moeder te hebben en daarom juist zo benieuwd te zijn naar dit verhaal, blijkbaar is het een onderwerp dat veel mensen aanspreekt. De stapel slinkt hard en de boekhandelaar werpt er menigmaal een angstige blik op.

Pas als de laatste lezers hun jas aantrekken, stapt mijn

moeder naar voren. 'Babs.' Haar blik is wat onzeker, in haar handen houdt ze een paar vellen papier geklemd.

Het is mijn brief.

'Mam.'

Een paar tellen kijken we elkaar in stilte aan. Het is inmiddels bijna twee jaar geleden dat ik haar voor het laatst heb gezien. Ze is ouder geworden. Haar blonde haar heeft nu grijze lokken en ze heeft fijne rimpels langs haar mond.

Haar ogen dwalen af naar de vloer voordat ze zich weer naar me toe keert. 'Het is...' Ze schraapt haar keel. 'Dit is...'

Ik slik moeizaam. Het voelt alsof er een zee tussen ons ligt die amper te overbruggen is. Ze oogt zo vertrouwd en tegelijk... ik zie haar nu met totaal andere ogen. 'Al die mensen, ik vind het zo knap...' Ze schraapt opnieuw haar keel, haalt diep adem en kijkt me voor het eerst echt aan. 'Het spijt me,' fluistert ze met een stem breekbaar als glas. Haar hand komt omhoog, en ik zie de brief die ze krampachtig vasthoudt – de bladzijden zijn gekreukt en verfomfaaid. 'Ik heb het niet... goed gedaan.' Ze slikt, haar blik zwerft naar het raam, alsof ze buiten een antwoord zoekt. 'Mijn hemel,' mompelt ze zachtjes, 'ik weet niet of ik dit ooit nog kan goedmaken.'

Ze buigt iets naar voren en pakt mijn beide bovenarmen stevig vast. Het voelt intens, als ze bang is om de grip weer te verliezen. Haar ogen kijken me doordringend aan. 'Maar ik ga het anders doen. Echt. Ik *wíl* het anders doen.' Haar stem daalt tot een fluistering. 'Weet dat ik altijd trots op je ben geweest. Altijd.' Ze gebaart om zich heen, alsof ze alles probeert vast te leggen, de ruimte, het moment, misschien zelfs ons.

Haar blik valt op het boek naast me, dat achteloos op het tafeltje ligt. Ze tilt het op, draait het in haar handen en laat haar vingers teder over de kaft glijden. 'Je had gelijk... in je brief. En dit verhaal...' Ze kijkt op, en ik zie de onuitgesproken woorden in haar ogen branden, een kwetsbare twijfel. 'Ik ga voorlopig niet trouwen. Hans en ik...' Ze zucht, een kleine glimlach verlicht haar gezicht. 'We gaan gewoon kijken hoe het gaat. Hij is erg lief,' voegt ze eraan toe, bijna verontschuldigend.

'Ze waren altijd lief, mam. Ik heb echt geen slechte jeugd gehad,' zeg ik zacht. Ik voel de brok in mijn keel, maar ik dwing mezelf om door te praten. 'Maar het was soms gewoon... erg eenzaam.'

Een trilling trekt door haar lippen, en dan, bijna onhoorbaar, zegt ze opnieuw: 'Het spijt me. Ik ga het anders aanpakken. Ik wil er voor je zijn.' Ze pakt het boek weer op, klemt het tegen haar borst en steekt het vervolgens naar mij uit, alsof ze een belofte in mijn handen legt. 'En dan schrijf je gewoon een vervolg, goed?' Ze probeert te glimlachen, maar haar ogen verraden haar, de tranen liggen net onder het oppervlak. 'Een verhaal over een moeder en dochter die, na al die jaren als eilanden, eindelijk naar elkaar toe drijven.'

Mijn eigen ogen beginnen te branden, maar ik glimlach. 'Dat zou geweldig zijn. Een bestseller,' lach ik door mijn tranen heen.

Het volgende moment trekt ze me in een omhelzing, de warmte en geur van vroeger omringen me als een deken. Toch is het anders – diep vanbinnen voel ik een verschuiving, iets wat ik niet meteen kan plaatsen. Maar dan dringt het tot me door: zij is niet degene die veranderd is. Ik ben het.

Ik ben niet meer de dochter die in stilte naar haar moeder verlangt, verstrikt in een web van afstand en verlangen. Niet meer de dochter die liefde idealiseert en daarmee juist een muur creëert. Ik ben de dochter die geleerd heeft te vergeven, om een liefde te aanvaarden die niet perfect hoeft te zijn.

En op dat moment weet ik dat ik zal doen wat ik Fia beloofd heb: ik geef mijn moeder een tweede kans.

ANDERHALF JAAR EERDER:

Brent

Dit was een kutdag. Met een klap gooi ik het portier dicht en stamp naar mijn voordeur. Het is al na middernacht en ik ben kapot, maar ik weet nu al dat ik niet zal kunnen slapen. Het zal nog minstens twee uur duren voordat ik dit opgefokte gevoel kwijtraak.

De hele avond was een ramp. Bestellingen werden verkeerd opgenomen, die nieuwe kok liet tot twee keer toe iets aanbranden en door zieken moest de bediening de benen onder hun lijf vandaan lopen, maar hebben gasten alsnog veel te lang moeten wachten. Het was chaos en ik ben met de minuut chagrijniger geworden. Waarom loopt alles toch verkeerd? Waarom doe *ík* alles verkeerd?

Ik gooi ook de voordeur met een klap achter me dicht en trek mijn jas uit. Ik wil net mijn bevlekte koksbuis uittrekken als ik de envelop opmerk. Hij ligt half onder de deurmat. Mijn eerste ingeving is om hem daar mooi te laten liggen tot morgenochtend – het is vast weer een of andere rekening of reclame of... Dan wordt mijn blik er opnieuw naartoe getrokken. Even lijkt het namelijk alsof...

Met twee stappen ben ik terug bij de deur. Ik gris de envelop van de grond. Mijn hart begint wild te bonzen wanneer ik het handschrift herken. Dit kan niet. Het is Ronja's handschrift. Mijn keel knijpt dicht. Even denk ik dat ik gek ben geworden. Het zou me niks verbazen. Zonder nadenken scheur ik het papier kapot en trek de brief eruit.

Zodra ik hem opengevouwen heb, schieten mijn ogen als eerste naar de ondertekening.

Fuck.

Fúck.

Hoe... Hoe kan dit?

Hoe heeft ze dit gedaan?

Het doet er niet toe. Mijn vingers klemmen zich om het papier, het kreukt, maar ik heb er amper oog voor. Mijn zicht vertroebelt door de tranen, maar ik blaas boos mijn adem uit. Raap jezelf toch eens bij elkaar, sukkel. Je gaat niet zitten janken om je eigen stomme, stomme gedrag. Ik veeg ruw over mijn gezicht. Dan vliegen mijn ogen gretig over de regels om me te verzekeren dat dit is wat ik denk dat het is. Terwijl ik lees, zak ik langzaam op de grond.

Mijn allerliefste maatje Brent,

Ik durf te wedden dat je dit niet zag aankomen: een brief van mij, geschreven vanuit het hiernamaals. En ik stel me zo voor dat je nu met een halve hartaanval deze woorden leest, het hele idee met die diepe frons van je probeert te begrijpen. Maar ik had zo'n sterk gevoel... alsof ik je nog een laatste keer zou moeten toespreken. Ik ken je langer dan van-

daag, en ik had zo'n idee dat ik je na mijn dood misschien nog een duwtje in de rug zou moeten geven. Dat je die schop onder je kont, die alleen ik je kan geven, nog eens nodig zou hebben.
Want ik ken je. Ik weet dat je een enorme, soms koppige chagrijn kunt zijn, en dat de gedachte dat ik er niet meer ben je zwaarder valt dan je misschien aan wie dan ook laat merken. Veel zwaarder dan je aan jezelf zou willen toegeven. Je verschuilt je vast weer in je werk, zoals je altijd deed - maar dan nu met een intensiteit die zelfs jou opslokt. En ik weet niet zeker of ik erop kan vertrouwen dat je dit fatsoenlijk gaat verwerken. Dat je ooit echt durft uit te spreken dat je me mist. Praat je met mensen over mij? Of hou je het allemaal voor jezelf, diep weggestopt? Dat is waar ik bang voor ben.

En daarom heb ik iets bedacht.

O ja, je gaat me hierom haten - maar daar merk ik nu gelukkig niets meer van. Bovendien weet ik dat dit het waard is.
Weet je nog dat ik het over die retraite in de jungle had? Die stond al zo lang op mijn bucketlist. Ik kon niet wachten om daar ooit heen te gaan, in een wereld waar alles even stilstaat, teruggebracht naar het hart van de

natuur. Helaas, dat avontuur is niet voor mij weggelegd. Dus toen ik hoorde dat ik alsnog een plekje had bemachtigd - de ironie! - bedacht ik me wie er in mijn plaats zou moeten gaan.

Jij, Brent.

Nee, niet mopperen. Ik weet dat het niets voor jou is. Maar al die dingen die jij verafschuwt - het spiriwiri-gedoe, zoals jij het altijd noemt - geven mij in het hier en nu steun. Het is voor mij niet te bevatten dat ik er over een paar weken niet meer ben, en juist het spirituele helpt me dat te accepteren. En hoe langer ik erover nadenk, hoe meer ik ervan overtuigd raak dat jij dit ook moet ervaren. Dat jij het daar gaat vinden, dat ene stukje van jezelf dat ontbreekt. Dat je altijd zo rusteloos maakt. Misschien gooi je daarna wel je hele keuken om naar de Zuid-Amerikaanse stijl, misschien kom je wel op het gekke idee je restaurant naar Bolivia te verplaatsen, of misschien - al betwijfel ik het - ontmoet je daar de liefde van je leven. Ik denk niet dat de gemiddelde deelnemer van die retraite jouw type is. Dan was die zoen op het eindgala van de middelbare ook wel anders afgelopen, toch?

Maar toch, iets in die jungle wacht op jou. Ik voel het tot in mijn tenen, zelfs nu ik afscheid moet nemen. En ik weet, Brent, dat mijn volgende verzoek je geen keus zal laten.

Hier komt-ie: mijn laatste wens is dat jij mij uitstrooit. Yep, in de jungle van Bolivia. Voor iemand anders zou je dit misschien weigeren, maar voor mij zou je dat niet kunnen, toch? Geef maar toe.
Bovendien zou je daarmee alles goedmaken wat je me ooit hebt aangedaan: het feit dat je wegrende na die eerste zoen terwijl 50 Cent keihard door de speakers knalde; dat je negen van de tien keer te laat kwam; dat je me meenam naar die afschuwelijke horrorfilm en ik een week lang nachtmerries had; en ja, zelfs dat je drie van mijn vriendjes hebt weggejaagd met dat beruchte gechagrijn van je. Ik weet het, het was lief bedoeld - maar de ware voor mij hadden ze nooit kunnen zijn. Dat besefte ik uiteindelijk ook wel. Maar sommige levenslessen moeten mensen zelf ervaren.

Daarover gesproken: ik wil dat je nog iets voor mij doet, Brent. Leef. Leef voor ons allebei. Werk niet zo hard, duik niet steeds terug in die veilige routine. Ga reizen - nú moet je wel - en word verliefd, geniet, zoek het avontuur op. Leef voor mij. Geef jezelf een leven waarin je alles doet wat ik niet meer kan doen. En als je in Bolivia bent, snuif dan de geuren van de jungle op, laat je betoveren door de vuurvliegjes die boven het water dansen - ik heb gehoord dat ze magisch zijn. Herinner je mij, maar laat mijn afwezigheid niet je leven beïnvloeden. Laat dit niet je verdriet blijven, Brent, maar je stap vooruit. Geniet. En leef.

Ik mis je nu al.

Met al mijn liefde,
Ronja

Dankwoord

'Dat kleine huisje was het vliegveld van Rurrenabaque. Een dorp in de Amazone van Bolivia. Al snel hadden we een hotel gevonden dat ons wel beviel, namelijk mét zwembad. Het plan was om wat dagtripjes te maken en veel te chillen bij het zwembad. Die droom viel echter in duigen want de gebruikelijke jungletour duurt minstens drie dagen. Na wat wikken en wegen toch maar overstag gegaan en de volgende ochtend stonden we, druipend van het zweet, met ons rugzakje klaar bij de jeep om drie dagen de jungle in te gaan...'

Uit: *Reisdagboek Merel en Marijke, Zuid-Amerika 2010*

Er is maar één persoon die alle lof en dank verdient voor het tot stand komen van dit boek. Dat is die ene medewerker in dat bloedhete, shabby excursiebureau in Rurrenabaque die mij en mijn vriendin Merel vijftien jaar geleden uitlachte toen we zeiden dat we graag één middag op pad wilden, en ons vervolgens vertelde dat de kortste excursie drie dagen duurde. Drie dagen in de jungle. Zonder voorbereiding. Zonder goed te beseffen waar we aan begonnen. Ik geloof dat ik nog altijd een tikje getraumatiseerd ben. Maar hé, zonder die ervaring had dit boek nooit het daglicht gezien. Een groot deel van de belevenissen van Babs heb ik zelf meegemaakt (het zoeken naar de anaconda, het vissen naar piranha's, de brulapen midden in de nacht, die douches (!)...) Alleen de Gerard Butler-achtige gids ontbrak helaas. Ook raakten we niet verdwaald in de jungle (wel op de zoutvlaktes waar we daadwerkelijk van gered moesten worden, maar dat is een ander verhaal). Achteraf gezien – vooruit dan – was het een onvergetelijke ervaring. En een bron van inspiratie. Want waar kun je nu beter op zoek gaan naar jezelf dan in de jungle van Bolivia?

Merel, bedankt dat je vijftien jaar geleden het avontuur met me aanging om drie maanden samen door Zuid-Amerika te trekken. *Those were the days.* Wat waren we nog jong en wat hebben we een avonturen beleefd. En kijk eens aan, er rolt gewoon nóg een goed verhaal uit ;) *As long as you stand by me*, komt alles goed ;) (Yep, dat waren wij, die twee meiden in de karaokebar.) En ook dank aan Cody en Dave van *Dual Survival.* Zonder jullie had Babs het misschien niet gered. Wie had gedacht dat *daytime television* toch nog ergens goed voor is.

Grote dank ook aan mijn proeflezer van het eerste uur: Inge, en nieuwe lezers bestie Noortje en de leukste boekhandelaar van Nederland: Marijke de Bruijn (allemaal massaal naar Post Scriptum in Schiedam!). Jullie hielpen me aan het zelfvertrouwen om dit boek naar mijn nieuwe uitgever te sturen. Want jeetje, dat bleek een nieuw level van spannend te zijn. Dank ook aan de lieve dames van de Feelgood Five die me met een gemiddelde van duizend appjes per dag naar de eindstreep hebben toegejuicht.

Dank aan mijn literair agent Maarten Boers voor alle

stress, de grijze haren en – nee, geintje. Dank voor je luisterend oor, oneindige engelengeduld en uiteindelijk het koppelen aan het fijne team van Xander Uitgevers. Stijn en Lotte, bedankt voor het schrappen van al die overbodige zinnen. Jullie hadden gelijk, het werd er inderdaad nóg beter van. Of zullen we zeggen 'origineler'? En natuurlijk ook dank aan het hele team van Xander dat ervoor zorgt dat dit boek nú in jouw bezit is. Want mijn grootste lofroeptoeter gaat natuurlijk uit naar jou, de lezer! Zonder lezers ben ik nergens. Ontzettend bedankt dat je weer (of voor het eerst, stille hint: er zijn er meer) een boek van me hebt opgepakt. Hopelijk heb je ervan genoten. Ik ben elke keer weer overweldigd en ontzettend dankbaar voor alle liefde die ik (en mijn verhalen) van jullie krijg. Anderen laten lachen, zwijmelen én een mooie levensles meegeven is waar ik het voor doe. Net als de nieuwe Babs ;)

Laat je me weten wat je ervan vond? Je vindt me op social media!

Liefs, Marijke

PS En Gerard – ik mag Gerard zeggen – jij natuurlijk ook bedankt, hè.